HEYNE

Zum Buch

Nachdem ihr Vater das Familienanwesen River's Edge verspielt hat, bleiben Reine Cassard Pingre zwei Möglichkeiten: Entweder sie heiratet den Fechtmeister Christien, den neuen Eigentümer, oder sie muss zusammen mit ihrer kleinen Tochter Marguerite River's Edge für immer verlassen. Doch wird Christien sie heiraten, die »Schwarze Witwe«, die am Tod ihres ersten Mannes nicht ganz unschuldig war, wie man munkelt? Merkwürdigerweise scheint Christien jedoch keine Angst vor Reine zu haben – umgekehrt gilt dies allerdings schon: In letzter Sekunde versucht Reine, die Hochzeit abzuwenden. Dann aber kommt es zu einem leidenschaftlichen Kuss und Reine ist dem Fechtmeister verfallen …

Pressestimmen

»Niemand schreibt mit so viel Liebe und Leidenschaft über New Orleans wie Jennifer Blake.« *Romantic Times*

Zum Autor

Jennifer Blake gehört seit den 70er-Jahren zu den bekanntesten Liebesromanautorinnen. Sie hat bisher über 60 äußerst erfolgreiche Romane veröffentlicht, die ihr eine ständig wachsende Fangemeinde bescheren. Jennifer Blake ist verheiratet und lebt mit ihrem Mann und ihren zwei Hunden Buffy und Lucky in Louisiana.

JENNIFER BLAKE

Im Wirbel der Gefühle

Roman

Aus dem Englischen von
Roger Schöntag

WILHELM HEYNE VERLAG
MÜNCHEN

Das Original TRIUMPH IN ARMS
erschien bei Mira Books, Canada

FSC
Mix
Produktgruppe aus vorbildlich
bewirtschafteten Wäldern und
anderen kontrollierten Herkünften

Zert.-Nr. SGS-COC-001940
www.fsc.org
© 1996 Forest Stewardship Council

Verlagsgruppe Random House FSC–DEU–0100
Das für dieses Buch verwendete FSC-zertifizierte Papier
Holmen Book Cream liefert Holmen Paper, Hallstavik, Schweden.

Vollständige deutsche Erstausgabe 08/2010

Printed in Germany 2010
Umschlagillustration: © Pino Daeni via Agentur Schlück GmbH
Umschlaggestaltung: Nele Schütz Design, München
Satz: IBV Satz- und Datentechnik GmbH, Berlin
Druck und Bindung: GGP Media GmbH, Pößneck
ISBN: 978-3-453-49011-6

www.heyne.de

Prolog

New Orleans, Louisiana
April 1847

Christien Lenoir wartete am Eingang des *Théâtre d'Orléans*. Die Daumen lässig in seinen Westentaschen und den Rücken an eine der dorischen Säulen gelehnt, war er bis aufs Äußerste angespannt. Die erhoffte Dame sollte jeden Augenblick erscheinen. Ein einziger Augenaufschlag würde ihm genügen, um zu entscheiden, ob er weitermachen oder die Angelegenheit auf sich beruhen lassen würde.

Während er noch in der Eingangshalle stand, strömte um ihn herum die High Society des *Vieux Carré* aus dem Theater und verlor sich in der feuchtwarmen Nacht. In kleinen Gruppen, bestehend aus Paaren mit ihren Anstandsdamen, Familien, Witwen und ledigen Herren, bewegte sich der Menschenschwarm an ihm vorbei, zurück in die Straßen der Stadt, eingehüllt in Gesprächsfetzen und das Summen der eben gehörten Melodie aus *L'elisir d'amore*. Die flackernden Gaslampen an den Arkaden der Eingangshalle verbreiteten ein warmes Licht, in dem die Juwelen, die Seiden- und Satinstoffe, der Samt sowie das feine Linnen der Operngäste glänzten. Auf der Straße spiegelte sich das Licht des Theaters in den Pfützen und auf den nassen Kutschen, deren fluchende Fahrer sich bereit machten, ihre Herrschaft wieder nach Hause zu bringen. Während der Vorstellung hatte es geregnet und die Wasserlachen, die sich auf dem unebenen Straßenpflaster gebildet hatten, kräuselten sich zu glitzernden Wellen, als die Kutschenräder und Pferdehufe durch sie hindurchpflügten.

Christien nahm Haltung an, denn plötzlich tauchte Madame Reine Marie Cassard Pingre in Begleitung ihrer kleinen Tochter auf. Sie kamen beide näher und gingen so knapp an Christien vorbei, dass er das Rauschen der seidenen Unterröcke hören konnte und den zarten Duft von Rosenwasser und Lavendel wahrnahm. Den Blick geradeaus gerichtet, schien Madame Pingre direkt die nahe gelegene Straßenecke anzuvisieren, wo sich die Rue d'Orléans mit der Rue Royale kreuzte.

Sie war wunderschön, so wie alle unerreichbaren Dinge besonders reizvoll und anziehend sind. Christien folgte ihr mit geschärftem Blick und fühlte ein Prickeln in seinem Nacken, dem Gefühl ähnlich, das er verspürte, wenn er einem unberechenbaren Gegner gegenüberstand.

Mutter und Tochter sahen einander verblüffend ähnlich. Die hellbraunen Haare zeigten einen Schimmer von Gold und endeten in lockigen Strähnen, die sanft über ihre zarten Wangen strichen. Ihre raffinierten Hochsteckfrisuren, geschickt von feinen Nadeln zusammengehalten, wurden durch einen Kopfschmuck von rosa Kamelien gekrönt. Beide hatten große, neugierige Augen, eine wohlgeformte Nasen und ein Kinn, das eine gewisse Entschiedenheit erkennen ließ. Ihre schlanken Körper waren von lavendelfarbenen Seidenstoffen umhüllt. Die eleganten, modisch geschnittenen Kleider ließen dabei jedoch kaum mehr die angemessene Trauer erahnen. Ihre gegenseitige Zuneigung war auf den ersten Blick zu erkennen. Madame Pingre blickte mit Liebe auf ihre wohl erst vier oder fünf Jahre alte Tochter hinunter, deren zarte, mit einem weißen Handschuh bekleidete Hand vertrauensvoll in der ihrigen lag.

Christiens Nerven waren bis aufs Äußerste angespannt. Die Straßenlaternen schienen heller zu leuchten als zuvor, die Nacht fühlte sich kühler an, und das Gemurmel der Opernbesucher kam ihm wie ein Tosen vor. Sein Herzschlag beschleunigte sich immer mehr, während sich in seinen Lenden ein stechender Schmerz breitmachte.

Er wunderte sich über diese plötzliche Regung seines Herzens. Als *maître d'armes*, einer der berühmtesten Waffenmeister der Stadt, waren seine Tage mit den typischen Aktivitäten, denen ein Mann nachzugehen pflegte, ausgefüllt. Dabei blieb wenig Zeit für weibliche Gesellschaft, schon gar nicht für den Umgang mit angesehenen Damen. Er hatte jeglichen Gefühlen abgeschworen und war darin geübt, ohne zarte Bande auszukommen. Derartige Anwandlungen verbannte er konsequent aus seinen Gedanken, denn er wollte einfach nicht der Sklave seiner Gefühle werden. Er glaubte, gegen den berühmten *coup de foudre* immun zu sein, diesem Donnerschlag der Liebe, der aus gestandenen Männern willenlose Narren machte.

Allerdings hatte er nicht die Kraft der weiblichen Anziehung berücksichtigt, ebenso wenig wie die Tatsache, dass er bereits seit geraumer Zeit alleine war. Dies könnte sich als verhängnisvolle Nachlässigkeit herausstellen.

Obwohl rein körperliches Verlangen nicht wirklich das Problem war, vermochte er es nicht, seine Augen von der Dame abzuwenden; er fühlte, wie es ihn nach ihrem Geruch dürstete, nach dem Gefühl, seinen Körper an ihrem zu spüren. Noch stärker aber war das brennende Verlangen, neben Mutter und Tochter zu stehen, sie nach Hause zu begleiten, sie zu beschützen und ein Teil ihrer kleinen Familie zu werden.

Christien schluckte, denn er hatte plötzlich das Gefühl, dass es ihm die Kehle zuschnüren wollte. Er war sich wohl bewusst, wer diese beiden waren, welchen Status Mutter und Tochter innerhalb der französischen Gesellschaft von New Orleans hatten, und dass er aufgrund seiner Herkunft in ihrem engen Bekanntenkreis keinen Platz haben konnte. Das Gefühl, ausgeschlossen zu sein, war nicht neu für ihn, doch in diesem Fall machte es sich besonders schmerzvoll bemerkbar.

Madame Pingre war nun schon das zweite Jahr verwitwet, sodass sie nun langsam die zur Schau getragene Trauer ablegen konnte. Das Gemunkel über den Tod ihres Mannes war Christien nicht unbekannt. Es kursierten Gerüchte über einen blutigen Mord, der ihr angeblich sehr gelegen kam. Sie gehörte durchaus zu der Sorte Frau, die einen Mann dazu bringen konnte, zu töten, um sie zu besitzen; doch noch glaubte er an ihre Unschuld, denn dies war die einzige Möglichkeit, die Angelegenheit erfolgreich zu Ende zu bringen.

Mutter und Tochter lebten in einem der Stadthäuser in der Rue Royale, in einer Zweitwohnung, die man sich für die *saison des visites* leistete, der jährlichen Flucht vom Landleben in die Ballsaison der Stadt, wo man mondäner Unterhaltung inmitten des aufkommenden Frühlings frönen konnte. Für die beiden ergab sich somit keine Notwendigkeit, mit den anderen Gästen der Oper herumzustehen und auf eine der Kutschen zu warten, die sich ihren Weg durch den Straßenschlamm bahnen mussten. Sie würden einfach auf dem noch etwas nassen Bürgersteig entlang nach Hause gehen.

Madame Pingres Aufmerksamkeit war ganz auf ihre Tochter gerichtet, und sie hatte für die anderen Leute kaum einen Blick übrig. Sie schien sich in einer Aura der Zurückgezogenheit zu bewegen und dies auch zu bevorzugen.

Nichtsdestoweniger wäre eine männliche Begleitung angebracht, sinnierte Christien vor sich hin. Sicherlich müsste ihr Vater, Monsieur Cassard, in der Nähe sein, doch er verspätete sich, da er sich nicht von dem Gespräch mit seinen Bekannten lösen wollte. Auf diese Weise waren Madame Pingre und ihre Tochter für einen Augenblick ohne Schutz. Angesichts dieser Tatsache konnte Christien seinen Ärger und seine Besorgnis nicht verbergen.

Direkt vor ihr ging eine Witwe in einem moosgrünen Samtkleid und mit einer üppigen Perlenkette um den Hals, die sich spontan umdrehte und Madame Pingre einen freundlichen Gruß zurief. Diese errötete leicht und blieb stehen, um mit der Dame zu plaudern, wobei letztere wohl auch noch einige Beschwerden über die schauspielerische Leistung des soeben gehörten Tenors in einem Wortschwall über die beiden ergoss. Die kleine Marguerite Pingre stand indessen gelangweilt neben ihrer Mutter, schaute in die Gegend und schwang die Hand ihrer Mutter in großem Bogen hin und her.

Sie blickte spontan in die Richtung, in der Christien stand, vielleicht, weil dieser so angespannt die Situation beobachtet hatte. Sie blinzelte ihm zu, wandte sich dann aber in demonstrativ feierlichem Interesse der Unterhaltung der beiden Damen zu. Christien lächelte und beugte seinen Kopf in einer betont galanten Manier zum Gruße.

Die kleine Marguerite verzog die Mundwinkel nach unten und kehrte ihm wieder den Rücken zu. Sie schnappte sich die Finger ihrer Mutter mit beiden

Händen und drückte ihre Stirn gegen den gebauschten Bund ihrer weißen Opernhandschuhe. Für einige Sekunden versteckte sie auf diese Weise ihr Gesicht vor dem merkwürdigen Beobachter, dann aber riskierte sie doch wieder einen kurzen Blick über die Schulter.

Es schien Christien wie ein großer Sieg, viel schmeichelhafter als ein kokettes Zurschaustellen von unverhohlenem Interesse. Unwillkürlich musste er lächeln.

Der Blick der Kleinen wanderte umher. Plötzlich hielt sie in ihrer Bewegung inne und wurde ganz starr, die Farbe wich aus ihrem Gesicht, und mit einem schrillen Schrei befreite sie sich von der Hand ihrer Mutter. Mit flatternden Röcken und weißen Satinschuhen sprang sie vom Bürgersteig auf die Fahrbahn. In diesem Augenblick bog ein offener Zweispänner, gezogen von zwei prächtigen Apfelschimmeln, in raschem Tempo um die Straßenecke. Während die Kutsche auf das Theater zuraste, stand das Mädchen auf Zehenspitzen im Straßenschlamm und hielt eine kleine, verschmutzte Statue in der Hand.

Madame Pingre drehte sich alarmiert um und hielt angstvoll nach ihrer Tochter Ausschau. Ihre Augen weiteten sich vor Schreck, als sie ihre Tochter mitten auf der Straße entdeckte, direkt in der Fahrspur der heranstürmenden Karosse. Sie schürzte ihre Röcke und sprang, ohne zu zögern, vom Bürgersteig in den Schmutz der unbefestigten Straße.

Christien war jedoch ebenfalls bereits in Bewegung und bahnte sich seinen Weg durch die gaffende Menge. Die wild schnaubenden Pferde und den fluchenden Kutscher im Blick, stürmte er auf die Dame zu, während die Tiere in ungebremster Geschwindigkeit vorwärtsdrängten und an den Zügeln rissen. Mit seinen langen, dank vieler Degenkämpfe gestählten Armen gelang es ihm, Madame Pingre an der Hüfte zu packen und sie zurückzureißen, just in dem Moment, als diese ihre Tochter zu fassen bekam. Christien hielt die beiden in eiserner Umklammerung fest, während er sich, Madame Pingre und das Mädchen auf die sichere Seite rettete, wobei er durch den ernormen Schwung mit voller Wucht auf dem Rücken zu Fall kam.

Schmutziges Wasser und Straßenschlamm spritzten neben ihm hoch. Für einen Moment drehte sich der Himmel über ihm, und die Anstrengung entlockte ihm ein tiefes Stöhnen, als er, die beiden an seine Brust gepresst, schließlich rücklings auf der dreckigen Straße landete. Sein Puls raste, und sein Herzschlag dröhnte in seinem Kopf, denn die vorbeifahrenden Räder der Kutsche streiften seine Haare, und er spürte die Vibration des über das Pflaster donnernden Fahrzeugs mit jeder Faser seines Körpers.

Das Geklapper der Hufe ließ langsam nach, als der Zweispänner am Ende der Straße endlich zum Stehen kamen.

Von irgendwoher ertönte das bewundernde Pfeifen eines Jungen, die Umstehenden nahmen ihre Unterhaltung wieder auf, sie riefen, schrien und applaudierten schließlich. Ein streunender Hund bellte seine Aufregung hinaus. Männer rannten auf die Straße, um den Verkehr anzuhalten. Die Leute strömten herbei und erkundigten sich, ob sie verletzt seien.

Christien konnte in diesem Moment den Trubel um ihn herum nur sehr verschwommen wahrnehmen. Sein Herz schien in seinem Brustkorb zu zerspringen, so heftig pochte es gegen seine Rippen. Madame Pingres wohlgeformte Gestalt war an ihn gepresst.

Von links drückte sich eine kleinere, zitternde Gestalt an ihn, deren tränennasses Gesicht sich an seinem Hals rieb.

»Papa«, flüsterte das Kind und bewegte seine Lippen wie die Flügel eines Schmetterlings sanft über seine Haut. »Oh, Papa.«

Erstes Kapitel

River's Edge Plantage
August 1847

»Es kommt jemand, Madame, Fremde kommen die Straße herunter!«

Reine Marie Cassard Pingre legte ihre Schreibfeder beiseite, als sie den Warnruf aus dem Parterre vernahm. Sie klappte das Kassenbuch zu, in das sie gerade die Rechnungen der Warenladung eingetragen hatte, welche am Morgen mit dem Dampfschiff der Plantage eingetroffen war. Sie erhob sich von ihrem Stuhl und starrte die Tintenkleckse auf ihren Fingern an. Sie sollte sich wohl besser beeilen und die Hände waschen, bevor sie hinunterging, um den ankommenden Besucher zu begrüßen.

Doch weshalb eigentlich der Umstand? Der eintreffende Monsieur war zweifellos nur ein Freund ihres Vaters. Sie würden sich auf der Veranda treffen, welche zu dieser Tageszeit angenehm im Schatten der alten Eichen lag. Mit einem Glas Madeira in der Hand würden die beiden in entspannter Atmosphäre den Preis der Baumwolle besprechen und wohl auch die neuesten politischen Skandale. Sie selbst könnte wieder an ihren Schreibtisch zurückkehren, sobald die üblichen Höflichkeiten ausgetauscht wären.

Reine streckte ein wenig ihre Glieder und begab sich zur Verandatür des Wohnzimmers, die bereits offen stand, um die frische Morgenluft hereinzulassen. Das Sonnenlicht flutete herein, und die weiß getünchten Bodenbretter des Balkons reflektierten die Strahlen des gleißenden Gestirns. Sie beschattete ihre Augen mit der rechten Hand und blickte angestrengt die Zufahrtsstraße hinunter, welche sich in zahlreichen Kurven bis zum Fluss wand.

Ein Reiter näherte sich in gestrecktem Galopp der Veranda des Hauses, wobei er kleine Staubwolken aufwirbelte, die sich wie ein Kometenschweif hinter ihm herzogen. Von hohem Wuchs und mit breiten Schultern, saß er mit einer solch eleganten Lässigkeit im Sattel, als ob er nie etwas anderes gemacht hätte. Sein Gesicht war von einem breitkrempigen Strohhut, wie ihn die Plantagenbesitzer trugen, halb verdeckt, während seine Kleider durch einen langen, grauen Reitmantel vor dem aufwirbelnden Staub geschützt wurden. Er war noch zu weit entfernt, als dass man seine Gesichtszüge genau erkennen könnte, doch irgendetwas an ihm erschien seltsam vertraut.

Sie fühlte, wie ein kleiner Schauer über ihren Rücken jagte. Eigentlich war sie keine Frau von überschwänglicher Fantasie, doch nun schien sich der Himmel ein wenig zu verfinstern. Die Hitze des Tages legte sich und ließ sie auf unerklärliche Weise beunruhigt zurück.

Nichts als Grillen, die es zu verscheuchen gilt, sagte sie sich und wandte sich energisch ab. Sie fasste einen Entschluss und durchschritt eilig den Flur der ersten Etage, um über die Treppe ins Parterre zu gelangen.

Alonzo, der weißhaarige Butler, der schon vor ihrer Geburt eine Institution auf der River's Edge Plantage war, erwartete sie bereits. Sie forderte ihn auf, nachzusehen, ob die nötigen Erfrischungen bereits auf die untere Veranda gebracht worden waren. Als er sich entfernte, um ihren Auftrag auszuführen, atmete sie tief durch und ging durch die Eingangstür hinaus. Sie verlangsamte ihre Schritte, als sie die weiß glänzenden Säulen der Veranda erreicht hatte.

Der Besucher hatte gerade das kleine Tor erreicht, das die Zufahrt vom Haus und der dazugehörigen Gartenanlage abtrennte. Er war eindeutig kein Freund ihres Vaters, denn der Elan, mit dem er sich aus dem Sattel schwang, ließ auf einen Mann in den besten Jahren schließen, der es gewohnt war, seine Muskeln in Bewegung zu halten. Sein Auftreten verriet, dass es ihm nicht an Selbstbewusstsein mangelte, denn am Gartentor angekommen, warf er dem heraneilenden Stallburschen die Zügel in einer Art und Weise zu, als ob er nach Hause käme und nicht, als würde er einen Anstandsbesuch machen. Mit prüfendem Blick begutachtete er die sich im Wind wiegenden Zuckerrohrfelder, den Damm aus Grassoden gegen das Mississippi-Hochwasser und das große, glänzend weiße Herrenhaus inmitten des blühenden Gartens. Der Eigentümer selbst hätte nicht gründlicher seine Besitztümer auf Zeichen der Nachlässigkeit hin untersuchen können.

Alonzo, der seine Aufgaben ausgeführt hatte, trat auf die überdachte Veranda hinaus und blieb diskret hinter Reine stehen. Sie war ihm für seinen stillen Beistand unendlich dankbar. Die Ankunft von Chalmette, dem großen, dürren Jagdhund ihres Bruders, der von seinem Schattenplätzchen unter den Hortensien herbeigelaufen kam, trug ebenfalls dazu bei, ihr Mut zu machen. Sie wies den Hund auch nicht zurück, als er sich mit einem tiefen Knurren direkt vor ihren Füßen niederlegte.

»Guten Tag, Monsieur«, grüßte sie den Besucher höflich. »Können wir Ihnen irgendwie helfen?«

Er wandte sich ihr zu und nahm im selben Moment

seinen Hut ab, der sein Gesicht bislang bedeckt hatte. Nun stand er breitschultrig mit grimmiger Miene vor ihr.

»Sie!«

Der Schock stand ihr ins Gesicht geschrieben, und der schrille Ausruf der Überraschung schreckte den Hund auf, der ein warnendes Knurren vernehmen ließ, sodass sie sich genötigt fühlte, ihm beruhigend die Hand auf den Kopf zu legen.

»So ist es, Madame Pingre«, antwortete der Besucher und senkte seinen Kopf zu einer angedeuteten Verbeugung. »Christien Lenoir, zu Ihren Diensten.«

Dunkles Haar mit einem Schimmer von schwarzem Satin gleich dem Fell eines Panthers, tiefdunkle Augen und markante Gesichtszüge, die durch den sonnengebräunten Teint besonders hervorstachen: Dies war der Mann, der jede Nacht in Reines Träumen wiederkehrte. Er war es, der die kleine Marguerite davor bewahrt hatte, von den Wagenrädern zermalmt zu werden, damals, in jener Nacht vor vier Monaten. Für einen Augenblick lag Reine in Gedanken wieder in seinen Armen, an seinen starken Körper gepresst und wurde von ihm so sicher festgehalten, dass es schien, als ob ihr niemals wieder etwas zustoßen könnte.

Der drängende Wunsch, sich in diese unendliche Sicherheit zurückfallen zu lassen, war so verführerisch, dass sie sich regelrecht zwingen musste, sich innerlich dagegen zu wehren. In diesem Augenblick überkam sie der Ärger über diese Schwäche und die Unmöglichkeit, jemals irgendwen an ihrer Seite zu haben, der ihr gescheitertes Leben mit ihr teilen würde. Obwohl es ihr nun unsägliche Schmerzen bereitete, sich daran zu erinnern, hatte sie damals ihren Retter wie eine alte Vettel angeschrien, sich aufgerappelt und ihre Tochter so schnell wie möglich von ihm fortgezogen.

Sie errötete bis unter die Haarwurzeln, denn mehr hatte sie ihm nicht entgegenzusetzen, während sein stechender Blick auf ihr lastete. Welch unglücklicher Zufall hatte ihn wohl nach River's Edge geführt? Sie konnte es sich nicht im Mindesten vorstellen, doch sie hoffte inständig, er möge so schnell als möglich wieder verschwinden. »Ich frage Sie noch einmal, zu wem möchten Sie denn, Monsieur?«

»Ich würde gerne Ihren Vater in einer Geschäftsangelegenheit sprechen, das heißt, falls er zu Hause ist.«

»Was könnten Sie denn schon mit ihm zu besprechen haben?« Die Frage war nicht gerade zuvorkommend, doch Reine hatte sie sich nicht verkneifen können.

»Sie zweifeln an meinen Worten?«

Ein gefährlicher Unterton lag in der Stimme von Christien Lenoir. Und plötzlich erinnerte Reine sich wieder an das dunkle Glühen, das von seinen Augen ausging, als sie sich damals auf der schlammigen Straße ansahen. Sie waren schmutzig gewesen, zersaust und mit kleinen Verletzungen übersät, doch für einen kurzen Augenblick brandete zwischen ihnen die heiße Glut der Anziehung auf. Allerdings waren sie auch kurz davor gewesen, sich zu streiten, woran sie jedoch durch die weinende Marguerite gehindert wurden.

Erneut fühlte Reine das Blut in ihren Adern kochen, es pulsierte durch ihren Körper und stieg ihr zu Kopf. Sie konnte sich nur mit Mühe darauf konzentrieren, was sie eben eigentlich gesagt hatte.

»Ich ... ich muss gestehen, dass ich überrascht bin«, brachte sie endlich hervor. »Mein Vater erwartet Sie demnach?«

»So sollte es sein«, sagte Christien in einem rätselhaften Ton.

Sie zögerte, trat dann einen Schritt zurück und zeigte auf die andere Seite der Veranda. »Hier entlang bitte. Alonzo wird Ihnen Ihren Hut und den Reitmantel abnehmen und Sie dann zu ihm führen.«

»Sie sind zu freundlich, Madame.«

Seine Stimme war trocken, und seine Augen drückten eine feine Ironie aus, als er die Stufen heraufkam und an ihr vorbeiging. Er schien ein Ritter zu sein, mit seiner hünenhaften Statur, den breiten Schultern und dem, einem Zauberumhang gleichenden Reitmantel, dessen Enden im Wind flatterten. Falls die Anwesenheit des Jagdhunds ihn störte, so zeigte er zumindest nach außen keine Anzeichen der Unruhe, sondern ließ ihn nur an seiner Hand schnuppern. Chalmette machte von diesem unerwarteten Angebot Gebrauch, wedelte kurz mit dem Schwanz und verschwand dann wieder in Richtung seines Plätzchens unter der Hortensie.

Reine warf dem Hund einen verbitterten Blick zu und bemerkte aber gleichzeitig, wie der Besucher sie mit einem amüsierten Lächeln bedachte, so als verstünde er den Grund ihres Ärgers über die Abtrünnigkeit des Vierbeiners. Sie neigte ihren Kopf ein wenig in der Absicht, höflich ihren Rückzug ins Haus zu signalisieren, wohin sie sich dann auch begab.

Möglicherweise sah er ihr hinterher, doch sie war sich nicht ganz sicher, denn sie wagte es nicht, sich noch einmal umzudrehen, bevor sie die Eingangstür passiert hatte.

Die Ankunft des unerwarteten Besuchers versetzte sie in eine derartige Verwirrung, dass es ihr nicht mehr gelang, sich auf die Schreibtischarbeit zu konzentrieren. Als sie ungefähr ein halbes Dutzend Zahlen in die falsche Reihe der Bilanz geschrieben hatte, wobei sie die Abrechnungen mehr als nur einmal durcheinanderbrachte, legte sie ihre Schreibfeder beiseite und verließ zum zweiten Mal ihren Arbeitsplatz.

Zwischen den beiden Verandatüren hing über dem Frisiertischchen in einem goldenen Rahmen ein kleiner Spiegel an der Wand. Sie trat unwillkürlich näher und betrachtete stirnrunzelnd ihre Erscheinung. Ihre Haare, die nie besonders ordentlich waren, hingen in Strähnen um ihr Gesicht, ihre Wangen waren wenig attraktiv gerötet, und zu alledem hatte sie auch noch einen Fleck indischer Tinte auf ihrem Kinn.

Mit einem unterdrückten Ausruf des Verdrusses zog sie ein Taschentuch aus ihrem bestickten Beutelchen, das an einer Kordel an ihrer Hüfte baumelte, direkt neben den nötigen Hausschlüsseln. Sie befeuchtete das Tuch mit ihrer Zunge und rieb mit aller Kraft, um die schwarze Tinte zu beseitigen. Nicht, dass es ihr etwas ausgemacht hätte, wie sie aussah, natürlich nicht. Ihr Aussehen war noch nie mehr als recht passabel gewesen und ihre Attraktivität eher mäßig, doch sie bevorzugte es, zumindest adrett zu sein.

Welche Geschäfte könnten Monsieur Lenoir wohl nach River's Edge geführt haben?

Sie glaubte kaum, dass ihr Vater eine Unterweisung im Umgang mit Florett oder Degen brauchte, denn er war einst durchaus geübt im Fechten gewesen, auch wenn dies schon einige Jahre zurücklag. Ihm gehörte ihres Wissens auch keine Immobilie an der *Passage de la Bourse*, welche man als Atelier an einen Fechtmeister hätte vermieten können. Schließlich war er auch zu gutmütig, als dass er einen *maître d'armes* engagieren würde, um sich eines Feindes zu entledigen. Natürlich nur für den Fall, dass Monsieur Lenoir überhaupt derart ehrlose Aufträge annahm.

Das Einzige, was sie sich vorstellen konnte, war, dass es sich um die Begleichung einer Ehrenschuld handelte. Ihr Vater war ein feiner Mann, doch er hatte ein Laster, nämlich das Glücksspiel. Bereits seit vielen Jahren ließ er es zu, dass diese Leidenschaft sein Urteilsvermögen trübte. Reines Mutter sprach früher manchmal davon, wie er noch in Zeiten vor ihrer Hochzeit das ein oder andere Vermögen gewann und auch wieder verlor. Erst kürzlich war er wieder einmal erst im Morgengrauen nach Hause gekommen, nach einer durchspielten und durchzechten Nacht, was ihn wohl, wie schon des Öfteren, knapp an Geldmitteln werden ließ.

Reine spürte ein Gefühl der Verachtung und der Missbilligung in sich aufsteigen, als ihr plötzlich klar wurde, was der Grund für den Besuch des Fechtmeisters war. Es handelte sich um nichts anderes als Spielschulden. Bargeld dürfte im Hause ihres Vaters eher knapp bemessen sein, das wusste sie nur zu genau, da sie ja heute Morgen die Buchhaltungsbelege durchgegangen war. Die meisten Plantagenbesitzer bauten in ihrer Bewirtschaftung auf zukünftigen Gewinn, wobei die Erntezeit meist ihre Hoffnungen erfüllte, jedoch nicht unbedingt jedes Mal. Nur eine einzige Ernte, die durch Trockenheit, eine Insektenplage, Krankheiten oder Unwetter zerstört wurde, konnte schon der Ruin des Landwirtes sein. In so einem Fall halfen dann nur noch gute Freunde oder entgegenkommende Banken, die eine letzte Rettung möglich machten.

Ihr Vater hatte bisher in Bezug auf die Wahl seiner Freunde und Geschäftsbekanntschaften immer ein glückliches Händchen bewiesen. Er selbst war aber auch ein unbeschwerter und gutmütiger Mensch, der sich großzügig zeigte, wenn sich jemand in finanziellen Schwierigkeiten befand, sofern er bei Kasse war. Unabhängig davon, ob er beim Kartenspiel gewann oder verlor, er hatte kaum Feinde und galt als umgänglich und freundlich; für ihn das Geheimnis eines guten und erfüllten Lebens, wie er immer wieder betonte.

Die raue Wirklichkeit und ihr lieber Herr Papa waren nicht immer die besten Freunde, denn er hatte die Angewohnheit, unangenehme Fakten so lange wie möglich zu ignorieren. Zudem glaubte er, man solle Damen nicht mit finanziellen Sorgen belasten; und dies angesichts der Tatsache, dass es keine andere als Reine war, die Buch führte und die Ausgaben und Gewinne der Plantage nachrechnete.

Auch wenn ihre Zuneigung zu ihrem Vater groß und unerschütterlich war, so hatte sie doch, was diesen ungewöhnlichen Besuch betraf, ein unangenehmes Gefühl.

Das Verlangen, ganz genau Bescheid zu wissen, wie es um die Angelegenheit zwischen ihrem Vater und Monsieur Lenoir bestellt war, wurde mit jedem Augenblick, der verging, immer drängender. Sie fühlte Erleichterung, als Alonzo endlich in ihrem Zimmer erschien und ihr zu verstehen gab, dass sie auf der Veranda verlangt würde.

Der Besucher und ihr Vater erhoben sich kurz, als sie näher kam, ließen sich dann aber wieder auf ihren Stühlen nieder, während Reine sich einen Korbsessel nahm und mit im Schoß gefalteten Händen diskret neben sie setzte. Ihr Vater erinnerte in blumigen Worten an die erste Begegnung Lenoirs mit seiner Tochter und drückte seine Dankbarkeit gegenüber seinem Gast aus, der Reine und Marguerite damals auf der Straße vor schwerwiegenden Verletzungen bewahrt hatte. Nachdem er diesen Vorfall allen nochmals ins Gedächtnis gerufen hatte, wurde er auf einmal ungewohnt schweigsam und ließ, die Stirn in Falten gelegt, den Blick seiner müden blauen Augen zwischen dem Besucher und Reine hin- und herschweifen. Versonnen schaute er über das Geländer der Veranda zu den sich bewegenden Sonnenflecken unter den alten Eichen. Schließlich blickte er erneut seinen Besucher an, schürzte die Lippen und holte tief Luft.

Ihr Vater wurde unzweifelhaft älter, wie Reine mit einem bangen Gefühl bemerkte. Leberflecken zeichneten sich auf seinen Handrücken ab, seine Gesichtszüge waren von tiefen Falten geprägt, und sein ehemals dunkles Haar war bereits von grauen Strähnen durchzogen. Als junger Mann noch ein *Bon Vivant,* heiratete er relativ spät, sodass er bei ihrer Geburt schon fast vierzig Lenze zählte. Die Ereignisse der letzten Jahre hatten zudem ihren Tribut gefordert, sodass sich die Leichtigkeit seiner Schritte verlor und das beständige Lächeln aus seinem Gesicht verschwand. Teilweise war auch sie dafür verantwortlich, das wusste sie ganz genau.

»Nun, Papa?«, fragte sie nach einer Weile. »Wolltest du mir irgendetwas mitteilen?«

»Ja, in der Tat, da gäbe es eine Angelegenheit … die ich erzählen muss … Ach, es ist eine unglückselige Geschichte, und es tut mir furchtbar leid. Es betrifft dich mehr als jeden anderen, und es scheint mir das Beste zu sein, dich als Erste darüber zu informieren, sodass du dann … Ach, *Chérie*!«

Reine war in diesem Moment nicht mehr nur besorgt, sondern äußerst alarmiert. Sie lehnte sich ein wenig nach vorne. »Was ist los? Ist irgendetwas passiert? Bitte sag es mir sofort!«

Ihr Vater öffnete den Mund, und nach kurzem Zögern schloss er ihn mit einem Kopfschütteln wieder. Reine, die den Blick des Fechtmeisters auf sich spürte, drehte sich zu diesem um, in der Hoffnung, von ihm über die Angelegenheit aufgeklärt zu werden. Zum Glück enttäuschte er sie nicht.

»Was Ihr Vater versucht, Ihnen zu erzählen, Madame Pingre«, sagte er, und seine Stimme war ebenso neutral wie der Blick aus seinen schwarzen Augen, »ist, dass er den Rechtsanspruch auf dieses Anwesen verloren hat. Das Haus, die Möblierung, die Arbeiter und das dazugehörigen Land gingen über den Spieltisch. Sein Verlust ist mein Gewinn. Ich bin der neue Eigentümer von River's Edge.«

Seine Worte waren eindeutig, doch ihr Verstand weigerte sich, die Bedeutung des Gesagten anzuerkennen. Das war schlimmer, weitaus schlimmer, als sie befürchtet hatte. »Was? Was haben Sie soeben gesagt?«

»Es stimmt«, antwortete ihr Vater stattdessen in einem Ton tiefer Trauer, während sie sich zu ihm umdrehte. »Alles ist dahin. Das Stadthaus im *Vieux Carré* ebenfalls.«

»Es tut mir leid«, beschwichtigte Lenoir.

Reine schloss die Augen, unfähig, das sicherlich geheuchelte Bedauern und seine unbeweglichen Gesichtszüge zu ertragen. »Glücksspiel«, stieß sie halb flüsternd hervor, ohne ihre Wut zu verbergen.

»Nun ja.« Ihr Vater fand seine Sprache wieder, jetzt, da die furchtbare Neuigkeit heraus war. »Meine Pechsträhne war unglaublich, so etwas habe ich noch nie erlebt. Ich war absolut sicher, dass sich mir im Laufe der Nacht das Glück wieder zuwenden würde, doch leider war dem nicht so.« Er zuckte resigniert mit den Schultern.

»Wie konntest du nur?«, fragte sie vor Wut bebend. »Hast du denn dabei überhaupt nicht an mich oder Marguerite gedacht? Was *Maman* angeht, so habe ich keine Ahnung, wie du ihr das beibringen willst.«

Ein Schatten von Beklommenheit huschte über das Gesicht ihres Vaters. »Die Sache steht nicht so schlimm, wie es den Anschein hat.«

»Wie schlimm könnte es denn noch sein? Wir werden hier ausziehen müssen und wissen nicht, wohin. Natürlich könnten wir für ein paar Tage ins Hotel gehen, aber wenn du so viel verloren hast ...« Reine hielt inne und presste ihre Lippen zusammen, um sich selbst davor zu bewahren, noch mehr zu sagen. Es ging ihr gegen den Strich, vor ihrem Gast das ganze Ausmaß der Katastrophe auszubreiten. *On lave son linge sale en famille*, schmutzige Wäsche wird in der Familie gewaschen, wie die alten Frauen zu sagen pflegten.

Ihr Vater kratzte sich im Nacken, während sein Blick peinlich berührt wirkte. »Es werden keine allzu drastischen Maßnahmen vonnöten sein. Monsieur Lenoir und ich haben eine Absprache getroffen, die ganz gut funktionieren müsste.«

»Hinsichtlich ein wenig mehr Zeit, um unsere Angelegenheiten zu ordnen, meinst du das? Ich bin sicher, dass dies sehr zuvorkommend von ihm ist, aber es ändert nicht wirklich etwas an der jetzigen Situation.« Sie warf dem Fechtmeister einen vernichtenden Blick zu. Je mehr sie über die Sache nachdachte, desto unwahrscheinlicher erschien es ihr, dass ihr Vater alles aufs Spiel gesetzt hatte, erst recht gegen diesen Mann. Dies war einfach merkwürdig, außer natürlich, die beiden hatten sich durch den Vorfall am Theater kennengelernt.

»Die Angelegenheit ist delikat, *Chérie*, aber sie sollte zufriedenstellend ausgehen, wenn alles wie geplant verläuft.« Ihr Vater stand so hastig von seinem Stuhl auf, dass seine Knie knackten. »Ich sollte zu deiner Mutter gehen, bevor sie sich entschließt, herunterzukommen, um unseren Besuch zu begrüßen. Monsieur Lenoir wird besser als ich in der Lage sein, dir die Sache so zu erläutern, dass … dass es zu deinem Wohlgefallen ausgeht. Ich werde ihn allein lassen, damit er dir seinen Standpunkt erläutern kann, so wie er es auch mir gegenüber dargestellt hat.«

Reine spürte, dass ihr das Herz bis zum Hals klopfte, als sie ihren Vater von dannen gehen sah, in einer Eile, dass die Enden seiner Rockschöße im Wind flatterten. Sobald seine Schritte im Inneren des Hauses verhallt waren, drehte sie sich zu dem neben ihr sitzenden Mann um.

Christien Lenoir lehnte sich bedächtig nach vorne und stütze seine Ellbogen auf der Lehne des Korbstuhls ab. Ein bedauerndes Lächeln umspielte seinen Mund, als er ihrem Blick begegnete, der Ausdruck in seinen Augen jedoch änderte sich nicht. Aus diesem Grund blieb sie wachsam und taxierte ihn, als ob sie es mit einem Gegner in einem feindlichen Duell zu tun hätte.

»Nun denn, Monsieur?«

»Dies mag für Sie vielleicht schockierend sein, doch es ist die Wahrheit, und ich hoffe, Sie werden mir deswegen keine Vorhaltungen machen.«

»Das kann ich kaum versprechen, da ich immer noch keine Ahnung habe, was sie eigentlich meinen.« Sie war verwirrt von dem Gefühl, ihr Herz so lautstark gegen ihre Brust klopfen zu hören und von der unwiderstehlichen Anziehungskraft dieses Mannes, von dem sie ihren Blick nicht abwenden konnte.

»Nein, natürlich nicht. Die Sache ist die, dass mein Vorschlag völlig rational und logisch erschien, als er mir in den Sinn kam. Mit Ihrem Vater darüber zu sprechen, war nur eine einfache Geschäftsangelegenheit. Jetzt, mit Ihnen, sieht das schon ganz anders aus.«

»Das wird Sie ja hoffentlich nicht davon abhalten, es trotzdem zu tun.«

»Keinesfalls. Nachdem ich Sie wiedergesehen habe, bin ich erst recht davon überzeugt.«

Sie beobachtete genau seine Gesichtszüge. Seine Augen, die so dunkel waren wie die Nacht und von dichten Wimpern umrahmt wurden, die alle Gefühle verbargen. Der Widerschein der Sonne auf seinem markanten Gesicht und seinen tiefschwarzen Haaren. Seine Nase, die zwischen buschigen, ausdrucksstarken Augenbrauen seinem Gesicht prägnante Züge verlieh, wäre in einem weniger männlichen Gesicht vielleicht zu groß gewesen, doch ihre Form, die aufgrund ihrer scharfen Kanten an einen Adler erinnerte, gab ihm diese gewisse Note an Männlichkeit und Bestimmtheit. Sein Kinn war äußerst ausgeprägt, fast bedrohlich.

Christien Lenoir war, gemessen an der aktuellen Mode raffinierter Eleganz, nicht wirklich makellos. Von seinen teuflisch finsteren Gesichtszügen und dem kräftigen Bau seines Körpers ging jedoch eine Art dunkle Anziehungskraft aus. Seine maskuline Präsenz und seine eisenharte Entschlossenheit, die nur ein dünner Firnis von Zivilisiertheit überdeckte, schienen den sonnigen Morgen zu überstrahlen. Sie entdeckte an ihm wirklich nichts, das ihr Grund für Hoffnung gab, er könnte sich dazu veranlasst fühlen, ihrem Vater die Spielschulden zu erlassen.

Sie senkte ihren Blick und ließ ihn für einen Augenblick auf der Manschette seines Hemdärmels ruhen. Der Leinenstoff war hauchdünn und an den Enden bereits ausgefranst. Seine eigentlich schwarze Krawatte hatte durch ihr Alter einen rötlichen Glanz bekommen. Seine aus Wolle gewebten Hosen waren an den Knien bereits mehr ausgebeult, als es gesellschaftlich tragbar war. Es schien, als ob er River's Edge so nötig bräuchte wie sie selbst, ja er war wohl geradezu darauf angewiesen. Was aber, um alles in der Welt, konnte er dann von ihr noch wollen?

Ein unangenehmer Gedanke bemächtigte sich ihrer und ließ eine Welle der Hitze durch ihre Adern branden. Er hatte einen Vorschlag erwähnt. Was, wenn er damit einen Antrag meinte? Nein, das konnte einfach nicht sein.

Sich nur mühsam beherrschend, presste sie hervor: »Ich möchte gar nicht erst raten, welche Pläne Sie im Kopf haben, denn ich nehme nicht an, dass Sie daran gedacht haben, dass mein Vater River's Edge von Ihnen pachten soll.«

»Das wäre mir ganz und gar nicht recht.«

»So etwas habe ich schon befürchtet. In diesem Fall hätten Sie mich ja in Ihre Planungen auch nicht einweihen müssen. Wollen Sie sich vielleicht als Plantagenbesitzer niederlassen? Dann bräuchten Sie womöglich das Fachwissen meines Vaters und mich, um Ihren Haushalt zu führen?«

»Etwas in dieser Richtung.«

»Sie können von Papa aber kaum erwarten, dass er Ihr Aufseher wird«, entgegnete sie abweisend. »Nicht weil er ungefällig wäre, sondern weil er dazu einfach nicht die nötigen Fähigkeiten hat, verstehen Sie. Er ist und war schon immer ein Gentleman.«

»Also ist es ihm verboten, seinen Lebensunterhalt wie ein gemeiner Arbeiter zu verdienen. Mir ist der Unterschied durchaus bewusst.«

Sie ignorierte den rauen Unterton in seiner Stimme und fuhr fort: »Auch meine Mutter würde es wohl kaum akzeptieren, in das Haus des Aufsehers umzuziehen. Es ist … ist einfach nicht angemessen.«

»Madame Cassard würde sich lieber von irgendeinem Verwandten aushalten lassen und ein Leben als Gesellschafterin führen, als die Annehmlichkeit eines Haushaltes aufzugeben, der ausreichend Personal zur Verfügung hat, um ihre Wünsche zu erfüllen. Das ist absolut verständlich. Aber in diesem Fall ist es ja wohl eher so, dass Sie, Ihr Vater und Ihre kleine Tochter auf meine Kosten leben werden.«

Reine blickte ihn irritiert an und knetete nervös ihre im Schoß gefalteten Hände. »Sie sind nicht … wir sind nicht auf ihre Wohltätigkeit angewiesen.«

»Wirklich nicht?«

Die Frage war ein weiteres Mal mit einem verwirrenden Anflug von Sympathie gestellt. Ein aufglimmernder Hauch von Gold inmitten der dunklen Iris seiner Augen drückte dabei eine gewisse Sanftheit aus. Reine lehnte diese Unterstellung ohne das geringste Zögern ab. »Auf keinen Fall.«

»Ich verstehe natürlich, dass sich die Sache für Sie anders darstellt. Vorausgesetzt, Sie wären dazu bereit, eine entsprechende Gegenleistung zu erbringen, würden Sie selbstverständlich die Herrin auf River's Edge werden.«

Sie starrte ihn einen langen Augenblick entgeistert

an. »Die Herrin«, wiederholte sie mit leichtem Unverständnis.

»Nun, ich wollte damit sagen, anstelle ihrer Mutter, die im Moment diese Position innehat. Die diesbezügliche Verantwortung würde natürlich als meine zukünftige Frau in Ihren Aufgabenbereich fallen.«

Sie sah in seine tiefschwarzen Augen, völlig verunsichert, ob die von ihm so sanft, aber doch klar und deutlich gesprochenen Worte wirklich die Bedeutung hatten, die sie eben verstanden zu haben glaubte. Gleichzeitig durchströmte sie ein wohliges Gefühl, ihre Brustwarzen erhärteten sich, und sie spürte, wie sich brennende Hitze zwischen ihren Schenkeln ausbreitete. Sie fühlte sich ein wenig benommen und schloss instinktiv die Finger fester um die Lehne des Korbstuhls.

»Ihre Frau«, sagte sie ganz schwach.

»Sie müssen zugeben, dass dies auf der Hand liegt, die beste Lösung für alle. Als Ihr Ehemann würde ich von River's Edge Besitz ergreifen können, ohne Ihre Familie brüskieren zu müssen. Es würde sich auch kaum etwas ändern, außer dass wir einander gesetzlich verbunden wären.«

Besitz ergreifen. Was für ein aggressiver Ausdruck, einer, bei dem sich ihre Zehen unwillkürlich zusammenkrampften.

Reine war schon einmal verheiratet gewesen. Das Letzte, was sie gebrauchen konnte, war, dass wieder jemand von ihr Besitz ergriff. Ihr verschwommener Blick klärte sich plötzlich auf, und mit einer entschlossenen Drehung ihres Kopfes wandte sie sich ihm zu. »Unmöglich«.

»Unwahrscheinlich zumindest«, entgegnete der Fechtmeister, ohne dabei seinen Gesichtsausdruck zu verändern, »aber vielleicht nicht unmöglich.«

»Sie verstehen nicht. Ich verspüre nicht den geringsten Wunsch, noch einmal zu heiraten.«

»Lieber würden Sie demnach in Kauf nehmen, dass Ihre Eltern und Ihre Tochter das liebgewonnene Heim verlassen müssten?«

»Nein, das nicht … aber ich kann wirklich nicht …«

»Sie sträuben sich gegen die Vorstellung, mit einem Mann verheiratet zu sein, der seinen Lebensunterhalt als Waffenlehrer verdient hat.«

»Das ist es nicht.« Sie meinte das wirklich so, denn seit dem Tod ihres Mannes wusste sie, was es heißt, gesellschaftlich gebrandmarkt zu sein.

Nichtsdestoweniger erschien es ihr seltsam, dass sie von so einem Mann einen Antrag erhielt. Theodore, ihr verstorbener Mann, hatte immer eine besondere Angst vor Fechtmeistern. Diese waren eine Art exklusive Bruderschaft, deren Mitglieder meist unterwegs waren, um Ungerechtigkeiten gegenüber Schwächeren, insbesondere Frauen und Kindern, zu rächen. Dabei waren sie in der Wahl ihrer Mittel oft nicht zimperlich und berücksichtigten kaum Stand und Ehre ihrer Opfer.

»Sie lehnen mich als Person ab«, fuhr Christien Lenoir fort.

Sie warf ihm einen schneidenden Blick zu, der sein ebenmäßiges Antlitz traf, aber auch auf seine muskulösen Schultern und seine langen, kräftigen Beine fiel, die sich durch den dünnen Stoff seiner Hose abzeichneten. »Seien Sie nicht lächerlich. Meine Präferenzen spielen hierbei keine Rolle.«

»Ich widere Sie also nicht an. Demnach machen wir schon Fortschritte.«

Seine Stimme hatte einen nicht kalkulierbaren Unterton. Mit Entschlossenheit streckte sie ihr Kinn vor, während ihr hitziges Temperament über die innere Aufgewühltheit siegte. »Sie müssen wissen, man beschuldigt mich, dass ich meinen ersten Mann habe umbringen lassen. Natürlich nur für den Fall, dass ich ihn nicht eigenhändig zu Tode gebracht habe. Sie würden demnach ihr Bett mit einer mutmaßlichen Mörderin teilen.«

Sie hatte das Falsche gesagt, das wusste sie sofort. Die Gerüchte waren ja nur aufgekommen, weil Theodore umgebracht wurde, während er schlief, doch dieser Fechtmeister konnte das natürlich nicht wissen. Mit unterdrückter Sorge wartete sie seine Antwort ab.

Er ließ sie auch nicht lange warten.

»Mich zu töten, würde sicherlich nicht so leicht sein, deshalb bin ich auch durchaus bereit, das Risiko einzugehen«, sagte er mit einem schelmischen Lächeln im Gesicht, das seine dunklen Augen aufleuchten ließ wie einen guten alten Cognac. »In der Tat kann ich mir nichts Angenehmeres vorstellen, als mit Ihnen mein Bett zu teilen.«

Zweites Kapitel

»Sie glauben mir nicht.«

Christien konnte die Anschuldigung nicht einfach abtun. Auf der anderen Seite erschien es ihm lächerlich, dass dieses, hier vor ihm sitzende zarte Geschöpf die Kraft haben sollte, einen tödlichen Faustschlag auszuführen. Was ihn an dieser Behauptung weitaus mehr interessierte, und das abgesehen von der Tatsache, dass bei der von ihr unbeabsichtigten Erwähnung eines gemeinsamen Bettes sich eine leichte Röte auf ihren Wangen bemerkbar gemacht hatte, war die wohl dahintersteckende Absicht, ihn von seinen Heiratsplänen abzubringen. Nun, und schließlich war er auch neugierig, warum sie dafür zu solch drastischen Mitteln griff.

»Lassen Sie uns einfach sagen, es scheint recht zweifelhaft zu sein«, versuchte er, zu beschwichtigen. »Es sei denn, Ihr Mann war besonders schmächtig?«

»Er war nicht kleiner als ich, aber sicherlich nicht so groß und kräftig wie Sie.«

Er konnte förmlich ihren Blick spüren, der über seine Schultern und seine ausgestreckten Beine glitt, als sie ihm antwortete. Es überkam ihn dabei ein prickelndes Gefühl, das er kaum ignorieren konnte.

»Aber jeder Mensch muss irgendwann einmal schlafen«, fuhr sie fort. »Er wurde in unserem Schlafzimmer angegriffen, verstehen Sie.«

»Also entledigten Sie sich seiner, während er neben Ihnen lag und schnarchte. Und dann? Haben Sie sich daraufhin wieder hingelegt und gewartet, bis jemand kam und ihn fand?«

»Bestimmt nicht. Ich habe ihn nicht ...«

Sie hielt inne und holte tief Luft. Ihre Lungen füllten sich und ließen ihre wohlgeformten Brüste in einer Weise anschwellen, die zu aufreizend für ihn war, um sich noch länger wohlzufühlen. Ihre Wangen röteten sich erneut, und in ihren graublauen Augen bahnte sich ein Sturm der Entrüstung an. Christien störte sich nicht weiter daran. Ihm gefiel es besser als ihre zur Schau getragene, vornehme Blässe, die noch ein paar Sekunden zuvor ihr Gesicht beherrschte. Ein weiteres Mal diesen Effekt bei ihr zu erzielen, schien ihm ein lohnendes Unterfangen zu sein.

»An einem solchen Ort«, sagte er mit größter Zuvorkommenheit, »könntet Ihr nicht so gefühllos sein, genauso wenig, wie Ihr dort mein Anliegen ablehnen würdet.«

»Ist es wirklich das, als was Ihr es verkauft, ein Anliegen? Ich dachte eher, es sei ein Ultimatum.«

Er schüttelte seinen Kopf. »Ich biete Euch meine Hand an und alles, was ich habe. Ihr müsst nur vernünftig genug sein, es auch anzunehmen.«

»Alles, was Ihr habt«, antwortete sie mit bitterer Verachtung.

Er beobachtete mit aufgewühltem Interesse, wie sich die Linien ihrer feinen Lippen zusammenzogen und spürte, wie sich im unteren Bereich seines Bauches ein kribbelndes Gefühl breitmachte. »Der Verlust Ihres Vaters ist eine Ehrenschuld, Madame Pingre und als solche muss sie gezahlt werden. Niemand hat ihn gezwungen, so hoch zu pokern und so lange dabeizubleiben.«

»Sie haben ja nur davon profitiert.«

»Das habe ich wirklich«, stimmte er ihr in aller Offenheit zu. »Irgendjemand hätte am Ende des Abends seine zu hohen Einsätze gewonnen. Ich dachte, warum sollte nicht ich es sein.«

Reine hielt seinem Blick für eine ganze Weile stand und blieb, während sie ihn abschätzte, selbst unergründlich. Er fragte sich, ob sie die tiefe Wahrheit in seiner Stimme erkannt hatte und ob sie in irgendeiner Form verstanden hatte, dass es nicht purer Zufall war, als er sich entschied, in ein Spiel mit Cassard einzusteigen. Er wich als Erster ihren Augen aus und erlaubte sich einen flüchtigen Blick auf ihre sanft geschwungenen Lippen, die so voll und einladend waren, dass er sich mit aller Gewalt gegen den inneren Drang wehren musste, sie einfach an sich heranzuziehen, um das Ersehnte ausgiebig zu kosten.

Sie holte kurz Luft, wandte ihre Augen von ihm ab und lehnte sich ein wenig zur Seite, um ein bisschen mehr Distanz zwischen ihnen zu schaffen. »Wenn Sie nur ein wenig Mitgefühl hätten, würden Sie Papa erlauben, einen Schuldschein für seine Spielverluste auszustellen, denn ihn in seinem Alter zu enteignen und erst recht meine Mutter, ist … ist nicht rechtens, sondern vielmehr unglaublich herzlos.«

»Aber ich enteigne keinen von beiden. Ich ermögliche Ihnen vielmehr, weiterhin in ihrem Zuhause zu leben. Alles, was Sie dazu tun müssen …«,

»… ist, mich selbst als ein Opfer für ihre Sicherheit und ihr Wohlergehen darzubringen«, unterbrach sie ihn.

»Angesicht der sonst möglichen Alternativen erscheint das am vernünftigsten zu sein.«

»Es ist nicht im Geringsten vernünftig! Ich dachte, ich bliebe bis an das Ende meiner Tage eine Witwe.«

Er runzelte die Stirn, war sich aber des Überschwangs seiner Gefühle bewusst. »Sie haben Ihr Herz am Grab Ihres Geliebten gelassen.«

»Bitte«, sagte sie mit einer müden Geste.

»Es ist nicht so melodramatisch, oder? Sie sind sicherlich auch nicht so verzweifelt.«

»Ich hoffe nicht.«

»Die Ehe war eine Enttäuschung für Sie?«

»Nein, überhaupt nicht.«

Er hörte die spontane Antwort, schätzte sie jedoch falsch ein. Er wollte sie doch zu seiner Frau haben und ihre Erinnerung an den verstorbenen Ehemann mit aller Brutalität ausmerzen.

»Also nicht«, gab er schwer atmend zurück. »Dann weiß ich nicht mehr weiter. Wenn ich sehe, wie sehr Sie sich gegen etwas sträuben, was letztendlich ein annehmbares Arrangement für alle ist«.

»Das die Heirat mit einem Mann beinhaltet, den ich nicht im Mindesten kenne und mit dem ich nichts gemein habe? Unter den gegebenen Umständen ist natürlich auch keine Zeit dafür vorgesehen, herauszufinden, ob man mit Geist und Seele zueinanderpasst, ganz zu schweigen davon, ob vielleicht auch noch gegenseitige Zuneigung mit im Spiel ist. Monsieur Lenoir, unsere Vorstellungen von dem, was annehmbar ist, unterscheiden sich offenbar gewaltig.«

»Sie bevorzugen also eine Liebesheirat.«

»Ich hoffe, Sie haben mehr gesunden Menschenverstand. Für mich ist selbstverständlich ein Mann meinesgleichen die erste Wahl.«

»Jetzt, wo sich Ihre Trauerzeit dem Ende zuneigt, wollen Sie also die Annehmlichkeiten und Vergnügungen von gesellschaftlichen Zusammenkünften für die eine oder andere Saison genießen, bevor Sie sich ihn auswählen. Oder haben Sie gar schon jemanden im Auge?«

»Ganz bestimmt nicht!« Das tiefe Blau ihrer Augen leuchtete intensiver als der klare, sommerliche Morgenhimmel. »Ich habe darüber ganz theoretisch gesprochen. Wie schon erwähnt, habe ich kein Interesse an einem weiteren Ehemann.«

»Da möchte ich mir aber doch die Freiheit nehmen, das anzuzweifeln, denn Sie sind eindeutig zu attraktiv, als dass Sie für den Rest Ihres Lebens in Trauergewändern herumlaufen werden.«

Sie schüttelte den Kopf, sowohl das Kompliment als auch die diesbezügliche Schlussfolgerung ablehnend. »Die Art und Weise, wie meine erste Ehe ein Ende gefunden hat, macht es nicht sehr wahrscheinlich, dass ich noch einmal einen Antrag erhalten werde.«

Er verstand, dass sie sich als gesellschaftlich geächtet empfand. Der Grund hierfür lag auf der Hand, denn es würden wohl nur wenige Einladungen an eine Frau herausgehen, die im Verdacht stand, ihren Mann umgebracht zu haben. Dieses Thema auf sich beruhen zu lassen, erschien für den Moment das Beste. »Es ist meine Herkunft, die Sie stört«, fuhr er beharrlich fort.

»Nicht wirklich, obwohl ich nicht ganz verstehe, warum Sie von mir erwarten, dass ich mich mit einem Mann wohlfühlen sollte, der einen ganz anderen Hintergrund hat als ich selbst.«

»Ich habe einige Jahre damit verbracht, für mich eine Heimstatt im *Vieux Carré* einzurichten, Madame Pingre, und dabei war ich zumindest erfolgreich genug, um zahlreiche angesehene Herren aus guter Familie in meinem Salon empfangen zu können«, antwortete er, während sich eine gewisse Kälte um sein Herz legte. »Aber womöglich ist der entscheidende Punkt einfach der, dass ich für meinen Lebensunterhalt arbeite. Na ja, und dann natürlich auch noch in einem so skandalösen Beruf.«

»Das spricht in der Tat nicht gerade für Sie.« Der Ausdruck in ihren Augen hielt ihn davon ab, etwas zu entgegnen. »Was für ein Leben müsste ich führen, wenn ich mich an einen Mann binden würde, der glaubt, dass jeder Streit mit dem Degen gelöst werden kann? Das wäre schlimmer als …«

»Schlimmer als Ihre erste Ehe vielleicht? Ich verstehe die Einwände. Bezüglich meiner Herkunft kann ich nichts ändern. Ich stamme von den Natchez ab, den Ureinwohnern des Landes. Französische Frauen haben mit Heirat schon ganz andere Völker zivilisiert.« Er schenkte ihr ein kleines Lächeln in Anerkennung der Tatsache, dass es ohne ein bisschen Zivilisation nicht ginge. »Was meinen Beruf angeht, so verspreche ich, dass ich meinen Degen an unserem Hochzeitstag niederlege und ihn von da an nie wieder gegen jemanden erheben werde.«

In ihrem Gesichtsausdruck machte sich leichte Verwirrung breit, während sie ihn anstarrte. »Sie würden das für mich tun?«

»Wenn Sie das wünschen.« Es gab nur wenige Dinge, die er ihr nicht zugestanden hätte, um ihre Zustimmung zu erhalten.

»Und angenommen, ich wünschte …«

»Was?« Er musste die Frage stellen, als er bemerkte, wie sie innehielt, auch wenn er die Antwort bereits ahnte.

»In unserem … unserem Ehebett alleine zu sein.«

Unwillkürlich stieg in ihm die Vorstellung auf, wie sie in diesem Bett in Batist und Spitze gekleidet liegen würde, ihre offenen Haare mit den verführerischen

Locken, in voller Pracht über den Kissen ausgebreitet und im Lampenschein intensiv glänzend. Sie könnte vielleicht zunächst alleine dort sein, doch wenn er irgendetwas mitzubestimmen hätte, nicht sehr lange. Er atmete tief ein, um die heißen Wellen, die bei diesem Gedanken durch seinen Körper strömten, unter Kontrolle zu bringen. Schließlich sagte er: »Sie würden uns also zu Enthaltsamkeit und Kinderlosigkeit verurteilen?«

»Ich habe bereits ein Kind, meine Tochter Marguerite.« Ihr Blick wanderte suchend über seine Schultern hinweg.

»Und ich wäre stolz, ihr ein Vater zu sein, wenn Sie das möchten und es ihr auch recht wäre; aber ich hoffe doch, auch noch weitere Kinder zu haben.«

Sie schaute leicht betreten auf ihre Hände hinunter. »Ich verstehe.«

»Das ist nun keine unbegründete Erwartung«, sagte er ruhig.

»Nein, ist es nicht, wenn die Umstände normal wären.«

»Die Sache liegt ganz in unserer Macht. Es könnte alles normal werden, wenn wir es nur wollen.«

Sie schaute ihn misstrauisch, aber mit einem leichten Anflug von Humor, an. »Sie haben wohl auf alles eine Antwort.«

»Das ist einer meiner Fehler«, entgegnete er fast feierlich, »und nicht der Einzige.«

»Es gibt noch mehr?«

Dieses erste Anzeichen von Interesse erschien vielversprechend, fast schmeichelhaft. »Ich bin ein Frühaufsteher und mache gerne einen Ausritt vor dem Frühstück. Müßiggang ist für mich schwer zu ertragen. Ich muss immer irgendetwas tun, deshalb erwarte ich auch, dass ich mich in das Tagesgeschäft der Plantage einbringen kann. Es macht mir Freude, mit meinen Händen zu arbeiten, wobei ich Sie hoffentlich nicht in Verlegenheit bringe, wenn man mich dabei sieht. Obwohl ich ab und an nichts dagegen habe, mal an einem gesellschaftlichen Ereignis teilzunehmen, ziehe ich doch den ruhigen Abend zu Hause vor. Letztlich bin ich, womöglich gegen Ihre Erwartungen, ein eher langweiliger Mensch.«

»Sie werden mir verzeihen, wenn ich das als eher unwahrscheinlich erachte.«

»Ihnen steht es frei, zu denken, was Sie wollen«, gestand er ihr trocken zu. »Oh, und ich sollte hinzufügen, dass ich einige Verpflichtungen gegenüber Freunden in und um New Orleans habe, sodass ich ab und zu einen Abend abwesend sein würde.«

»Ich würde Ihre Abwesenheit dann schon ertragen können.«

Er dachte, sein Herzschlag würde für einen Augenblick lang aussetzen. »Heißt das, Sie willigen ein?«

»Nein, nicht so übereilt«, antwortete sie, wobei ihr nicht mehr nur Verwirrung, sondern fast Panik ins Gesicht geschrieben stand. »Es war lediglich … nur eine Anmerkung. Nein, ich brauche Zeit, nachzudenken, um die Angelegenheit mit meinen Eltern zu besprechen. Etwas so Wichtiges … so Dauerhaftes wie dieses kann kaum in einer halben Stunde entschieden werden.«

»Da irren Sie, es kann schon in einem ganz kurzen Moment entschieden werden.« Christien wusste das mit absoluter Sicherheit. Deshalb war er überhaupt hier, und aus diesem Grund war er der Eigentümer von River's Edge.

»Manche können das, ich nicht.« Sie senkte die Augen, betrachtete ihre Finger, die sanft über das alte Korbgeflecht der Armlehne strichen. Plötzlich formte sie jedoch ihre Hand zu einer Faust. »Warum«, fragte sie. »Warum tun Sie das?«

»Weshalb ich Sie alle nicht einfach auf die Straße setze? Betrachten Sie es als eine Laune.«

»Ich glaube nicht, dass Sie ein Mann sind, der launisch ist«, hielt sie ihm entgegen, den Blick suchend auf sein Gesicht geheftet, »erst recht nicht jemand, der gemäß seiner Launen handelt. Sie brauchen eine Frau, die Ihnen den Haushalt führt, ist es das? Vielleicht denken Sie aber auch, dass ich Ihnen wegen der Geschichte vor dem Theater etwas schuldig bin und deswegen in alles einwilligen muss.«

»Ich habe keinerlei Erwartungen hinsichtlich Ihrer Dankbarkeit und auch keine Verwendung dafür.«

»Aber Sie müssen doch irgendeinen Grund haben.«

Oh ja, er hatte einen, doch den würde er gewiss nicht darlegen. So ein Wissen könnte, in falschen Händen, eine gegen ihn gerichtete Waffe sein. Er antwortete ihr stattdessen mit einer Gegenfrage: »Meinen Sie nicht, dass für mich die Gelegenheit, meine Situation zu verbessern, Grund genug ist?«

»Ich nehme an, Sie meinen Ihre Stellung in der Gesellschaft.«

»Kein Ehegelöbnis würde mich wirklich in die High-Society bringen. Das Einzige, was mich interessiert, ist River's Edge. Ein Gutsbesitzer und niemandem verpflichtet zu sein, ist mehr als genug.« Seinen mangelnden Status in der Gesellschaft hatte er schon seit Langem als unumstößlich akzeptiert. Davon zu sprechen, bereitete ihm keinen Kummer mehr.

»Und Sie erwarten von mir, dass ich als Ihre Frau

dieses Leben außerhalb der Gesellschaft mit Ihnen teilen würde.«

»Ich dachte«, entgegnete er ruhig, »dass Sie bereits aufgrund der Art des Hinscheidens Ihres Ehegatten gesellschaftlich inakzeptabel geworden seien. Wir scheinen ein Paar von Ausgestoßenen zu sein, Sie und ich.«

Reines Augen verfinsterten sich, und sie presste ihre Lippen zu einer dünnen Linie zusammen. Von irgendwoher hörte man ein Eichhörnchen rascheln, eine Krähe schreien, und in der Ferne stimmte eine junge Frau mit voller Stimme einen Trauergesang an. Eine warme Sommerbrise strich herüber und ließ die Blätter der Bäume rauschen, legte sich dann aber so plötzlich, wie sie gekommen war.

»Sie haben durchaus recht«, sagte sie schließlich beinahe schroff, ohne ihn dabei anzusehen. »Nichtsdestoweniger brauche ich Zeit zum Nachdenken. Wenn Sie vielleicht morgen wiederkommen würden …«

»Ihr Vater hat mich eingeladen, als Gast auf River's Edge zu bleiben, bis die Angelegenheit sich bereinigt hat, so oder so.«

Sie drehte sich zu ihm um und studierte sein Gesicht. »Ist das womöglich eine Drohung?«

»Eher eine Tatsache.« Christien erlaubte sich einen leicht ironischen Unterton. »Obwohl ich nur ungern Ihre Gefühle verletzen will, möchte ich Sie noch mal darauf hinweisen, dass Sie sich alle als meine Gäste betrachten können.«

»Können wir also.« Abrupt erhob sie sich von ihrem Stuhl, sodass er gezwungen war, das Gleiche zu tun. »Ich werde Ihnen so schnell wie möglich eine Antwort erteilen.«

»Dafür wäre ich sehr dankbar«, antwortete er und

war in diesem Augenblick so aufrichtig wie noch nie in seinem Leben.

Falls sie das noch gehört hatte, so zeigte sie zumindest kein Anzeichen der Regung. Mit einem Rauschen der Röcke, die so weit und zahlreich waren, dass sie beim Umdrehen den Staub von seinen Stiefeln fegten, entfernte sie sich von der Veranda. Er sah ihr nach und bemerkte dabei ihre gestrafften Schultern und die stolze Neigung ihres Kopfes sowie die bei ihrem graziösen Gang sich abzeichnenden, weiblichen Linien ihres Körpers und den verführerischen Schwung ihrer Hüften. Er fühlte sich so angespannt, als ob er gerade einen tödlichen Zweikampf überstanden hätte. Sein Nacken war steif geworden, und er spürte, dass sich auch noch ein ganz anderer Teil seines Körpers verhärtet hatte.

Ob er nun gewonnen oder verloren hatte, war noch nicht auszumachen; er musste notgedrungen darauf warten, bis es ihr gefiel, ihm eine Antwort zu geben. Währenddessen hatte er sich immerhin schon einmal auf der Plantage einquartiert. Er war Teil der Familie geworden, zumindest vorübergehend. Und vor allem war er unter demselben Dach wie Madame Pingre und ihre Tochter, er konnte die gleiche Luft atmen wie sie, gemeinsam mit ihnen am Tisch sitzen und schlief nur ein paar Türen von ihnen entfernt.

Er sollte sich glücklich schätzen, doch er fühlte sich auch als furchtbarer Eindringling. Andererseits, warum nicht, wenn das die Rolle war, die er spielen sollte?

Drittes Kapitel

Monsieur Cassard kam gerade zur rechten Zeit, um Christien von der Veranda abzuholen. Er schlug ihm einen Spaziergang über die ausgedehnten Ländereien vor, was Christien dankbar annahm. Die unerwartete Geste, die ihn in seiner Eigenschaft als neuer Besitzer von River's Edge bestätigte, nahm er mit einer gewissen Erleichterung zur Kenntnis. Christien hatte zahlreiche Fragen, doch es war selbstverständlich nicht angemessen, sie alle auf einmal anzubringen. Stattdessen machte er die eine oder andere Bemerkung zur Lokalpolitik, was schließlich in eine Unterhaltung über den Krieg in Mexiko mündete.

»Ich bin überrascht, dass ein junger Mann wie Sie nicht in der Armee ist«, meinte Cassard, während er dahinschlenderte und seine Hände auf dem Rücken unter den Schößen seines Gehrocks verschränkte. »Ich würde dabei sein, wenn ich noch jünger wäre.«

»Das ist nicht mein Krieg«, antwortete Christien.

»So eine Gelegenheit für Abenteuer gibt es nicht in jeder Generation.«

»Das ist schon richtig.« Er hatte in Erwägung gezogen, sich für die Louisiana Division zu verpflichten, die zurzeit in der Nähe der Grenze kämpfte. Er war bei den großen Versammlungen im Hewlett's gewesen, wo viele seiner Freunde und Kollegen von der Fechtmeisterzunft unterschrieben hatten, um in den Krieg zu ziehen. Die begeisternden Reden der Militärs ließen sein Herz im Rhythmus der Trommeln schlagen. Es schien eine edle Sache zu sein, sich für die noch jungen Vereinigten Staaten einzusetzen und gegen die alten Mächte und Ideale zu kämpfen. Ein Land aufzubauen, das sich von einem Ozean zum anderen erstrecken würde, war ein verlockender Traum. Nichtsdestotrotz hatte er andere Pläne, und zwar eigene.

»Glauben Sie, dass der alte Scott der Richtige dafür ist, um die Angelegenheit da unten zu bereinigen?«, fragte Cassard, der damit auf General Winfield Scott, den Kommandeur der östlichen Streitkräfte in Mexiko anspielte.

»Er ist ein erfahrener Soldat und wird schon wissen, woran er ist«, antwortete Christien einsilbig. »Er hatte schon genug Probleme bei Buena Vista.«

»Oh ja, bei Gott, er ist schonungslos genug. Schrecklich, allein wie er Veracruz eingenommen hat. Man sagt, er habe sechstausend Kanonenschüsse auf die Stadt abfeuern lassen. Der Blutzoll war dabei so hoch, dass die Stadtväter beschlossen, zu kapitulieren, um ihre Toten vor den Geiern retten zu können. Mit einer solchen Kriegsführung, die sich gegen Frauen und Kinder richtet, bin ich wirklich nicht einverstanden. Das ist widerlich.«

Das ist es zweifellos, dachte Christien. Sich einen so liebreizenden Körper wie den von Reine vorzustellen, wie er von explodierenden Granaten zerrissen würde, war mehr, als sein Magen verkraften konnte. Ihre Haut war so zart, ihre Figur so sanft geschwungen, dass man ihren Linien nachfahren wollte und ihre Lippen …

Er riss sich zusammen und nahm die Konversation wieder auf. »Präsident Polk musste gewusst haben, auf was er sich da einlässt. Scott kommandierte, wie Sie sich erinnern, die Kavallerieeinheit, die vor etwa zehn Jahren die Zwangsumsiedlung der südwestlichen Indianerstämme in das ihnen zugewiesene Reservat durchführte. Auf dem langen Marsch kamen einige hundert Frauen, Kinder und alte Leute ums Leben, was ihn nicht im Geringsten kümmerte.«

Was Christien nicht erwähnte, war die Tatsache, dass die Aussicht, unter diesem General dienen zu müssen, der Hauptgrund war, warum er nicht zur Armee ging. Scotts Name wurde von seinen Verwandten nur mit Verachtung erwähnt.

»Sicherlich haben Sie ein gutes Geschäft mit all den Rekruten gemacht, die auszogen, um kurz darauf mexikanischen Gewehrläufen gegenüberzustehen.«

Bei dieser Unterstellung, er würde von dem militärischen Konflikt profitieren, schluckte Christien einen Anflug von aufkommendem Ärger hinunter. Das wirklich als Beleidigung aufzufassen, würde aber seiner Sache nicht dienlich sein. »Zugegebenermaßen, die Geschäfte in der Fechtschule liefen die letzten fünf Jahre ganz gut. Ich denke jedoch, dass ich dem ein oder anderen zukünftigen Soldaten das Leben gerettet habe, indem ich ihn gelehrt habe, den Degen richtig einzusetzen und sich wirkungsvoll gegen seine Gegner zu verteidigen.«

Cassard schürzte seine Lippen. »Abgesehen davon, vielleicht sieht Scott zumindest Mexiko City als ein schwierigeres Unternehmen an.«

»Die Streitkräfte von Santa Ana werden die Stadt mit ihrem letzten Atemzug verteidigen. Wer sollte ihnen das auch übel nehmen?«, pflichtete Christien ihm bei.

»Man sagt, dass er nicht mehr lange durchhalten wird.«

»Es wird viel geredet.«

»Das ist wohl war«, grummelte der alte Mann vor sich hin. »Jetzt, wo die berittenen Eilboten mehrmals pro Woche Depeschen von den Häfen an der Grenze bringen, denkt jeder, der einen Penny für ein Nachrichtenblatt ausgibt, er sei selbst ein Militärstratege. Wenn man denen zuhört, könnte man schwören, sie hätten höchstpersönlich die westlichen Armee-Einheiten von New Mexiko nach Kalifornien beordert und die östlichen Divisionen nach Veracruz, um auf Mexiko City vorzurücken. Was die Blockade der Seestreitkräfte anbelangt …«

»Die verfluchen sie, weil ihnen dadurch der Zugang zu Gütern aus diesem Teil der Welt verwehrt wird«, fügte Christien mit einem trockenen Lächeln hinzu. »Die meisten glauben an den Fall von Mexiko City vor dem Ende des Sommers oder hoffen zumindest darauf.«

»Gebe Gott, dass sie Recht haben«, sagte Cassard. »Allmählich habe ich genug von der ganzen Angelegenheit.«

Es schien ein guter Zeitpunkt zu sein, das Thema zu wechseln. Dementsprechend erkundigte sich Christien nun nach dem Zustand der Bewässerungsgräben der Plantage, dem Fortschritt bei den notwendigen Reparaturmaßnahmen am Hochwasserdamm, der Anzahl und dem Gesundheitszustand der Maultiere, den Ausbesserungsarbeiten an der nahe gelegenen Zuckerrohrmühle, und er wollte wissen, wie hoch die Unfall- und Sterberate auf der Plantage wäre. Während die beiden in ihre Unterhaltung über dieses und jenes vertieft waren, durchquerten sie die Ländereien von River's Edge und besichtigten die Stallungen, die Scheunen und die anderen Wirtschaftsgebäude. Am Schluss kamen sie vor einer kleinen Kirche zu stehen, die, wie auch der dazugehörige Kirchturm, ganz aus Holz war. Die Glocke oben unterm Gebälk, läutete nicht nur zur Messe, sondern rief auch zum Feierabend die Arbeiter vom Feld und warnte die Bewohner bei drohender Gefahr, wie Feuer, Überschwemmung oder anderen Unbilden.

Christien begutachtete das Kleinod, welches mit seinem weißen Anstrich, dem schlichten Altar und dem farbigen Glasfenster, in seiner einfachen Art einen großen Eindruck auf ihn machte. Hier würden er und Reine heiraten. Natürlich nur, wenn sie auch wollte.

Die kleine Kirche hinter sich lassend, spazierten sie gemächlich den Pfad hinunter, der zu den weiß gestrichenen Baracken führte, die ordentlich in einer Reihe standen und in denen die Arbeiter von River's Edge wohnten. Am Ende einer Behausung sah man einen sehr großen, breitschultrigen Mann, der mit einer Hacke eine Reihe des Gemüsebeets umgrub. Cassard hielt inne und stellte den Mann als Samson vor. Er war nach dem Aufseher der zweitwichtigste Verantwortliche auf dem Anwesen und hatte dafür Sorge zu tragen, dass die Arbeiter rechtzeitig auf die Felder gebracht wurden. Christien, der wusste, dass der Reichtum von River's Edge in hohem Maße von diesem Mann abhing, wie auch von all den anderen Arbeitern, nahm sich einen Augenblick Zeit, mit ihm zu reden, um sich ein Bild von ihm machen zu können. Während er mit Cassard seinen Rundgang fortsetzte, drückte Christien seinem Gastgeber gegenüber seine Zufriedenheit über den Vorarbeiter und die Art der hier zu beobachtenden Wirtschaftsführung aus.

»Er ist ein guter Mann, dieser Samson, und er ist stolz auf seine Position.«

»Ich habe gesehen, dass er in einem Garten gearbeitet hat. Erlauben Sie für jede Barackenbehausung einen eigenen Garten?«

Christien schaute sich um und bemerkte die verschiedenen Kleingärten, in denen Bohnen, Kürbisse und Okras wuchsen, aufgelockert von bunten Blumenbeeten.

Monsieur Cassard nickte zustimmend: »Und ein oder zwei Schweine ebenfalls. Das bereichert ihren Speiseplan; außerdem bleiben sie so gesünder und zufriedener, wie mein Vater zu sagen pflegte. Ich folge mit Freude seinen Vorgaben, auch wenn …«

»Ja?«

»Nun, mein … es ist so, dass unser Aufseher der Ansicht ist, dass dies eine unnötige Anstrengung für die Bediensteten sei und man deren Arbeitskraft sinnvoller und gewinnbringender einsetzen kann. Es könnte sein, dass er versuchen wird, Sie dahingehend zu überzeugen. Ich hoffe, Sie lassen alles so, wie es ist.«

»Ich sehe keine Veranlassung, daran etwas zu ändern«, beeilte sich Christien, ihm zu entgegnen.

»Da bin ich erleichtert, denn ich bin ein Anhänger der französischen Plantagenbewirtschaftung, die eine flexiblere Arbeitszeiteinteilung erlaubt. Der Aufseher hingegen ist als *Americain* naturgemäß weniger tolerant, wie schon sein Vater, der diese Position vor ihm innehatte. Meine eigene Einstellung in dieser Sache habe ich von meinem Schwiegervater übernommen, der vor mir Eigentümer von River's Edge war. Das Landgut war einst die Mitgift meiner Frau.«

»Eine wunderschöne dazu.«

»Das war sie«, pflichtete Cassard ihm bei. »Nicht, dass er sie vermisst hätte. Er besaß noch drei weitere Anwesen entlang des Flusses, doch er hing nicht sehr an ihnen, sondern kaufte und verkaufte die Ländereien nach Belieben.«

»Also eher ein Unternehmer als ein Landwirt.«

»Leider ja, denn alles musste sich immer auszahlen. Er wollte in jeder Hinsicht den maximalen Nutzen erzielen und forderte deshalb auch den größtmöglichsten Einsatz. Er war ein absoluter Patriarch, der alles unter Kontrolle haben wollte, jedes seiner Kinder genauso wie jeden einzelnen Arbeiter. Gesellschaftlicher Umgang war nicht gerade seine Stärke, und er war alles andere als jovial. An die französische Lebensart konnte er sich nie wirklich gewöhnen, obwohl er schon vor Jahrzehnten aus Virginia zu uns kam, kurz nachdem Louisiana von Frankreich an die Amerikaner übergeben wurde.«

Cassards Bemerkungen schienen Christien reichlich verbittert zu sein, wo er doch sonst eher ein umgänglicher Charakter war. Er wunderte sich, was dieser Mann wohl schon durchgemacht hatte, doch weitere Nachfragen wären zu diesem Zeitpunkt nicht ziemlich gewesen.

Der Baustil von River's Edge ging zweifellos auf den ursprünglichen Besitzer zurück, sinnierte Christien vor sich hin, während er auf den Komplex des Haupthauses zurückblickte, dessen strahlendes Weiß durch die Bäume schimmerte. Nach außen klar als georgianische Fassade erkennbar, war die Villa innen durch lange Korridore geprägt, von denen die einzelnen Zimmer abgingen, und zwar im Erdgeschoss genauso wie im ersten Stock. Dabei hatte man den Bauplan an die klimatischen Verhältnisse hier im Süden angepasst und mehr Schwingtüren als Fenster eingesetzt, damit die Luft gut zirkulieren konnte. Außerdem hatte man an das Haus auch eine Veranda und einen durchlaufend überdachten Balkon im ersten Stock angebaut, sodass die Außenwände von den subtropischen Regengüssen geschützt wurden. Auf diese Weise bekamen die Zimmer alle einen zweiten Zugang über die vorgelagerte Galerie, sodass man ganz nach französischer Mode in jedes auch von außen eintreten konnte, was aber eher ein zufälliger Nebeneffekt war.

»Mir war nicht bewusst, dass Ihre Frau ursprünglich eine Amerikanerin ist«, fuhr Christien nach einer Weile fort.

Maurice Cassard lächelte zärtlich. »Meine Nora spricht in unserer Familie jetzt schon so lange Französisch, dass sie fast vergessen hat, dass es nicht ihre Muttersprache ist.«

»Ihre Tochter ist wohl ganz ihr Ebenbild.«

»Wie kommen Sie darauf?« Cassard schaute ihn interessiert an.

»Sie ist in ihrer Art sehr direkt, ohne etwas für Koketterien übrigzuhaben, wenn ich das so sagen darf.«

»Da haben Sie schon recht, doch das geht auf ihre Großmutter zurück, die Mutter meiner Frau. Diese Dame war eine Irin mit einem sehr ausgeprägten und willensstarken Charakter. Meine Nora, fürchte ich, ist da schon etwas zarter besaitet.«

Christien schaute ihn flüchtig an, doch Reines Vater blickte starr über die vor ihm liegenden Zuckerrohrfelder, mit einem so unglücklichen Gesichtsausdruck, der unzweifelhaft deutlich machte, dass ihm diese Beschreibung seiner Tochter kein Vergnügen bereitete. »Sie war? Heißt das, die Großmutter ist bereits verschieden?«, fragte Christien.

»Sie starb im Kindbett.«

Eigentlich hätte er sein Beileid aussprechen müssen, doch Christien fuhr nach einer kleinen Pause fort.

»Und Madame Pingres Großvater, der Amerikaner? Lebt er hier in der Nähe?«

»Ja, früher einmal, nur ein paar Meilen flussabwärts, aber auch er ist verstorben.«

»Das tut mir leid«, antwortete Christien höflich.

»Solche Dinge passieren nun einmal«, sagte Cassard schulterzuckend. »Sie wundern sich sicherlich, dass in Anbetracht der umfangreichen Besitzungen des Schwiegervaters meine Frau und ich so von ihrem guten Willen abhängen. Aber Sie müssen verstehen, dass Nora aus einer großen Familie mit zehn Geschwistern kommt. Im Laufe der Zeit wurde alles unter ihnen aufgeteilt, sodass der jeweilige Anteil dann doch eher knapp bemessen war.«

Christien vermutete stark, dass ein nicht zu kleiner Teil des Erbes am Spieltisch verloren ging. Das war zwar nicht seine Angelegenheit, doch er dachte schon bei sich, dass Cassard der ererbte Geldsegen beim Kartenspiel nicht gerade vorsichtiger hatte sein lassen. Das Gleiche galt natürlich auch für River's Edge. Er warf Reines Vater sicherlich nicht seinen Lebensstil vor, denn sich dem Müßiggang und dem Kartenspiel hinzugeben, gehörte nun einmal zur Lebensart der französischen Aristokraten, und Cassard wäre sicherlich aus der Gesellschaft ausgeschlossen worden, hätte er sich anders verhalten. Hinzu kam, dass er selbst ja kaum in der Position war, Cassard zu kritisieren, wenn man bedenkt, wie er an River's Edge gekommen war.

»Bitte verzeihen Sie mir, wenn ich noch einen Verstorbenen der Familie erwähne«, sagte Christien im Weitergehen, »aber es interessiert mich schon, wie der letzte Ehemann ihrer Tochter ums Leben kam. Er wurde ermordet, soviel ich weiß.«

»So sagt man. Ich würde eher von einem tragischen Unfall sprechen.«

»Ihrer Tochter wird unterstellt, dass sie dabei etwas nachgeholfen habe.«

Cassard machte eine wegwerfende Geste. »Unsinn, das ist kompletter Unsinn.«

»Warum sollte jemand dann so etwas glauben?«

Reines Vater warf ihm einen kurzen, aber strengen Blick zu.

»Sie wissen ja, wie die Leute sind, sie suchen immer nach einem Skandal, egal wie unwahrscheinlich es ist.«

»Richtig, doch soviel ich weiß, war das Ganze eine Art Drei-Tages-Wunder.« Hartnäckigkeit zahlt sich eben manchmal aus, dachte sich Christien.

»Oh, das war eine furchtbare Angelegenheit. Theodore – ihr Ehemann, also Theodore Pingre – war eines Nachts einfach von zu Hause verschwunden. Alles, was darauf hindeutete, was mit ihm geschehen war, war eine große Blutlache auf seinem Leintuch und ein Schürhaken mit etwas Haut und Haaren auf dem Teppich neben dem Bett. Mehrere Tage lang wusste man nicht, woran man war. Dann wurde schließlich eine Leiche aus dem Fluss gezogen, die aber nur anhand des Eherings identifiziert werden konnte. Schildkröten und Katzenfische hatte ihn unkenntlich werden lassen, verstehen Sie.«

Christien blieb angesichts dieser Vorstellung ungerührt. Er hatte in seinem Leben bereits genug Leichen gesehen, die auf dem Fluss trieben, was angesichts der langen Uferlinie in New Orleans nichts Ungewöhnliches war. Die Opfer waren durch das lange Liegen im Wasser meist so aufgedunsen und unkenntlich geworden, dass selbst ihre eigenen Mütter sie nicht mehr mit Sicherheit identifizieren konnten. »Als Sie eben von

›zu Hause‹ gesprochen haben, meinten Sie sicher das Heim von Reine und Theodore, oder?«

»Nein, das ist alles hier in River's Edge passiert.«

»Tatsächlich«, antwortete Christien, ohne dabei seine Neugier zu verbergen.

Cassard runzelte ein wenig die Stirn, doch fuhr dann, ohne weiter zu zögern, fort. »Die kleine Marguerite hatte damals heftige Magenschmerzen, und da es nicht selten vorkommt, dass Kinder an so etwa sterben, war man in großer Sorge um sie. Reine und Theodore lebten zu dieser Zeit auf *Bonne Espèrance,* dem Landgut seiner Eltern, das direkt an das unsrige grenzt. Der dortige Haushalt bestand aus dem üblichen Personal sowie Madame und Monsieur Pingre, einer verwitweten Tante und einem bettlägerigen Onkel mit dessen Töchtern, die sich um ihn kümmerten. Das Einzige, was es nicht gab, waren Geschwister von Theodore, denn er blieb das einzige Kind der Pingres, welches die Volljährigkeit überlebte. Das ist an sich nicht weiter ungewöhnlich, doch Madame Pingre hätte vielleicht besser nie Kinder haben sollen, denn Erziehung war nicht gerade ihre Stärke. Vor seinem Tod hinterließ Monsieur Pingre seinem Sohn ein Vermögen, um ihn für die Vernachlässigungen zu entschädigen.«

Christien nickte verständnisvoll, während Cassard innehielt. Der letzte Umstand könnte wohl eine Erklärung dafür sein, dass der junge Pingre ein Mann wurde, der nicht viel für die Frauen übrighatte, die er konsumierte. »Wohnt Madame Pingre, seine Mutter, immer noch hier in der Nähe?«

»Aber nein. Sie schiffte sich nach Paris ein, kurz nachdem ihr Sohn gestorben war. Das Haus steht jetzt bereits seit über zwei Jahren leer.«

»Ich nehme an, sie hat nie daran gedacht, es zu verkaufen?« Vielleicht hätte ja einer seiner Freunde von der *Passage de la Bourse* Interesse daran. Es ist immer gut, wenn man sich seine Nachbarn aussuchen kann.

»Falls dem so gewesen wäre, habe ich es zumindest nicht mitbekommen«, sagte Cassard.

Er würde das trotzdem im Hinterkopf behalten, man konnte ja nie wissen. »Ich wollte Sie übrigens nicht unterbrechen«, entschuldigte sich Christien. »Sie erzählten gerade von ...?«

»Wo war ich noch gleich stehen geblieben? Ach ja, Theodore. Er konnte nie richtig stillhalten und ging deshalb an jenem Tag noch in die Stadt, um sich die Zeit zu vertreiben. Seinen Onkel, der bereits schwer krank war, überforderte körperlich und nervlich die ganze Aufregung um Marguerite und verschied noch am selben Tag. Reine war zwar untröstlich, wollte aber mit ihrer Kleinen nicht in dieser Atmosphäre des Todes bleiben und ging mit ihr nach River's Edge, um in den Schutz elterlicher Geborgenheit zurückzukehren.«

»Ich nehme an, dass ihr Schwiegersohn dann ebenfalls nach River's Edge kam.«

»Wahrscheinlich.«

Christien zog die Augenbrauen hoch. »Heißt was, bitte?«

»Niemand hat ihn in dieser Nacht kommen sehen, genauso wenig, wie irgendjemand ihn wieder weggehen sah bzw. beobachtete, wie er weggetragen wurde.«

»Wie konnte er theoretisch ins Haus gelangen? War der Butler noch wach?«

»Alonzo wurde, nachdem er vierundzwanzig Stunden im Dienst war und ununterbrochen Krüge mit heißem Wasser, Essen, Trinken und Medizin die Treppen hoch- und runtergeschleppt hatte, schließlich zu Bett geschickt. Die Türen waren nicht abgeschlossen, da das alte Kindermädchen von Reine und Marguerite, Demeter, weiterhin raus- und reinmusste, um zur Küche zu gelangen. Alles ging drunter und drüber, wie Sie sich vorstellen können, da man ja um Marguerites Leben bangte.«

Christien nickte bei dieser Vorstellung voller Mitgefühl. Die Haustür abzuschließen, war unter diesen Umständen nicht sinnvoll, da man sonst nicht mehr ohne Weiteres zur Außenküche gekommen wäre. »Hat niemand etwas Ungewöhnliches gehört oder gesehen?«, fragte er nach einem kurzen Moment.

Cassard schüttelte seinen weißhaarigen Kopf. »Als der Sheriff kam, hatte er die gleiche Frage an die Hausangestellten und an alle anderen Bewohners von River's Edge gerichtet. Ja, und zwar mit dem gleichen ernüchternden Ergebnis. Monsieur …«

Christien zog in Verwunderung eine Augenbraue hoch, während er ruhig abwartete, bis sein Gastgeber seine Gedanken sortiert hatte. Als dieser jedoch in seinem Bericht nicht weiter fortfuhr, ermutigte er ihn: »Was wollten Sie mir sagen?«

»Ich zögere noch, Ihnen alle Einzelheiten zu schildern, doch die Ehre gebietet es mir, offen Ihnen gegenüber zu sein. Die Umstände sind noch komplizierter, als Sie sich das vorstellen können. Falls Sie also daran denken, Ihren Heiratsantrag zurückzuziehen, werde ich Ihnen das nicht verübeln.«

»Nein.« Das wäre das Letzte gewesen, was Christien im Sinn hatte.

»Sie lassen sich also nicht von den zweifelhaften Umständen von Pingres Tod abschrecken?«

»Das war sicherlich eine schwierige Zeit für alle, aber ich kann mir nicht vorstellen, dass es die Schuld ihrer Tochter war. Ich mache mir nur darüber Gedanken, wie sie wohl in eine so blutige Angelegenheit verwickelt werden konnte.« Da er nicht vorhatte, Cassard bezüglich dieses Themas entkommen zu lassen, fuhr er ohne Pause fort: »Was glauben Sie denn, was damals eigentlich passierte?«

Sein zukünftiger Schwiegervater schaute ihn einen Moment lang an, während seine Gesichtszüge sich vor Erleichterung entspannten. Er ließ seinen Blick in die Ferne schweifen und sagte dabei: »Das kann ich Ihnen nicht beantworten, tut mir leid. Ich war an jenem Abend nicht zu Hause.«

»Sie waren in der Stadt, oder?«

»Sie meinen beim Kartenspielen?« Cassard grinste. »Ich kann es Ihnen kaum übel nehmen, wenn Sie sich darüber wundern mögen, aber nein, war ich nicht. Die Aufregung mit Marguerite hatte meiner Frau einen ihrer Nervenzusammenbrüche beschert. Zur Beruhigung vor dem Schlafengehen war ihr nur noch eine kleine Menge Laudanum übrig geblieben, sodass ich mich gezwungen sah, in die Stadt zu fahren, um Nachschub zu besorgen. Da die Apotheke, in der man dieses Beruhigungs- und Schlafmittel bekommt, jedoch erst am nächsten Morgen öffnete, blieb ich über Nacht in unserem Stadthaus. Als ich dann wieder zurückkehrte, war die unglückselige Geschichte schon passiert.«

Das machte Sinn, dachte sich Christien. Wenn Cassard auf dem Anwesen geblieben wäre, hätte sich der Mörder das sicherlich zweimal überlegt, ob er ins Haus eindringt oder nicht.

»Wie lange genau ist dies alles nun schon her?«

»Über zwei Jahre, denn Marguerite ist jetzt bereits fünf, und damals war sie gerade einmal drei Jahre alt.

Wissen Sie, wir müssen davon ausgehen, dass sie damals alles mitangesehen hat, denn sie war ja in dem gleichen Zimmer gewesen. Man möchte meinen, dass sie keinerlei Erinnerung an die schrecklichen Ereignisse hat, da sie ja noch ein Kleinkind war, doch leider verfolgen sie seit dieser Nacht immer noch Albträume, und sie sieht überall irgendwelche Monster. Sie behauptet sogar, dass sie an dem Abend, als Sie Marguerite auf der Straße vor dem Theater gerettet haben, eines gesehen habe. Ich dachte auch, dass es ihr helfen würde, wenn ich sie davon erlöse, schwarze Trauerkleider zu tragen, doch leider …«

Er schüttelte verzweifelt den Kopf und verstummte.

Papa, oh Papa.

Der angsterfüllte Schrei des kleinen Mädchens hallte in Christiens Kopf wider, und all die Gedanken, die er sich um diese Nacht gemacht hatte, kamen wieder hoch. Er dachte eigentlich, dass er Marguerite an ihren Vater erinnerte, doch das schien angesichts dessen, was er gerade gehört hatte, eher unwahrscheinlich zu sein. Aber was bedeutete es wirklich?

»Marguerite und ihr Vater«, fragte er stirnrunzelnd, »standen die beiden sich sehr nahe?«

Cassard warf Christien einen kurzen Blick mit zusammengekniffenen Augen zu. »Theodore war nicht gerade das, was man einen liebenden Vater nennt. Er war viel zu sehr mit seinen Freunden beschäftigt, mit denen er durch die Lokale zog und die sich gegenseitig ihre Männlichkeit bewiesen.«

»Mit anderen Worten, recht wild.«

»Unreif, würde ich eher sagen«, seufzte er nachgiebig. »Die Männer, die schon in jungen Jahren heiraten, noch bevor sie von den Vergnügungen der Stadt genug haben, versagen meistens und schaffen es nicht, sich in die Rolle eines verantwortungsbewussten Ehemanns und Vaters zu finden. Erst mit dem Alter wird es dann besser.«

»Das lastet dann schwer auf den Ehefrauen.«

»Die ebenfalls jung und unerfahren sind, ja, obwohl ihnen in der Regel die Familie beisteht.«

»Ich nehme an, es war bei ihrer Tochter eine arrangierte Ehe?«

»Es schien eine gute Verbindung zu sein«, verteidigte sich Cassard instinktiv. »Theodore war der einzige Erbe seiner Eltern, wie ich ja bereits erwähnt hatte. Er und Reine waren gleich alt und spielten zusammen, schon seit sie krabbeln konnten. Sie schienen auch nicht voneinander abgeneigt zu sein. Mit Theodores Familie pflegten wir bereits jahrelang gute Nachbarschaft. Da gab es schon weitaus schlimmere Eheschließungen.«

»Das war wohl wahr, dachte sich Christien, und außerdem musste diese Verbindung zumindest so weit funktioniert haben, dass Marguerite aus ihr hervorging. Bevor er noch diesen unaussprechbaren Gedanken vorbringen konnte, hörte er das dumpfe Geräusch von nahenden Schritten. Er drehte sich um und sah Marguerite, an die er gerade gedacht hatte, die Allee, die sie entlangspaziert waren, hinunterrennen, direkt auf sie zu.

Marguerite Pingre trug über ihren Röcken eine geraffte Schürze, darunter eine Strumpfhose und weiße Stiefelchen an ihren kleinen Füßen. Ein hochgestecktes, rosarotes Band hielt ihre wild durcheinanderwirbelnden Haare aus dem Gesicht, doch mit jedem ihrer schnellen, unbeholfenen Schritte drohte es sich mehr und mehr von seinem angestammten Platz zu lösen. Um sie herum lief spielend der große, rotbraune Jagdhund, der Christien schon bei seiner Ankunft begrüßt hatte. Mit wedelndem Schwanz und heraushängender Zunge hatte dieser freundliche Begleiter nicht im Geringsten den Anschein eines gefährlichen Wachhundes.

»Hilfe, *grand-père*, hilf mir bitte!«, rief das Kind. »Ich bin von Babette weggelaufen, um mir den Monsieur mit dem Degen anzusehen, von dem sie und Cook gesprochen haben. Ich bin so schnell gelaufen, dass Babette mich nicht einholen konnte. Sie hat mir aber hinterhergerufen, dass ich böse sei und mich der *loup-garou* fangen wird.«

Monsieur Cassard bückte sich und nahm die Kleine in seine Arme, als sie gegen seine Beine lief. Er hob sie hoch und gab ihr einen festen Kuss auf die hochrote Wange und lächelte sie an. »Was würde ein alter Werwolf schon von so einer wie dir wollen? So ein kleines Kätzchen wie du wäre kaum ein ordentlicher Happen für ihn. Nun sag' mal schön Guten Tag zu Monsieur Lenoir, *ma chère*, denn er ist unser Besucher, und wir müssen ihn willkommen heißen.«

Das Kind blickte Christien aus seinen weit aufgerissenen, strahlend blauen Augen an, die von feinen dunklen Wimpern umrahmt waren. Sie schluckte und blieb wie angewurzelt stehen.

»Möchtest du nichts sagen, Marguerite? Es ist unhöflich, einen Gast zu ignorieren.«

»Das ist der Mann«, flüsterte sie mit ernster Miene ihrem Großvater ins Ohr.

»*C'est vrai*? Aber welcher Mann, *ma petite*?«

»Der Mann, der mich von der Straße gerissen hat, mich und *Maman*, sodass uns die Pferde nicht niedertrampeln konnten. Ist er der Mann mit dem Degen? Wird er den *loup-garou* töten?«

Cassard warf Christien einen amüsierten Blick zu. »Das musst du ihn schon selber fragen!«

Dem Hoffnungsschimmer in den tiefblauen Augen der Kleinen konnte Christien unmöglich widerstehen. »Aber natürlich werde ich die Bestie für dich erschlagen«, beruhigte er sie und verbeugte sich galant. »Du musst ihn mir nur zeigen, dann wird er keine Minute überleben.«

Marguerite blieb unentschlossen und konnte sich noch nicht für ein Lächeln entscheiden. »Wirklich?«

»Bei meiner Ehre.« Diese Beteuerung sollte eigentlich ausreichen, um die Werwolffantasien aus der kindlichen Vorstellungswelt zu verbannen. Es wäre natürlich am besten, wenn das Kindermädchen aufhören würde, die kleine Marguerite mit Monsterheimsuchungen zu bedrohen, nur damit sie gehorchte. Vielleicht würden dann auch ihre Albträume aufhören. Das wäre jedoch nur möglich, wenn er die Erlaubnis ihrer Mutter hätte, sich als zukünftiger Stiefvater in die Erziehungsangelegenheiten einzumischen.

»Ich mag Sie«, sagte die Kleine plötzlich kurz entschlossen.

»Sie sind zu freundlich, *mademoiselle*«, antwortete Christien, wobei er sich bemühte, so ernsthaft wie möglich zu klingen, »zuvorkommend, wie es eine junge Dame sein sollte.«

»*Maman* und *grand-mére* sind nicht immer nett und freundlich.«

»Marguerite!«, protestierte Monsieur Cassard.

»Ich bin sicher, sie werden ihre Gründe dafür haben«, beschwichtigte Christien, wobei er sich sehr zusammenreißen musste, nicht allzu ironisch zu klingen.

»Ich bin eine Plage und Last für *Maman*, genauso wie *grand-père*. Werden Sie auch eine Plage sein?«

»Aber mein Engel, bitte!«

Christien schüttelte den Kopf, um der Kleinen, aber auch Cassard anzudeuten, dass sie sich diesbezüglich keine Sorgen zu machen brauchten. »Ich will versuchen, keine zu sein.«

»Dann wird *Maman* Sie mögen.«

»Wir wollen hoffen, dass dies der Fall sein wird.« Selten hatte er etwas ehrlicher gemeint.

Sie gingen zusammen zurück zum Haupthaus, wobei die kleine Marguerite zwischen ihrem Großvater und Christien lief, den großen, beschützenden Hund im Schlepptau. Sie war kein geschwätziges Kind, wie ihm bei dem Spaziergang durch die herrliche Natur auffiel. Marguerite schien dünner zu sein, als er sie in Erinnerung hatte, und sie sah auch etwas mitgenommen aus. Während sie dahinlief, runzelte sie immer wieder die Stirn und hing wohl trüben Gedanken nach.

Ab und zu blickte sie zu ihm hoch und sah ihn mit einer seltsamen Art von Verwunderung an. Die hoffnungsvolle Erwartung, die aus ihren Augen sprach, traf Christien direkt ins Herz und berührte ihn mehr, als er sich eingestehen wollte.

Schuld war noch nie ein guter Begleiter.

Viertes Kapitel

Die Hauptmahlzeit des Tages wurde auf River's Edge immer um drei Uhr nachmittags aufgetragen und bestand aus verschiedenen Gängen. Eröffnet wurde das üppige Essen mit einer Cremesuppe, der dann zwei Schüsseln mit Fisch, drei mit Geflügel und drei mit gebratenem und geräuchertem Fleisch folgten. Dazu wurde eine Gemüseplatte gereicht und anschließend eine gemischte Obstspeise serviert. Am Ende gab es schließlich noch eine Auswahl an Käse, garniert mit Nüssen.

Von der Decke hing eine große fächerartige Konstruktion aus Mahagoni, die über eine samtene Kordel von einem Küchenjungen betätigt wurde, um einerseits die herumschwirrenden Fliegen abzuhalten und andererseits das Essen etwas zu kühlen. Nichtsdestotrotz sah man, wie der Käse schwitzte und sich kleine Feuchtigkeitstropfen an seiner Oberfläche bildeten. Aber auch die Bediensteten hatten Schweißperlen auf der Stirn, während sie fast geräuschlos die Teller auf- und abtrugen, die Gläser mit kühlem Quellwasser oder Wein auffüllten und weitere Kleinigkeiten servierten.

Christien war tief beeindruckt, denn seine eigenen Mahlzeiten waren im Vergleich dazu eher spartanisch. Er aß zwar meist im Restaurant, doch wenn er mal zu Hause speiste, dann nur einfache Gerichte. Große Familienessen fanden in seinem Leben schon lange nicht mehr statt, auch wenn er gelegentlich noch von Freunden eingeladen wurde, wie seinen ehemaligen

Fechtlehrern Gavin Blackford und Nicholas Pasquale, von Caid O'Neill, dem Conde de Lérida oder von Kerr Wallace, wenn dieser mit seiner Frau Sonia im Winter zufällig aus Kentucky anreiste und in der Stadt weilte. Christien war sich sicher, dass das übrig gebliebene Essen den höhergestellten Bediensteten zugutekam und diese später in der Küche auch noch von dem üppigen Mahl zehren konnten. Die reichlich bestückte Tafel war für Christien aber auch ein Hinweis darauf, wie gut River's Edge florierte und welch ein Überfluss dem Boden hier abgerungen werden konnte.

Am großen Esstisch saßen sechs Personen. Cassard hatte versucht, Christien am Kopfende zu platzieren, doch er weigerte sich höflich und überließ seinem Gastgeber den Familienvorsitz, während er sich selbst an dessen rechte Seite setzte. Ihm gegenüber saß Reine und neben ihr auf einem Kissen Marguerite. Auf dem verbleibenden Stuhl hatte Reines Bruder, Paul Cassard, Platz genommen.

Der junge Monsieur Cassard war kein Kind mehr, sondern fast volljährig. Er hatte lange braune Haare, grüne Augen und schien sich in der Natur wohler zu fühlen als in einem Salon. Sein Rock und seine Hosen waren eher die eines unprätentiösen Herrn vom Lande als die eines Dandys aus der Stadt. Wie Christien aus ein paar Bemerkungen herausgehört hatte, war der junge Cassard für den Fisch verantwortlich gewesen, der beim Essen aufgetischt wurde. Mit seinem frischen Fang war er gerade noch rechtzeitig vom Fluss gekommen, wo er mit seinem Kanu die Angel ausgeworfen hatte.

Den Jungen hatte Christien schon zuvor einmal von Weitem gesehen, ohne jedoch zu wissen, wer er war. Kurz vor dem Essen, als er sich in seinem Zimmer frisch machte, hatte er beobachtet, wie er nach Hause trottete. In seiner Hand hielt er eine Weidenrute mit einer Astgabelung, an dem prächtige Barsche und Brassen zappelten. Mit seinen zerzausten Haaren im sonnengebräunten Gesicht und den mit Flusswasser getränkten Kleidern, die um seine gelenkigen Glieder schlackerten, erschien er sorgenlos und fröhlich.

Bei Tisch allerdings war davon nichts mehr zu erkennen. Zweifellos wurde er über die neuesten Ereignisse auf River's Edge in Kenntnis gesetzt. Er war sicherlich nicht erfreut darüber, dass das Anwesen, welches er womöglich schon als sein Erbe betrachtet hatte, nun für ihn verloren war. Sicherlich bedauerlich, doch damit musste sich Christien später auseinandersetzen.

»Ist Ihre Unterkunft komfortabel genug, Monsieur Lenoir?«

Die Frage kam von der zerbrechlichen Dame am anderen Ende des Tisches. Madame Cassard wirkte deutlich älter, als man aufgrund ihrer noch relativ jungen Kinder annehmen würde. Ihre Hände zitterten, wenn sie das Besteck führte, ihre Haut schimmerte in einer gräulichen Farbe, und ihre immer dünner werdenden Locken waren mit verschiedenen Haarteilen ergänzt worden. Obwohl ihr Mann zu verstehen gab, dass man sie nicht über die aktuellen Ereignisse unterrichtet hatte, fragte sich Christien doch, ob sie nicht aus anderen Quellen irgendetwas mitbekommen hätte.

»Sie könnte nicht besser sein.« Das war nicht nur einfach eine höfliche Antwort, denn Christien war wirklich angenehm überrascht, wie groß das ihm zugewiesene Schlafzimmer und der angrenzende Umkleideraum waren.

»Wenn Sie irgendetwas benötigen, dann müssen Sie

es mir nur sagen. Aber erlauben Sie mir bitte, Ihnen zu sagen, dass Sie mir irgendwie bekannt vorkommen, Monsieur. Darf ich fragen, wer Ihr Vater war?«

»Ich glaube kaum, dass Sie ihn je getroffen haben, Madame Cassard«, sagte er mit unbewegter Stimme. »Er hieß Jules Lenoir und war ein verstoßener Priester und Missionar bei den Indianerstämmen am Mississippi. Später ließ er sich weiter im Norden, mitten in Louisiana nieder, dort, wo das Land von großen Sümpfen geprägt ist.«

Das Hochziehen der Augenbraue zeigte deutlich, dass Madame Cassard diese Antwort erst einmal verarbeiten musste. Nach einer Weile fuhr sie fort: »Und Ihre Mutter?«

»Ich fürchte, der Name meiner Mutter wird Ihnen noch weniger sagen.« Christien dachte unwillkürlich an den Fragenkatalog, der normalerweise an jeden Gast gestellt wird, aber im Besonderen, an jemanden, der um die Hand der Tochter anhalten möchte.

Verwitwet oder nicht, sie musste dagegen beschützt werden, jemanden Unwürdiges zu ehelichen. Unter normalen Umständen hätte er den Ansprüchen sicherlich nicht genügt.

»Ihre Mutter oder Ihr Vater sind spanischer Abstammung, oder? Sie werden mir verzeihen, aber Sie sind so dunkelhäutig wie ein Mohr.«

»*Maman*, du sollst solche Sachen nicht sagen«, ging Reine dazwischen und legte ihre Hand auf den Arm ihrer Mutter. Der Blick, den sie Christien zuwarf, ließ jedoch nur einen Anflug von Entschuldigung erkennen.

»Aber wie soll ich dann etwas von ihm erfahren? Ich kann ja kaum, wie sonst üblich, andere Leute über ihn befragen, nicht wahr?«

»Beantworte das einmal, wenn du kannst«, bemerkte Paul Cassard zu seiner Schwester, ohne von seinem Teller aufzublicken. »Weiß King überhaupt, dass er da ist?«

»Ich glaube nicht, noch nicht«, sagte Reine kurz angebunden.

»Ich wette, er wird nicht gerade glücklich darüber sein.«

»King?«, fragte Christien so beiläufig wie möglich, obwohl er sehr neugierig war.

»Owen Kingsley, genauer gesagt, der Aufseher«, antwortete Reine »Was die Frage meiner Mutter angeht, so sind Sie nicht gezwungen, diese zu beantworten, wenn Sie daran Anstoß nehmen.«

»Ich habe kein Problem damit.« Christien versuchte, den Namen des Aufsehers im Hinterkopf zu behalten, bevor er sich wieder Madame Cassard zuwandte. »Sie hatten mich nach meiner Hautfarbe gefragt, Madame. Meine Mutter war keine Spanierin, sondern eine Tochter der großen Nation der Natchez.«

Der Gesichtsausdruck seiner Gastgeberin zeigte erhebliche Verwirrung. »Wie bitte?«

»Wirklich?«, fragte Paul mit weit aufgerissenen Augen und blickte das erste Mal von seinem Teller auf.

Monsieur Cassard, der gerade seine Suppe löffelte, hielt abrupt inne, und sein Gesichtsausdruck versteinerte sich. Nur Reine aß unbeeindruckt weiter, da sie so etwas schon einmal gehört hatte.

Seine bronzene Hautfarbe, die ein wenig anders war, als die derjenigen, denen man spanischen Vorfahren nachsagte, ließ ihn die ein oder andere unangenehme Erfahrung machen, seit er hier in New Orleans angekommen war. Da hatte er schon weniger höfliche Befragungen über sich ergehen lassen müssen, als die seiner Gastgeberin. Zu viele Leute reagierten empfindlich, was die Hautfarbe anbelangte. Sobald jemand nur in den Verdacht kam, nicht europäischer Abstammung zu sein, sorgte dies mit Sicherheit für Getuschel in der Gesellschaft. Wenn man auch nur einen Teil seiner Vorfahren auf einen der eingeborenen Stämme der Region zurückführen konnte, dann war dies eine Garantie dafür, dass man in ihrer Wertschätzung sank.

»Den Stamm der Natchez gibt es nicht mehr«, fuhr er ungerührt fort. »Sie werden sich vielleicht daran erinnern, dass sie in alle Winde verstreut wurden, nachdem sie sich vor ungefähr hundert Jahren bei Fort Rosalie geschlagen geben mussten. Einige wurden auf karibische Inseln verschleppt und dort in die Sklaverei verkauft, während andere zu befreundeten Stämmen nach Louisiana und Mississippi geflohen waren, wo sie bis vor Kurzem noch wohnten. Mein Vater lebte unter ihnen, und meine Mutter gehörte zu seiner Gemeinde. Sie wurde auf einen christlichen Namen getauft, und bald darauf heiratete sie meinen Vater.«

»Was für eine Romanze!«, rief Paul aus, wobei er zweifelnd hinzufügte, »kein Wunder, dass er aus dem Priesteramt ausgeschlossen wurde.«

»So ist es.« Christien warf ihm einen anerkennenden Blick zu, bevor er fortfuhr. »Die letzten Überlebenden der Natchez wurden vor ungefähr zehn Jahren geschlagen und mit einem halben Dutzend anderer Stämme aus der Gegend um den Mississippi und den Arkansas River zusammengetrieben. Schließlich wurden sie zusammen mit den Cherokee auf einem langen Marsch in das Indianerreservat gebracht, man nannte das auch den Zug der Tränen. Da meine Mutter mit einem Weißen verheiratet war, wäre sie vielleicht verschont worden, jedoch sicherlich nicht ihre Familie. Deshalb sind sie alle in die Sümpfe geflohen.«

»Sie sind dem langen Marsch also entkommen?«

Die Frage kam von Reine. Christien war froh darüber, dass sich ihm eine Gelegenheit bot, sich ihr zuzuwenden. »Aber was hat es ihnen gebracht. Sie haben sich außer Reichweite im Hinterland der Sümpfe niedergelassen, die sich entlang des Flusses erstrecken, die man nach dem Duc du Maine benannt hat. Doch das hat sie wahrscheinlich umgebracht.«

»Waren Sie bei ihnen?«

In Reines Augen schien ein Anflug von Sympathie aufzuleuchten, doch es konnte auch eine Täuschung sein, die durch die Schattenspiele des großen, sich bewegenden Fächers über ihnen entstanden war. Er beugte seinen Kopf vor. »Ja, ich war bei ihnen, ich bin mit ihnen zusammen in die Sümpfe gezogen, als ich ungefähr ein Jahr älter war als Ihr Bruder.«

»Aber Sie sind nicht geblieben?«

»Ich konnte nicht. Fast alle, bis auf eine Handvoll, haben nicht überlebt, sie starben an Fieber, Schlangenbissen, Blutvergiftung und an einigen anderen Sachen, die ich bei Tisch lieber unerwähnt lasse. Die Bilder der Sterbenden waren in sein Gedächtnis eingebrannt.

»Wie konnten Sie dann den Gefahren entkommen?«

Das klang eher wie eine Anklage als eine Frage, aber vielleicht kam es ihm auch nur so vor. »Ich wurde weggeschickt, damit die Linie der *Großen Sonne* in Louisiana nicht ausstirbt. Meine Mutter, die Schwester des letzten Mannes, der offiziell ausgewählt wurde, um den Umhang der *Großen Sonne* zu tragen, war die letzte noch lebende Frau dieser Blutlinie und übertrug deshalb mir die Verantwortung, die Tradition zu bewahren. Sie hatte nach altem Natchez Brauch dazu das Recht und die Pflicht, denn auch, wenn der Titel

Große Sonne immer von einem Mann getragen wird, so wird er jedoch über die weibliche Linie vererbt.«

Er wurde allein in die weite Welt hinausgeschickt, von seiner Familie und seinen Wurzeln weggerissen. Er hatte nie wieder etwas von ihnen gehört, außer dass sie irgendwann verstarben. Er dachte daran, dass vielleicht einige wenige von den Angehörigen seiner Mutter sich im Indianerreservat niedergelassen haben könnten, doch er hatte keine Ahnung, ob sie noch lebten. Soviel er wusste, war er wahrscheinlich der Letzte seiner Art, der letzte Natchez aus dem Clan der glorreichen *Großen Sonne*.

»Das ist eine außergewöhnliche Geschichte«, bemerkte Monsieur Cassard.

Paul Cassard nickte zustimmend und starrte Christien mit unverhohlener Neugier an. »Das finde ich auch. Haben Sie womöglich sogar einen Natchez Namen?«

Christien nickte. »Du würdest ihn als *faucon nuit* übersetzen.«

»Nachtfalke. Wie anschaulich und bildhaft. Haben Sie den selbst ausgewählt?«

»Keinesfalls.« Er blickte sie der Reihe nach an, ohne die Miene zu verziehen. »Sie würden es mir nicht glauben.«

Paul Cassard kniff die Augen zusammen, während er sich zu konzentrieren versuchte. »Wissen Sie, es scheint mir so, als ob ich den Namen schon einmal gehört hätte …«

Noch bevor sein Sohn den Gedanken zu Ende bringen konnte, ging Monsieur Cassard dazwischen. »Nun mal langsam, mein Lieber. Das ist sicher nur, weil wir nie gedacht hätten, jemanden zu treffen, der so ist wie du.«

Dieser französische Monsieur hätte wohl nie gedacht, dass er einmal einen wie ihn unter seinem Dach beherbergen würde oder ihn sogar als möglichen Schwiegersohn akzeptieren müsste, dachte Christien. Es wäre sicherlich interessant gewesen, zu wissen, ob Cassard so schnell auf seinen Vorschlag eingegangen wäre, wenn er von seiner Abstammung gewusst hätte – wohl kaum.

»Ich bin sicher, dass ich Sie schon irgendwo einmal gesehen habe«, beharrte Madame Cassard mit klagender Stimme. An ihrem Gesichtsausdruck konnte man kaum ablesen, ob sie irgendetwas von dem gehört und verstanden hatte, was in den letzten Minuten hier bei Tische gesprochen wurde.

Reine blickte verschlossen vor sich hin. Sie versuchte, zu verbergen, dass sie damit beschäftigt war, ihre Gedanken zu ordnen, denn die Aussicht einen Abkömmling der Natchez zu heiraten, der zudem eine Art Stammeshäuptling war, dessen Angehörige aber nicht mehr existierten, war wohl nicht ohne Weiteres zu verkraften. Er hätte viel dafür gegeben, wenn er ihre Gedanken hätte lesen können und über ihre Gefühle in diesem Moment Bescheid wüsste, doch letztendlich war das zunächst egal, denn er wollte sie einfach haben, völlig unabhängig davon, was sie von ihm hielt.

Nach dem ausgiebigen Essen zog sich Christien in sein Schlafgemach zurück. Irgendjemand, wahrscheinlich Alonzo, hatte seine Reisetasche, die hinter seinem Sattel befestigt war, heraufgebracht und seine Kleider in den Schrank eingeräumt. Der Koffer mit seinen Fechtwaffen, den er nie außer Reichweite ließ, lag auf seinem Nachttisch. Darin befanden sich zwei gleich aussehende Rapiere, die er seinem Freund Gavin Blackford abgekauft hatte, beziehungsweise seiner Frau, der sie einst gehörten. Die beiden Prunkstücke waren französische Handwerksarbeit mit Klingen aus feinstem Stahl und schmucken Ziselierungen auf der oberen Hälfte der Schneide. Das Heft der Degen war mit getriebenem Silber und schwarzen Ornamenten verziert, der Griff hatte zusätzlich eine Umwicklung aus Lederstreifen, damit man nicht abrutschte. Die beiden Waffen waren genauso schön wie tödlich.

Das Zimmer war sehr geräumig, aber etwas dunkel, denn die hohen Schwingtüren, die auf die obere Veranda führten, waren aufgrund der Nachmittagshitze geschlossen worden. Die Wände waren bis zu Hälfte der Höhe mit Zypressenholz vertäfelt, und darüber verschönerten einige Wandgemälde im Stile Watteaus den weißen Verputz. Die Einrichtung wurde durch eine Kommode, auf der ein Krug mit Wasser und eine Waschschüssel bereitstanden, einen Armsessel, einen Schrank aus Rosenholz und ein dazu passendes Bett vervollständigt. Für Bequemlichkeit unter den Füssen sorgte ein Axminster Teppich, der in verschiedenen Creme- und Grüntönen gehalten war. An das Schlafzimmer grenzte ein Umkleideraum, zu dem man durch eine Verbindungstür kam. Dort standen eine Kommode mit Schubladen bereit, ein Stiefelknecht und eine verzinkte Badewanne mit Spritzschutz.

Es war nicht das Schlafgemach des Hausherrn, was Christien auch gar nicht erwartet hatte. Er konnte kaum glauben, dass ihm in kürzester Zeit ein wohl noch besser ausgestattetes Zimmer zur Verfügung stehen würde. Aber vor allem machte er sich Gedanken darüber, ob wohl die zukünftige Hausherrin hier mit ihm schlafen würde oder ob sie ein eigenes Schlafgemach hätte.

Das erneute Zusammentreffen mit Reine schien ihm

rückblickend ganz gut verlaufen zu sein. Sie hatte relativ gelassen auf seinen Vorschlag reagiert, der angesichts der Umstände nicht allzu überraschend kam. Sie war auch nicht komplett außer sich oder hatte geschrien und ihn darum gebeten, verschont zu werden, oder ihm eine endgültige Absage erteilt.

Gott sei Dank hatte er den schwersten Teil seines Besuches schon hinter sich gebracht, nämlich Reine und ihrem Vater den Vorschlag mit der Heirat zu unterbreiten. Über eine Woche lang hatte er sich davor gedrückt, da er nicht wusste, wie sie es wohl aufnehmen würden. Nun konnte er sich aber erst einmal entspannt zurücklehnen und abwarten, bis er eine Antwort bekommen würde.

Christien hatte die letzte Nacht schlecht geschlafen. Das große Bett mit seiner tadellos weißen Tagesdecke und dem, im leichten Luftzug sich bewegenden, Mosquitonetz lud ihn zu einem Nickerchen ein. Er schlüpfte aus seinem Gehrock, lockerte seine Krawatte und knöpfte sein Hemd auf. Dann entledigte er sich seiner Schuhe und ließ sich auf das breite Bett fallen. Ausgestreckt, mit seinen Händen hinter dem Kopf verschränkt, starrte er ermattet zur Zimmerdecke.

Die nachmittägliche Hitze lastete noch schwer auf ihm, und er schwitzte immer noch. Schließlich zog er mit Schwung sein Hemd über den Kopf, zerknäulte es und trocknete sich damit Brust und Arme ab, bevor er es über den nächsten Stuhl warf. Er ließ sich wieder zurück auf das Bett fallen und versuchte, mit dem Handrücken den Schweiß aus seinem Gesicht zu wischen.

Der Baldachin des Bettes war aus gelbem Musselinstoff und die seitlichen Vorhänge, die jetzt zurückgezogen waren, aus goldenem Damast. Darunter schimmerte das lichte Gewebe des zartgelben Mosquitonetzes hervor. Die Matratze schien mit feinster Baumwolle gestopft zu sein, denn er lag äußerst weich und bequem. Eine leichte Brise wehte durch die halb geschlossenen Fenster und Jalousien und wirbelte die Vorhänge in regelmäßigen Abständen immer wieder auf, sodass sich die Luft in angenehmen Wellen über das Zimmer breitete.

Es war so entspannend, dass er für einige Minuten seine Augen schloss. Die anderen Bewohner des Hauses machten sicherlich das Gleiche, was nach dem üppigen Mahl durchaus angebracht war. Eine spätnachmittägliche Siesta, wenn die flimmernde Hitze jegliches Leben ersterben lässt, war sicherlich ein angenehmer Brauch noch aus den frühen Zeiten der spanischen Herrschaft.

Er wachte unsanft auf, als ein gellender Schrei in sein Ohr drang. Völlig aufgeschreckt, richtete er sich abrupt auf und kam mitten im Dunkeln auf der Bettkante zu sitzen, sodass seine Füße mit einem dumpfen Schlag auf den Boden schlugen. Sein Körper fühlte sich steif und verkrampft an, außerdem hatte er ziemliche Kopfschmerzen, ein untrügliches Indiz dafür, wie lange und tief er geschlafen hatte. Es musste mindestens schon Mitternacht sein. Die Bewohner des Hauses waren sicherlich am frühen Abend, wenn die Luft kühl und erträglich wurde, wieder aufgestanden und hatten sich ihren Abendbeschäftigungen hingegeben, bevor sie endgültig zu Bett gegangen waren, während er komplett durchgeschlafen haben musste.

Das Schreien war erneut zu hören, laut und schrill schallte es durch den Korridor vor seinem Schlafzimmer. Blitzschnell öffnete er seinen Waffenkoffer mit den beiden Rapieren neben seinem Bett und ergriff eines der identischen Degen. Mit hastigen Schritten begab er sich zu seiner Zimmertür, riss sie weit auf und bewegte sich dann in dem dunklen Flur vorsichtig vorwärts.

Sobald seine Augen sich ein wenig an die Dunkelheit gewöhnt hatten, konnte er ein kleines, weißes Etwas ausmachen, dass sich hin und herbewegte. Plötzlich jedoch sprang es direkt auf ihn zu.

Es war Marguerite, die sich unversehens an ihn drückte und mit aller Kraft seine Beine umschlang. In ihrer Verzweiflung zitterte sie am ganzen Körper, schluchzte und schrie abwechselnd, und zwar in einer Tonhöhe, die für Erwachsene kaum zu ertragen war.

Am anderen Ende des Korridors flog eine Tür auf, und Licht strömte heraus. Der helle Schein einer Lampe näherte sich, und Christien drehte sich, die Waffe fest umschlossen haltend, um, während er mit der anderen Hand das Kind an sich drückte.

Doch es war Reine, die ihm plötzlich gegenüberstand und eine Lampe hochhielt, damit sie was erkennen konnte. Das warme Licht überströmte sie und verlieh ihren Locken, die ihr in langen Wellen über die Schultern fielen, einen rot schimmernden Glanz, während auf ihrem Nachtgewand aus zartem Batiststoff geheimnisvolle Schattenspiele zu sehen waren. Sie stand einen Moment lang ungerührt, wie eine Statue vor ihm und starrte auf seine nackten Schultern, seinen muskulösen Körperbau sowie auf das zum Kämpfen bereite Schwert in seiner Faust.

Direkt gegenüber sprang plötzlich eine weitere Tür auf, und man hörte ein Jammern aus dem Inneren der Kammer dringen. »Jesus Maria! Ich wusste es, ich wusste es! Jetzt ist er gekommen, jetzt ist er doch noch endlich gekommen! Der Todesengel ist da und holt mich. Hab' ich es Euch nicht gesagt, ich wusste es. Ich habe es Euch gesagt, nicht wahr? Ich wusste es, ich wusste es …«

Das ängstliche und unzusammenhängende Klagen wurde lauter als Madame Cassard den Flur betrat. Ihre Augen waren vor Angst geweitet, während sie einen elfenbeinfarbenen Rosenkranz durch ihre Finger gleiten ließ. Sie starrte Christien an, der unter dem kargen Lichtkegel aus der Lampe von Reine kaum zu erkennen war, und verstummte schließlich langsam, bis man nur noch ein leises Wehklagen hören konnte.

Am Ende des Ganges sah man schließlich auch Monsieur Cassard hochbesorgt aus seinem Zimmer treten. Aus den Augenwinkeln sah Christien schließlich noch einen Schatten im Flur auftauchen, der sich dann als Butler Alonzo entpuppte. Dieser kam langsam die Stufen aus dem Dachgeschoss herunter, wo sich wohl die Wohnungen der Bediensteten befanden.

Das Kind an seiner Seite zitterte immer heftiger. Ihr Schluchzen ging noch einmal in ein angstvolles Schreien über, das erst erstarb, als sie ihr Gesicht in Christiens Schenkel vergrub. Sie hielt ihn in aller Verzweiflung fest umschlungen.

Ohne auf die anderen zu achten, kniete er sich zu ihr hinunter und nahm sie vollständig in seine Arme, ohne jedoch dabei seinen Degen loszulassen. »Ich hab dich«, beruhigte er sie, während er die Kleine fest an seine Brust drückte und hin- und herwiegte. »Du bist bei mir jetzt ganz sicher. Pschscht, *ma petite*, nicht weinen. Der *loup-garou* wird dir nichts tun, er ist weg, und ich bleib jetzt bei dir.«

Marguerite gluckste und schluchzte noch ein letztes Mal, während sie sich mit einem ihrer Ärmchen an Christien festhielt. Den Kopf an seine Schulter gelehnt, beruhigte sie sich schließlich und seufzte tief.

Reine Pingre nährte sich den beiden im Kegel des diffusen Lampenlichts, das ihren Schatten an die Wand warf. Ihr schimmernder Körper ließ sie halb als rächende Gottheit erscheinen, halb als Madonna. Tränen der Erleichterung stiegen ihr in die Augen, während sie sich neben den beiden hinkniete und die Lampe auf dem Fußboden abstellte. Ihr weißes Nachtgewand aus feinstem Stoff wallte über ihre ebenmäßigen Glieder und endete in zahlreichen, sanft geschwungenen Falten, die bis auf den Boden reichten. Liebevoll strich sie ihrer Tochter über die Haare und versuchte, sie zu beruhigen.

»Ich denke, ihr geht es wieder gut«, flüsterte Christien.

»Das glaube ich auch.« Reine blickte Christien durch ihre langen Wimpern hindurch an und ließ in ihren tiefblauen Augen eine große Dankbarkeit erkennen. »Und deshalb haben Sie nun River's Edge tatsächlich gewonnen, Christien Lenoir. Wenn Sie es vermögen, dann beschützen sie meine kleine Tochter, beschützen Sie uns alle hier, dann werde ich Sie auch heiraten.«

Fünftes Kapitel

Was war nur in sie gefahren? Was hatte sie sich dabei nur gedacht?

Reine konnte es sich nicht recht erklären und starrte nachdenklich die Zimmerdecke ihres Schlafgemaches an, während ihre kleine Tochter eingekuschelt neben ihr auf dem Bett lag. Die Umstände machten es in gewisser Weise nötig, dass sie Lenoirs Antrag akzeptierte, aber es schien sich auch in anderer Hinsicht irgendwie aufzudrängen, dass dieser halbnackte Fechtmeister auf River's Edge blieb.

Ein gewichtiger Grund war sicherlich, dass er es geschafft hatte, den hysterischen Anfall von Marguerite mit ein paar sanften Worten in den Griff zu bekommen, etwas, das ihr selbst nie gelang, aber auch niemand anderem im Haus. Es war die Art und Weise, wie die Kleine an ihm hing, wie sie all ihre Hoffnungen an ihn als einen Retter knüpfte. Aber auch die nächtliche Stimmung mit dem diffusen Licht, dem unheimlichen Wehklagen ihrer Mutter und der Aufregung um Marguerite trug dazu bei, dass sie noch nachträglich eine Gänsehaut bekam. Nicht unwichtig war wohl auch seine tiefe, beruhigende Stimme sowie die Tatsache, dass er sie beide als Ausgestoßene der Gesellschaft bezeichnet hatte, was nicht ganz falsch war und eine ungewollte Gemeinsamkeit darstellte. Schließlich spielte aber auch die Vernunft eine Rolle, denn sie wusste, dass nichts mehr so sein könnte wie früher, wenn sie in diese Ehe nicht einwilligen würde.

Es war wie das Glücksspiel einer Verzweifelten. Vielleicht war sie diesbezüglich doch mehr die Tochter ihres Vaters, als sie sich eingestehen wollte.

Ihre Entscheidung wurde nicht im Geringsten von dem Anblick eines nackten, muskulösen Oberkörpers mit sehnigen Armen beeinflusst, von einem Mann, in dessen kraftvoller Faust sich ein stählerner Degen befand, dem nichts etwas anhaben konnte, der unerschütterlich schien und der zudem ein attraktives Gesicht besaß. Es war nicht das erste Mal, dass sie einen halbbekleideten Mann gesehen hatte. Sie war keine Jungfrau mehr, die beim Anblick einer durchtrainierten Männerbrust fast ohnmächtig wurde. Mit ihrem Ehemann hatte sie schließlich ein Schlafzimmer geteilt, wo beide sich an- und auszogen, badeten und im selben Bett schliefen, von anderen Dingen ganz zu schweigen.

Der Anblick von Theodore mit nacktem Oberkörper war jedoch keinesfalls vergleichbar mit dem von Christien Lenoir, in keinster Weise.

Sie wies solche Gedanken mit aller Vehemenz von sich, denn letztendlich waren die beiden nur Männer, nicht mehr und nicht weniger. Allerdings konnten sie unterschiedlicher kaum sein.

Nun, Christiens Körper war gestählt durch seine Übungen in der Fechtschule. Seine Muskeln zeichneten sich deutlich ab und waren, wie bei einer griechischen Skulptur, formvollendet modelliert. Er strahlte nicht nur Stärke aus, sondern auch eine beschützende Kraft, die einem Sicherheit vermittelte. Außerdem war er größer, breiter und in jeder Hinsicht reifer als der Mann, den sie geheiratet hatte, ein Bürschchen, das niemals auch nur einen Finger krümmte, außer zum Kartenspielen oder Trinken. Wahrscheinlich unterschied sich Christien auch in anderer Hinsicht von Theodore.

Sie wollte sich nicht länger damit aufhalten, solche Vergleiche anzustellen, denn schließlich war sie auch kein junges, unerfahrenes Mädchen mehr, das einen Mann heiratete, nur weil man das seit ihrer Kindheit von ihr erwartete hatte und ihre Eltern ihr einredeten, dass dies das Beste für sie wäre. Jetzt war sie eine erwachsene Frau mit einer Tochter, die bereits seit zwei Jahren half, River's Edge zu führen. Sie hatte Entscheidungen zu treffen, Vorräte anzulegen, Essen zu verteilen und sich um alle, die von ihr abhingen, zu kümmern. Abgesehen davon hatte sie nebenbei den Tod ihres Mannes zu verkraften, Marguerites Albträume, die Nachlässigkeiten ihres Vaters und die zunehmende Gebrechlichkeit ihrer Mutter. Aus diesem Grund würde sie sich niemals wieder dem Willen eines Mannes beugen, unabhängig davon, ob er sie auslachte, anschrie oder zu anderen Frauen ging.

Die Hochzeit würde eine Sensation sein. In der Nachbarschaft würde sicherlich über Wochen und womöglich sogar Monate hin über nichts anderes geredet werden. Das wäre ein gefundenes Fressen für die feine Gesellschaft: Die Frau, dessen Mann unter mysteriösen Umständen ums Leben kam, würde einen Fechtmeister indianischer Abstammung ehelichen, der zudem das ganze Anwesen von ihrem Vater beim Kartenspielen gewonnen hatte. Wie sie sich die Mäuler zerreißen, tuscheln und spöttisch grinsen würden, denn sie hätte es ja nicht besser verdient.

Warum, warum hatte sie sich nur einverstanden erklärt?

Es war diese starke Entschlossenheit, gepaart mit Zärtlichkeit in Christiens Augen, als er Marguerite festhielt, die Reine so bewegte, der gleiche unnachahmliche Gesichtsausdruck, wie an jenem Abend vor dem Theater. Ja, das war es. Schenkte er diesen Blick auch einer erwachsenen Frau?

Natürlich nicht ihr, das war klar. Sie erwartete nur Nachsicht von ihm. Na ja, und diese Art von Geschlechtsverkehr, der einst ihre Tochter hervorgebracht hatte, pflichtbewusst, unbequem, sowie vor allem kurz und schnell.

Bei dem Gedanken an die körperliche Seite ihrer Ehe legte sie gequält ihre Hand über die Augen. Sie war von ihrem Ehemann kaum mit Streicheleinheiten oder einem Kuss verwöhnt worden, denn die eheliche Verpflichtung bestand vielmehr meist nur in dem Anheben ihres Nachthemdes und einem schnellen, harten Vollzug, sodass sie sich danach oft gebraucht und verletzt fühlte. In ihrem Innersten spürte sie jedoch, dass es eigentlich anders sein sollte, mehr wie bei einem üppigen Mahl, welches man in tiefer Dankbarkeit langsam und genussvoll einnehmen sollte. Theodore hatte ihre zarten Versuche, in diese Richtung zu wirken, einfach abgeschmettert und sich grunzend das genommen, was ihm seiner Meinung nach zustand. Dabei war er so besessen davon, nicht zu versagen, dass es immer schnell gehen musste. Nichtsdestoweniger passierte es hin und wieder, dass er vor lauter Aufregung schon kam, bevor er in sie eindringen konnte.

Trotz derartiger Enttäuschungen hatte Reine ab und an das Gefühl, es könnte noch mehr geben, vor allem kurz nachdem Theodore sich zur Seite rollte, überkam sie oft der Wunsch, in die Arme eines anderen Mannes zu sinken, um noch etwas anderes erleben zu können.

Wie unanständig! Wie konnte sie nur im Traum daran denken, dass womöglich ein Mann nicht ausreichte, ihr das zu geben, wonach sie sich verzehrte. Welcher Ehemann könnte so eine verruchte Frau ertragen, die ein solch heißes Verlangen in sich spürte und eine derart unanständige Fantasie besaß?

Sie musste diese Schwäche für sich behalten, wie sie es auch früher schon getan hatte, was nicht weiter schwierig sein sollte. Ihrer, wenn auch kurzen, Erfahrung nach nahmen Männer meist keine Notiz davon, was Frauen dachten, und kümmerten sich auch nicht groß um ihre Gefühle und geheimen Bedürfnisse. Falls sie doch einmal solche Neigungen erkannten, dann wurden diese von ihnen als weibliche Gespinste abgetan, also als nicht beachtenswert. Das konnte zwar manchmal hilfreich sein, um nicht bloßgestellt zu werden, doch meistens frustrierte es, mit seinen Wünschen nicht wahrgenommen zu werden.

Was um Gottes willen sollte sie bloß zu ihrem Mann sagen, wenn sie ihn beim Frühstück sehen würde? Fürs Erste könnte man vielleicht darüber reden wann, wo und wie die Hochzeit stattfinden sollte, aber was dann?

Sie hatte keine Ahnung, denn schließlich war er für sie immer noch ein Fremder.

Sie hatte zugestimmt, einen fremden Mann mit indianischer Hautfarbe und tiefdunklen Augen zu heiraten. Na ja, und mit unglaublich breiten Schultern und einer starken Hand, die einen Degen halten konnte. Nachtfalke, wie wild und unzivilisiert das klang. Trotzdem sah man etwas Weiches in seinen Augen, einen Schatten von Traurigkeit, wenn er von seinen verstorbenen Angehörigen sprach, und auch ein Gefühl der Einsamkeit, das sie gut nachempfinden konnte.

Einschlafen konnte sie jetzt nicht mehr. Sie drehte sich um, schob ihr Kissen immer wieder hin- und her und seufzte, doch die Minuten vergingen quälend langsam, wie auf der Uhr über dem Kaminsims abzulesen war. Sie schlang erneut die Arme um ihr weiches Kopfkissen, um Ruhe zu finden.

Bei dieser Bewegung stieß sie mit ihrem Ehering an das Kopfteil des Bettes, was ein lautes Klacken hervorrief. Sie tastete im Dunkeln mit ihrer rechten Hand die Verzierungen und die geschwungenen Linie des goldenen Rings ab, der genauso gearbeitet war wie das Pendant, das Theodore einst trug. Sie zog ihn bedächtig von ihrem Finger ab.

Sie würde Christien Lenoir heiraten und würde dieses Schmuckstück, welches sie als Theodores Ehefrau auswies, nicht mehr benötigen.

Vorsichtig setzte sie sich auf, ohne dabei die schlafende Marguerite zu stören, zog das Mosquitonetz beiseite und glitt sachte aus ihrem Bett. Mit sicherem Schritt begab sie sich im Dunkeln zu ihrem Schminktisch und deponierte den Ring in einer Schale mit Haarnadeln. Sie würde ihn morgen früh wegschließen und als Erinnerung für ihre Tochter aufheben.

Sie war gerade dabei, sich wieder zurück ins Bett zu tasten, als der große Jagdhund Chalmette vor dem Haus ein warnendes Bellen von sich gab. Nachdem sie sich mit einem besorgten Blick vergewissert hatte, dass Marguerite noch schlief, begab sie sich in das angrenzende Wohnzimmer. Dort zog sie langsam die beiden dicken Vorhänge beiseite, die die Schwingtüren zur Veranda bedeckten und öffnete den Türladen einen Spalt, um hinauszuspähen.

Ein Reiter kam in gemächlichem Tempo vom Stall herüber, umrundete das Haupthaus und bog dann über die Auffahrt in Richtung Uferstraße ab. Sobald er diese erreicht hatte, wechselte er die Gangart und galoppierte davon.

Den Mann konnte man zwar im fahlen Licht der Mondsichel nur als einen schemenhaften Schatten im Sattel erkennen, doch dies genügte Reine, um ihn eindeutig zu identifizieren. Es war unzweifelhaft ihr frisch angetrauter Bräutigam, der sich in einer zweifelsohne nicht redlichen Angelegenheit in aller Herrgottsfrüh davonstahl. Warum sollte er sonst wohl so zeitig aus dem Haus schleichen, darauf bedacht, niemanden zu stören oder aufzuwecken?

Wohin war er bloß unterwegs? Vielleicht zu einer Frau, die lebhafter und entgegenkommender war als sie selbst? Zu einer geselligen Runde mit seinen Waffenbrüdern?

Verzweiflung ergriff von ihr Besitz, und Reine spürte, wie sie am ganzen Körper zitterte. Sie schloss die Augen und lehnte ihren Kopf gegen die dicken Vorhänge, die sie mit ihrer Hand zusammenhielt. Es ging also wieder von vorne los, die Lügen, die Betrügereien, das heimliche Verschwinden und damit auch die schmerzende Einsamkeit. Sie hatte eigentlich mehr von Christien Lenoir erwartet, doch sie wusste auch nicht, warum. Vielleicht hatte sie das auch nur insgeheim gehofft.

Konnte sie das alles noch einmal ertragen? War es ihr möglich, wieder diese schmierigen Ausreden zu hören, anstelle der Wahrheit? Würde sie wieder einfach nur lächeln und behaupten, dass alles in Ordnung wäre? Hielt sie es erneut aus, dass man ihr das Gefühl gab, unzureichend zu sein, weil ihr Ehemann amüsantere Gesellschaft vorzog?

Das war das Schicksal der Frau, wurde ihr immer wieder gesagt. Männer waren eben Männer, *n'est pas*?

Sie brauchten einen Ausgleich und ein Ventil für ihre furchtbare, männliche Energie. Doch sie mussten auch immer wieder zu ihren Frauen zurückkehren, egal welchen Ablenkungen sie sich anderweitig hingaben, so sollte es sein, oder nicht? Und es war die Aufgabe der Frau, auf diesen Moment zu warten. Eine abgeklärte Frau suchte Trost und Vergnügen bei ihren Kindern und lernte es schätzen, wenn sie mal nicht ihren ehelichen Pflichten im Bett nachkommen musste.

Die Antwort auf all diese Fragen war eigentlich furchtbar einfach, dachte Reine. Wenn die Ehe daraus bestand, einsam auf einen nicht zähmbaren Mann zu warten, warum dann überhaupt heiraten? Und tatsächlich war die Zeit nach dem Verschwinden von Theodore sehr viel friedlicher für sie. Von da an musste sie keinerlei Forderungen mehr ertragen, ihm jederzeit zu Willen zu sein, keine herablassenden Bemerkungen über ihre nicht der aktuellen Mode entsprechenden Kleider erdulden, nicht mehr zusehen, wie Marguerite geärgert wurde, bis sie in Tränen ausbrach. Paul musste keine höhnischen Anfeindungen und Schläge von einem Mann, der gerade mal zehn Jahre älter war als er selbst und nur halb so kräftig, über sich ergehen lassen.

Vorbei war auch, dass ihre amerikanische Mutter mit spöttischen Bemerkungen bedacht wurde und ihren Fragen nach dem Verbleib des Ehegatten nur Flüche als Antwort folgten. Ebenfalls nicht mehr nötig waren die Bitten, doch einmal etwas weniger Cognac nach dem Essen zu trinken und ihren Vater nicht in die übelsten Spielhöllen des Vieux Carré mitzunehmen.

Ja, danach war alles wirklich viel friedlicher.

Jetzt würde es jedoch wieder von Neuem beginnen.

Sie ließ den Vorhang los, den sie fest umklammert

hatte, und glättete sorgsam die Falten des Brokatstoffes, bevor sie sich langsam wieder in ihr Bett begab. Schlafen konnte sie allerdings nach wie vor nicht. Die erste frische Morgenbrise wehte herein, wirbelte das Mosquitonetz auf und kühlte die Tränen auf ihrem Gesicht.

Sechstes Kapitel

Fahles Lampenlicht fiel auf die Balkontüren, die aufgrund der nächtlichen Schwüle offen gelassen wurden. Vinot war zu dieser Stunde immer noch auf, oder was noch wahrscheinlicher schien, er war erst gar nicht zu Bett gegangen. Christien formte seine Hände vor dem Mund und ließ ein leises Signal ertönen. Man sah, wie sich der Schatten des alten Fechtmeisters im Salon bewegte, wie ein grauer Geist zeichnete er sich im Licht der Lampe an der Zimmerdecke ab, um kurz darauf zu verschwinden. Ein paar Minuten später öffnete sich die Tür, die zur Straße hinausging, mit einem großen Schwung, ohne dabei in den Angeln zu quietschen.

»Du bist zurück, mein Sohn«, sagte Lucien Vinot freudig, aber mit geschärftem Blick. »Ich hatte dich nicht so früh erwartet.«

Christien trat hinein und schloss die Tür hinter sich.

»Der erste Teil ist erledigt, ja mehr noch, mir wurde sogar ein Schlafzimmer auf River's Edge zugewiesen.«

»Also hast du dich dort schon einquartiert, ausgezeichnet.« Der *maître* drehte sich um und schlurfte den Gang hinunter, an dessen Ende die Treppen in den ersten Stock führten, wo sich der große Salon befand. Während er langsam hinaufstieg, fragte er über die Schulter hinweg Christien: »Hattest du keine Problem mit Cassard?«

»Überhaupt nicht. Er hatte mich natürlich schon erwartet.«

»Und seine Tochter, war sie einverstanden?«

Christien folgte seinem einstigen Mentor und trug die Lampe vor sich her, während dieser sich am Geländer festhielt, um die Stufen leichter bewältigen zu können. »So würde ich das nicht direkt formulieren, aber sagen wir einmal so, sie ließ sich letztendlich überzeugen.«

»Das habe ich mir schon gedacht, denn du hast eine recht überzeugende Art an dir.«

»Sie ließ sich allerdings mehr von der Tatsache beeindrucken, dass ihre Tochter mich mag. Eine unschöne Angelegenheit. Fast wäre ich geneigt, alles wieder rückgängig zu machen.«

Oben auf dem Treppenabsatz angekommen, blieb der *maître* stehen und schaute Christien musternd an. Seine langen, grauen Haare hingen wild, ohne bändigende Pomade an ihm herunter und verliehen ihm eine Art silbrigen Heiligenschein, der über seinem Kopf und seinen Schultern zu schweben schien. »Aber du bist nicht überzeugt genug, wirklich alles rückgängig zu machen, oder?«

Christien dachte an Reine, wie sie, gleich einer Göttin, in ihrem fast durchsichtigen Nachthemd vor ihm gestanden hatte, wie die Falten des Stoffes ihre Füße umspielten und sie die Lampe gleich einem Leuchtfeuer hochhielt. Er erinnerte sich an ihre weibliche Zerbrechlichkeit, an den Schein ihrer Haare, die im sanften Licht der Lampe glänzten. Er fühlte erneut die zarte Berührung ihrer Hand auf seiner Haut, als ob ihre Wärme immer noch spürbar wäre. »Nein«, antworte er knapp.

Vinot nickte erleichtert und betrat den Raum, der ihm gleichermaßen als Salon und Schlafgemach diente. Er zeigte auf einen Tisch in der Mitte des Zimmers, wo Christien die Lampe abstellen sollte. Währenddessen schenkte er aus einem Dekanter zwei Gläser mit Sherry ein und reichte ihm eines herüber. »Hattest du Zeit, dich ein wenig umzusehen?«

Christien nickte. »Aber es hat mir nichts gebracht, alles schien so, wie es sein sollte.«

»Wie haben sie sich verhalten? Irgendwie auffällig oder verstört?«

»Natürlich waren sie irritiert und bestürzt, denn schließlich habe ich ihnen alles genommen, was sie haben. Ich habe mich ihnen als ihr Gast und auch noch als der zukünftige Bräutigam aufgedrängt. Es wäre doch sehr verwunderlich gewesen, wenn sie das alles akzeptiert hätten, ohne den geringsten Einspruch zu erheben.«

Der *maître* runzelte die Stirn, während er sich auf einen der Stühle am Tisch fallen ließ. »Das klingt ja so, als ob sie dir sympathisch wären. Ich möchte dich nur daran erinnern, dass Cassard unsere Pläne nur möglich gemacht hatte, weil er ein so großes Faible für das Kartenspiel hat. Außerdem sind das schließlich die Leute, die dem Mörder meiner Tochter Unterschlupf gewährt haben.«

»Das weiß man ja nicht. Ich habe jedenfalls nichts in dieser Hinsicht bemerkt.«

»Ich kenne diesen jungen, arroganten Schurken. Er hat sich geweigert, mich zu treffen, mir Genugtuung zu geben, nachdem er die Unschuld meiner Tochter Sophie geraubt und sie in der Stunde der Not verlassen hatte. Er hat sich nicht die Bohne dafür interessiert, dass sie starb und sein Bastard mit ihr. Sie war ihm nicht gut genug.«

»*Maître* …«, unterbrach Christien ihn.

»Und mich hat er auch nicht als seinesgleichen akzeptiert«, fuhr der alte Mann unbeirrt fort. »Natürlich war er nicht gezwungen, meine Herausforderungen zu akzeptieren, wenn man den Ehrenkodex eines Duells genau nimmt. Nein, dann natürlich nicht.« Ein zynisches Lachen durchschüttelte ihn. »Die Wahrheit ist, dass er so schreckliche Angst vor mir hatte, dass er gar nicht schnell genug fliehen konnte. Er war so panisch, dass ich doch noch eine Möglichkeit finden würde, ihn zum Zweikampf zu stellen und ihn dann zu töten, dass er keine Zeit verlor. Und ich hätte ihn getötet, soviel ist klar. Jetzt hat er aber genug vom Verstecken und lässt sich aus Langeweile immer mal wieder nachts in der Stadt sehen. Er denkt wohl, ich hätte ihn längst vergessen, was für ein Dummkopf.«

»Er hat auch noch woanders Ärger gemacht«, warf Christien mit finsterer Miene ein. »Er schleicht nachts um River's Edge und erschreckt die kleine Marguerite. Was er damit nur bezweckt?«

»Nichts Gutes sicherlich, schätze ich mal.«

»Wahrscheinlich ist er recht knapp bei Kasse, ansonsten hätte er wohl aus Angst vor dir längst das Weite gesucht, und zwar so schnell wie möglich. Das Einkommen, das er einst aus Bonne Espèrance zog, ist dahin, denn seine Mutter hat die Arbeiter entlassen und die Bewirtschaftung eingestellt, bevor sie nach Paris abreiste. Wenn sie ihm doch noch etwas zu seiner Unterstützung zukommen lässt, so wurde zumindest nichts davon bekannt.«

»Vielleicht denkt sie auch, dass er tot sei«, warf Vinot ein.

»Oder sie wäscht ihre Hände in Unschuld und möchte nichts mehr mit ihm zu tun haben. Cassard deutete an, dass sie nicht gerade eine vorbildliche Mutter war. Angenommen …«

»Was?«, fragte sein alter Mentor gespannt.

»Angenommen, Theodore glaubt, wenn er Marguerite lange genug Angst einjagt und seine Frau ausreichend verschreckt ist, könnte er von den Toten auferstehen und Geld von ihnen verlangen, damit er sich nicht mehr blicken lässt? Nun, oder um überhaupt die Gegend zu verlassen und sie nie mehr zu belästigen?«

»Das klingt plausibel, falls es stimmt, dass seine Frau nichts ahnt. Vom schwachen Geschlecht zu profitieren, war schon immer seine Spezialität gewesen.«

»Das klingt abscheulich«, sagte Christien mit entschlossener Ablehnung, »Die Tat eines Wahnsinnigen.«

»Was er vielleicht wirklich ist, wenn er, wie Cassard dir erzählte, am Kopf getroffen wurde. Warum die Schläge ihn dann jedoch nicht wirklich umgebracht haben ...« Vinot schüttelte gedankenverloren seinen grauen Kopf. »Aber egal, das Glück dieses Verbrechers wird nicht lange anhalten, da bin ich mir sicher.«

Christien behielt die mögliche Verrücktheit von Theodore in seinem Hinterkopf, während er den besessenen Ausführungen seines Fechtlehrers lauschte. Vinot war so auf Rache aus, dass er nicht mehr schlafen konnte, nur noch wenig aß, kaum mehr irgendwohin ging und von nichts anderem mehr redete. Er siechte dahin, verlor seine Kraft, seine Geschicklichkeit und seine Lebensperspektive. Es musste irgendetwas getan werden, um seinem Leiden und seiner Trauer ein Ende zu setzen, bevor er selbst wahnsinnig würde oder vor Gram starb.

Christien schuldete seinem alten Fechtmeister diesen Gnadendienst. Vinot hatte ihn einst zitternd vor Hunger und Kälte auf der Straße aufgelesen, als er vor Jahren nach New Orleans kam, hatte ihm zu essen gegeben und ihm alles beigebracht, was er wusste.

Seine Tochter Sophie, die fröhliche und lebhafte Sophie, war wie eine jüngere Schwester für ihn gewesen. Sie hatte ihm spielerisch gezeigt, wie man sich galant verbeugt, die Hand einer Dame nahm und Smalltalk führte. Sein eigener Vater hatte ihm zwar Lesen und Schreiben beigebracht, doch nur sehr rudimentär, denn in den Sümpfen gab es kaum Bücher, um zu üben. Sophie hatte freundschaftlich ihre mit ihm geteilt und ihn dazu angeregt, auch schwierigere Wörter zu lernen und kompliziertere Passagen zu lesen sowie seine Schrift zu verbessern. Im Gegenzug hatte er ihr den Lauf der Jahreszeiten erklärt, das Verhalten der Tiere, wie man Knoten machte, Fische fing, das Schwimmen beigebracht und wie man sich verteidigte.

Er brachte ihr bei, jungen Männern zu vertrauen, und ließ sie glauben, dass diese ihre Leidenschaften unter Kontrolle hätten. Durch ihn wurde sie selbstbewusster, ja fast unerschrocken. Er war somit die Ursache für ihren tiefen Fall, wenn nicht gar das Mittel zum Zweck.

Christien wunderte sich, ob er eigentlich nicht selbst ein wenig wahnsinnig war, als er sich mit seinem *maître* einverstanden erklärte, diese Art der Vergeltung auszuarbeiten. Oder vielleicht wünschte er sich auch nur, diese Ausrede haben zu können.

»Was wäre, wenn du falschliegen würdest?«, fragte er Vinot, den Blick nicht von dem rotbraunen Sherryglas wendend. »Was, wenn Theodore Pingre tot wäre, ganz so, wie alle behaupten?«

»Dann wärst du der Eigentümer einer ertragreichen Plantage, hättest eine junge, gut aussehende Frau und eine neue Familie. Was könnte es denn Besseres geben?«

»Und wenn du recht hast, dann wäre die Tochter

eine Bigamistin und ich kein Ehemann. Du wirst mir verzeihen, wenn ich das dann weniger befriedigend fände.«

»Gefällt sie dir?«, fragte ihn sein Mentor erwartungsvoll.

Christien grinste ihn an, ohne ihm aber eine Antwort zu geben. Sollte der alte Mann doch denken, was er wollte. Manches war eben Privatsache.

»Es wäre wünschenswert, wenn man das letzte Opfer, also Madame Pingre zu heiraten, nicht erbringen müsste. Habe ich dir gegenüber eigentlich schon meine Dankbarkeit ausgedrückt, dafür, dass du so weit gegangen bist?«

»Das ist nicht nötig.«

»Doch, das ist es. Ich stehe so tief in deiner Schuld, dass ich es kaum in Worte fassen kann. Diese ganze Geschichte …«, Vinot hielt kurz inne, um das Gesagte mit einer Handbewegung zu untermauern, » … nichts wäre ohne dich möglich gewesen.«

»Ich bitte dich. Auch ich habe meine Gründe.«

»Natürlich, die Bruderschaft und ihre Grundsätze, die dazu verpflichten, gegen so ein Verhalten, wie es dieser Pingre an den Tag legte, vorzugehen. Der Nachtfalke schwingt sich auf zu großen Taten.«

Christien zuckte zusammen, als er diesen Namen hörte, der einerseits unverrückbar mit seiner Kindheit und anderseits mit seinen Unternehmungen für die Bruderschaft verknüpft war. Das hatte seine nützlichen Seiten gehabt, doch er fühlte sich schon seit Langem nicht mehr an ihn gebunden. »Ich tue es auch für Sophie«, ergänzte Christien. »Sie war mir ans Herz gewachsen und hatte dieses Schicksal nicht verdient. Aber was hat Reine Pingre damit zu tun?«

»Wenn diese Frau und ihre Familie Theodore Pingre

versteckt halten, dann verdient sie, ihren guten Namen zu verlieren, genauso wie er meiner Sophie geraubt wurde. Falls dem nicht so ist, dann kannst du mit ihr machen, was du willst. In jedem Fall würde dir River's Edge bleiben.«

Vinot ließ das alles so einfach klingen. Christien wusste aber, dass dem nicht so war, spätestens seit dem Moment, als er Reine vor dem Davis Theater in die Augen gesehen hatte. Seit damals war viel geschehen, er hatte sich mit ihr unterhalten, sie über den Tisch hinweg angelächelt und ihr Versprechen gehört, ihn zu heiraten. Er hatte eine Ahnung davon bekommen, wie es hätte sein können, ein Heim und eine Familie zu haben, wenn die Dinge in seinem Leben anders gelaufen wären.

Es könnte gut sein, dass alles anders kommen würde, als sein Mentor es vorgesehen hatte. Vielleicht würde es nicht möglich sein, Reine Cassard zum Bleiben zu bewegen, aber vielleicht könnte er sie auch nicht einfach gehen lassen.

Siebtes Kapitel

Christien war noch nicht zurückgekehrt, als sich Reine zeitig am Morgen zum Frühstück hinunterbegab. Alle anderen Bewohner des Hauses schienen nach der gestrigen Aufregung noch tief zu schlafen. Sie setzte sich auf die untere Veranda und nahm ihre erste Mahlzeit des Tages, bestehend aus warmem Gebäck und *café au lait*, nur in Anwesenheit von Chalmette ein, der sich unter ihren Füssen zusammenkauerte. Sie aß sehr bedächtig, nippte ein wenig von dem heißen Getränk und sah über das Geländer hinweg den Eichhörnchen zu, wie sie die Bäume hoch- und runterjagten. Versonnen die Landschaft betrachtend, fütterte sie ab und zu den Hund mit einer Brotkruste, die dieser begierig aufschnappte und zwischen seinen weißen Zähnen verschwinden ließ. Vögel sangen in den Bäumen, Insekten summten, und von Ferne hörte man Stimmen hinter dem Haus.

Nach einer Weile meditativer Betrachtung bemerkte sie plötzlich, dass sie unwillkürlich immer wieder auf etwas wartete, womöglich auf ein Geräusch von Hufgetrappel, das aus der Richtung der Hauptstraße am Fluss kommen müsste. Sie wartete auf Christiens Rückkehr.

Kurz bevor die Schritte zu hören waren, knurrte Chalmette warnend. Das wohlbekannte Schlurfen näherte sich von der Rückseite des Hauses. Reine drehte sich nach dem Mann um, der jetzt um die Ecke bog und vor der Veranda, mit seinem Hut in der

Hand, stehen blieb. »Monsieur Kingsley, guten Morgen.«

»Vielleicht für andere«, brummte der auch als King bekannte Monsieur Kingsley missvergnügt vor sich hin. »Für mich sieht das gar nicht nach einem guten Morgen aus.«

Er war von stämmiger Statur, mit breiten Schultern und einem wulstigen Nacken. Sein Bauch hing über den Gürtel, die sandfarbenen Haare klebten ihm ungewaschen am Kopf, und aus seinem breiten, nichtssagenden Gesicht blickten einem zwei graugrüne, ausdruckslose Augen entgegen. In diesem Moment strahlte er erst recht alles andere als Freundlichkeit aus.

»Ich nehme an, Sie beziehen sich auf die Ankunft von Monsieur Lenoir.« Normalerweise hätte sie ihn vielleicht zu einer Tasse Tee auf die Veranda gebeten und mit ihm den letzten Aufguss aus ihrer Silberkanne geteilt, doch sie unterließ eine entsprechende Geste, da sein abstoßendes und streitsüchtiges Gehabe ihr keinesfalls willkommen war.

»Ich hörte, dass sie ihn heiraten werden.«

»Woher wissen Sie …?«

Sie hielt inne und erinnerte sich an Alonzo, wie er letzte Nacht am Ende des Flurs im Halbdunkeln dabeistand und alles mitbekommen haben musste. Danach hatte er es sicherlich der Köchin erzählt, da sie seine Schwester war, und diese wiederum der Küchenhilfe. Letztere befand diese Neuigkeit bestimmt als zu aufregend, um sie für sich zu behalten, und hatte sie vielleicht während des Wasserpumpens am Brunnen oder bei sonstiger Gelegenheit anderen weitererzählt. Und natürlich waren sie alle neugierig, was mit River's Edge passierte, warum auch nicht? Schließlich betraf sie alles, was sich in diesem Haus ereignete, in gleicher Weise.

»Das spielt doch keine Rolle«, antworte Kingsley finster. »Mir scheint, das war recht überstürzt, oder?«

»Sie vergessen sich, Monsieur«, wies sie ihn entschlossen zurecht. Gleichzeitig hielt sie Chalmette mit einer beschwichtigenden Handbewegung davon ab, wegzuspringen, da er bei dem lauteren Tonfall schon nervös wurde und drohend knurrte. Der treue Hund hatte sich nie mit dem Aufseher anfreunden können, genauso wenig wie mit Theodore.

»Meinen Sie? Ich glaube eher, dass sie etwas vergessen, Madame Pingre.«

»Das würde ich gerne, wenn ich nur könnte.«

Er sah sie für einen langen Augenblick lang an und wandte dann seinen Blick kopfschüttelnd von ihr ab. »Wir können das beide nicht, keiner von uns. Was passiert ist, ist passiert. Die Sache ist nur die, wenn Sie heiraten, verkompliziert sich die Angelegenheit erheblich. Es sei denn, Sie haben ihm bereits von jener Nacht erzählt.«

»Nein.«

»Das habe ich mir schon gedacht. Worauf soll das also alles hinauslaufen?«

»Die Verbindung wurde von meinem Vater eingefädelt«, sagte sie steif. »Ich habe keinen Einfluss darauf gehabt.«

»Sie haben versucht, sich zu widersetzen, oder?«

Sie weigerte sich, ein so unverschämtes Verhör weiter über sich ergehen zu lassen, und wunderte sich, wie es soweit kommen konnte. Bislang hatte sich der Aufseher ihr gegenüber immer respektvoll erwiesen, ja zuvorkommend. Das änderte sich auch nicht, als Theodore verschwand. Seit sie jedoch nicht mehr die Witwenkleidung trug, schien ihr, dass sich sein Verhalten gewandelt hatte. Er pflegte nun manchmal eine unangebrachte Vertraulichkeit, und in seinen Augen meinte sie mitunter einen irritierenden, fast besitzergreifenden Blick erkennen zu können.

Kingsley war schon auf River's Edge, seit sie denken konnte. Soviel sie wusste, wurde er hier geboren, und zwar als Sohn des Amerikaners, der zuvor Aufseher der Plantage war und der einst mit ihrem Großvater aus Virginia kam. Es gab aber auch Gerüchte, die besagten, dass seine Mutter und der alte Monsieur Pingre, also Theodores Großvater, ein Verhältnis miteinander hatten. Wenn das stimmte, dann wäre Kingsley der Onkel ihres verstorbenen Ehemannes.

Ihr Vater hielt immer große Stücke auf den Aufseher, er hatte Vertrauen in dessen Fähigkeiten bei der Auswahl und Veredelung der Feldfrüchte, sowie bei der Planung und Organisation aller anfallenden Arbeiten. Kingsley galt ihm als unbedingt loyal. Das hatte Reine bisher auch angenommen, aber vielleicht war das Vertrauen doch nicht angebracht.

»Das alles hat mit einer Spielschuld meines Vaters zu tun, wissen Sie«, antwortete sie ihm schließlich. »Entweder ich heirate Monsieur Lenoir, oder wir alle müssen River's Edge verlassen. Was soll ich da bitte ihrer Meinung nach machen? Vor allem gibt es nämlich keine Garantie dafür, dass Sie als Aufseher übernommen werden, wenn ich und meine Familie gehen müssen.«

Kingsley kniff die Augen zusammen und rieb sich mit seinem Handrücken über sein unrasiertes Kinn. »Ich verstehe das Problem.«

»Das habe ich mir gedacht.«

»Was werden Sie also in dieser Hinsicht unternehmen?«

Sie blickte ihn kurz an. »Was kann ich denn überhaupt tun?«

»Nun, Sie können das auf jeden Fall nicht so hinnehmen.«

»Ich habe gar keine andere Wahl. Das liegt auch gar nicht in meiner Hand, verstehen Sie das nicht?«

Stirnrunzelnd betrachte er die Hauswand hinter ihr. Das hörbare Kratzen, wenn er sich ständig über seine Bartstoppeln am Kinn fuhr, machte sie noch wahnsinnig, sodass sie kurz davor war, ihn aufzufordern, sofort damit aufzuhören. Doch dann nahm er seine Hand runter und entspannte seine Finger.

»Jemand muß diesem Glückspilz zeigen, dass er hier in der Gegend nicht willkommen ist.«

»Wissen Sie, davon würde ich eher abraten, denn er ist immerhin ein Meister des Degens.«

»Man müsste das ja nicht mit einem Degen deutlich machen.«

»Woran denken Sie?«

»Machen Sie sich da mal keine Sorgen, Madame Pingre. Darum werde ich mich schon kümmern.«

»Sie können ihn doch … doch nicht einfach angreifen. Abgesehen davon glaube ich nicht, dass er ein Mann ist, der sich von roher Gewalt beeindrucken läßt. Außerdem wird er sich rächen, da können Sie sich sicher sein.«

»Das kann er schon versuchen.«

»Monsieur Kingsley, ich muss Sie bitten, dass Sie mit meinem … meinem Verlobten nur den allernötigsten Umgang pflegen und ihn nicht weiter belästigen. Ich werde ihn bei passender Gelegenheit dann schon einweihen, aber bis dahin …«

»Tatsächlich?«

»Selbstverständlich, denn eine Ehefrau sollte vor ihrem Mann keine Geheimnisse haben.«

»Was aber, wenn er das in den falschen Hals bekommt und einfach weggeht, sobald er es weiß.«

Das schien durchaus denkbar zu sein, dachte sie und erinnerte sich an den Stolz, den Christien Lenoir mit jeder Faser seiner muskulösen Erscheinung verkörperte. Reine schluckte und wurde sichtbar nervös bei dem Gedanken an diese Möglichkeit. »Das muss er letztendlich selbst entscheiden, wie er damit umgeht.«

»Soweit ich das sehe, ist es dann besser, dass Sie es ihm so schnell wie möglich erzählen.«

»Auch, wenn dies zur Folge hätte, dass uns der Sheriff fortjagt?«

»Dazu wird es nicht kommen, dafür werde ich schon Sorge tragen.« Der Aufseher wartete keine Antwort ab, verbeugte sich plump, zog seinen Hut wieder ins Gesicht und trottete den Weg zurück zu den Wirtschaftsgebäuden der Plantage.

Reine zog die Augenbrauen zusammen und schaute ihm düster hinterher. Was meinte er bloß damit, dass er sich darum kümmern würde. Der Ton, mit dem er das gesagt hatte, gefiel ihr keineswegs.

Allerdings hatte er nicht ganz Unrecht, sie darauf hinzuweisen, dass sie die Vorkommnisse jener Nacht als Theodore auf River's Edge starb, ihrem Zukünftigen mitteilen sollte. Am besten wäre es, dies noch vor der Hochzeit zu erledigen, um reinen Gewissens in den Stand der Ehe eintreten zu können.

Andererseits konnte sie es sich nicht leisten, ihren Ruf ohne Weiteres aufs Spiel zu setzen. Nachdenklich streichelte sie Chalmette über seinen großen, wuscheligen Kopf. Außerdem waren schließlich auch andere daran beteiligt, die womöglich ebenfalls darunter leiden müssten, wenn alle Details jener Nacht publik würden. Sie musste zumindest so lange warten, bis sie ihren Verlobten besser kennenlernen würde und ihm vertrauen könnte, dass er nicht jede Einzelheit ausplauderte. Schließlich hatte sie so viele Opfer gebracht, damit genau das nicht einträte.

Allerdings fragte sie sich auch, ob sie überhaupt je dieses Vertrauen in ihn aufbringen könnte.

»Dieser Mann wird Ärger machen.«

Die Bemerkung kam von einem Schatten im Inneren des Hauses, ein Schemen in schwarzem Kleid mit weißer Schürze, der direkt hinter der Verandatür stand, vor der Reine an ihrem Frühstückstisch saß. Reine hob den Kopf und drehte sich erschrocken um, denn ihre Nerven lagen inzwischen völlig blank. Doch nach einer Schrecksekunde ließ sie sich wieder entspannt in ihren Stuhl sinken.

»*Alors*, wegen dir bekomme ich eines Tages noch einen Herzanfall«, sagte sie. Die alte Demeter hatte die Angewohnheit, sich immer lautlos von einen in den anderen Raum des Hauses zu bewegen, und man wusste nie, wo sie als Nächstes auftauchen würde. Chalmette, der auf dem Boden der Veranda lag, nahm bis auf eine kleine Andeutung eines Schwanzwedelns keine weitere Notiz von ihr.

»Aber nicht doch. Sie sind noch jung und stark, ich dagegen bin bereits alt. Mein Herz wird vor Ihrem aufhören, zu schlagen.«

»Sag so etwas nicht.«

»Wieso nicht, wenn es wahr ist?«

Reine mochte davon nichts wissen, die Möglichkeit, dass noch jemand sterben könnte, verdrängte sie. Nichtsdestoweniger stimmte es natürlich, dass Demeter älter wurde und so langsam wie ein altes Tabaksblatt vor sich hinwelkte. Sie bekam immer mehr Falten, und ihr Körper wurde mit jedem Jahr, das ins Land ging, gebeugter. Ihr Haar war schlohweiß, was mit ihrem schwarzen Gesicht und dem dunklen Blick aus ihren runzeligen Augen kontrastierte. Ihre einst ordentlich gestärkte, blütenweiße Schürze war inzwischen zerknittert und voller schmieriger Flecken, die wohl auch auf ihren Schnupftabakkonsum zurückgingen.

Demeter hatte nach dem Tod von Theodore versucht, weiter als Kindermädchen zu arbeiten, aber es war einfach zu viel für sie. Trauer und Schmerz forderten schließlich ihren Tribut. Sie hatte ihn wie ihr eigenes Kind geliebt, und als er von ihr ging, hatte sie sich für Wochen geweigert, aus ihrem Bett aufzustehen. Sie hatte nie im Haupthaus von River's Edge gewohnt, doch schon vor Jahren eine Hütte bezogen, die einmal für Theodores früh verstorbene Geschwister als Spielhäuschen errichtet worden war. Dort lebte sie mit streunenden Katzen, züchtete Kräuter und zog verschiedene Sorten von Gemüse. Sie schwor vor allem auf grünes Gemüse, welches sie auch zu jeder Mahlzeit zu sich nahm. Manchmal kam der eine oder andere zu ihr, um sich einen Trank gegen irgendein Leiden brauen zu lassen, doch sie wirkte in ihrem kleinen, grauen Häuschen wie eine alte Hexe aus einem etwas merkwürdigen Märchen, sodass sie im Wesentlichen für sich allein blieb.

»Aber es stimmt doch, also warum sollte ich es nicht sagen?«, insistierte sie achselzuckend. »Andererseits mache ich mir Sorgen.«

»Über was?«

»Über Sie, Madame. Es ist falsch, was Sie tun. Sie sollten diesen Mann nicht heiraten.«

»Ich dachte, du hättest eben über Monsieur Kingsley gesprochen und ihn als Unruhestifter angesehen.«

»Das habe ich auch. Der stolziert wie ein aufgeblasener Gockel durch die Gegend. Aber jetzt spreche ich von dem anderen Mann, dem gut aussehenden mit dem Degen und seinen Versprechungen.«

Das war schon immer so mit älteren Hausangestellten gewesen, Reine wusste das; sie lebten so eng mit der Familie des Herrenhauses und waren so mit allen Details vertraut, dass sie sich es oft unverblümt herausnahmen, ihre Meinung zu äußern. »Wie kannst du nur sagen, dass wir nicht heiraten sollten? Du kennst ihn doch noch gar nicht.«

»Das macht nichts. Sie dürfen nicht heiraten.«

»Ich habe jetzt seit mehr als zwei Jahren Trauer getragen, länger, als es üblich ist, Demeter. Reicht das nicht? Willst du, dass ich mein Leben lang Witwe bleibe.«

»Manchmal muss man das. Ich trauere ja auch noch.«

»Aber wie du schon gesagt hast, du bist nicht mehr ganz so jung.« Das war vielleicht nicht sehr nett, so etwas zu sagen, aber Demeters Ansinnen war auch nicht gerade freundlich.

»Abgesehen davon weißt du noch nicht alles. Ich muss Monsieur Lenoir einfach heiraten.«

Demeter bekam die Geschichte von der Spielschuld zu hören. Sie hielt den Kopf angestrengt zur Seite geneigt, um besser hören zu können, während sie mit ihren halbblinden, wässrigen Augen in den Bäumen ein Zaunkönigpärchen beobachtete, wie es versuchte, einen angreifenden Eichelhäher von ihrem Nest abzuhalten. Als Reine mit ihrem Bericht am Ende war, schüttelte Demeter den Kopf. »Das ist schlimm.«

»Ich gebe zu, dass ich zunächst überrascht war, aber

Marguerite mag diesen Mann. Ob du es glaubst oder nicht, aber letzte Nacht, als sie wieder ihren Albtraum hatte, lief sie zu ihm und nicht zu mir.«

»Kinder sind manchmal erstaunlich klug. Sie hat wieder den *loup-garou* gesehen, oder?«

Reine nickte unglücklich. »Sie war total verstört, und dann lief sie direkt auf Monsieur Lenoir zu. Als dieser sie in den Arm nahm, beruhigte sie sich sofort. Du weißt, dass es sonst Stunden dauert, bis es ihr wieder besser geht.«

»Glauben Sie, dass er ihr die Angst nimmt?«

»Ich habe gesehen, wie er das kann, und er war da, als sie ihn brauchte. Es ist anzunehmen, dass ein Mann mit einer Klinge in der Hand, die bessere Verteidigung gegen Monster ist, als allein die Mutter. Vielleicht braucht sie einfach nur einen Vater.«

Falls das alte Kindermädchen das Stocken in Reines Stimme bemerkt hatte bei dem Gedanken daran, dass sie als Beschützerin ihrer Tochter ersetzt werden könnte, so ließ sie sich das zumindest nicht anmerken.

»Sie hat einen Vater.«

»Aber er ist tot. Sie kann sich an Theodore so gut wie gar nicht mehr erinnern.«

»Sagen Sie so etwas nicht, Madame.«

»Sie war gerade einmal drei Jahre alt, als er starb. Kinder in diesem Alter haben noch kein richtiges Erinnerungsvermögen, und außerdem war es eine schreckliche Nacht. Besser sie behält davon nichts im Gedächtnis.« Reine war das sowieso lieber.

»Monsieur Theodore hat ihr das Leben geschenkt«, insistierte Demeter mit bebender Stimme.

Reine lächelte ein wenig gequält. »Ich dachte schon, dass ich das gewesen bin.«

»Sie ist das einzige Kind dieser Blutslinie, Theodores einziges Kind. Es wäre besser, wenn sie ein Junge geworden wäre.«

Theodore hatte tatsächlich seinen Unmut darüber geäußert, dass Marguerite ein Mädchen war und kein Junge. Die Erinnerung daran war bitter. »Du wirst so etwas nicht in ihrer Gegenwart sagen, bitte. Sie ist meine Tochter und kann meine Blutslinie fortführen.«

»Sie sollten sich schämen, Madame, das Letzte, was Theodore gehörte, ihm wegzunehmen.«

»Ich nehme ihm nichts weg, was er nicht freiwillig aufgegeben hat. Er wollte mit Marguerite nichts zu tun haben. Ich erinnere mich noch gut daran, auch wenn du das nicht tust.« Demeter war immer auf Theodores Seite gewesen, in jedem Streit. Für sie hatte er keine Fehler gehabt.

»Er war noch jung und mit sich noch nicht im Reinen.«

»Ich war auch jung und musste stark und erwachsen genug sein, um mit mir und ihm zurechtkommen.«

Demeter blickte Reine verschmitzt an. »Sie haben das ja gut gemacht, das habe ich auch immer gesagt. Sie brauchen keinen Ehemann.«

»Und ich will auch keinen, aber ich sage dir, ich muss diesen Mann heiraten, Schluss und aus.«

Die Endgültigkeit, mit der sie das sagte, hatte den gewünschten Effekt, und Demeter schwieg. Mit vorgeschobener Unterlippe und kopfschüttelnd zog sie sich in Richtung Küche zurück.

Reine sah ihr seufzend nach. Das alte Kindermädchen würde für eine Weile mit dem Koch zusammensitzen, das wusste sie, würde dankbar ein paar Kekse annehmen oder ein Stück Kuchen, um es mit einem Glas Buttermilch aus der großen Milchkanne zu genießen. Die beiden, die sich schon seit vielen Jahren kannten, würden dann das eben Erlebte auch noch den anderen Bediensteten des Hauses mitteilen und alles bis ins kleinste Detail mit ihnen besprechen. Nach einer Weile würde dann die Naschkatze Demeter alles, was sie an Süßem noch habhaft werden könnte, einpacken und zu ihrer kleinen Hütte tragen, sie würde mit den erbeuteten Kuchenstücken und Keksen zu ihrem Grüngemüse und ihren Katzen zurückkehren.

Reine wünschte sich, dass sie genauso leicht ihre Sorgen und Ängste ablegen könnte.

Achtes Kapitel

Das einzige Familienmitglied der Pingres, das bei Christiens Rückkehr zur Begrüßung erschien, war Paul Cassard. Als er die Stufen hinunter auf ihn zu kam, lag in den haselnussbraunen Augen des Jungen eine tiefe Nachdenklichkeit. Bevor er zu sprechen anhob, wartete er, bis Christiens schwarzer Hengst weggeführt wurde und Alonzo die mitgebrachte Schachtel und seine Reisetasche ins Haus getragen hatte.

»Ich habe gehört, dass Sie und Reine heiraten werden.«

»Ja, sie hat mir die Ehre erwiesen, auf meinen Vorschlag einzugehen«, antwortete Christien vorsichtig. Der Junge musste gestern Nacht tief geschlafen haben, denn die Aufregung im Haus hatte er offenbar nicht mitbekommen. Wenn er genau nachdachte, so war er sich auch ziemlich sicher, dass Paul, im Gegensatz zu den anderen, nicht im Flur gestanden hatte.

»War das nicht eher ein Vorschlag mit der Wahl zwischen heiraten oder ausziehen?«

»Ich hoffe, dass ich das nicht so unverblümt dargestellt habe.«

»Mussten Sie Reine dazu zwingen, Sie zu heiraten?«

Das war eine gute Frage, doch die Antwort darauf wollte Christien keinesfalls mit seinem zukünftigen Schwager erörtern. »Es war wohl die beste Möglichkeit, um ihr und allen anderen das Bleiben zu ermöglichen, vielleicht auch die Einzige.«

»Sie hätten sie wenigstens zuerst ein wenig hofieren können.«

»Glaubst du, das hätte was gebracht?«, antwortete Christien trocken.

»Vielleicht nicht, aber sie hat mehr verdient als diese pro forma Alternative, nämlich das Recht auf eine wirkliche Wahl zwischen ja und nein.«

»Da hast du recht.« Madame Pingre hatte sicherlich mehr verdient, als das, was er ihr erlauben konnte.

Paul blickte Christien abschätzend an. Er taxierte den Eindringling in einer Weise, wie es sich sonst nur Männer mit viel Lebenserfahrung erlauben konnten. »Werden Sie sich ihr gegenüber ehrenhaft verhalten?«

»Ich gebe dir mein Wort darauf.«

»Sie hat genug von schlechten Ehemännern.«

Christien zog die Augenbrauen zusammen, denn er ahnte, warum Paul sich zu dieser Frage veranlasst sah. »Ich werde mich bemühen, ein guter Ehegatte zu sein.«

»Wenn dem so ist, dann wird alles in Ordnung sein.«

»Das soll was bedeuten?«

»Sie wird tun, was man von ihr erwartet, doch sie wird sich zu nichts drängen lassen. Wenn Sie das versuchen, dann haben Sie schon verloren.«

Während Paul redete, dachte Christien daran, wie es wohl im Ehebett mit ihr sein würde. Er konnte es dem Jungen kaum verübeln, besorgt zu sein, doch er ärgerte sich über die unterschwellige Annahme, dass er einer Frau Gewalt antun könnte. »Beim Fechten braucht man Geduld«, sagte er nachdenklich, »aber man braucht auch die Fähigkeit, die Gefühle und Absichten des anderen einschätzen zu können. Der *maître d'armes*, der am längsten lebt, kann am meisten von den Fehlern der anderen lernen.«

Paul schürzte seine Lippen und nickte bedächtig.

»Das ist dann schon in Ordnung, denke ich. Aber, wenn Sie Reine verletzten sollten, dann haben Sie es mit mir zu tun.«

Provozierend streckte er sein Kinn vor, ganz so, als ob er erwartete, dass Christien seine Drohung sonst nicht ernst nehmen würde. Er hatte diese Geste wohl nicht zum ersten Mal gemacht, wie an der Narbe unter seinem glattrasierten Kinn zu erkennen war.

»Sie kann sich glücklich schätzen, so einen Bruder zu haben«, sagte Christien versöhnlich und streckte ihm freundschaftlich die Hand entgegen, »doch ich hoffe, dass sie es in Zukunft nicht nötig haben wird, ihren Bruder als ihren Beschützer anzurufen. Das sollte nämlich eindeutig mein Part sein.«

»Vielleicht wird sie noch mehr Schutz brauchen, als Sie glauben, womöglich mehr, als sie es selbst vermutet.«

»Ich werde für sie da sein.« Christien nahm die Warnung durchaus zur Kenntnis.

»Das wäre gut«, antwortete Paul und nahm die ihm angebotene Hand zögerlich an. »Es könnte auch von Vorteil sein, dass Sie geschickt mit dem Degen umgehen können, Nachtfalke.«

Christien reagierte nicht weiter auf die Nennung seines Stammesnamens. Er hielt sich auch beim Händeschütteln zurück, um dem jungen Cassard nicht das Gefühl zu geben, unterlegen zu sein. Zögernd gab er dem Gespräch eine andere Wendung, denn er hatte das Gefühl, das noch etwas in der Luft lag. »Wenn es etwas gibt, das du mir sagen möchtest, dann raus damit.«

»Nein, nichts weiter. Nur, dass Sie auf Reine achtgeben.«

Christien nickte zustimmend, denn genau das hatte er sowieso vor. Dem Blick von Paul wich er so lange nicht aus, bis dieser von der Ernsthaftigkeit seiner Zusicherung überzeugt war. Schließlich drehte sich der Junge um und wollte gerade gehen, als Christien ihn auf einmal fragte: »Kannst du fechten?«

Interessiert drehte sich der junge Mann wieder um. Obwohl er es nicht direkt zeigte, schien er auch ein wenig stolz darauf, dass man ihm diese Fähigkeit zutraute. »Noch nicht. *Maman* meinte, ich sei diese Saison noch zu jung für die Fechtschule, aber Papa versprach es mir für kommenden Winter.«

»Ich könnte dir ein paar grundlegende Techniken zeigen. Zwar habe ich heute Morgen meinen Übungsraum geschlossen, doch auch ich möchte nicht einrosten. Ein Trainingspartner käme mir da nicht ungelegen.«

Pauls Gesicht glühte vor Begeisterung, und seine Sommersprossen leuchteten. Für einen Augenblick sah es so aus, als ob er einwilligen würde, doch dann meinte er resigniert: »Ich kann nicht«, und sah traurig auf seine Stiefel hinunter.

»Warum nicht? Ich bin zwar ein Eindringling, aber bald gehöre ich zur Familie.«

»Das ist es nicht.«

»Glaubst du, dass ich so ungeschickt bin, deinen Fechtstil zu ruinieren, noch bevor du einen eigenen entwickelt hast?«

Paul lächelte gequält. »Ich habe Sie in New Orleans gesehen und kenne Ihren Ruf, Sie sind der Beste.«

»Also etwas Ernsteres. Du glaubst, ich habe dich um dein rechtmäßiges Erbe gebracht, ist es das?«

Als Antwort zuckte er nur verdrossen mit den Schultern.

»Diesbezüglich kann ich nicht viel machen, außer mich zu entschuldigen. Es tut mir leid.«

»Aber nicht genug, um davon Abstand zu nehmen«, murmelte Paul so leise, dass Christien sich anstrengen musste, ihn zu verstehen. »Nein«, sagte er einfach. »Ich habe dieses Landgut so nötig wie du, vielleicht noch mehr.«

»Habe ich mir schon gedacht.«

»Hättest du an meiner Stelle anders gehandelt?«

Paul Cassard schaute ihn kurz an und schüttelte dann den Kopf. »Deswegen ist es noch lange nicht rechtens.«

Das war kaum zu bestreiten. »Ich gebe zu, dass dem so ist, doch das ändert nichts. Kann ich dich in der Zwischenzeit nicht doch zu einer kleinen Fechteinheit überreden? Du kannst soviel du willst auf mich eindreschen. Und wer weiß, vielleicht erringst du ja auch ein paar Treffer, ein paar Vergeltungsschläge zum Ausgleich.«

»Eher unwahrscheinlich, denn ich habe im Leben noch keinen Degen gehalten«, antwortete Paul mürrisch.

»Keiner von uns ist als Fechtmeister auf die Welt gekommen. Ich werde dir die richtigen Bewegungsabläufe zeigen und nur vorsichtig fechten, bis du die Grundlagen beherrschst.«

»Ich habe keine Angst«, entgegnete er wütend. Sein Gesicht verfinsterte sich, und seine Augen blitzten auf. Jetzt hatte Christien ihn soweit. »Sehr gut. Sollen wir uns in einer halben Stunde unter den Eichen neben dem Haupthaus treffen? Ich muss noch kurz nach meinen Sachen sehen, bin dann aber rechtzeitig fertig.«

Der junge Cassard nickte so entschlossen, dass Christien sich ein Grinsen kaum verkneifen konnte. Wenn nur auch seine Schwester so leicht zu durchschauen und lenken wäre.

Eine knappe Stunde später waren die beiden beim

Training. Die Fechtbahn bestand hier aus Grasboden, über den die Kämpfenden vor- und zurücktänzelten. Die Spitzen der Klingen kreuzten sich, und Christien übte mit dem Jungen unermüdlich die Grundzüge des Fechtens ein. Schweiß lief ihnen über das Gesicht und den Nacken, sodass die Haare schon nass wurden. Auch die Finger wurden klebrig, und der Griff des Degens rutschte in der Hand. Der Geruch der durch das Vor- und Zurückweichen herausgerissenen Grasbüschel vermischte sich mit dem der gebratenen Zwiebeln, der von der nicht weit entfernten Außenküche zu ihnen herüberzog.

Paul musste des Öfteren als Zuschauer in den Fechtschulen gewesen sei, auch wenn sein Vater ihm den Unterricht dort verboten hatte. Vielleicht sah er auch ab und zu ein illegales Duell, während er im Winter mit der Familie in New Orleans wohnte. Das war nichts Ungewöhnliches, da oft ein Wort das andere ergab und der Degen locker saß, wenn zwei sich trafen. Zumindest hatte der junge Cassard einige elementare Kenntnisse von den Grundpositionen beim Fechten, aber auch von der dazugehörigen Etikette.

Christien hatte seine Degen aus der Stadt mitgebracht, außerdem die nötige Ausrüstung, um die Klingen funktionstüchtig zu halten, und einen gepolsterten Übungsanzug. Letzteren gab er Paul, damit er gut geschützt war. Da es eher unwahrscheinlich schien, dass Paul ihn verletzten würde, er aber im Gegenzug unter keinen Umständen Reines Bruder in Gefahr bringen wollte, war das die beste Lösung, zumal immer mal ein Unfall passieren konnte. Auf keinen Fall wollte Christien seine Ehe damit beginnen, seiner Angetrauten erklären zu müssen, warum ihr kleiner Bruder eine blutige Verletzung hatte.

Gerade war er dabei, eine Sekond zu parieren, als er aus dem Augenwinkel den Schatten einer sich nähernden Person wahrnahm. Niemand anderes als Reine kam raschen Schrittes mit ihren bauschigen Röcken, die um ihre Füße spielten, von der grellen Mittagssonne in die Kühle der Laubbäume. Erst kurz vor den beiden, schon in Reichweite der Klingen und mitten auf der improvisierten Planche, deren Grenzen mit staubendem Kalk aufgezeichnet waren, blieb sie stehen.

»Was um Gottes willen macht ihr da?«

Ganz außer Atem und in freudiger Aufregung antworte ihr Paul. »Nach was sieht es denn aus? Vielleicht ein Duell?«

»Sei nicht lächerlich, ich weiß selbst, dass es das nicht ist.« Ihre tiefblauen Augen blitzten vor Ärger auf, und ihre Lippen wurden schmal und streng.

»Monsieur Lenoir bot mir an, mich im Fechten zu unterrichten.«

»Und du warst einverstanden! Bist du total verrückt? Hör auf, hör sofort damit auf!«

Obwohl sie ihren Bruder anschrie, schaute sie Christien an. Er könnte schwören, dass er die Nadelstiche ihres Blickes am ganzen Körper spürte, auf seinem schweißnassen Gesicht, seinen Schultern, seiner Brust und auch noch weiter unten, dort, wo seine Hosen an den muskulösen Oberschenkeln klebten. Mit einer abrupten Handbewegung gab Christien das Zeichen, aufzuhören. Er trat einen Schritt zurück und senkte seine Degenspitze auf den Boden.

»Es war nur zur Übung«, protestierte Paul lauthals, während er ebenfalls in die Ausgangsposition zurücktrat und sich mit seinem Hemdsärmel den Schweiß aus dem Gesicht wischte. Noch immer spürte er das Hochgefühl des soeben überstandenen Schlagabtausches und fuhr atemlos und begeistert fort: »Niemand konnte verletzt werden. Monsieur Lenoir weiß auf den Zentimeter genau, wie er seinen Degen führen muss, und er hat diesen Frühling den ersten Preis in einem Fechtturnier mit vierzig Teilnehmern gewonnen, das heißt, er ist der Beste in ganz New Orleans.«

»Ich mache mir auch keine Sorgen um dich.«

Christien blickte sie kurz an, während sein Herz schneller schlug. Sie meinte doch nicht unterschwellig, dass ihr auch etwas an ihm gelegen sei, oder? Reine vermied den Augenkontakt mit Christien und konzentrierte sich ganz auf ihren Bruder. Ihr Haar leuchtete in den Sonnenstrahlen, die durch die Äste der Bäume drangen. Nicht nur ihrem Gesicht, auf dem sich kleine Schweißtropfen bildeten, war die Erregung der letzten Minuten anzusehen, sondern ihrem ganzen Körper. Ihre wohlgeformten Brüste hoben und senkten sich rhythmisch bei jedem Atemzug und suggerierten eine ganz andere Anstrengung.

»Worum dann?«, fragte Paul grummelnd. Doch mit einem Mal war es ihm klar. »Oh, *Maman*.«

»Ja, *Maman*. Du weißt doch, wie sie ist. Was wäre, wenn sie euch zufällig hier draußen gesehen hätte?«

Paul wurde leicht rot und wandte sich von dem strengen Blick seiner Schwester ab, um Christien das Problem zu erklären. »Unsere Mutter reagiert äußerst besorgt bei jeder Art von Gewalt und gerät völlig außer sich, wenn sie Blut sieht. Daran hätte ich denken sollen.«

»Das war nur eine Übung.« Christien versuchte, ruhig zu wirken, und verbarg seine Enttäuschung.

»Ja, aber das wird sie kaum verstehen«, warf Reine sofort ein.

Sie wandte sich wieder an Paul und fuhr brüsk fort.

»Du schwitzt ja wie ein Schwein und riechst auch so. Am besten, du gehst dich gleich waschen, oder hast du vergessen, dass du noch eine ganz andere Art von Übung mit Pater Damien hast?«

»Latein und Mathematik anstatt Fechten? Also wirklich. Könnte man ihn nicht benachrichtigen, dass …«

»Wir machen Schluss für heute, das war schon ganz gut.« Christien schnitt ihm das Wort ab, um seinen Protest zu beenden. Dann legte er seinen Degen nieder und nahm seinen, am Boden abgelegten Rock wieder auf, und zwar nicht nur, weil es unhöflich war, einer Dame gegenüber in Hemdsärmeln herumzulaufen, sondern auch, weil Paul nicht der Einzige war, der wie eine Viehherde stank. »Ich wusste nicht, dass du noch andere Verpflichtungen hast«, sagte er vorwurfsvoll, während er sich seinen Gehrock anzog und ihn an den Schultern zurechtzupfte. »Du hättest mir das sagen müssen.«

»Ich muss drei Tage die Woche bei dem Priester unserer Pfarrei Unterricht nehmen«, erklärte Paul mit wenig Begeisterung.

»Wenn er bis zu seinem achtzehnten Geburtstag seine Studien abgeschlossen hat, dann wird ihn Pater Damien mit auf große Fahrt nehmen«, fügte Reine hinzu. Doch dann verhärteten sich ihre Gesichtszüge, und sie fuhr nach einer kurzen Pause fort. »Zumindest war das der Plan, bevor … bevor Sie River's Edge übernommen haben.«

»Ich sehe keinen Grund, warum man das ändern sollte«, antwortete Christien ernst.

»Pater Damien wird sich freuen, das zu hören«, kommentierte Reine unbewegt. Ihr Bruder jedoch war nicht so emotionslos.

»Das meinen Sie wirklich?«, rief er erleichtert aus

und bekam augenblicklich Farbe im Gesicht. »Ich … ich dachte, die Reise würde bestimmt abgesagt werden. Das muss ich gleich Pater Damien erzählen und natürlich Gaston und Ambrose, die mit uns kommen.« Er rannte weg, hielt aber noch einmal inne, dreht sich um und machte halb im Laufen noch eine flinke Verbeugung. »*Merci*, Monsieur Lenoir, danke für alles.«

Eine große Fahrt. Es schien, als ob die Zeit der Enttäuschungen für Paul vorbei wäre, auch über das entgangene Erbe machte er sich keine Gedanken mehr. Wer hätte das gedacht?

»Ich muss mich für die Aufregung entschuldigen«, versuchte Christien zu beschwichtigen, während Paul im Haus verschwand. »Es war beileibe nicht meine Absicht, Ihnen noch mehr Probleme zu bereiten.«

»Ich weiß. Sie konnten ja nicht ahnen, dass solche Sachen *Maman* so aufregen«, antwortete Reine gefasst.

»Ihr geht es wohl nicht sehr gut, oder?«

»Nein, sie verlässt nur selten das Haus, hat einfach nicht mehr die Kraft dazu, aber das war eigentlich schon immer so. Ihre Kindheit war nicht sehr glücklich. Sie hatte immer vor allem Angst, und jetzt ist es seit Theodores Tod noch schlimmer geworden, ihre Nerven sind völlig ruiniert. Damals, in jener Nacht, als er starb, war sie die Erste im Unglückszimmer und sah Marguerite, die neben einer Blutlache schlief. Im ersten Moment dachte sie, Marguerite wäre verletzt oder gar tot, und schrie vor Panik, bis die Kleine schließlich erschrocken aufwachte.«

»Ich verstehe schon«, meinte Christien und versuchte, angesichts der eben heraufbeschworenen Bilder ein Schaudern zu unterdrücken. Nach einer kurzen Pause fuhr er fort. »Also haben sie gar nichts gegen den

Fechtunterricht, sondern nur etwas gegen die Örtlichkeit, so nahe am Haus.«

Reines Gesichtzüge blieben ungerührt. »Ich weiß nicht recht. Mein Bruder braucht keine Ermutigung, sich als Degenkämpfer zu gebärden, um dann aus Übermut seine Freunde herauszufordern oder andere Gelegenheiten zu suchen, seinen Mut unter Beweis zu stellen.«

»Er wirkt aber doch eigentlich zu vernünftig für solche Albernheiten. Abgesehen davon lehre ich einen Verhaltenscodex, der gerade so etwas ablehnt. Das Fechten ist eine gute Schule, um Jungs zu Männern zu machen, sie Verantwortung zu lehren, Selbstdisziplin, Anstand, Ausdauer und ein Dutzend anderer Dinge.«

»Und Sie glauben, mein Bruder hat das nötig.«

Bevor Christien sich auf seine Antwort konzentrieren konnte, kam er nicht umhin, seinen Blick über Reines zarte Haut schweifen zu lassen und ihre langen Wimpern zu bewundern. Er sah aber auch die Besorgnis in ihren Augen und dachte, dass Paul sich glücklich schätzen konnte, so eine Schwester zu haben, die sich um ihn kümmerte. »Die meisten haben das nötig«, antwortete er schließlich, »und ihn scheinen außerdem einige Sorgen zu plagen, mit denen er vielleicht nicht so gut umgehen kann.«

»Er macht sich Gedanken über die Dinge, die nicht in seiner Macht liegen.«

»Das ist ein allgemeines Phänomen bei jungen Männern, dass sie meinen, sie müssten sich um Angelegenheiten kümmern, die jenseits ihrer Verantwortung liegen und die sie womöglich gar nicht beeinflussen können. Der richtige Umgang mit dem Degen wird ihm Halt geben. Vielleicht sollte ich auch noch hinzufügen, dass dies auch sein Leben retten könnte, sollte er einmal jemandem über den Weg laufen, der sein Temperament nicht so gut unter Kontrolle hat.

»Gebe Gott, dass dies nie der Fall sein wird«, sagte sie und schüttelte sich bei dem Gedanken daran. »Trotzdem bin ich nicht damit einverstanden, dass Sie glauben, mehr über meinen Bruder zu wissen als ich selbst, zumal sie ihn gerade mal einen Tag lang kennen.«

»Aber Sie werden doch zugestehen, dass wir beide Männer sind und damit womöglich ähnliche Bedürfnisse und Reflexe haben.«

Die zweideutige Antwort ließ ihr Gesicht erglühen und warf einen rosaroten Schatten auf ihre Wangen. »Dazu kann ich kaum etwas sagen.«

»Wir werden das nächste Mal weiter vom Haus entfernt üben, das sollte eigentlich genügen.«

»Machen Sie das, wie Sie es für richtig halten. Das werden Sie sowieso tun.« Ihre Stimme hatte einen scharfen Unterton, und während sie ihm dies entgegnete, wandte sie ihren Blick von ihm ab, so als ob sie ihn nicht mehr ertragen könnte.

Christien ließ einen langen Augenblick verstreichen, ehe er antwortete. Er betrachtete ihre aufeinandergepressten Lippen und die zu Fäusten geballten Hände vor ihrer Schürze. Sein Blick wanderte weiter über ihre appetitlichen Wangen, die frisch wie junge Pfirsiche waren, und schließlich über die sanften Wölbungen ihrer Brüste, die im Dekolleté ihres Kleides eine so zarte Haut freigaben, dass man den Verlauf ihrer Venen erkennen konnte. Er schluckte unwillkürlich und musste seine Gedanken ordnen, bevor er etwas formulieren konnte.

»Ist irgendetwas nicht in Ordnung?«, fragte er nach einer Pause. »Oder sollte ich lieber sagen, noch etwas?«

»Natürlich nicht.«

»Ich bin mir nicht so sicher, ob ich das glauben soll. Wenn Sie ihre Meinung geändert haben …«

»Das ist es nicht.«

»Aber irgendetwas stimmt doch nicht. Raus damit. Ich kann dem ja nichts entgegensetzen, wenn ich nicht weiß, was es ist.«

Sie warf ihm einen vernichtenden Blick zu. »Sie können ja nichts dafür, ein Mann zu sein, beziehungsweise zu jeder Stunde ihren speziell männlichen Beschäftigungen nachgehen zu müssen.«

»Aha«, sagte er, intensiv ihre tiefblauen Augen betrachtend, die bei dieser Anschuldigung geradezu sprühten. »Sie wissen, dass ich letzte Nacht das Haus verlassen habe.«

»Ich habe gesehen, wie Sie aufgebrochen sind.«

»Und da nehmen Sie gleich das Schlimmste an.«

»Ja, denn das ist meiner Erfahrung nach meistens angebracht.«

»Aber Sie haben keinerlei Erfahrung mit mir. Wenn ich Ihnen nun sage, dass ich nach meinem überlangen Nachmittagsnickerchen und der Aufregung in der Nacht nicht mehr einschlafen konnte und deshalb kurz entschlossen in die Stadt geritten bin, um meine letzten Habseligkeiten einzupacken und meine geschäftlichen Angelegenheiten zu regeln, damit ich mich hier richtig niederlassen kann, würden Sie mir das glauben?«

Sie starrte ihn zweifelnd an, aber wer konnte ihr das schon verübeln? Seine Erklärung war zwar teilweise wahr, doch sie sparte auch einiges aus. Dass dies nicht anders ging, machte es auch nicht besser, denn auch etwas Unausgesprochenes konnte eine Lüge sein, mit der man zurechtkommen musste.

»Sie haben schon Recht«, sagte sie abrupt. »Ich kenne Sie ja gar nicht.« Sie wandte sich von ihm ab und lehnte sich an den Stamm einer großen, alten Eiche, die ihr Laubdach schützend über sie spannte. »Es ist falsch, Sie am Verhalten von anderen Männern zu messen. Ich meine … ich wollte Ihnen sagen, dass es mir leid tut, dass ich Sie bei unserer ersten nächtlichen Begegnung vor dem Theater wie ein Fischweib angeschrien habe. Das hatten Sie nicht verdient, sondern im Gegenteil, ich bin Ihnen zutiefst dankbar für das, was Sie getan haben. Es war nur … ich war so erschrocken und voller Sorge um Marguerite, dass ich nicht wusste, was ich sagte.«

»Es war Ihnen auch peinlich, so im Mittelpunkt der Gesellschaft zu stehen. Ich denke, Sie hatten vorher schon genug Öffentlichkeit gehabt und deren negativen Folgen zu spüren bekommen, da ist es nur verständlich, dass Ihnen das unangenehm war.« Sein Versuch, die Angelegenheit zu vergessen, war ernst gemeint, und ihre Dankbarkeit zu erlangen, war nicht sein eigentliches Ziel. Aber auch während er besänftigend auf sie einredete und sich gleichzeitig neben sie an den Baumstamm lehnte, hatte er nicht das Gefühl, dass sie ihm die angeführten Gründe für seinen nächtlichen Ausflug abkaufte.

»Sie haben ja keine Ahnung«, sagte sie seufzend.

»Jetzt wird alles wieder von vorne losgehen, wenn wir heiraten.«

»Ja.«

»Aber die Leute werden wieder nach anderen Sensationen lechzen, sobald diese Neuigkeit verblasst ist. Apropos Heirat …«

»Ja, Sie haben recht, darüber sollten wir sprechen.« Die Widerwilligkeit, mit der sie das hervorbrachte, war nicht gerade schmeichelhaft für Christien, aber er konnte sich wohl kaum beschweren. »Haben Sie schon einen Termin im Kopf?«

»Ich denke, möglichst bald wäre gut«, antwortete sie und sah dabei noch unglücklicher aus. Sie sah für einen kurzen Moment in seine Richtung, aber ohne wirklich Augenkontakt zu suchen, bevor sie sich wieder abwandte. »Ich meine wegen des Klatsches, denn Sie können sich sicher vorstellen, dass die Gerüchteküche brodelt, sobald Sie zu lange nur als Gast bei uns wohnen.«

»Ein triftiger Grund«, sagte er so ernst wie möglich.

»In der Tat.« Sie blickte ihn skeptisch von der Seite an. »Sie finden das lustig?« Seine zukünftige Frau schien ihn schon besser einschätzen zu können, als er dachte. »Nein, nein, nur so ein kleiner gesellschaftlicher Fauxpas, wie die Tatsache, dass wir unverheiratet unter einem Dach wohnen, erscheint eher unbedeutend gegenüber dem schon existierenden Skandal.«

»Das ist zweifellos richtig.« Sie hob eine Hand und rieb sich mit den Fingern an der Stirn zwischen den Augen, so als ob sie Kopfschmerzen hätte.

»Ich möchte aber nichts tun, was Ihnen weitere Unannehmlichkeiten verursacht«, beruhigte er sie sanft und nahm vorsichtig ihre Hand zwischen seine, »aber nur, damit alles leichter vonstattengeht.«

»Das heißt, Sie sind bereit, alles zu tun, außer wegzureiten und nie wieder zu kommen, nehme ich an.«

Er lächelte leicht ironisch. »Ja, alles außer das. Ich bin dankbar dafür, dass Sie meinen Antrag angenommen haben.« Er führte ihre Hand zu seinem Mund, um einen galanten Kuss anzudeuten, und berührte mit seinen Lippen kurz ihre samtweiche Haut, die intensiv nach Rosen duftete. Beide erschauerten ein wenig, bevor sie sich wieder befreite. »Nicht doch«, sagte sie mit leicht aufgeregter, heiserer Stimme. »Es gibt keinen Grund, den Edelmann zu spielen.«

»Wenn ich das nun aber gar nicht spiele?« Er wusste nicht wirklich, was er sagen sollte, aber er fühlte, dass er etwas tun musste, damit sie bei ihm blieb.

»Flirten ist absolut nicht angebracht, schließlich ist das Arrangement zwischen uns rein geschäftlicher Natur, nicht mehr. Etwas anderes vorzugeben, macht die Sache nicht wirklich besser.«

»Wie Sie wünschen. Ihr Bruder hingegen glaubt, dass Sie es verdienen, angemessen hofiert zu werden.«

»Paul ist noch jung und romantisch.«

»Sie andererseits, im hohen Alter von zwei- oder dreiundzwanzig, sind es also nicht mehr. Was für eine Schande.«

»Ich denke, unter den gegebenen Umständen ist es Ihnen nur recht, dass ich es nicht mehr bin«, antwortet sie scharfzüngig, ohne jedoch die Andeutung einer Frage verbergen zu können.

»Eine reine Vernunftehe, in der höfliche Zurückhaltung herrscht, ist nichts für mich. Ich dachte, ich hätte das deutlich gemacht.« Seine Eltern führten eine harmonische Ehe, mit viel Liebe und Fröhlichkeit. Diese menschliche Wärme strahlte auch auf ihn ab und hielt die Familie zusammen, als sie harte Zeiten durchmachten, und selbst als er allein die Sümpfe verließ, spürte er diese Geborgenheit noch in sich. Er dachte immer, er wäre genauso wie sie. Dieses Bild seiner sich liebenden Eltern vor Augen gab ihm eine gewisse Zuversicht, ein guter Ehemann sein zu können.

»Was dies anbelangt, müssen wir erst mal abwarten.«

Sie errötete leicht bei dem Gedanken an die intime Seite des Ehelebens, senkte die Augen und drehte ihren Kopf zur Seite, sodass der Blick auf die geschwungenen Linien ihres vollkommenen Hals frei wurde. »Wir werden in der Kapelle von River's Edge heiraten, wenn Sie nichts dagegen haben«, fuhr sie fort. »Die Hochzeit wird in kleinem Kreis stattfinden, nur die Familie und die engsten Freunde. Pater Damien wird natürlich die Zeremonie leiten.«

»Perfekt.«

»Haben Sie schon einen Trauzeugen?«

»Das werde ich noch arrangieren.«

Sie nickte kurz, um ihr Einverständnis zu signalisieren. »Ich denke, es gibt keine Veranlassung, einen *corbeille de noce* zu organisieren, wie es sonst üblich ist, eine eher unnötige Ausgabe für beide …«

»Das würde ich aber schon gerne selbst entscheiden, schließlich ist das meine Aufgabe, oder nicht?« Einen gewissen, strengen Unterton konnte er dabei nicht unterdrücken. Offenbar dachte sie, er hätte ebenfalls keine romantische Ader oder keine finanziellen Mittel, den traditionellen Geschenkkorb für die Braut zu besorgen. In jedem Fall irritierte ihn dieses Verhalten, und er fühlte sich herausgefordert.

Sie bedachte ihn nur mit einem flüchtigen Blick. »Wie Sie wünschen. Ich wollte alles nur so einfach wie möglich machen.«

»So wie es ist, scheint es mir schon einfach genug zu sein. Bitte sparen Sie wegen mir an nichts.«

»Nein, nein«, antwortete sie nachdenklich.

Für einen Augenblick begegnete er ihrem Blick und versuchte, in den Tiefen ihrer Augen etwas zu erkennen, ihre Gefühle zu verstehen oder sich selbst, doch obwohl er sich fast darin verlor, erkannte er nichts.

»Da ist noch die Frage der Hochzeitsreise zu klären«, sagte er schließlich.

»Unnötig. Ich habe keine weiteren Verwandten, die ich besuchen müsste.«

»Aber mit Theodore hatten Sie doch sicherlich eine Reise entlang des Flusses unternommen, wo all seine Verwandten wohnten. Sicherlich wurden Sie dort überall vorgestellt?« Seine Stimme klang beherrscht und ruhig.

»Natürlich. Das wurde von uns erwartet.«

»Aber trotzdem fällt Ihnen davon niemand ein, dem Sie mich vielleicht vorstellen möchten.«

Sie zeigte sich leicht verwirrt. »Das ist es nicht, wirklich nicht. Ich meinte nur …« Sie hielt inne und holte tief Luft, sodass sich ihre Brüste gegen den feinen Batiststoff ihres Kleides pressten. »Was ich damit sagen wollte, ist, dass keiner von Ihnen mir Unterstützung anbot, als Theodore starb und das Gerücht aufkam, dass ich die Mörderin sei. Deshalb sehe ich keine Veranlassung, ihnen jetzt in irgendeiner Form die Ehre zu erweisen.«

Damit hatte sie sich geschickt aus der Affäre gezogen. Christien schnürte es den Magen zusammen, doch er gab nicht auf. »Wir könnten für ein paar Tage in der Stadt bleiben.«

»In New Orleans grassiert momentan ein Fieber. Ich kann Marguerite dieser Gefahr nicht aussetzen, und falls Sie dagegen einwenden sollten, sie könne ja hierbleiben, dann muss ich dem entgegenhalten, dass es mir lieber ist, wenn ich bei ihr bin. Außerdem möchte ich nicht, dass wir möglicherweise irgendeine Krankheit nach River's Edge einschleppen.«

»Also gut, dann keine Flitterwochen«, sagte er leicht geknickt, aber zustimmend. »Aber wie steht es mit einem Hochzeitsessen und den anschließenden, traditionellen drei Tagen, in denen sich das Brautpaar zurückzieht?«

Reine senkte verlegen die Wimpern und errötete prompt. »Eine große Unannehmlichkeit, ich weiß, aber die Leute werden es von uns erwarten. Diese drei Tage Privatsphäre nicht einzuhalten, würde womöglich genauso viel Gerede verursachen wie die Hochzeit an sich.«

»Ich wollte diese Tradition eigentlich nicht missachten«, sagte er barsch.

»Nein? Die meisten Männer macht es verrückt, wenn sie tagelang das Schlafzimmer nicht verlassen können und nichts zu tun haben, außer …«

»Ich bin sicher, wir werden etwas finden, womit wir die Zeit überbrücken können.«

»Außer schlafen, meinte ich …«

»Schlafen«, antwortete er schneidend, »daran habe ich eigentlich nicht gedacht.«

Neuntes Kapitel

Reine saß im ersten Stock auf dem großen, umlaufenden Balkon und war gerade dabei, etwas zu nähen, als ihr Vater zu ihr heraustrat. Er schaute sie eine Zeit lang an, und erst als sie den Faden in die Nadel eingefädelt hatte und begann, einen Saum auszubessern, richtete er das Wort an sie.

»Was flickst du denn da?«

»Ein Hemd«, antwortete sie kurz angebunden, ohne dabei die Augen von ihrer Arbeit zu wenden.

»Ich kann mich nicht daran erinnern, dass mir eines kaputtgegangen ist«, bemerkte er trocken und zog die Augenbrauen hoch.

»Es ist auch nicht deines.«

Er wippte auf seinen Absätzen hin und her und zerrte mit seinen Daumen nervös an den Taschen seiner Weste, die sich um seinen Bauch spannte. »Du bist ein wenig gereizt heute Morgen, nicht wahr? Es ist wegen der Hochzeit, nehme ich an.«

Mit hochgezogener Augenbraue warf sie ihm einen zutiefst ironischen Blick zu. Peinlich berührt, wich er ihrem Blick aus und versuchte sich in Erklärungen.

»Nun ja, es tut mir wirklich leid, *chérie*. Ich habe wohl nicht richtig nachgedacht, wenn ich gewusst hätte, wie das alles endet, hätte ich niemals meine Zustimmung gegeben.«

»Hat wirklich Monsieur Lenoir die Idee mit der Hochzeit gehabt?« Wieder blieb ihr Blick auf die Arbeit mit Nadel und Faden gerichtet. Während sie den feinen Leinenstoff bearbeitete, spürte sie noch immer den Abdruck seiner Lippen auf ihren Fingern. Es war so ein warmes und zartes Gefühl, dass sie nicht umhin konnte, sich vorzustellen, wie es wohl wäre, diese Lippen auf den ihrigen zu spüren. Bei diesen ablenkenden Gedankenspielereien stach sie sich unachtsamerweise in den Finger, allerdings nicht so tief, dass Blut zu sehen war.

»Habe ich dir das nicht so berichtet?«, antwortete ihr Vater.

»Ja schon, aber würde es nicht mehr Sinn machen, wenn es umgekehrt gewesen wäre. Bist du dir sicher, dass du es nicht warst, der diesen Vorschlag Monsieur Lenoir unterbreitet hat?«

»Aber warum hätte ich das tun sollen?«

»Warum nicht?«, entgegnete sie ihm mit vollem Ernst. »So eine Verbindung befreit dich schließlich von deinen Spielschulden, macht es unnötig, Vorkehrungen zu treffen, *Maman* in einem anderen Haushalt unterzubringen und versorgt gleichzeitig eine Tochter, von der du glaubst, dass sie sich einen anderen Ehemann nehmen sollte, anstatt dem verstorbenen weiter nachzutrauern. So weit ich das sehe, hat sich für dich das alles sehr gut gefügt in dieser Konstellation.« Was sie unerwähnt ließ, aber für sich dachte, war, dass falls es wirklich von ihrem Vater ausging, Christien in der ihm zugedachten Rolle genauso gefangen war wie sie selbst.

»So ist es aber nicht gewesen«, versuchte ihr Vater, sie zu überzeugen, und schüttelte schwerfällig sein graues Haupt. »Lenoir schien es von Anfang an auf dich abgesehen zu haben und versuchte alles, meine Erlaubnis zu erlangen, sich an dich wenden zu dürfen. Er hat seine Argumente sehr wohlgeordnet und überlegt vorgetragen, dazu hatte er ja genug Zeit gehabt.«

»Wie kommst du darauf?«, fragte sie so beiläufig wie möglich, während sie versuchte, sich auf einige Stiche zu konzentrieren.

»Er kam diesbezüglich sofort zum Punkt, und schließlich ist dieses Arrangement nur ein Teil des ganzen Abkommens«, antwortete ihr Vater mit einer wegwerfenden Handbewegung. »Die Sache ist die, ich wusste nicht, wie sehr du dich dagegen sträuben würdest, und wenn du gar nicht damit zurechtkommst, dann machen wir alles rückgängig.«

»Du willst alles absagen?« Sie ließ ihre Hände in den Schoß fallen, die Nadel noch immer festhaltend. »Geht das denn?«

»Nichts leichter als das. Ich muss nur Lenoir Bescheid geben, dass diese Abmachung nicht zur Spielschuld gehört. Er ist ein verständnisvoller Mensch. Ich bin sicher, er wird sich, ohne viel Aufheben zu machen, zurückziehen. Obwohl er eher abgeneigt schien, als ich ihm vor zwei Tagen anbot, die Angelegenheit auf andere Weise zu regeln.«

»Das hast du getan!«

Er blickte sie sanft tadelnd an. »Ich bin ja schließlich kein Ungeheuer, *chérie*.«

»Nein«, sagte sie schmunzelnd, »Du bist der beste Vater der Welt, aber was wird aus River's Edge?«

»Ich muss gestehen, dass ich an dem Anwesen eigentlich nicht wirklich hänge, sondern es damals nur übernommen habe, weil deine Mutter sich hier zu Hause fühlte. Vielleicht wäre es auch für dich nicht schlecht, woanders ganz neu anzufangen und all die schlechten Erinnerungen hier zurückzulassen.«

»Du meinst, wir könnten irgendwohin gehen, wo

uns die Leute nicht kennen.« Sie musste zugeben, dass die Idee durchaus verführerisch war.

»Vielleicht nach Natchez. Ich habe gehört, die Stadt ist gerade in Mode, außerdem habe ich Freunde dort. Oder auch nach Havanna, in eine tropische Hafenstadt mit vielen Möglichkeiten. Vielleicht wäre Paris ebenfalls eine Idee. Was meinst du, Paris?«

Reine musste bei der Begeisterung, die ihr Vater an den Tag legte, schmunzeln, er war schon immer ein Mann der großen Pläne gewesen. Doch schließlich schüttelte sie versonnen den Kopf und nahm ihr Nähzeug wieder auf, versuchte, sich mit mäßigem Erfolg auf die einzelnen Stiche zu konzentrieren. »*Maman* würde das nicht gefallen, du weißt, sie möchte nicht weg von hier.«

»Nein, wahrscheinlich wäre sie dagegen«, seufzte ihr Vater und versuchte, sich aufrecht zu halten.

»Sie würde nicht alles einfach hinter sich lassen wollen und in der fremden, neuen Umgebung wahnsinnig werden. Es ist auch nicht so, dass ich wirklich etwas gegen Christien … Monsieur Lenoir hätte. Er hat sich bisher in jeder Hinsicht vorbildlich verhalten.«

»Paul scheint äußerst angetan von ihm.«

»Natürlich, jeder, der gut fechten kann, würde das«, bemerkte sie trocken. »Nichtsdestoweniger hat Christien sich auf ihn eingelassen, das hätte er nicht tun müssen.« Damit ließ Reine unausgesprochen, dass Theodore nichts an Paul gelegen war. Sein Schwager war ihm vielmehr lästig. Theodore empfand Paul immer als Rivalen und war eifersüchtig, sobald Reine ihrem Bruder gegenüber Zuneigung zeigte. Sie lagen in ununterbrochenem Wettstreit miteinander, was nicht selten auch mit Fäusten ausgetragen wurde.

»Dann hast du dich also damit abgefunden.«

»So oder so.«

»Ich muss gestehen, dass ich erleichtert bin«, atmete ihr Vater auf und rieb sich die Nase. »Lenoir ist ja durchaus ein angenehmer Zeitgenosse, doch er kann beängstigend gut pokern und seinen Willen durchsetzen. Mir wäre es lieber, ich würde ihm nicht in die Quere kommen, wenn er wirklich auf etwas aus ist.«

»Aber wenn es nur um die Einlösung einer Schuld geht …«

»Das bedeutet aber nicht, dass ihm die Hochzeit ungelegen kommt«, sagte ihr Vater mit tiefer Menschenkenntnis. »Tatsache ist nämlich, dass mir scheint, er habe ein Auge auf dich geworfen, *chérie*.«

»Da liegst du sicherlich falsch.«

»Glaubst du nicht, dass es möglich wäre?«

»Ich bin nicht gerade eine große Schönheit und sonderlich anziehend.« Sie zögerte kurz, fuhr dann aber fort. »Letzte Nacht ist er in die Stadt geritten.«

Ihr Vater blickte sie flüchtig an, um sich dann wieder abzuwenden. »Das muss ja nicht gleich heißen, dass er unzufrieden ist, nur braucht er womöglich noch … andere Vergnügungen.«

Er meinte damit die Art von Vergnügungen, die es auf River's Edge erst nach seiner Hochzeit gab. Reine presste ihre Lippen zusammen, doch dann sagte sie schließlich. »Ich hoffe, dass so etwas bald nicht mehr vorkommt.«

»Ich bin sicher, Lenoir wird ein guter Ehemann sein, wenn ihr den Bund fürs Leben erst mal geschlossen habt, und dann ist es die Aufgabe der Frau, sich um ihn zu kümmern, sodass er zu Hause glücklich und zufrieden ist.«

Sie zog die Stirn in Falten, und ihre Augen verengten sich. »Willst du damit etwa sagen, dass es meine

Schuld war, dass Theodore andere Frauen im Bett bevorzugte?«

»Nicht doch, er war eben jung und noch nicht gebändigt. Nach einer gewissen Zeit wäre er schon zur Ruhe gekommen.«

»Vielleicht«, antwortete sie, ohne davon recht überzeugt zu sein. Ihr Vater wusste ja nicht von all den schmerzhaften Beleidigungen, die er Reine am Abend, bevor er Bonne Espèrance verlassen hatte, an den Kopf warf. Sogar während der drei Tage, an denen traditionell der Bräutigam und die Braut in ihrem Schlafgemach eingesperrt werden, um sich aneinander zu gewöhnen und bezüglich der ehelichen Intimität die Scham überwinden zu lernen, sogar an diesen Tagen ist er abgehauen und ließ sie weinend zurück. Sie schämte sich so sehr, dass sie ihr Gesicht so tief wie möglich im Kopfkissen verbarg, aus Angst, es könnte sie jemand hören. Danach war zwischen ihnen nichts mehr wie zuvor.

»Abgesehen davon ist Lenoir kein Müßiggänger, wie viele andere Herren von Stand«, fuhr ihr Vater fort. »Vielleicht hat er ja Verpflichtungen, von denen wir nichts wissen. Womöglich gibt er einem Kunden noch spät am Abend Fechtunterricht, weil dieser diskrete Privatstunden vorzieht, und zwar außerhalb der üblichen Öffnungszeiten.«

»Das mag sein.« Nach einer Weile fügte sie hinzu. »Weißt du irgendetwas von seinen finanziellen Verhältnissen? Ich meine, er scheint nicht gerade betucht zu sein.«

Ihr Vater trat einen Schritt auf sie zu und lehnte sich an den nächsten Stützbalken. »Wie kommst du darauf?«

»Schau dir doch nur mal diesen Leinenstoff an.«

Sie hielt das Hemd hoch, das sie gerade ausbesserte. Durch die Strahlen der Sonne, die sich darin verfingen, sah es fast durchsichtig aus, so dünn war es inzwischen. »Ganz schön abgewetzt, siehst du, und der Ärmel ist am Ellenbogen fast durch. Meinst du, ihm würde ein neues Hemd als Hochzeitsgeschenk gefallen?« Sie schien mit der neuen Situation am ehesten klarzukommen, indem sie sich vorstellte, dass Christien von River's Edge genauso abhängig war wie sie selbst und alle anderen.

»Ich denke, dass er alles, was du für ihn machst, sicherlich mit Wohlwollen betrachten wird. Allerdings wundert mich das schon ein bisschen, dass du jetzt neuerdings auch deinen Verlobten auf die Liste derer gesetzt hast, die du zu umsorgen gedenkst.«

»Ich möchte nur nicht, dass er sich vor unseren Hochzeitsgästen blamiert. Außerdem ist es schließlich nur ein Hemd.«

»Und dann kommen sicherlich noch ein paar gestrickte Strümpfe. Ach ja, und danach womöglich eine Krawatte. Und was dann noch, Unterwäsche vielleicht?«

»Papa!«

»Vergib mir, ich kann da nicht widerstehen, wenn du dich so häuslich gibst. Ernsthaft, mir ist allerdings noch nicht klar, wie du die Größe des Hemdes abschätzen willst.«

»Ich nehme natürlich das hier als Vorlage.«

Der Gesichtsausdruck ihres Vaters wurde recht verschmitzt. »Und ich habe mit mir schon eine Wette angeschlossen, wer wohl letztlich dabei gewinnen würde, wenn du dich entschließen würdest, höchstpersönlich bei ihm Maß zu nehmen.«

»Es wäre allerdings praktischer, die genauen Abmessungen zu haben«, sagte sie und betrachtete stirnrunzelnd das Hemd in ihren Händen, ohne dabei auf die Zweideutigkeit in der Bemerkung ihres Vaters einzugehen. »Man denke nur an die Zeit, die man umsonst opferte, und den vergeudeten Stoff, wenn das Hemd nachher beim Waschen eingeht oder die Ärmel abreißen, weil er doch umfangreicher ist, als ursprünglich angenommen.«

»Ja, vielleicht hat er etwas breitere Schultern«, meinte ihr Vater nachdenklich, »aber sonst müsste es so passen. Der Mann hat wirklich kein Gramm zu viel auf den Rippen.« Er seufzte und tätschelte seinen kleinen Wanst. »Aber wenn du tatsächlich noch Maß nehmen möchtest, dann solltest du dich beeilen, denn ich habe schon Alonzo gesehen, wie er das Rasierwasser heiß macht. Noch eine Viertelstunde und dein Verlobter reitet über die Plantage. Ich habe noch nie einen Mann erlebt, den es so früh am Morgen rausdrängt.« Er zwinkerte Reine zu und löste sich von dem Pfosten, an den er sich gelehnt hatte. »Du hast sicher schon dein Frühstück gehabt. Ich hingegen werde genau das jetzt einnehmen.«

Sie murmelte versonnen noch etwas als Antwort, während er sich ins Innere des Hauses begab. Ihr Vater war einfach zu humorvoll, als das er der Versuchung nicht widerstehen konnte, ihr den Rat zu geben, Christien aufzusuchen und an seinem nackten Oberkörper Maß zu nehmen. Er hatte ja keine Ahnung, dass sie dies tatsächlich tun würde. Sie war sich allerdings erst mal gar nicht so sicher, ob sie es wagen sollte, doch die Vorstellung, mit den exakt richtigen Maßen zu arbeiten, erschien ihr wichtig, ja eine geradezu verlockende Aufgabe zu sein. Es gab allerdings nur einen Versuch, denn das Hemd musste zur Hochzeit fertig sein und passen. Viel Zeit blieb da nicht übrig.

Es war ja nicht so, dass sie so etwas noch nie gemacht hätte, denn bei Paul und ihrem Vater hatte sie durchaus gelegentlich Maß genommen, um ihnen ein Nachtgewand zu schneidern. Die normalen Oberhemden ließen sie allerdings in der Stadt anfertigen, wo man in der Schneiderei gute Schnittmuster verwendete.

Sie wollte aber, dass ihr Zukünftiger ordentlich angezogen war, wenn er mit ihr zum Traualtar schritt. Wenn dann die Gäste davon ausgingen, dass sie ihn nur wegen seines guten Aussehens und des guten Kleidergeschmacks geheiratet hätte, wäre ihr das auch recht. Immerhin schien eine solche Unterstellung weitaus tragbarer zu sein als Mitleidsbekundungen, weil sie, um das Wohlergehen ihrer Familie zu sichern, in eine Zwangshochzeit eingewilligt hätte. Angesichts dieser Überlegungen war sie erst recht entschlossen, ein so gut wie möglich sitzendes Hemd für ihren Verlobten zu nähen.

Sie erlaubte sich keine weiteren Gedanken, die sie womöglich dazu veranlassen würden, ihren Vorsatz rückgängig zu machen. Zehn Minuten nachdem ihr Vater gegangen war, hatte sie die Ausbesserungsarbeiten an dem alten Hemd vollendet, sie nahm ihren Nähkorb, in dem sich auch ein baumwollenes Maßband befand und machte sich auf die Suche nach Christien.

Als sie mit dem Nähkorb in der Armbeuge vor der Tür zu seinem Zimmer ankam, hielt sie kurz inne und hob dann eine Hand, um vorsichtig anzuklopfen. Was, wenn er noch im Bett wäre oder gar unbekleidet? Oder er sich weigern würde? Ihr Vater hatte recht. Ihr Bräutigam verhielt sich vorbildlich, wenn er schlecht gelaunt war, setzte er nur ein finsteres Gesicht auf.

Sie sollte keine Angst vor ihm haben, oder doch?

Aber eine Ehe damit zu beginnen, sich vor eventuellen Wutausbrüchen des Gatten zu fürchten, war keine gute Idee, also klopfte sie entschlossen an die Tür.

Eine tiefe Stimme schallte ihr entgegen und bat sie, einzutreten. Ohne zu zögern, drehte sie am Türknopf, öffnete und schlüpfte hinein.

Christien stand barfuß und mit nacktem Oberkörper, seinen Rasierer in der Hand, leicht gebeugt vor dem kleinen, ovalen Spiegel, der auf dem Sekretär platziert war, ein wenig zu niedrig für seine Größe. Er hatte nur eine beige Hose an, von der die Hosenträger seitlich herunterhingen. Da er keine weitere Reaktion von dem Eindringling vernahm, drehte er sich abrupt zur Tür um.

»Guten Morgen, Monsieur«, begrüßte sie ihn und begab sich schnellen Schrittes in die Zimmermitte. Sie versuchte, sich zusammenzureißen, auch wenn sie die aufsteigende Hitze in ihrem Gesicht spürte. Wie lächerlich sie sich vorkam, nur weil sie direkt mit den nackten Tatsachen ihres Gegenübers konfrontiert wurde, dessen breite Schultern und muskulöse Arme wie bei einem griechischen Athleten modelliert waren. Sie hatte auch zuvor schon nackte Männer gesehen, ihren ersten Ehemann genauso wie verletzte Arbeiter, die zur Krankenstation gebracht wurden.

»Madame«, sagte er mit erhobener Augenbraue. »Ich dachte … ich meine, ich habe Alonzo mit etwas mehr heißem Wasser erwartet.«

»Er wird gleich kommen. Inzwischen habe ich noch eine Kleinigkeit zu erledigen.«

Sein Blick fiel auf den Nähkorb, den sie unter ihrem Arm trug. »Ich glaube nicht, dass ich etwas zu nähen habe.«

»Das hoffe ich auch nicht, aber machen Sie nur weiter, ich werde warten.« Sie ging zum Bett hinüber und legte ihren Nähkorb auf der Matratze ab. Die Laken waren zerknäult, und das Kopfkissen ließ noch den Abdruck seines Kopfes erkennen, doch sie verdrängte die Vorstellung davon, wie er wohl im Bett gelegen haben mochte. Nein, daran wollte sie jetzt wirklich nicht denken.

Er sah ihr eine Weile lang zu, bevor er sich dann mit einem Handtuch die letzten Reste des Rasierschaums aus dem Gesicht wischte. »Wenn Sie erlauben, würde ich mich gerne anziehen, und dann können wir uns treffen, wo immer Sie es auch wünschen.«

Mit großer Entschlossenheit drehte sie sich zu ihm um. »Mir wäre es lieber, Sie würden das nicht tun.«

»Madame?«

»Ich meine, sich anzuziehen«, ergänzte sie und ließ in einem unbeobachteten Moment ihren Blick auf seiner breiten Brust ruhen. Seine makellose, gebräunte Haut glänzte in der Morgensonne, deren Licht sich in den Wassertropfen auf den Fensterscheiben brach. Er hatte an dieser Stelle keinerlei Behaarung, ganz wie die Eingeborenen der Woodlands, die sie einst auf einem Gemälde gesehen hatte. Es kribbelte ihr in den Fingern, einmal über diese glatte, verführerische Oberfläche zu streichen, die so muskulös und sanft zugleich erschien. In einem plötzlichen Aufwallen von unstillbarem Verlangen stellte sie sich vor, wie es wohl wäre, ihre nackten Brüste gegen ihn zu pressen oder ihm die noch übrig gebliebenen Wassertropfen vom Kinn zu lecken.

»Ich stehe natürlich ganz zu ihren Diensten«, entgegnete er mit einem breiten Grinsen, »aber es würde mich schon interessieren, woher dieses plötzliche … Verlangen kommt.«

Leicht verwirrt lenkte sie ihren Blick an ihm vorbei, um die glühende Hitze ihrer Begierde in den Griff zu bekommen. »Ein Hemd. Ich möchte nur Maß nehmen, um ein Hemd zu nähen, sonst nichts.«

»Aha, ein Hemd also«, antwortete er trocken.

Sie fragte sich einen kurzen Moment lang, ob er wohl enttäuscht darüber war, dass sie sonst nichts von ihm verlangte. Die Vorstellung, dass er ihre Begierden erwidern würde, war einfach zu verführerisch. Sie holte tief Luft und schluckte, bevor sie eine Antwort herausbrachte. »Es ist so Tradition, dass die Braut ihrem zukünftigen Mann ein Geschenk macht, und da erschien mir ein Hemd angemessen zu sein.«

»Ist es das?« Seinen unbewegten Gesichtsausdruck konnte sie nicht wirklich deuten. »Wieso ein Hemd?«

»Weil Sie eines brauchen, deshalb.«

»Ich brauche viele Dinge.«

»Aber das ist etwas, was ich Ihnen zufälligerweise besorgen kann.«

Er zog eine Augenbraue hoch, und um seinen Mund spielte ein leicht ironisches Lächeln. »Erst wollen Sie, dass ich nichts anziehe, und jetzt bieten Sie mir ihre Dienste an. Sie sollten sich wirklich vorsehen, bevor Sie solche Bemerkungen machen, Madame.«

Sie wurde hochrot im Gesicht und fühlte, wie sie glühte. »Sie wissen genau, dass ich das so nicht gemeint habe … ich fürchte, ich bin nicht so geübt darin, meine Zunge in Zaum zu halten.«

»Es würde mir eine Freude sein, Ihnen beizubringen, auf Ihre Zunge zu achten.«

Sie misstraute seinen zweideutigen Anspielungen, zumal sein Blick unverhohlen auf ihren Lippen lag. Aber sie traute auch nicht ihrer Neugier, wie weit er wohl gehen würde, das Angedrohte umzusetzen. »Ich bin jetzt ja gewarnt. Wenn Sie bitte erlauben, würde ich nun endlich gerne Maß nehmen.«

»Sie müssen sich dieser Mühe aber auch nicht aussetzen.«

»Das ist ganz meine eigene Wahl, denke ich, so wie Sie auf den *corbeille de noce* bestehen.«

Darauf schien er zum Glück keine Antwort zu haben. Sie war erleichtert, zumindest bis er sein Handtuch wegwarf und mit ausgestreckten Armen langsam auf sie zukam. Mit dieser Geste schien er in ihr Vorhaben einzuwilligen, doch in seinen schwarzen Augen blitzte der Schalk. Ihr Herz schlug höher und höher, sodass sie sich schon fragte, ob sie sich überhaupt wieder beruhigen würde, und falls ja, wohl nur, wenn er nicht noch näher käme oder sie gleich in seine Arme nähme.

Einen guten Schritt von ihr entfernt blieb er endlich stehen.

Sie holte tief Luft, um ihre Aufgewühltheit zu verbergen, denn in die Erleichterung über seine Zurückhaltung mischte sich auch ein gehöriger Schuss an Enttäuschung. Je schneller sie das jetzt hinter sich brachte, desto besser, und dann nur hinaus aus diesem Schlafzimmer, dachte sie für sich.

Plötzlich änderte sich sein Gesichtsausdruck, und er trat, die Arme senkend, wieder ein Schritt zurück. »Vergeben Sie mir, ich sollte Sie nicht ärgern, aber Sie erröten so leicht, sodass die Versuchung einfach zu groß ist.« Er schaute sich im Zimmer um, als ob er etwas suchen würde. »Ich werde mir zumindest mein Hemd wieder überziehen.«

»Es wäre aber besser ohne. Abgesehen davon habe ich es hier.« Sie deutete auf ihren Nähkorb. »Alonzo hat es mir heute früh gebracht, damit ich eine aufgerissene Naht ausbessere.«

»Ich dachte eigentlich, dass er das selbst machen würde«, entgegnete er leicht ärgerlich.

»Das könnte er gar nicht.«

Christien kniff die Lippen zusammen, und auf seinem bronzefarbenen Gesicht sah man den Hauch einer Röte aufsteigen. »Ich würde keine Anweisungen geben, dass Sie sich um meine Hemden kümmern müssten.«

»Das wird sowieso bald meine Aufgabe sein. Da kommt es auf ein paar Tage früher oder später auch nicht an, oder?« Sie hatte nicht daran gedacht, dass es ihm peinlich sein könnte. Das war äußerst aufschlussreich.

»Aufgabe«, wiederholte er.

»Sollte ich vielleicht lieber sagen, mein Vergnügen? So wild aufs Nähen bin ich auch wieder nicht.«

»Trotzdem wollen sie mir ein Hemd machen und die Arbeit auf sich nehmen, einen Saum nach dem anderen zusammenzunähen.«

»Das ist etwas anderes. Mir scheint, der Riss in ihrem alten Hemd rührt daher, dass dieses Hemd zu schmal an den Schultern war, und deshalb möchte ich für das neue genau Maß nehmen, damit es einwandfrei sitzt.« Sie streckte ihr Kinn vor und wartete entschlossen ab, dass er etwas entgegnen würde.

»Sie sind sehr praktisch veranlagt.«

»So bin ich eben«, antwortete sie, um der Diskussion ein Ende zu setzen, und holte umgehend das baumwollene Maßband aus ihrem Nähkorb hervor. »Wie ich schon sagte, das neue Hemd ist als Geschenk gedacht. Wenn Sie jetzt bitte Ihre Arme hochnehmen würden?«

Er starrte sie verwundert an und ließ seine tiefschwarzen Augen über ihr Gesicht wandern. Unwillkürlich errötete sie erneut, das wusste sie auch, denn glühende Hitze durchfuhr ihren ganzen Körper, während sie wartete, dass er ihr Folge leisten würde. Diesmal tat er aber so, als ob er es nicht bemerken würde.

Nach einem kurzen Augenblick beugte er schließlich seinen Kopf nach vorne und breitete seine Arme aus, leicht theatralisch, so als ob er sich ergeben würde.

Es fühlte sich für sie wie ein kleiner Sieg an. Reine holte noch mal tief Luft, um sich zu stärken, und trat dann ganz nah an ihn heran. Vorsichtig lehnte sie sich an ihn, um das Maßband um ihn herum zu führen. Dann steckte sie die Armlängen ab, die Schulterbreite und die seitlichen Längenmaße. Damit sie nichts durcheinanderbringen würde, beugte sie sich kurz zurück und holte ihren Bleistift aus dem Korb, um alles zu notieren.

Er beugte seinen Kopf vor und blickte auf ihre linke Hand, die das Maßband hielt. Plötzlich ergriff er ihr Handgelenk und bemerkte aufgeregt und eindringlich: »Euer Ehering, Ihr habt ihn abgenommen.«

»Es schien mir unter den gegebenen Umständen angemessen zu sein«, antwortete sie, wobei sie seinem Blick, der eine gewisse Befriedigung ausdrückte, ohne Weiteres standhielt. Das war natürlich eine typisch männliche Reaktion seinerseits, denn kein Mann blieb unberührt, wenn er das Zeichen des Besitzanspruches eines anderen Mannes über die Frau, die er begehrte, zu sehen bekam. Irritierend war es allemal.

»Ja, natürlich.« Er schloss unwillkürlich die Augen, um seine Emotionen zu verbergen, und strich nachdenklich über die nun blanke Stelle an ihrem Finger, bevor er seinen Griff lockerte und sie wieder losließ.

Sie war verwirrt und wusste nichts so recht, wie sie sich verhalten sollte. Sie atmete schließlich tief durch und fuhr mit ihrer Arbeit fort, legte ihr Band um seine Taille und notierte die bisher genommenen Maße.

Als sie sich leicht vorbeugte, um die letzte angebrachte Markierung besser erkennen zu können, streiften einige ihrer Haare Christiens nackten Oberkörper. Seine Brustwarzen erhärteten sich zu rotbraunen Knospen. Verwundert starrte sie auf dieses ihr unbekannte Phänomen, denn sie hatte immer angenommen, nur Frauen würden auf diese Weise reagieren. Es herrschte ein Moment der Stille, und sie bemerkte, dass er kaum atmete. Sie riskierte einen flüchtigen Blick in sein Gesicht und sah den Schalk in seinen Augen und ein unterdrücktes Lachen, das sich auf seinem Gesicht ausbreiten wollte. Er sagte jedoch nichts, sondern blieb so unbewegt wie die antike Statue eines halbnackten Olympioniken.

Er war wirklich umwerfend. Seine starken und muskulösen Arme, an denen die Adern hervortraten, sein blauschwarzes, kräftiges Haar, das leicht gewellt, verwegen in seinen Nacken fiel, seine prägnante Nase und der scharf konturierte Mund verliehen ihm ein edles, überaus männliches Aussehen. Sie glaubte sogar sein Herz schlagen zu sehen, das seinen mächtigen Brustkorb veranlasste, sich regelmäßig zu heben und zu senken. Wenn sie ihre Hand genau dort, mitten auf seine nackte Brust legen würde, könnte sie sicherlich seinen Herzschlag erfühlen. Sie stellte sich vor, wie es wohl sein würde, wenn sie sich leicht vorwärtslehnte und mit ihrer Zunge seine Brustwarze kostete, ihn schmecken würde.

Eine leichte Benommenheit bemächtigte sich ihrer, die sie kaum abzuschütteln vermochte, solange sie noch seinen Duft einatmete. Er roch nach Lorbeerblättern und anderen Gewürzen, die wohl von seiner Rasierseife herrührten. Der würzige Geruch von Süßgras hingegen schien daher zu kommen, dass seine Hosen über Nacht im Schrank hingen, wo man diese Pflanze gegen Motten und andere Insekten einsetzte. Es war in jedem Fall eine Mischung aus Frischluft und glatter männlicher Haut, die von ihm ausging. Sie trat ein paar Schritte zurück, bis sie sich mit ihren Waden gegen die untere Kante des Bettes stützen konnte.

»Was ist?«, fragte er und streckte sachte seinen Arm aus, um sie am Ellenbogen zu halten.

»Nichts«, antwortete sie und zog ihren Arm zurück.

»Sie sind an so etwas nicht gewöhnt, vielleicht sollten Sie sich besser hinsetzen.«

»Ich habe heute nicht zum ersten Mal die bloße Brust eines Mannes gesehen«, bemerkte sie leicht schnippisch. Es war nämlich nicht nur die unerwartete Nacktheit, die sie irritierte, sondern vor allem die Besorgnis in seinen Augen und die Wärme seines Körpers, die sie überall umgab, einfach seine ganze maskuline Präsenz, die den ganzen Raum auszufüllen schien, mitsamt der darin enthaltenen Luft.

»Die Ihres Mannes, nehme ich an. Er wird wohl anders ausgesehen haben.«

Dies war allerdings der Fall. Im Vergleich zu Christien Lenoir wirkte Theodore wie ein schlaffes Bürschchen, das noch kaum Muskeln ausgebildet hatte. Aber daran wollte sie eigentlich nicht denken, zumindest jetzt nicht. Sie versuchte, ihren Gegenüber nur dahingehend anzusehen, damit sie endlich die korrekte Größe für dieses verfluchte Hemd berechnen konnte.

»Theodore war viel jünger«, bemerkte sie mit leichter Schärfe, »aber nicht, dass dies etwas bedeuten würde. Bitte drehen Sie sich um, damit ich meine Aufgabe zu Ende bringen kann.«

Er zögerte kurz, und seine dunklen Augen musterten ihr Gesicht. Schließlich drehte er sich auf der Stelle stehend um und präsentierte ihr seine nackten Schultern.

Es waren unglaubliche Schultern, so breit wie die hinter ihm befindlichen Schwingtüren. Seine Muskeln spannten sich unter der bronzefarbenen Haut und modellierten einen perfekten Rücken. Ihre Hände zitterten, als sie ihr Maßband an diese stummen Zeugen seiner zahlreichen Fechtstunden anlegte, um ihn von einer Schulterpartie zur anderen zu vermessen.

Sie war fasziniert von dem vielfältigen Kontrast, den man zwischen ihrer eigenen, weißen Haut und der in zahlreichen Farbtönen schimmernden von Christien ausmachen konnte. Er schien wie eine in Bronze gehauene Statue. Sie fragte sich insgeheim, ob sich dieser Farbton seines Oberkörpers auch in den Bereichen unterhalb der Gürtellinie finden lassen würde. Wie würde er sich wohl als klassisches Nacktmodell machen, so wie man sie als in Stein gemeißelte Kunstobjekte in den Salons des French Quarter von New Orleans zu sehen bekam.

Sie erschrak vor sich selbst, wie verdorben sie war, dass sie sich solche Gedanken erlaubte. Ihre Konzentration sollte sich voll und ganz auf ihre Aufgabe richten, und sie würde den letzten Rest an der ihr noch verbleibenden Disziplin aufbringen, um diese auch zu erfüllen.

Nachdem sie die Schultermaße notiert hatte, schob sie seine dicken, schwarzen Haare im Nacken zur Seite, um ihn vom Halsansatz bis zur Gürtellinie abzumessen. Allerdings wagte sie es nicht, auch noch für die Länge des unteren Teils des zukünftigen Hemdes Maß zu nehmen, sondern riskierte nur einen flüchtigen Blick auf sein Gesäß, das sich kraftvoll unter seinen Hosen abzeichnete, und schätzte grob das wohl nötige Linnen ab.

»Nun die Armlänge«, wies sie ihn mit leicht heiserer Stimme an.

Folgsam hob er seinen Arm und winkelte ihn entsprechend ihren Vorgaben ab. Sorgfältig vermaß sie die einzelnen Abschnitte von seiner Schulter über den Ellenbogen bis zum Handgelenk.

Sie konnte gar nicht umhin, seine Körpergröße mit der ihrigen zu vergleichen, denn wenn sie ganz nahe bei ihm stand, reichte sie mit ihrem Kopf direkt unter sein Kinn. Würde er sich ein wenig vorbeugen, könnte sein Arm geradezu perfekt ihre Schultern umfassen, und seine Hände fänden ihren Weg bequem zu ihrer Hüfte, dessen war sie sich sicher.

Wie warm es doch am späteren Vormittag schon geworden war. Um die letzte Kühle der Nacht noch ein wenig zu bewahren, hätte man besser die Fensterläden schließen sollen. Darum würde sie sich so schnell als möglich kümmern, auf jeden Fall, sobald sie hier fertig war. Sie musste nur noch seine Handgelenke für den Ärmelabschluss vermessen und, nun ja, natürlich den Nacken.

»Wenn Sie sich noch mal umdrehen würden und dann bitte den Kopf vorbeugen«, wies sie ihn an, als alle Ärmelmaße schließlich notiert waren.

»Ich glaube kaum, dass das funktioniert« warf er, um Ernsthaftigkeit bemüht, ein, während sein Blick auf ihr ruhte. Geschmeidig wie eine Raubkatze ging er daraufhin in die Knie und beugte sich leicht vor. »Besser so?«

Es war für sie ein unglaubliches Gefühl, plötzlich auf ihn herabsehen zu können, anstatt immer nur zu ihm aufzublicken. Auch war er auf einmal noch näher bei ihr, da er nach höfischer Art nur ein Knie gebeugt hatte und auf diese Weise direkt ihre Rockschöße berührte. Seine Augen sahen von der Nähe noch größer und dunkler aus. Ihre tiefschwarze Färbung verlor sich dabei in einem bläulichen Schimmer, sodass seine Pupillen intensiv strahlten. Seine dunklen Wimpern waren dicht und beneidenswert lang. Die ebenfalls schwarzen Augenbrauen konturierten seinen Gesichtsausdruck und ließen ihn so edel wie einen unbezwingbaren Krieger aus fernen Zeiten erscheinen. Dieser unglaubliche Mann kniete nun also vor ihr, so als ob er ihr zu Diensten sein wollte.

Es verschlug ihr den Atem, und sie konnte sich nicht von der Stelle rühren. Sie wusste auch nicht mehr so recht, was sie eigentlich tun wollte. Glühende Hitze stieg langsam in ihr auf, und sie musste sich zwingen, nicht seine Hände zu nehmen und ihn an sich zu ziehen. Er konnte einfach nicht zu ihren Füßen knien, das durfte nicht sein.

Irgendwo draußen auf dem Flur hörte man, wie eine Tür geöffnet wurde. Der dadurch verursachte Zug ließ die Vorhänge im Schlafzimmer durcheinanderwirbeln, und die zum Gang hin offene Tür knallte, wie von Geisterhand, mit großem Getöse zu. Sie schreckte auf, als ob sie angeschossen wurde.

»Madame Pingre? Reine?«

Es durchfuhr sie von Kopf bis Fuß ein Schauder, den sie aber so gut es ging zu unterdrücken suchte. Sie schluckte und befeuchtete die trockenen Lippen. »Ja«, antwortete sie und wandte sich von seinem Blick ab, der auf ihrem Mund ruhte. »Ihr Nacken, ich muss wissen, wie eng ich den Kragen machen soll.«

»Auf jeden Fall.« Er blieb weiterhin in Erwartungshaltung vor ihr knien.

Irgendwie schien in dieser Situation auf einmal Christien die Kontrolle übernommen zu haben, doch Reine war nicht gewillt, ihm einfach so das Kommando zu überlassen. Energisch legte sie das Maßband um seinen Hals und hielt mit einer Hand die beiden Enden fest vor seiner Brust.

»Warten Sie«, intervenierte er, während sie mit der anderen Hand nach dem Bleistift griff, um alles zu notieren. »Ich könnte etwas mehr Luft zum Atmen gebrauchen.« Er steckte zwei Fingen hinter das eng anliegende Maßband, um sich auf diese Weise einen etwas weniger eng anliegenden Kragen zu verschaffen.

Ihr schien es nicht so, als ob das Band straff saß, doch er sah wirklich so aus, als ob er Probleme beim Atmen hatte. Für einen Augenblick dachte sie daran, dass sie vielleicht die gleichen Gefühle bei ihm ausgelöst haben könnte wie er bei ihr.

Der Gedanke daran fühlte sich angenehm an, doch sie verdrängte ihn schnell. Er war wahrscheinlich viel aufregendere Frauen gewöhnt, als sie es jemals sein könnte.

Reine lockerte ihren Griff am Maßband und erweiterte seinen Halsumfang, indem sie selbst zwei Finger dazwischen klemmte. Bei dieser Tätigkeit kam sie ihm so nahe, dass sie seinen Puls an der Halsschlagader vibrieren fühlte. Sie schluckte, und, ihre Nervosität vertuschend, fragte sie ihn so gleichgültig wie möglich, »Besser so?«

Sein Gesicht erhellte sich durch ein sympathisches Lächeln, denn die gleiche Frage hatte sie kurz vorher schon gestellt. Sie war verwirrt und wusste nicht recht, was sie sagen sollte.

»Sehr viel besser«, antwortete er. »Reine?«

»Ja?« Nachdem sie die letzten, notwendigen Maße

notiert hatte, gab es eigentlich keinen Grund mehr, in dieser Position zu verharren, trotzdem brachte sie es nicht recht fertig, sich aus seiner Nähe zu lösen.

»Ich glaube, es ist Zeit für ein kleines Zugeständnis an unsere Verlobung. Darf ich?«

»Was? Oh …« Nur langsam begriff sie, was mit ihr passierte, als er sich zu voller Größe erhob, ihre Hand auf seiner Schulter platzierte und mit seinem kraftvollen Arm ihre Hüfte umfasste. Er blickte ihr tief in die Augen, dann neigte er leicht seinen Kopf und drückte seine vollen Lippen auf die ihrigen.

Er war so unglaublich warm, und sie spürte eine ebenso unglaubliche Süße in seinem Kuss. In seinen starken Armen fühlte sie sich sicher und ließ sich ganz fallen, ging ganz in ihm auf. Eng an seine starke Brust gedrückt, nahm sie ihn als warm und weich wahr und nicht als stahlharte Wand, wie seine Muskeln suggerierten.

Sie hätte dagegen protestieren sollen, sich ihm entziehen. Doch stattdessen tasteten ihre Handflächen auf seinen starken Schultern seine samtweiche Oberfläche und die darunter liegenden Muskelstränge ab. In schon absehbarer Zeit würde Christien das Recht des Ehemanns besitzen, mehr von ihr zu verlangen, sehr viel mehr.

Bei diesem Gedanken durchfuhr sie ein so starkes Sehnen nach Liebe, dass es ihr den Hals zuschnürte. Tränen stiegen ihr ganz unvorbereitet in die Augen, und ein leichtes Schluchzen ließ sie erzittern.

Er zog sich abrupt zurück und versuchte, sie anzuschauen. »Es tut mir so leid. Meine besten Vorsätze scheinen sich in Ihrer Gegenwart zu verflüchtigen.«

»Nein, nein Reine, nein!«

Dieses Jammern, was wie ein Echo in Reines Kopf

zu hören war, kam von der Türschwelle. Sie sprang zur Seite, weg von Christien und drehte sich nach dem Geräusch um.

»*Maman,* ich habe dich gar nicht gesehen!«

»Alonzo sagte mir, dass du mit diesem Barbar allein wärst. Ich konnte es einfach nicht glauben … doch es ist wahr, und er ist auch noch halbnackt. Und die Tür ist verschlossen! Hast du keinen Anstand mehr! Du bist noch nicht verheiratet, noch kaum verlobt. Was sollen bloß die Angestellten denken oder gar die Nachbarn? Überhaupt, was sollen die Leute nur von dir denken!«

Zehntes Kapitel

Ihre Mutter rang nervös die Hände und schüttelte ihren Kopf, während zahlreiche Tränen über ihre Wangen liefen und über das Kinn tropften. Sie würde sich sicherlich in einen hysterischen Anfall hineinsteigern, der dann in einer Migräne enden würde.

Mit einem kurzen, entschuldigenden Blick zu Christien begab sich Reine an die Seite ihrer Mutter, nahm sie in den Arm und führte sie wieder auf den Flur hinaus. »Bitte reg dich nicht auf, *chère Maman*. Niemand wird irgendetwas denken, denn es gibt keinen Grund, warum irgendjemand etwas erfahren sollte. Es ist nicht das gewesen, was du glaubst gesehen zu haben, ganz und gar nicht. Ich habe bei Christien nur Maß für ein Hemd genommen.«

»Christien?«

»Monsieur Lenoir, mein Verlobter, erinnerst du dich …«

»Ja, natürlich erinnere ich mich. Ich bin ja nicht dumm.«

»Alonzo hat dir sicherlich erzählt, was ich vorhatte. Und was die Tür angeht, so hat der Wind sie zugeschlagen, das ist alles.«

»Aber ich sah euch, ich sah dich …«

»Ja, sicher, ich … ich bin etwas ungeschickt gewesen und gestolpert.« Sie warf Christien einen kurzen flehentlichen Blick zu. Gleichzeitig hoffte sie, dass ihre Mutter ihre vor Erregung geschwollenen Lippen nicht bemerken würde.

»Wir werden ja in jedem Fall bald verheiratet sein, Madame Cassard«, versuchte er sie zu beruhigen und trat einen Schritt auf sie zu. »Dann wird es keine Rolle mehr spielen, wenn wir zusammen in einem Zimmer sind.«

»Aber nicht hier«, erwiderte sie klagend und schüttelte erneut den Kopf. »Das Schlafgemach des Hausherrn wird euer Reich sein, denn es ist das beste Zimmer im Haus.«

»Ich danke Ihnen für Ihr Angebot, aber ich möchte Ihnen keine Umstände bereiten und Sie verdrängen.« Er neigte galant seinen Kopf, sodass auf seinen schwarzen Locken ein Schimmer des hereinfallenden Sonnenlichts zu sehen war. »Ich befinde mich absolut wohl in diesem Zimmer hier.«

»Ich glaube, der Raum, den ich als mein Schlafgemach nutze, ist besonders geeignet«, warf Reine ein. »Er ist nach Osten ausgerichtet, sodass es nachts nicht so heiß wird.«

Sie blickte Christien flüchtig von der Seite an, besorgt darüber, dass er merken würde, dass sie noch mehr als die reine Bequemlichkeit dieses Zimmers im Auge hatte.

»Es wird alles so sein, wie Sie es wünschen«, gab er ernst zurück. Obwohl er diese Äußerung mit aller gebotenen Höflichkeit, die einem Bräutigam wohl ansteht, aussprach, war der Ausdruck in seinen Augen alles andere als galant. Reine fühlte wie ihr, trotz der aufsteigenden Hitze des Tages, ein kalter Schauer den Rücken herunterlief. Sie fuhr sich mit der Zunge über die untere Lippe und schmeckte die Süße, die sein Kuss hinterlassen hatte, ja sie spürte fast noch den Druck seiner weichen Lippen auf den ihrigen und die Beweglichkeit seiner Zunge, dieses Gefühl, das sie fast um ihren Verstand gebracht hätte.

Ihre Mutter wiegte den Kopf langsam von rechts nach links und wieder zurück. »Oh Reine, meine Reine. Dieses Gerede von Zimmern und Hochzeit. Du darfst nicht … das kann alles nicht rechtens sein. Warum muss das alles auf diese Weise enden?«

»Papa hat es dir doch erklärt. Bitte reg dich nicht auf. Alles wird wieder gut.«

Eine Hand auf den Arm ihrer Tochter legend, jammerte Madame Cassard aufs Neue. »Ich brauche meinen Beruhigungstee. Mein Kopf fühlt sich an, als ob er platzen würde. Bitte komm jetzt mit mir mit, Reine. Ich muss mich hinlegen, und du musst mir meinen Tee machen.«

Reine blieb nichts anderes übrig, als den Bitten ihrer Mutter nachzukommen, denn das war das Einzige, was man in einer solchen Situation für sie tun konnte. Sie mit zahlreichen, sanften Worten beruhigend führte Reine Madame Cassard langsam und fürsorglich wieder auf ihr Zimmer zurück.

Bevor jedoch beide um die Ecke bogen, warf Reine noch einen Blick über die Schulter und suchte den Kontakt zu Christien. Dieser stand noch an derselben Stelle wie zuvor, beschienen vom goldenen Morgenlicht, das sich über seine nackten Schultern ausbreitete, und mit einem nachdenklichen Ausdruck in seinen tiefschwarzen, samtenen Augen.

Es schnürte ihr die Brust zu, und ihr Herz klopfte wild. Er war so unglaublich männlich und füllte den Raum mit seiner bloßen Präsenz. Sie fühlte, wie sie sich erhitze, vor allem zwischen ihren Schenkeln wurde es ihr ganz warm und dies nur von seinem Anblick. Dieser Mann bestach nicht nur durch seinen kraftvollen und wohlgeformten Körper, dessen sehnige Arme den vollendeten Fechtmeister erahnen ließen, sondern er ließ auch in anderer Hinsicht nichts zu wünschen übrig.

Christien würde später wohl Genaueres über die Ursachen des plötzlichen Unbehagens ihrer Mutter wissen wollen, und Reine war sich nicht ganz sicher, ob sie ihm dies beantworten konnte und wollte.

Im Schlafzimmer der Eltern angekommen, klingelte Reine nach den Bediensteten und verlangte, dass man einen Teekessel aufsetzte. Dann half sie ihrer Mutter, sich ihrer Kleider zu entledigen und geleitete sie zu Bett. Als dies vollbracht war, ging sie runter zur Außenküche und kam mit einem beruhigenden Kräutertee und einer kleinen Auswahl an Kuchenstücken zurück, damit *Maman* sich stärken konnte. Doch hoffte sie insgeheim, dass ihre Mutter inzwischen womöglich in einen leichten Dämmerschlaf gefallen war, sodass es ihr möglich gewesen wäre, ihren Nähkorb und ihr Maßband aus Christiens Zimmer zu holen und mit ihm noch einige klärende Worte zu wechseln. Stattdessen saß ihre Mutter aufrecht in den Kissen, die Augen geschlossen, aber den Kopf jammernd hin und her wälzend, wie im Delirium.

»Sieh her, *Maman*«, sagte Reine und stellte das kleine Tablett auf dem Tischchen neben dem Bett ab. Sie hob die Tasse hoch und reichte sie ihr vorsichtig. »Trink, das wird dir gut tun, es ist heiß, aber nicht mehr zu heiß.«

Ihre Mutter nahm das Getränk entgegen, ohne dabei jedoch die Augen zu öffnen. Es war Demeters Spezialmischung, bestehend aus Weidenrutenrinden, Minzblättern, Zitronenmelisse und einigen anderen Zutaten, die die alte Amme nicht preisgab. Madame

Cassard nippte ein wenig und sank sofort wieder in ihre Kissen zurück, ganz so, als ob nur der Geschmack des Tees schon eine Entspannung bringen würde.

»Danke, *ma chère*«, seufzte sie nach einem kurzen Moment. »Du bist eine gute Tochter. Ja, vielleicht zu gut.«

»Wenn du auf die Hochzeit anspielst ...«

»Dein Vater hätte dich nicht darum bitten sollen.«

»Das hat er auch nicht. Es war der Lösungsvorschlag von Monsieur Lenoir für unsere Zwangslage.«

»Aber du hast dich einverstanden erklärt, warum nur? Warum hast du dich nicht einfach geweigert, solange geweigert, bis ...«

»Bis was? Bis wir mit unserer gesamten Habe auf der Straße gesessen hätten? Nein, nein, so ist es auf jeden Fall besser.«

»Ich fürchte nur – oh, *chérie*. Du kannst jetzt doch nicht ...« Sie brach mitten im Satz ab, seufzte und hob wieder an. »Dein Papa und ich sind immer sehr glücklich gewesen. Ich wollte, dass du zumindest mit deinem zweiten Mann glücklich wirst. Aber jetzt, so nicht, nein, nein. Das geht zu schnell. Ich mag gar nicht daran denken ...«

Glücklich? Was heißt das schon? Kann Glück in einem Kuss liegen, der nach Rasierseife, dem honigsüßen Duft eines Mannes, nach ohnmächtiger Leidenschaft und nach kompromissloser Hingebung schmeckt? Hat körperliche Anziehungskraft etwas damit zu tun? Wenn ja, dann hatte sie zumindest eine kleine Chance, das Glück zu finden. Reine fühlte sich immer noch von Christiens Kuss wie betäubt. Insgeheim wunderte sie sich, dass sie in all den Jahren mit Theodore noch nie einen solchen Kuss bekommen hatte.

»Lass es gut sein, *Maman*. Denk nicht darüber nach.«

»Ich muss aber, irgendjemand muss es ja tun. Oh, *ma chère,* was ist, wenn er zurückkommt?«

Die Frage ihrer Mutter riss Reine aus ihren Gedanken an den Mann, dem sie eben noch so nahe war. Ein Schauder lief ihr über den Rücken.

»Wer? Du kannst ja wohl nicht Theodore meinen. Er ist tot, *Maman.* Erinnerst du dich nicht, er ist seit zwei Jahren tot.«

»Ich habe ihn aber nicht gesehen. Das Bett und das ganze Blut, ja, aber er war nicht da.«

Zu diesem Aspekt der Geschichte von Theodores Tod kam ihre Mutter immer wieder zurück. Reine konnte ihr das kaum vorwerfen, denn das war tatsächlich genau der Punkt, der nie richtig geklärt wurde. Wenn sie selbst im gemeinsamen Schlafzimmer mit Theodore auf River's Edge gewesen wäre, dann hätte man wahrscheinlich alles ganz logisch erklären können. Aber dem war nicht so.

Für einen Augenblick fühlte sie sich in diese schreckliche Zeit zurückversetzt. Marguerite war schwer krank gewesen, sie hatte hohes Fieber, Erbrechen und Durchfall. Ihre Schmerzensschreie konnte man im ganzen Haus von Bonne Espèrance hören. Jeder wurde dadurch wach gehalten, an Schlaf war nicht zu denken. In dem alten französischen Farmhaus waren außer der jungen Familie Theodores Mutter, der im Sterben liegende Onkel und die beiden Kusinen, die sich um den alten Mann kümmerten. Der Lärm und die Aufregung im Haus nahmen so überhand, dass Theodore schließlich in die Stadt ritt und dort für einige Tage blieb. Oder aber er wollte einfach nur der Gefahr der Ansteckung entkommen, denn er konnte es noch nie ertragen, krank zu sein.

Reine, die den hausgemachten Arzneimitteln der alten Demeter nicht so ganz traute und der auch ein Haushalt mit bereits einem Sterbenden und dann einer weiteren Patientin zu viel wurde, sehnte sich danach, zu ihren Eltern nach River's Edge fahren zu können. Als in dem ganzen Trubel der alte Onkel schließlich starb, wurde es ihr zu viel, und sie packte ihre Sachen und begab sich mit der kranken Marguerite auf das elterliche Anwesen River's Edge. Nicht, dass es für die Kleine was gebracht hätte, die Krankheit nahm einfach ihren Lauf. Reine jedoch, die schon seit Nächten nicht mehr geschlafen hatte, konnte einfach nicht mehr. Jeden Augenblick hatte sie bei Marguerite verbracht, sie im Arm gewogen, sie in kühlem Wasser gebadet, um das Fieber zu senken, ihr löffelweise süßes Zitronenwasser eingeflößt und versucht, irgendetwas zu finden, was sie bei sich behalten konnte. In den endlosen Stunden des Wachens und der Sorge um ihre kranke Tochter hatte Reine jegliches Gefühl der Zeit verloren.

Als das Fieber dann endlich sank und Marguerite zumindest schlafen konnte, schlich sich Reine aus dem Zimmer der kleinen Patientin und legte sich in ihr Bett, bemerkte dann aber recht schnell, dass sie den ganzen Tag noch nichts gegessen hatte. Nach einem kleinen Imbiss in der Außenküche ließ sie sich am Küchentisch nieder, legte ihren schwer gewordenen Kopf ab und atmete erleichtert auf, im Vertrauen darauf, dass das Schlimmste überstanden wäre. Gleich würde sie zurück ins Haupthaus gehen, die Treppen hoch und sich in ihr Bett legen, dachte sie, leicht dahindämmernd.

Bei Sonnenaufgang weckte sie ein durchdringender Schrei. Sie sprang erschrocken auf und lief mit zugeschnürter Kehle, so schnell es ging, zurück ins Haus. Dort fand sie ihre Mutter mit Marguerite im Arm, beide blutverschmiert. Noch jetzt, all die Zeit danach, schauderte es Reine, bei dem bloßen Gedanken an dieses Bild.

Es hatte einige Zeit gedauert, bis man sich ein einigermaßen zusammenhängendes Bild von den Ereignissen des fraglichen Abends machen konnte. Theodore war von New Orleans auf sein Anwesen Bonne Espèrance zurückgekehrt und musste dort erfahren, dass Reine und Marguerite das Haus verlassen hatten. Daraufhin ritt er sofort wieder los. Man weiß auch, dass er auf River's Edge ankam, denn ein verschlafener Stallbursche erinnerte sich gut daran, dass er das verschwitzte Pferd in Obhut genommen hatte. Kaum abgestiegen, ging Theodore ins Haus und begab sich wohl auf direktem Weg ins Schlafzimmer. Er muss dort auch im Bett eingeschlafen sein, denn Reine entdeckte sowohl seine überall herumliegenden Kleider als auch eine eindeutige Vertiefung in der Matratze, die seine Anwesenheit verriet. Aber niemand hatte Theodore je wieder gesehen. Zumindest hatte ihn nie jemand wieder lebendig gesehen.

»Du weißt, dass er tot ist, *Maman*. Er wurde im Fluss gefunden, erinnerst du dich nicht?«

Reine sprach mit ihrer Mutter über ihre Schulter hinweg, während sie die Fensterläden zumachte, damit das Licht gedämpfter würde und die zunehmende Hitze des Tages draußen blieb. Bevor sie die Läden endgültig verriegelte, hielt sie kurz inne und spähte durch den verbleibenden Spalt, um auf die silbernen Fluten des sich dahinwälzenden Mississippis zu blicken. Der Ankerplatz für die River's Edge Plantage befand sich in Sichtweite, genau gegenüber dem Haupthaus. Nicht unweit dieser Stelle, ein wenig flussabwärts, hatte man Theodore damals gefunden. Reine schloss für einen

Moment gequält die Augen, öffnete sie dann wieder und fuhr fort. »Paul war damals dabei, wie sie ihn aus dem Fluss zogen.«

»Ja, ja, mein armer Paul. Es macht ihm immer noch zu schaffen, das weiß ich genau.«

Reine konnte dem nur zustimmen. Dieses Erlebnis verstörte alle auf die eine oder andere Weise.

»Theodore mag nicht der beste Ehemann gewesen sein, nicht so geduldig wie Maurice, aber er war nicht wirklich schlimm, oder?«

»Was meinst du mit schlimm?

»Er hat dich nie geschlagen, nicht wahr?«

Reine schüttelte den Kopf. Theodore war gedankenverloren, rücksichtslos, leicht reizbar und fand immer gleich einen Schuldigen. Er war so auf sich selbst fixiert, dass er einfach davon ausging, dass sich das ganze Leben um ihn herum nach seinen Wünschen und Vorstellungen regelte, und ärgerte sich maßlos, falls dem einmal nicht so war. Das alles machte ihn aber noch nicht zu einem wirklich schlechten Ehemann.

Die Bemerkung ihrer Mutter legte jedoch nahe, dass sie wusste, dass ihrer Tochter etwas in ihrem Eheleben gefehlt hatte. Reine wusste nicht genau, wie sie das erahnte, denn über so etwas hatten sie nie geredet. Ihre Mutter hätte sich bei so einem Thema auch zu sehr aufgeregt. Madame Cassard war der Ansicht, dass dies zum privaten Bereich eines jeden gehörte, in dem man sich nicht einmischte, auch nicht bei der eigenen Tochter.

Es war für Reine aber auch ein gutes Gefühl, zu wissen, dass die Ehe ihrer Eltern mit Liebe und Verständnis gesegnet war und dass ihre Mutter glücklich war, zumindest soweit dies ihr unstetes Temperament zuließ. Ihr Vater musste sie wirklich lieben, denn er tat alles, damit seine Frau ein ruhiges und zufriedenes Leben führte, nach Möglichkeit ohne eine Aufregung, die ihre labile Gesundheit hätte gefährden können. Wenn dabei die Leidenschaft ein wenig zu kurz kam, so war das ihre Sache. Allerdings konnte dies auch mit dem Alter zusammenhängen, denn zumindest ein wenig von dem aufwühlenden Gefühl des Verliebtseins musste es auch bei ihren Eltern gegeben haben, als sie noch jung waren, denn sonst wären sie und ihr Bruder kaum auf der Welt.

Sie selbst wollte jedoch keine selbstlose und nur von bescheidener Leidenschaft geprägte Bindung eingehen, das wusste sie jetzt genau, ganz im Gegensatz zu dem, was sie vielleicht noch vor ein bis zwei Tagen gedacht hatte. So sinnierte sie vor sich hin, während sie sich wieder zurück ans Bett ihrer Mutter begab.

Der Gedanke ließ sie jedoch nicht los, und sie dachte daran, dass sie eben nicht so zerbrechlich und zartbesaitet war und dass sie nicht vor heißen, wilden Gefühlen zurückschreckte. Vielleicht war dies das französische Blut in ihren Adern, das südländische Temperament aus der Familie ihres Vaters. Andererseits war es nicht wahrscheinlicher, dass so etwas einfach mit der individuellen Veranlagung zusammenhing? Sie sollte wohl ein wenig damenhafter sein und derartige Aufwallungen besser unter Kontrolle haben, sodass ihr zukünftiger Ehemann nicht von ihren heißblütigen Ausbrüchen peinlich berührt würde. Aber ihr kam es auch nicht falsch vor, so zu empfinden.

Oder sollte sie sich doch dafür schämen?

Sie fragte sich, wie Christien wohl darüber dachte.

»Die Leute sagen die abscheulichsten Dinge«, fuhr ihre Mutter fort und wiegte ihren Kopf greinend hin und her. »Sie dürfen einfach nicht dauernd darüber reden, was hier geschehen ist, über dich. Ich ertrage das nicht.«

»Ich denke, dass es ganz normal ist, dass man Vermutungen darüber anstellt, wenn so etwas Schreckliches passiert ist. Außerdem bin ich mir sicher, dass sie es nicht böse meinen.« Reine setzte sich auf die Bettkante und nahm die Teetasse in die Hand, um sie an die Lippen ihrer Mutter zu führen und sie dazu zu ermutigen, noch mehr von dem beruhigenden Kräutertrank zu sich zu nehmen.

»Glaubst du wirklich? Ich nicht. Sie sollten doch wissen, dass du damit nichts zu tun hast, dass du nicht fähig wärst … zu dem, was sie sich hinter vorgehaltener Hand erzählen. Der arme Theodore muss von einem Wegelagerer verwundet worden sein. Das Blut auf seinem Kopfkissen – jemand hat ihn wahrscheinlich ins Gesicht geschlagen und am Kopf verletzt. Dann ist er wohl hinausgelaufen, um Hilfe zu suchen, oder aber er wusste gar nicht mehr, was er tat und ist dann benommen in den Fluss gefallen.«

So oder ähnlich erzählen es die meisten, wie es in dieser Nacht abgelaufen sein musste. Den Hergang sich immer wieder aufzusagen, schien ihrer Mutter auch eine gewisse Art von Trost zu spenden. Nichts anderes schien einen Sinn zu ergeben. Da sie es war, die Marguerite aufgefunden hatte, beschmiert mit Theodores Blut, quälte sie diese Vorstellung noch lange. Nur wenn diese Bilder verblassten, was bisher nur allzu selten der Fall war, konnte sie wieder ein wenig Frieden für sich finden. Die anstehende Hochzeit und vielleicht auch der Anblick von Reine mit einem anderen Mann, ausgerechnet in dem Zimmer, wo Theodore tödlich verwundet wurde, ließen für sie all die Ereignisse wieder lebendig werden.

Die Hochzeit würde im Übrigen ein Mahnmal der Erinnerung für alle sein, für Freunde, Nachbarn, Bekannte und sogar für Fremde. Wie war es möglich, dass Theodore umgebracht wurde, ohne dass das Kind, das neben ihm schlief, erwachte? Hatte er tatsächlich das Haus aus eigener Kraft verlassen? Falls nicht, wer hatte dann die Leiche weggeschafft? Wie konnte es sein, dass niemand im Haus etwas bemerkt hatte? Und wie war es möglich, dass seine eigene Frau schlief, während man ihren Ehemann umbrachte?

Besonders die letzte Frage verfolgte Reine. Schon damals, kurz nach dem unglücklichen Vorfall wusste sie nicht, was sie darauf sagen sollte, aber auch jetzt blieb sie noch immer eine Antwort schuldig. Sie hätte sagen können, dass sie so müde war und dass sie sich nicht im Haupthaus aufgehalten hatte, sondern in der Außenküche und außerdem natürlich nicht im Traum daran gedacht hätte, dass so etwas Schreckliches passieren würde. Sie hätte auch antworten können, dass sie nicht mit der Rückkehr von Theodore gerechnet hatte, nachdem sie mit ihrem Kind hierher geflüchtet war.

Aber all dies machte keinen Unterschied, denn keiner schien sie zu verstehen. Sie konnte das aber auch niemandem übel nehmen, denn sie hatte es ja selbst nie richtig verstanden.

Reine saß ungerührt neben ihrer Mutter, hielt ihr die Hand und murmelte einige beruhigende Worte, damit diese sich nicht weiter aufregen und die schaurigen Erinnerungen vergessen würde. Nach einer Weile tat der Tee seine Wirkung. Als sie sich sicher war, dass ihre Mutter nun schlief, nahm sie ihr die Tasse aus der schlaffen Hand und verließ schnell und leise das Zimmer.

»Ist alles in Ordnung mit ihr?«

Sie schnappte nach Luft und hätte fast die Teetasse fallen gelassen, als sie plötzlich diese tiefe Stimme vernahm. Es war Christien, der einige Meter entfernt von der Schlafzimmertür ihrer Mutter, im Flur mit dem Rücken an der Wand lehnte. Inzwischen hatte er sich fertig rasiert, sein Hemd angezogen und den Gehrock angelegt, doch Reine konnte den Anblick, wie er halbnackt in voller Pracht vor ihr stand, nicht so ganz aus ihrem Gedächtnis bannen. Sie war überrascht, dass er sich offensichtlich Sorgen machte, sonst hätte er nicht hier auf sie gewartet, aber es war auch irgendwie erfreulich. Es dauerte ein paar Sekunden, bis sie die geeigneten Worte fand.

»Ihr geht es wieder gut, danke.«

»Sie will mich nicht mehr auspeitschen oder rausschmeißen lassen?«

»Das wäre wohl kaum möglich, selbst, wenn sie es wollte.« Reine schenkte ihm ein süffisantes Lächeln, während sie sich ein wenig von der Tür wegbewegte, um ihre Mutter nicht aufzuwecken. »Letztendlich ist es ja Euer Haus.«

Er ignorierte diese Bemerkung und folgte ihr, um sie hinunter in den Eingangsbereich des Hauses zu begleiten. »Der Pfarrer wurde auch noch nicht informiert?«

»Um so schnell wie möglich die Eheschließung anzubahnen? Nein.«

»Schade.«

Sie hielt im Gehen inne und schaute ihn direkt an, sodass er stehen bleiben musste. »Ihnen wäre das recht?«

»Aber ja, ich würde eine schnelle Hochzeit vorziehen«, antwortete er und hielt ihrem Blick stand. »Und Sie?«

Was wollte sie eigentlich wirklich? Einerseits kam es

ihr vor, als ob sie geradezu vor den Altar geschleppt würde, andererseits zog sich die ganze Angelegenheit in einem Schneckentempo dahin. Der Fechtmeister mochte wohl auf dem Feld der Ehre furchtlos sein, doch war es durchaus möglich, dass er seine Meinung änderte, wenn erst einmal die Gerüchteküche mit den ganzen alten Anschuldigungen das Brodeln anfing. Eine Verzögerung könnte zur Katastrophe werden, und Reine und ihre Familie würden sich dann womöglich auf der Straße wiederfinden.

Sie befeuchtete ihre Lippen, die plötzlich trocken geworden waren, und den Blick fasziniert auf seine Krawatte geheftet, antwortete sie ihm. »Nein, mir wäre es auch recht, wenn alles schnellstmöglich über die Bühne geht. Sagen wir in einer Woche?«

»Noch besser wäre es, wenn wir es schon morgen machen könnten.«

Was für ein ungeduldiger Bräutigam. Sie sollte sich geschmeichelt fühlen und wäre es sicherlich auch gewesen, wenn wohl nicht eher die Absicht dahinter zu vermuten war, dass er einfach alles zügig geregelt haben wollte.

Wie die meisten Männer der Tat, die nach einer einmal getroffenen Entscheidung ihren Weg konsequent und zielstrebig gehen, so schlug auch bei ihm dieser Instinkt durch.

Es war ja nicht so, dass sie daran zweifelte, dass er sie wollte, sonst hätte er ihr wohl kaum die Ehe angetragen, soviel war sicher. Doch sie war sich auch im Klaren darüber, dass er wahrscheinlich River's Edge noch mehr begehrte als sie. Und warum auch nicht? Schließlich war es ein sehr wertvoller Besitz, und er hatte selbst nichts als den Ruf, der fähigste Fechtmeister in New Orleans zu sein.

All dies wusste sie nur zu gut, sodass es lächerlich erschien, sich von seinem Antrag geschmeichelt zu fühlen. Sie konnte allerdings auch nicht ihr kribbelndes Gefühl verleugnen, dass sich einstellte, sobald sie an die bevorstehende Hochzeitsnacht dachte. Darunter mischte sich jedoch auch Angst, was er wohl danach von ihr halten würde, aber das war ihr Geheimnis.

Sie atmete tief durch und nickte dann zustimmend. »Ausgezeichnet. Hier, in dieser Kapelle, so wie wir es vorhin besprochen hatten. Sie können natürlich einladen, wen Sie möchten.«

»Ich habe einige Freunde, die der Zeremonie sicherlich gerne beiwohnen würden.«

»Wenn Sie eine Liste erstellen möchten, werde ich dafür sorgen, dass alle benachrichtigt werden.«

»Darum werde ich mich schon kümmern, es sei denn, Sie wünschen das etwas formeller?«

»Ganz und gar nicht. Es sollte auf keinen Fall eine zu formelle Angelegenheit werden. Ein ausgefallenes Kleid zu tragen und die üblichen Feierlichkeiten zu veranstalten, wäre in diesem Fall doch eher unangebracht, das werden Sie sicherlich verstehen.«

Indem er seine Fingerspitze zart unter ihr Kinn legte und es leicht anhob, zwang er sie, ihm direkt in die Augen zu blicken. »Was auch immer Sie tragen werden, Sie werden darin wundervoll aussehen«, sagte er lächelnd und fügte schelmisch hinzu: »Und ich werde versuchen, dass Sie sich mit mir und meinem Aufzug nicht schämen müssen.«

»Das tue ich nicht … nein … ich meine, wenn Sie auf das Hemd anspielen …«, begann sie stotternd, während ihr die Schamesröte ins Gesicht stieg. In diesem Augenblick wünschte sie, dass ihr nicht diese Bemerkung über den Zustand seines Hemdes herausgerutscht wäre, ganz egal welch ehrenvollen Absichten damit verknüpft waren.

»Machen Sie sich keine Sorgen. Ich werde mit Stolz das tragen, was sie für mich schneidern werden. Was den Rest angeht, so müssen Sie mir eben vertrauen.«

»Ja, sicher«, flüsterte sie und versank in den Tiefen seiner dunklen Augen.

Er lächelte und küsste sie innig mit dem süßen Versprechen auf seinen Lippen. Dann ließ er sie ziehen.

Als Reine mit schnellem Schritt auf die Stufen zuging, die zu Außenküche führten, fühlte sie, wie sich ihr die Kehle zuschnürte und es ihr schwer wurde ums Herz. Ihr war klar, dass sie gelogen hatte, denn ihm Vertrauen zu schenken, war das Letzte, was sie sich jetzt leisten konnte.

Elftes Kapitel

Aus dem nahe gelegenen Stall war plötzlich ein unterdrückter Schrei, gefolgt von verzweifeltem Protestieren, zu hören. Christien riss so heftig an den Zügeln seines Rappen, dass dieser ungehalten noch einige Schritte wild am Begrenzungszaun des Weges entlangtänzelte, bevor er zum Stehen kam. Nach dem hysterischen Anfall von Madame Cassard, als sie gestern früh Reine in seinem Schlafzimmer vorfand, war er aufs Höchste alarmiert und sah sich wohl oder übel gezwungen, nachzusehen, was nun schon wieder passiert war. Ob es sich wirklich wieder um die alte Dame handelte, konnte er nicht mit Sicherheit sagen. Der Schrei hätte auch von Reine oder Marguerite sein können. Das schien in der Tat auch wahrscheinlicher, denn Madame Cassard verließ nur äußerst selten das Haus.

Das Stimmengewirr, bestehend aus einer weiblichen und einer laut tönenden, schroffen männlichen, kam vom großen Scheunentor, also aus dem Teil des Stalles, wo man die Kutschen einstellte. Aus der zarten Stimme war nun eindeutig auch Angst herauszuhören, was Christien sofort zum Handeln veranlasste. Mit leichtem Druck auf die Schenkel, dirigierte er sein Pferd mit Galopp auf den Stall zu. Beim Durchreiten des Scheunentors duckte er sich ein wenig und sah, aus der gleißenden Sonne kommend, im Halbdunkel der Stallungen erst einmal gar nichts.

Mit zusammengekniffenen Augen, die sich nur langsam an die weitgehend lichtlose Umgebung gewöhnten, sah er zunächst nur den Schatten einer Kutsche, einige Boxen für die Pferde, an den Haken dazugehöriges Geschirr, Sattel- und Zaumzeug und in der Ecke einen großen Heuhaufen. Ein einfallender Sonnenstrahl warf fahles Licht auf eine Katze, die ihre Pfoten leckte, und auf ein Huhn, das aufgeregt hin und her stakste. Die Luft schien zum Schneiden dick, erfüllt vom Geruch des Heus, altem Leder, vertrocknetem Mist und Staub.

Eine flüchtige Bewegung am Ende des Heuhaufens erregte schließlich seine Aufmerksamkeit. Langsam erkannte er zwei Personen, die miteinander kämpften und sich herumwälzten; ein weißer Mann, in grobes Arbeitsgewand gekleidet, und eine junge, schwarze Frau, offensichtlich eine Küchenhilfe. Christien konnte nun erkennen, wie der ältere, grobschlächtige Mann rittlings auf der Frau saß, während diese, mit bereits bis zur Hüfte gelüftetem Rock und zerknitterter Schürze, ihn wegzudrücken versuchte.

»Sie da!«, fuhr Christien den Mann in harschem Ton an. »Lassen Sie die Frau los und kommen Sie heraus, damit ich Sie sehen kann.«

Der Mann fluchte und stieg von der Frau herunter, um sich dann langsam aufzurappeln. Das Mädchen richtete eilends ihr Kleid und kletterte dann schluchzend von dem Heuhaufen herab. Unten angekommen, griff sie den umgestürzten Korb auf und sammelte die herausgefallenen Eier ein, ohne dabei die bereits zerbrochenen zu beachten. Mit einem dankbaren Blick aus ihren weit aufgerissenen Augen in Richtung Christien flüchtete sie durch das offene Scheunentor und war schnell außer Sichtweite.

»Was zum Teufel wollen Sie von mir?«

Die Frage war in einem selbstsicheren Ton gestellt

und ließ einen amerikanischen Akzent heraushören. Der Mann, der sich gegen ihn empörte, war dick und untersetzt, hatte dünnes, graublondes Haar und blasse Augen. Sein Benehmen war nicht im Mindesten von Respekt gekennzeichnet, vielmehr schien er sich als der unrechtmäßig Angegriffene zu fühlen. Christien musterte ihn von oben bis unten und war wenig beeindruckt von dem, was er sah.

»Sie müssen der Aufseher sein«, konstatierte er grimmig. »Kingsley, wenn ich mich recht erinnere.« Er schwang sich von seinem Pferd und machte die Zügel an einem der Pfosten fest, indem er sie mit einer schnellen, geschickten Drehung herumschlang.

»Was geht Sie das an?«

»Wenn Sie genau nachdenken, fällt es Ihnen vielleicht wieder ein.«

Der Mann lachte laut auf, jedoch ohne einen Anflug von Humor in seinem Gebaren. »Oh ja, der Herr, der das Anwesen vom alten Cassard beim Kartenspiel gewonnen hat. Derjenige, der Madame Pingre heiraten wird.«

Christiens Stimme, die eigentlich nie besonders laut war, wurde noch sanfter und leiser. Seine Freunde hätten dem Aufseher sagen können, dass dies kein gutes Zeichen war.

»Wir lassen Madame Pingre mal außen vor. Sie müssen nur verstehen, dass ich jetzt der Eigentümer von River's Edge bin. Was auch immer bisher hier geduldet wurde, was den Umgang mit dem weiblichen Geschlecht angeht, gilt ab jetzt nicht mehr. Sie werden die Frauen in jedem Fall in Ruhe lassen. Haben Sie das verstanden?«

»Ach, beachten Sie das junge Ding gar nicht, sie wollte es, egal wie sie dabei herumgeschrien hat.«

»Das machte aber nicht den Eindruck.« Christien war hoch konzentriert und beäugte bereits seinen Gegner, um ihn einschätzen zu können, falls es zu einem Kampf käme. Er ließ seinen Blick über dessen, mit Schwielen bedeckte Hände schweifen. Das konnte sowohl von jahrelangem Üben mit dem Degen herrühren als auch von harter Arbeit mit einer Hacke oder anderen Gerätschaften. Allerdings schien beides nicht sehr wahrscheinlich.

»Ich sagen Ihnen …«

»Nein«, schnitt Christien ihm das Wort ab. »Hören Sie gut zu, denn noch einmal werde ich das nicht wiederholen. Lassen Sie die Frauen auf River's Edge in Ruhe.«

»Oder was? Was wollen Sie tun, häh? Mich feuern? Reden Sie erst einmal mit ihrer Braut, lassen Sie sich von ihr über den Stand der Dinge aufklären.«

Den Aufseher in Sicherheit wiegend, näherte sich Christien ihm nur langsam, doch dann fand dieser sich, eben noch höhnisch grinsend, von einem Moment auf den anderen niedergestreckt am Boden liegend. Kingsley starrte ihn entgeistert an. Den Schock noch in den Gliedern, sprühten seine Augen vor Wut, als er sich über die Nase wischte und Blut über seine Finger rinnen sah.

»So«, klärte Christien ihn auf, »ist der Stand der Dinge hier.«

Hinter ihm war ein unterdrückter Laut zu hören, der sowohl ein leiser Widerspruch als auch ein Lachen hätte sein können. Er warf einen kurzen Blick in Richtung Scheunentor und sah Paul Cassard am Eingang stehen, wie er nervös von einem Bein auf das andere trat, nicht ganz sicher, ob er nun weglaufen oder einen Freudentanz aufführen sollte.

Kingsley bedachte beide mit einem grimmigen Blick, doch entschied sich dann, Christien zu fixieren. »Das werden Sie noch bereuen«, drohte er ihm unverhohlen.

»So, werde ich also? Packen Sie Ihre Sachen und verschwinden Sie von dem Anwesen. Bis es dunkel wird, sind Sie hier weg.«

»Monsieur«, warf Paul ein und kam ein paar Schritte näher, »Christien?«

»Der Junge weiß es. Er wird es Ihnen sagen.«

»Egal was er zu sagen hat, das macht jetzt keinen Unterschied mehr. Sie sind auf River's Edge nicht mehr willkommen.« Eines der Eier aus dem Korb der Küchenhilfe war zerdrückt worden und ließ einen fauligen Geruch entstehen, der alles andere überdeckte. Aber das war nicht das Einzige, was in diesem Stall stank, dachte Christien.

»Sie wissen ja gar nicht, was Sie da tun«, beharrte der Aufseher.

»Das ist ihr Problem. Ich bin mir dessen wohl bewusst.« Einem Mann, der glaubte, das Recht zu haben, sich gegenüber Frauen aufzuführen, wie er wollte, konnte es nicht erlaubt sein, sich in der Nähe von Reine und Marguerite aufzuhalten. Das durfte einfach nicht sein, egal was dies nach sich ziehen mochte.

»Sie informieren sich besser mal bei Madame Pingre. Ich weiß nämlich ein oder zwei Sachen von ihr, beziehungsweise von ihrem Treiben; sie wäre sicher nicht erfreut, wenn man das herumerzählen …«

Er kam nicht weiter, denn Christien packte ihn kraftvoll an seinem Hemd vor der Brust, hob ihn hoch und schmetterte ihn mit aller Gewalt gegen die hinter ihm befindliche Wand. Er kam ihm ganz nahe und blickte dem Aufseher direkt in die Augen. »Sprechen Sie nie mehr von meiner zukünftigen Frau. Nehmen Sie ihren

Namen nie mehr in den Mund, und wagen Sie es nicht, irgendein Gerücht über sie zu streuen oder irgendetwas über sie zu erzählen, denn ich werde Sie finden und Ihnen persönlich die Haut von ihrem jämmerlichen Körper abziehen und diese in so kleine Streifen schneiden, dass man sie als Fischköder verwenden kann. Habe ich mich klar ausgedrückt?«

Kingsleys Gesicht war tiefrot, die Adern traten ihm an Stirn und Nacken hervor, denn der eiserne Griff von Christien schnürte ihm die Luft ab. Er versuchte, zu sprechen, aber brachte nur ein gurgelndes Geräusch hervor.

»Haben Sie das verstanden?«, wiederholte Christien.

Kinglsey nickte widerwillig, während seine Augen vor Mordlust und Hass sprühten. Er griff nach Christiens Handgelenk, um sich aus der Umklammerung zu befreien.

»Monsieur«, rief Paul besorgt dazwischen und legte Christien besänftigend die Hand auf die Schulter.

Christien fuhr zusammen und stieß nach kurzem Zögern den Aufseher angewidert von sich weg.

Kingsley taumelte zurück und fand dann aber sein Gleichgewicht wieder. Mit einem letzten, hasserfüllten Blick, den er über die Schulter warf und dabei fast strauchelte, begab er sich in Richtung Scheunentor und trottete von dannen.

»*Sacre*« entfuhr es Paul Cassard staunend. »Sie haben ihn gefeuert.«

»Ich hoffe, dein Vater ist nicht zu enttäuscht darüber, oder Reine.«

»Sie werden vielleicht besorgt darüber sein, was er so landauf, landab herumerzählen wird.«

»Ich habe mein Bestes gegeben, ihn davon abzuhalten. Abgesehen davon weiß ich nicht, was er hinausposaunen könnte, was nicht sowieso schon jeder in der Gegend wüsste.«

»Nein«. Der Junge blickte ihn beunruhigt an. »Nicht dass es meines Wissens nach etwas geben würde. *Mais*, Sie haben King gedemütigt und zu Boden geschickt. Das habe ich noch nie erlebt.«

»Er wurde überrascht.« Paul versuchte, sein Interesse an Gerüchten auf ein anderes Thema zu lenken. Christien ging für den Moment darauf ein.

Der Junge nickte. »Er hat nicht damit gerechnet, dass Sie ihn zu Fall bringen würden.«

»Vielleicht war es auch einfach an der Zeit, dass es jemand mal tat«, sagte Christien beiläufig, seine Gedanken immer noch auf andere Dinge gerichtet.

»Ich wette, er glaubt, dass Sie ihn das nächste Mal, wenn Sie ihm begegnen, mit dem Degen aufschlitzen werden. Würden Sie das tun?«

»Wäre möglich.«

»Gut.« Der Junge nickte zustimmend. »Wir haben Glück gehabt, dass Sie es waren, der in dieser Nacht beim Kartenspiel gewonnen hat. Zumindest glaube ich das.«

Christien drehte sich um und schenkte Paul nun doch seine volle Aufmerksamkeit. »Glaubst du das wirklich? Ich fühle mich geehrt. Wenn nur deine Schwester genauso fühlen würde.«

»Wer weiß, vielleicht wird sie das noch.« Paul senkte den Kopf und blickte zu Boden. »Ich meine, sie ist dazu verpflichtet, Euch früher oder später näher zu kommen.«

»Dein Vertrauen ist überwältigend.« Christien konnte es dabei nicht vermeiden, seine Antwort mit einem leicht gequälten Unterton zu formulieren.

»Ja. Und Sie haben heute früh nicht vielleicht Lust, ein wenig zu üben?«

»Du bietest dich mir als Trainingspartner an?« Das war für Christien eine Art kleiner Triumph, wofür er durchaus dankbar war.

Paul nickte kurz. »Ich habe beobachtet, wie Sie aus der Stadt Schutzmasken, Polsterungen und andere Ausrüstungsgegenstände für das Fechten mitgebracht haben. Das sollte Reine zufriedenstellen.« Er hielt kurz inne und blickte schelmisch zu Christien auf. »Es scheint ja, als ob Ihnen daran etwas liegt.«

»Frechdachs«, sagte Christien ohne Groll. »Komm mit, dann werden wir ja sehen, ob wir aus dir einen Fechtmeister machen können.«

Über das Gesicht des Jungen huschte ein schüchternes Lächeln, als er sich in Richtung Haupthaus aufmachte. Christien folgte ihm, kurz nachdem er sein Pferd einem Stallburschen übergeben hatte, der plötzlich auftauchte, als ob er sich versteckt gehalten hätte. Während er hinter Paul dahinschritt, legte er sorgenvoll die Stirn in Falten, denn er dachte darüber nach, in welche Richtung wohl der Aufseher geflohen war, sodass er sicherheitshalber weiterhin äußerst wachsam blieb.

Zwölftes Kapitel

In aufgebrachter Stimmung nähte Reine das Hemd für ihren zukünftigen Ehemann und wartete ungeduldig, bis sie hörte, wie ihr Vater das Raucherzimmer verließ und die Stufen hinauf zu Bett ging.

Die Tür zu dem für die Männer eingerichteten Teil des Hauses stand offen. Es war ein kleiner quadratischer Raum, der sich im hinteren Teil des Gebäudes befand, direkt hinter dem Speisesaal und mit einem aus grünem Filz überspannten Spieltisch bestückt war, um den herum einige robuste Holzstühle gruppiert waren. Auf einer brusthohen Kommode befand sich ein Tablett, auf dem einige Dekanter standen und direkt daneben ein Tabak-Humidor aus Teakholz. Zwei mit kastanienbraunem Samtstoff gepolsterte Ohrensessel waren vor dem offenen Kamin postiert, der mit schwarzem Marmor umrandet war und über dem ein kleines Porträt von Theodore hing, der von dort oben herabstarrte. Christien stand am Tisch und sammelte die Karten ein, die noch von dem gerade mit ihrem Vater beendeten Spiel übrig waren, und ordnete sie gewissenhaft in eine dafür vorgesehene Samtschatulle ein.

Ohne auf die Idee zu kommen, anzuklopfen, betrat sie selbstbewusst den Raum. »Sie nehmen sich ein bisschen zu viel heraus, Monsieur«, begann sie, ohne einleitende Höflichkeitsfloskel.

Er blickte auf, seine Gesichtszüge blieben verschlossen, so als ob sie der letzte Mensch wäre, den er zu sehen wünschte. »Wie kommen Sie darauf?«

»Mir wurde berichtet, dass sie den Aufseher entlassen haben.«

»Der Mann hatte sich an einer der Arbeiterinnen vergangen, deshalb wollte ich ihn nicht mehr um mich haben.« Er griff nach den aus Elfenbeinholz geschnitzten Spielchips, die über dem Tisch verstreut lagen, und steckte sie mit seinen starken, sonnengebräunten Händen, auf denen man zahlreiche weiß schimmernde Narben als Vermächtnis seiner Kämpfe erkennen konnte, geschickt in die entsprechende Öffnung des dazugehörigen Kästchen zurück. Sie war fasziniert von diesen männlichen und zugleich anmutigen Händen, deren Anblick tief in ihr starke Gefühle aufkommen ließen, doch sie versuchte, sich davon loszureißen.

Sie hatte Kingsley schon länger im Verdacht, dass er sich ab und zu Arbeiterinnen mit ins Bett nahm, eine Unsitte, die unter Aufsehern nur allzu verbreitet war. Die Anwesenheit von hellhäutigen Babys auf der Krankenstation der Bediensteten war dafür ein untrügliches Indiz. Derartige Arrangements waren gewöhnlich von gegenseitigem Vorteil, denn die Gefügigkeit gegenüber dem Aufseher wurde meist mit einer Freistellung von der Feldarbeit belohnt. Der Gedanke daran, dass Kingsley dabei jedoch Gewalt anwandte, ließ Übelkeit in ihr aufsteigen. Sie war mehr als froh, dass Christien diesem Treiben Einhalt geboten hatte. Allerdings gab es dabei auch noch etwas anderes zu berücksichtigen.

»Jemand muss die Ernte und die Verarbeitung des Zuckerrohrs beaufsichtigen, das Getreide muss eingeholt werden, und man muss sich um die Maultiere und Ochsen kümmern. Wer soll das jetzt übernehmen?«, fragte sie leicht vorwurfsvoll. »Dann ist es auch an der Zeit, für den Winter Holz zu schlagen, und zwar genug für das Haupthaus und die Hütten der Arbeiter, außerdem sind tausend andere Sachen noch zu tun, die nicht warten können. Sie werden ja hoffentlich einen Ersatz gefunden haben, bevor Sie ihn rausgeschmissen haben.«

Christien blickte auf und sah sie an. »Wollen Sie, dass ich ihn zurückhole?«

»Das habe ich nicht gesagt.« Irgendetwas in den Tiefen seiner dunklen Augen ließ sie erzittern.

»Gut. Ich kann die von Ihnen angesprochenen Tätigkeiten überwachen und mich darum kümmern, dass das alles erledigt wird. Aber ist dies wirklich Ihre einzige Sorge, oder haben Sie Angst davor, dass er etwas ausplaudert?«

Sie holte tief und vernehmbar Luft, und ihr Herz klopfte vor Nervosität bis an ihren Hals, sodass es einen Augenblick lang dauerte, bis sie ihre Stimme wiederfand und ihm antworten konnte.

»Was wollen Sie damit sagen?«

»Er drohte damit.«

»Tat er das?«

»Ich denke, dass ich ihn überzeugen konnte, davon Abstand zu nehmen.«

Die Erleichterung darüber ließ sie fast ohnmächtig werden, sodass sie sich erschöpft von der Aufregung in einen der Ohrensessel fallen ließ. Kurz schoss ihr die Frage durch den Kopf, wie Christien es bloß geschafft hatte, dass Kingsley schweigen würde, doch dann fiel ihr sein Ruf als gefürchteter Fechtmeister wieder ein, und sie wollte sich keine weiteren Details mehr vorstellen.

Aus den Augenwinkeln heraus sah sie Theodores Porträt, das zu der Zeit gemalt wurde, als sie noch frisch vermählt waren. Es wurde ihr später von ihrer

Schwiegermutter überlassen, als diese nach Paris aufbrach.

Der Künstler zeigte ihn als eine Art Lord Byron: seine rechte Hand ruhte auf einem römischen Säulenstumpf und seine langen, braunen Locken hingen ihm wild ins Gesicht. Seine dunklen Augen waren eher eng zusammenstehend, sein Kinn leicht zurückgezogen und seine Lippen rot und voll. Auf dem Bild trug er eine bunt gemusterte Abendgarderobe mit großen dreieckigen Aufschlägen, die seine Schultern breiter aussehen ließen. Sein Gesichtsausdruck war leicht grüblerisch, aber auch ein wenig genervt, so als ob er vom Porträtsitzen gelangweilt wäre und dabei aber überheblich sicher, dass er würdig war, für die Nachwelt festgehalten zu werden.

Die Ähnlichkeit war verblüffend. Eigentlich sollte es, laut seiner Mutter, ein Erinnerungsstück für Marguerite sein, damit diese ein Andenken daran hätte, wer einst ihr Vater war. Reine ließ es jedoch bald hierher verbannen, da es die Albträume und Qualen ihrer Tochter nur noch verschlimmerte.

Nachdem er den letzten Chip in das Kästchen einsortiert hatte, schloss Christien den Deckel. »Es wäre vielleicht noch günstiger gewesen, wenn ich gewusst hätte, was der Mann damit andeuten wollte.«

»Er hat nichts gesagt.«

»Er war wohl der Ansicht, dass Sie das tun sollten, den Eindruck hatte ich jedenfalls.« Er drehte sich um, lehnte sich mit der Hüfte gegen den Spieltisch und verschränkte die Arme über der Brust.

Ganz offensichtlich schien er darauf zu warten, eine entsprechende Antwort zu bekommen. Sie hatte aber keinerlei Bedürfnis, näher darauf einzugehen. »Es ist nichts, wirklich.«

»Es ist also nichts, hat aber Ihren Vater jahrelang davon abgehalten, den Mann aufgrund seines Verhaltens hinauszuwerfen.«

»Er ist schon sein ganzes Leben lang hier gewesen und weiß genau, was getan werden muss. Mein Vater hat ein solides Wissen über die Landwirtschaft und ihre Organisation, aber er ist nicht der Richtige, wenn es darum geht, andere Leute dazu zu zwingen, in der heißen Mittagsonne zu arbeiten.« Sie schüttelte ihren Kopf. »Sie sollten das bereits gemerkt haben, schließlich haben sie die meiste Zeit der letzten drei Tage mit ihm am Kartentisch verbracht.«

»Das stört Sie?«

»Ich dachte eigentlich, da er am Spieltisch alles an Sie verloren hat, würde ihn das etwas vorsichtiger werden lassen. Das funktioniert natürlich nicht, wenn Sie ihn auch noch dazu ermutigen.« Die letzte Bemerkung sprach sie mit Nachdruck aus, auch um ihn von seiner vorherigen Frage abzulenken.

»Für manche ist das Spielen eben wie ein Rausch«, entgegnete Christien, »das unendliche Wenden der Karten ist der eigentliche Reiz dabei, nicht so sehr das Gewinnen. Es schien günstiger zu sein, ihn hier in River's Edge seine Neigung ausleben zu lassen, wo er keinen Schaden anrichten kann, da wir nur um wenige Penny spielen. Sie werden vielleicht schon bemerkt haben, dass er seit meiner Ankunft nicht mehr in der Stadt war.«

Was ihr auffiel, war, dass der Fechtmeister sich tatsächlich Gedanken um das Wohlergehen ihres Vaters gemacht hatte, und zwar ohne einen großen Wirbel darum zu machen, sondern vielmehr in jeder Hinsicht dem Problem mit Bedacht begegnet war. Reine durchfuhr ein seltsames Gefühl, eine Mischung aus tiefer

Dankbarkeit und noch etwas anderem, was sie nicht näher bestimmen konnte, was sie jedoch durch und durch angenehm erschauern ließ. »Glauben Sie, das wird funktionieren?«

»Das bleibt abzuwarten. Im Moment jedenfalls scheint er damit gut zurechtzukommen.«

Ihr Vater genoss aber auch die bloße Gesellschaft von Christien, vielleicht hatte ihm die letzten Jahre auch ein wenig ein männlicher Ansprechpartner gefehlt. Paul war zwar immer da, aber er war noch ein bisschen jung, und Gott sei Dank auch nicht dem Kartenspiel zugetan.

»Was ich dabei natürlich insgeheim zu hoffen wagte«, fuhr Christien fort und näherte sich ihr langsam, »ist, dass Sie sich ein wenig vernachlässigt fühlen würden, wenn ich so viel Zeit mit Ihrem Vater verbringe.«

»Machen Sie sich nicht lächerlich.« Sie misstraute dem schelmischen Lächeln, das um seine Mundwinkel spielte, und den tiefen unergründlichen Augen. Warum musste er gerade jetzt so anziehend sein, wo sie doch eigentlich wütend auf ihn sein wollte? »Sie verbringen ja auch Zeit mit Paul und Marguerite, worüber ich mich bis jetzt auch nicht beschwert habe.«

»Ach, Sie führen darüber Buch.« Er wirkte höchst amüsiert, näherte sich ihr noch ein Stück und fing an, mit seinen schlanken Fingern einen lose herumhängenden Faden ihres Kleides aufzuwickeln, um ihn am Ende auf den flämischen Teppich gleiten zu lassen.

»Bitte nicht so etwas«, sagte sie verärgert und bürstete vorsichtshalber ihr Kleid glatt, falls noch andere Fäden zum Spielen einladen würden. »Ich habe ja nur beobachtet …«

»Ich stehe also unter Beobachtung.«

Er war es tatsächlich, allerdings nicht in der Weise, wie er es ihr gegenüber andeutete. Sie konnte einfach nicht mehr richtig schlafen, bis sie sicher sein konnte, dass er nachts wieder zu Hause war. In den letzten Tagen hatte er zweimal um Mitternacht das Anwesen verlassen, um erst in den frühen Morgenstunden zurückzukehren.

Mit glühendem Gesicht entgegnete sie ihm: »Was auch immer Sie tun und mit wem Sie es tun, das geht mich nicht im Geringsten etwas an.«

»Oh, aber ja doch.« Er legte sanft seine warmen Finger um ihre Hand. »Ich gebe Ihnen explizit die Erlaubnis, dass Sie sich jeden Tag um mich Gedanken machen dürfen, vor allem an Tagen wie diesen, wenn Sie allein sind.«

Über seine Tage durfte sie sich also Gedanken machen, aber offensichtlich nicht über seine Nächte. Nur langsam bemerkte sie, wie er sie in Richtung Spieltisch drängte. Als sie die Tischkante bereits erreicht hatten, ließ er sie los, legte seine Hände an ihre Hüften und hob sie hoch, sodass sie direkt auf dem grünen Filzüberzug des Tisches zu sitzen kam.

»Was tun Sie da?« Es sollte eigentlich eine Frage werden, doch brach es mehr als erschrockener Ausruf aus ihr heraus.

»Ich möchte sichergehen, dass Ihnen nicht irgendeine Verpflichtung einfällt, während wir uns hier unterhalten«, antwortete er ungerührt und schob sich zwischen ihre von Röcken bedeckten Beine, sodass sein Gesicht plötzlich ganz nahe an dem ihren war.

»Lassen Sie mich sofort herunter. Was, wenn jetzt jemand hereinkäme?« Seelenruhig legte er ihre Hände auf seine Oberarme, während er sie weiterhin sanft, aber kraftvoll umfasst hielt. Ihre Brüste streiften seinen Frack am Revers, sodass bei dieser Berührung ihre Brustwarzen sich zu kleinen, empfindlichen Knospen versteiften. Eine schmerzende Verletzlichkeit machte sich zwischen ihren Beinen breit, aber gleichzeitig stieg damit ihr Verlangen nach Berührung und Wärme, und zwar genau dort am Scheitelpunkt, wo er sie gerade nicht mehr berührte.

»Uns wurden doch extra Mußestunden eingeräumt, damit wir uns näher kennenlernen können, haben Sie das nicht bemerkt? Ich denke, dass es jetzt an der Zeit ist, genau dies ein wenig auszunutzen.«

Ein letzter, schwacher Protestversuch erstarb auf ihren Lippen, als er sich über sie beugte und seinen Mund auf den ihrigen presste. Ihr Keuchen, das sich einerseits aus dem Schrecken der Überwältigung ergab und anderseits aus der empfundenen Lust, ermutigte ihn noch weitere und tiefere Erkundungen mit seiner Zunge anzustellen. Sie ließ ihn mit Freuden gewähren und versank in seinen Armen. Er schmeckte nach frischer Sonnenluft, nach Abenteuer und nach brennendem Verlangen. Er drückte sie an sich und intensivierte seine Liebkosungen mit der Zunge, indem er sie um ihre sanft geschwollenen Lippen kreisen ließ und dann wieder mit der ihrigen vereinte, um schließlich das Spiel von Neuem zu beginnen. Zunächst war sie noch ein wenig verkrampft, doch als sich die ungezügelte Lust in warmen Wellen in ihrem ganzen Körper ausbreitete, ließ sie sich gehen.

In seinen Armen fühlte sie sich wie im Himmel, und die Erinnerung an ihre erste Begegnung kehrte zurück, als sie schon damals diese Sicherheit und Wärme bei ihm gefühlt hatte. Diese sehnsuchtsvolle Geborgenheit brachte sie an den Rand des Deliriums. Tränen stiegen ihr in die Augen, denn das hier fühlte sich echt und richtig an. Sie war unfähig, sich zu rühren, zu atmen oder gar zu denken. Ihre Finger schlossen sich um seine Manschetten, hielten ihn fest und zogen ihn langsam noch enger an sich heran.

Er ließ eine Hand, die auf ihrer geschwungenen Hüfte ruhte, den Rücken hochgleiten, dann spreizte er seine Finger und presste sie nochmals fester an sich. Mit der anderen Hand strich er sanft an ihrem Brustkorb entlang und umfasste dann vorsichtig ihre Brüste, zunächst nur an der Unterseite, doch dann ließ er seinen Daumen über ihre Brustwarzen kreisen, die sich unter dem feinen Musselinstoff ihres blassgrünen Abendkleides aufrichteten.

Heißes Verlangen durchfuhr ihren Körper, sodass sie sich zu ihrer eigenen Überraschung ganz und gar versteifte. Sie konnte vor Lust kaum mehr reagieren, und das in ihr tobende, sehnliche Begehren brach ihren Willen. Sie hätte ihn zum Aufhören zwingen sollen, ihn wegstoßen, doch das wäre weit über ihre Kräfte gegangen.

Sie konnte seinen pochenden Herzschlag vernehmen, seine glühende Leidenschaft in jeder Faser seines Körpers spüren, und durch ihre Röcke hindurch fühlte sie, wie sich zwischen seinen Schenkel etwas verhärtete. Ihre Finger, die sich in seinen Arm gekrallt hatten, konnten seine stahlharten Muskeln ertasten, die sich ganz unglaublich anfühlten.

Sie wollte sich nicht wehren, stattdessen ließ ihre so lange unterdrückte Sehnsucht das Blut in ihren Adern so heftig pulsieren, dass sie sich nicht mehr zurückhalten konnte. Das Verlangen nach einer Berührung war unbeschreiblich stark, sie schrie fast danach, von ihrem *maître* endlich an ihrem intimsten Punkt touchiert zu werden, nur einmal, einmal wenigstens.

Sie musste nicht lange darauf warten, und bald fühlte sie eine starke Hand an ihrem Schoß. Als er sie dort, an ihrer sensibelsten Stelle durch die verschiedenen Lagen an Seide und Leinen hindurch berührte, stöhnte sie vor Lust auf. Er erstickte ihren Schrei, indem er wieder seinen Mund auf den ihrigen presste, doch die empfundene Lust bahnte sich ungehemmt in heißen Wellen einen Weg durch ihren Körper.

Schließlich ließ er ihre Lippen los, ohne jedoch von ihr zu weichen. Schwer atmend und kaum seine Erregung unter Kontrolle haltend, drückte er weiterhin mit einer Hand ihren Kopf an seine Brust, sodass sie beide sich im Rhythmus ihres erschöpften Stöhnens auf und ab bewegten. Nach einem kurzen Augenblick des Innehaltens bewegte sie sich und drückte sich gegen ihn, so als ob sie aus seiner Umklammerung ausbrechen wollte.

»Nein, nicht«, keuchte er, »jetzt noch nicht.«

»Bitte, ich muss ... Sie verstehen das nicht.« Sie fühlte sich verwirrt und gedemütigt, wollte so schnell wie möglich aus seinem Blickkreis verschwinden, sich verstecken, so lange, bis sie ihre Würde und ihre Selbstachtung wiedererlangt hätte.

Er machte einen Schritt rückwärts. »Das ist mein Fehler gewesen, ich wollte niemals so weit gehen.«

»Was auch immer es für ein Fehler ist, ich werde an ihm teilhaben. Versuchen Sie bitte, sich das aus dem Kopf zu schlagen.«

»Wenn ich das nur könnte«, sagte er mit rauer Stimme, halb lachend, halb stöhnend.

»Ich bin mir darüber im Klaren, dass dies schwierig sein wird, aber Sie müssen keine Angst haben, dass sich solche Augenblicke wiederholen werden.«

»Angst? Bei allen guten Geistern, ich würde gegen

die Schar der Erzengel kämpfen, wenn ich die Möglichkeit hätte, dass ich das noch einmal durchleben könnte.«

Sie starrte ihn ungläubig an und konnte es gar nicht recht begreifen, was er damit andeuten wollte. »Sie waren … waren davon nicht abgestoßen? Theodore sagte … ich meine, er fand, dass meine Reaktionen zu … zu heftig wären, dass ich so in meinen eigenen Gefühlen gefangen sei, dass es ihn entmannt hätte.«

»Aber nein«, entgegnete Christien mit einem tiefen Raunen in seiner Stimme. »Sie stoßen mich in keinerlei Hinsicht ab.«

Sie rutschte vom Spieltisch herunter, darauf bedacht, ihm nicht direkt in die Augen zu schauen. Wieder auf den Beinen zupfte sie ihre Röcke zurecht. »Es ist sehr freundlich von Ihnen, das zu sagen.«

»Ich wollte nicht freundlich sein.«

»Vielleicht eher diplomatisch.«

Sie wollte möglichst schnell von hier fort, noch bevor der harte Knoten in ihrer Brust sie in Tränen ausbrechen ließ, die sie dann nicht mehr kontrollieren könnte. Mit geschlossenen Augen wandte sie sich der Tür zu.

»Nein, auch das nicht. Ich sage nichts als die Wahrheit in dieser Angelegenheit. Sie waren hinreißend, mehr noch, unvergesslich in ihrem damenhaften Verlangen.«

»In jedem Fall galant.« Sie versuchte, ihn anzulächeln, doch hielt sie ihren Blick auf den Teppich gerichtet. Sie bewegte sich schnell und mit wenig Anmut in Richtung Ausgang. Die Hand schon am Türknopf, war sie bereits dabei, die Tür zu öffnen, als er ihr schließlich hinterherrief.

»Reine!«

Sie drehte sich um, doch sie sah nichts als einen verschwommenen Fleck inmitten des Raumes. »Monsieur Lenoir?«

Er lächelte zaghaft. »In Anbetracht dessen, was eben zwischen uns passiert ist, kannst du mich auch Christien nennen. Was die andere Angelegenheit angeht, so muss ich dir sagen, dass nicht alle Männer gleich sind. Einige lassen ihren Leidenschaften freien Lauf, andere zügeln sie eher, und einige wenige kombinieren ungehemmte Leidenschaft und Selbstkontrolle. Für jeden Mann sollte es aber das absolut oberste Ziel sein, dass seine Frau sein Verlangen erwidert, und dies zu spüren und zu hören, ist dann sicherlich die größte Belohnung. Du magst auf Theodore Rücksicht genommen haben, weil du bei eurer Hochzeit noch so jung warst, sodass du ihm einfach alles geglaubt hast, was auch immer er dir sagte. Vielleicht war er auch selbst zu jung und zu ignorant und glaubte sogar an das, was er von sich gab. Ich werde dir jedoch bald beweisen, dass dein letzter Ehemann ein arroganter Dummkopf war.«

Dreizehntes Kapitel

»Dein letzter Ehemann war ein arroganter Dummkopf.«

Was hatte Christien damit gemeint? Während sie bereits die Tür hinter sich zugemacht hatte und nun in der Stille ihres Zimmers weilte, dachte sie darüber nach, auf was er mit dieser Bemerkung wohl anspielte. Sie hatte diesbezüglich keine konkrete Idee, aber seine tiefe Stimme und die Zuversicht, die in ihr lag, sowie seine noch dunkler als sonst erscheinenden Augen mit ihrem klaren Blick ließen sie weiterhin äußerst wachsam sein.

Sie hatte sich ihrer Schuhe entledigt und saß nun seitlich, mit angewinkelten Knien auf ihrem Sofa, in einer Hand einen bunten Fächer, mit dem sie vor ihrem Gesicht hin und her wedelte, denn die Hitze des herannahenden Abends war noch immer erdrückend. Jenseits ihres Zimmers hörte sie die Geräusche des Hauses, jenes Rumoren, das sich überall bemerkbar machte, wenn alle dabei sind, zu Bett zu gehen. Marguerite wurde schon vor einiger Zeit in ihr Kinderzimmer gebracht, und nun hörte man, wie die Amme sich mit langsamen Schritten in ihr Gemach auf dem Dachboden begab, nachdem sie das Kinderzimmer aufgeräumt und ihre Dienstkleidung für den nächsten Tag herausgelegt hatte. Das Gemurmel, das von ihren Eltern zu hören war, wurde mit der Zeit immer schwächer und ging in ein fast synchrones Schnarchen über. Christiens kräftige Schritte verrieten, dass er vom Eingangsbereich des Hauses unterwegs zu seinem Schlafzimmer war, und Alonzo schien offensichtlich die Türen abzuschließen und die Rollläden zu verriegeln, um dann nach getaner Arbeit ebenfalls die Treppen hoch unters Dach zu steigen, wo sich seine eigene Schlafstatt befand.

Die Nacht war friedlich und ruhig, nur unterbrochen durch das Surren der Insekten und dem Quaken der Frösche, die in der abendlichen Hitze auf Regen hofften. Nach einiger Zeit hörte man irgendwo hinter dem Haus einen Hund aufheulen, es musste in der Nähe der Arbeiterhütten sein, was den Haushund Chalmette, der im Eingangsbereich auf der Veranda lag, dazu veranlasste, mit einem tiefen Knurren zu antworten. Reine hörte angestrengt, ob noch mehr Geräusche folgen würden, doch nichts durchbrach die Stille der Nacht.

Damenhaftes Verlangen …

War ihre Reaktion dem Mann gegenüber, den sie heiraten würde, tatsächlich derart, dass er sich veranlasst sah, dies mit *damenhaft* zu kommentieren? Das konnte sie kaum glauben. Sie hatte das absolute Verlangen gespürt, war ganz in dem lustvollen Gefühl gefangen, das einem sich ganz und gar Hingeben fast gleichkam. Wenn er sich nun dafür entschieden hätte, sie gleich dort auf dem Spieltisch zu nehmen, mit hochgeschobenen Röcken, hätte sie ihm dann Einhalt geboten? Es wäre nicht sehr wahrscheinlich gewesen, dass sie dazu noch genug Willenskraft gehabt hätte. Was bitte war daran damenhaft?

Er schien von ihrem Verhalten nicht abgestoßen zu sein. Vielleicht lag es daran, dass seine bisherigen Erfahrungen mit Frauen von solchen geprägt waren, die nicht gerade als tugendhaft bezeichnet werden konnten. Damen, die sich gerne von Herren auf die eine oder andere Weise aushalten ließen und wenig auf die Gefühle anderer gaben. Solche Frauen waren wohl offener, was den Ausdruck ihrer Leidenschaften anging, schon allein aus dem Grund, weil sie dafür bezahlt wurden, dass sie in ihrem Partner entsprechende Gefühle weckten. Wenn Christien sie nun zur gleichen Kategorie Frau zählte, wie würde sie dann dastehen?

Er würde ihr den Unterschied zwischen kontrollierter und unkontrollierter Leidenschaft zeigen, so oder ähnlich hatte er das gesagt. Schon der Gedanke daran ließ ihr Blut aufwallen. Aber es beunruhigte sie auch. Wenn er sich in ihrer Nähe aufhielt, dann war sie nicht mehr dieselbe. Sie fühlte einfach zu viel und war ständig in Gefahr, sich ihm ganz und gar zu öffnen, was alles zerstören könnte. Außerdem traute sie ihm noch nicht so ganz, ihr selbst allerdings traute sie in dieser Hinsicht noch viel weniger, zumal wenn er zugegen war.

Sie rieb sich die Augen, schüttelte ein wenig den Kopf, um die Flausen zu vertreiben. Sie würde nicht mehr an Christien denken und sich keine Gedanken mehr darüber machen, was er ihr wohl beibringen würde. Derartige aufwühlende Hirngespinste konnte sie sich im Augenblick gar nicht erlauben. Es war besser, darüber nachzudenken, was für die Hochzeit noch alles vorzubereiten war, und dafür brauchte sie einen klaren Kopf. Zumindest musste sie sich ein bisschen beruhigen, so oder so.

Die Tür ihres Schlafzimmers öffnete sich quietschend. Ihre Nerven lagen sofort wieder blank, und ihr steifer Nacken ließ sie spüren, dass sie in unangenehm aufrechter Position eingedöst war. Die Nacht war bereits fortgeschritten und durch die halboffenen

Balkontüren konnte man die Lichtreflexe des Trockengewitters blitzen sehen.

»*Maman*?« Marguerites Gesicht war ganz bleich und ihre Augen weit aufgerissen, als sie vom Flur hereinhuschte.

»Ja, *ma petite*?«

Ihre Tochter kam mit kleinen, schnellen Schritten auf sie zu und vergrub das Gesicht in ihren Rockschößen. Sie klammerte sich ganz eng an Reine und atmete schwer. »Er ist weg, *Maman*, er ist weg.«

»Wer, meine Süße? Der *loup-garou*?«

»Nein, nein. Der ist immer da. Ich meine Monsieur Christien. Ich hatte einen Albtraum und bin in sein Schlafzimmer gegangen. Ich habe geklopft, aber er hat nicht geantwortet. Dann bin ich hineingegangen, und er war nirgendwo zu sehen. Oh, *Maman*, er war nicht da!«

Die letzten Worte brachte sie nur noch weinend hervor. Reine nahm Marguerite zum Sofa mit und setzte sie neben sich, um sich dann bequem anlehnen zu können. »Bist du dir sicher, *petite*?«, fragte sie das Häufchen Elend, während sie ihre Tränen abwischte und sie beruhigend hin und her schaukelte. »Weißt du, das Bett ist hoch, und vielleicht konntest du einfach nicht …«

»Ich bin auf das Bett gestiegen, und er war nicht drin. Er ist weg, er ist weggegangen und hat uns verlassen.«

»Aber nein, sicher nicht für immer.«

»Ich möchte, dass er wiederkommt, mein Monsieur Christien! Ich will ihn zurückhaben!«

»Nicht so laut, meine Süße, sonst weckst du noch alle im Haus auf. Es könnte sein, dass er gar nicht weit fortgegangen ist. Vielleicht könnte ich für dich nach ihm sehen. Wenn ich Babette rufe, dass sie bei dir bleibt, lässt du mich dann nachschauen? Ja?«

Ihre Tochter schlang noch fester ihre Ärmchen um sie und schüttelte verneinend den Kopf. Als Reine daraufhin leise und eindringlich auf sie einredete, um sie zu beruhigen, ließ sie nach und nach etwas locker, und schließlich war sie doch damit einverstanden, dass ihre *Maman* kurz wegging.

Reine nahm Marguerite auf den Arm und brachte sie zu ihrem Bett zurück, legte sie vorsichtig hinein und entzündete eine kleine Lampe auf dem Nachttisch. Sie klingelte nach dem Kindermädchen, das sich in Sichtweite von Marguerite in einen Schaukelstuhl setzte. Reine umarmte ihren kleinen Liebling noch einmal und verabschiedete sich mit einem Gutenachtkuss.

Zurück im Gang, schlich sie zu der Tür, die in Christiens Schlafzimmer führte, und versuchte, daran zu horchen, ob sich etwas rührte. Da sie jedoch kein Geräusch vernehmen konnte, trat sie, ohne zu zögern, ein.

Alles war ordentlich und sauber, ohne jegliches Anzeichen von Unregelmäßigkeit. Der Gehrock, den er getragen hatte, als sie sich im Raucherzimmer begegnet waren, hing fein säuberlich im Schrank. Er hatte seine guten Schuhe für Abendveranstaltungen mit seinen Stiefeln getauscht, und sein Reitmantel war auch nicht am Platz. Ganz offensichtlich hatte er sich für einen Ausritt umgezogen und war außer Haus.

Die meisten seiner Habseligkeiten waren jedoch noch da. Sie stützte ihren Kopf an der hölzernen Schranktür ab und seufzte vor Erleichterung. Es hätte ja auch sein können, dass er mitsamt seinem Gepäck entschwunden wäre, aus Abscheu vor ihrem Verhalten. Zumindest wurde ihr diese Erniedrigung erspart.

Sie hatte nicht gehört, wie er wegging, was auf einen heimlichen Aufbruch hindeutete. Es war sicherlich höchstens eine Stunde her, als sie ihn die Treppen hinaufkommen hörte. Wie weit mochte er wohl in der kurzen Zeit geritten sein?

Entschlossen drehte sie sich auf einmal um und begab sich schnurstracks in ihr Zimmer. Ohne ihre Zofe zu Hilfe zu holen, schälte sie sich aus ihrem Abendkleid, indem sie sich zuerst aus den Ärmeln befreite und dann das ganze Kleid an ihrem Körper solange zurechtrückte, bis die Rückseite vorne war, sodass sie bequem die kleinen Knöpfe durch die Schlaufen ziehen konnte, bis das Gewand sich locker abstreifen ließ. Danach entledigte sie sich ihrer Unterröcke, bedauerte aber sehr, dass sie so eng in ihr Korsett eingeschnürt war, dass sie dies nicht lösen konnte. Unbeirrt griff sie daraufhin nach ihrem marineblauen Reitkleid aus Popeline, das an dem dafür vorgesehenen Kleiderhaken hing. Da sie gerne in aller Herrgottsfrüh einen Ausritt machte, war ihr Reitkostüm so angefertigt, dass man es ohne fremde Hilfe anlegen konnte, was ihr in diesem Augenblick sehr gelegen kam. In aller Eile fummelte sie die Häkchen zu und schlüpfte dann noch in ihre Reitstiefel. Den schleppenartigen Überrock unterm Arm, schlüpfte sie schließlich eilig aus dem Haus. Kurze Zeit später galoppierte sie schon den Fluss entlang.

Ihr Ziel war New Orleans, denn Christiens Weg hatte ihn sicherlich dort hingeführt, etwas anderes konnte sie sich kaum vorstellen. Sie gab acht, ob sich vor ihr eine Staubwolke auftat, die ihn verriet. Unabhängig davon, was sie zu Marguerite gesagt hatte, kam es ihr nicht in den Sinn, ihn an seinem Vorhaben zu hindern. Sie brannte nur darauf, endlich zu wissen, wohin er wohl geritten war und was er dort zu tun hatte. Die einzige Möglichkeit, dies herauszufinden, war nun einmal, ihm zu folgen, sobald sie seiner gewahr würde. Mit Umsicht und ein bisschen Glück würde sie das schaffen, wenn sie ihm konsequent auf den Fersen blieb.

Die nächtliche Luft war drückend vor Hitze, zum Schneiden dick. Stechmücken umkreisten sie und versuchten, den Schweiß von den Rändern ihrer Lippen und Augen aufzusaugen. Wolken von Moskitos stiegen aus den am Wegesrand auftauchenden Wassergräben auf und plagten ihr Pferd. Auf dem Weg tummelten sich zahlreiche Krabbeltiere und stoben ins Unterholz, sobald sie sich näherte. In der Ferne hörte man eine Eule schreien. Ganz hinten am Horizont, jenseits des Flussdammes, durchschnitten leuchtende Blitze den Nachthimmel.

Sie war kaum eine Viertelmeile außerhalb der Stadt, als sie schließlich Christien sichtete. Eine dunkle, breitschultrige Gestalt auf einem Pferderücken, die kurz erleuchtet wurde, als sie an dem auf die Straße fallenden Licht einer Taverne vorbeiritt. Reine zügelte ihre Stute und zwang sie in den Schritt, um sie dann vorsichtig in den Schatten der Bäume zu lenken, solange bis der Abstand zu ihm wieder größer wurde. Als sie das Gefühl hatte, dass er sie nicht mehr erkennen konnte, auch wenn dies sowieso recht unwahrscheinlich gewesen wäre, trieb sie ihr Pferd wieder an, sodass er für sie immer knapp in Sichtweise blieb.

Er war nicht in Richtung seiner bevorzugten Aufenthaltsorte unterwegs, denn die Salons der Fechtmeister lagen auf der Passsage de la Bourse. Sein Weg führte ihn aber auch nicht in die dunkleren Gassen der Stadt, wo er vielleicht hoffen konnte, auf einige freizügige Frauenzimmer zu stoßen. Stattdessen verließ er die Dammstraße auf der Höhe der Rue St. Philippe und ritt diese einige Häuserblocks entlang. Von dort aus bog er noch einmal ab, überquerte eine Kreuzung und hielt schließlich an dem Seiteneingang eines Hauses, das auf die Rue Royale zeigte. Er stieg ab und schlang die Zügel seines schwarzen Hengstes um einen dafür vorgesehen Eisenring an der Wand eines Hauses auf der gegenüberliegenden Seite. Seinen Reitmantel zog er aus und befestigte ihn am Sattel. Dann schritt er über die Straße auf die Eingangstür zu, wo er einige Worte mit dem Majordomus wechselte, der ihm die Tür öffnete.

Reine blieb unentdeckt in einer kleinen Seitengasse, stieg von ihrem Pferd herab und band die Stute an einen Gartenpfosten. Zu Fuß wagte sie sich dann ein wenig weiter vor. Wahrscheinlich wurde in diesem Haus der Rue Royale eine der in New Orleans üblichen Soireen gegeben, denn Licht drang durch die offenen Balkontüren im ersten Stock. Die Klänge eines Walzers drangen hinaus auf die Straße, und die drehenden Bewegungen der Tänzer ließen an der Decke des Saals wunderliche Schattenspiele, wie in einem Kaleidoskop, entstehen.

Reine mutmaßte, dass hier ein Familienereignis begangen wurde, vielleicht ein Geburtstag oder ein Jahrestag. Das erschien schlüssig, denn zu dieser Jahreszeit würde es niemandem einfallen, Geld und Mühen zu verschwenden, um ein großes Fest von gesellschaftlichem Rang auszurichten. Zum einen war es im Moment viel zu heiß, als dass man sich für längere Zeit in einen einzelnen Raum quetschen wollte, und zum anderen war in dieser Schwüle ans Tanzen gar nicht erst zu denken. In erster Linie jedoch konnte man davon ausgehen, dass im Sommer die Stadt mehr oder weniger ausgestorben war. Wer auch immer ein wenig

Vermögen und Verstand hatte, verließ New Orleans, um die Stadtwohnung mit der Residenz auf dem Land zu tauschen, nach Frankreich zu reisen oder aber zu den Seebädern in Europa oder an die Nordostküste, denn der Sommer in dieser Gegend war Gelbfieber- und Cholerazeit.

Von einem günstigen Punkt aus, im Winkel hinter der Tür einer Patisserie an der Ecke, sah sie den Majordomus sich verbeugen, der damit sein Einverständnis gegenüber Christiens Anliegen ausdrückte und seine Dankbarkeit für den empfangenen Obolus zeigte. Als der Diener im Inneren des Hauses verschwand, entfernte sich Christien und ging zurück auf die andere Straßenseite unter die Arkaden über dem Bürgersteig. Im Schatten des Gebäudes lehnte er sich mit einer Schulter an die Hauswand, so als ob er sich auf eine längere Wartezeit einrichtete.

Was tat er da bloß? Hatte er eine Geliebte, die auf dieser Feier war und von der er nun erwartete, dass sie zu ihm herunterkäme? Oder war er auf der Suche nach einem seiner Freunde aus der Fechtschule? Wenn es weder das eine noch das andere war, konnte sich Reine keinen Reim darauf machen.

Die Minuten strichen dahin, und einige weitere Gäste erschienen, um der Soiree beizuwohnen, und der ein oder andere verließ die Feierlichkeiten frühzeitig. Ansonsten passierte nichts.

Reine blickte um sich und befestigte den Schleier ihres Reithutes vor ihrem Gesicht. Eine Frau, allein auf der Straße, gab immer Anlass für Spekulationen, erst recht bei Nacht. Falls jemand sie erkennen sollte, würde das Geschwätz darüber nie wieder verstummen. Die Tatsache, dass ihr Ruf durch die skandalösen Gerüchte um den Tod ihres Gatten in Mitleidenschaft gezogen worden war, machte sie bei der kleinsten Verfehlung erst recht angreifbar.

In dieser Hinsicht merkte sie immer mehr, wie leid sie es war, aber auch, wie sehr sie sich mit ihren Nerven am Ende befand. Das ferne Donnergrollen und das gelegentliche Aufflackern eines Blitzes zehrten an ihr. Ihre Augen schmerzten, da sie trotz des spärlichen Lichtes versuchte, Christien nicht aus den Augen zu lassen. Sie traute sich nicht, sich zu bewegen, denn auch wenn er sie im Moment wahrscheinlich nicht wahrnahm, so konnte sie ihm keinen Augenblick trauen.

An der Eingangstür des fraglichen Hauses tat sich praktisch gar nichts mehr.

Auch auf der Straße versiegte allmählich der abendliche Verkehr. Nichts schien zu passieren. Christien machte ebenfalls nichts, was von Bedeutung gewesen wäre. Er schien in der Tat kein anderes Ziel zu haben, als die Zeit damit totzuschlagen, den gegenüberliegenden Hauseingang zu beobachten. Reine fühlte, wie ihr langsam der Geduldsfaden riss und sie kurz davor war, ihr Versteck aufzugeben und sich auf den Nachhauseweg zu machen.

Der Gedanke daran verflog, als sie sah, wie an dem observierten Haus die Tür des unteren Eingangsbereiches plötzlich aufsprang und ein Lichtkorridor die Straße erleuchtete. Ein Herr kam heraus und schlug die Tür so kräftig zu, dass das Echo über die ziegelbedeckten Dächer des ganzen Viertels schallte. Ohne zu zögern, schritt er über die Straße, direkt auf die Arkaden zu, unter denen Christien wartete.

Der Fechtmeister richtete sich auf, straffte die Schultern und stellte sich leicht breitbeinig auf den Gehweg, ganz in Erwartung des Herannahenden.

Reine legte die Stirn in Falten und beobachtete die Situation äußerst angespannt, vor allem, als der Neuankömmling in Hörweite von Christien gelangte. Leider konnte sie nichts Genaues von dem verstehen, was die beiden Männer miteinander zu besprechen hatten. Die Stimmen drangen zu ihr nur als unbestimmtes Gemurmel herüber, zudem der Mann aus dem Haus ihr den Rücken zukehrte, sodass ihr auch der Blick verstellt war. Plötzlich peitschte ein schallendes Geräusch durch die Luft, das wie eine Ohrfeige klang. Der folgende Wortwechsel zwischen den beiden wurde daraufhin sehr heftig. Dann drehte sich der unbekannte Herr ganz abrupt um und ging eilends zum Fluss hinunter. Christien nahm sein Pferd am Zügel und folgte ihm unverzüglich.

Reines Nerven waren zum Zerreißen angespannt. Sie schlüpfte aus ihrem Versteck und lief zur nächsten Straßenecke, dann schlich sie langsam und vorsichtig den beiden hinterher.

Die Männer gingen mit grimmiger Entschlossenheit vor ihr her, bis sie den von Bäumen umstandenen Klostergarten hinter der Kathedrale von St. Anthony erreicht hatten. Mit übertriebener Höflichkeit wollte jeder dem anderen den Vortritt durch das Gartentor lassen. Christien schien sich durchgesetzt zu haben, denn er ging hinter dem anderen Herrn durch das eiserne Türchen, einen langen Koffer unterm Arm tragend, den er zuvor von seinem Sattel losgeknüpft hatte. Sie begaben sich in die Mitte der Gartenanlage, wo sich zwei Fußwege kreuzten, sodass die von Sträuchern umgebenen Beete in gleichmäßige Quadrate aufgeteilt wurden.

Reine verließ die Rue Royale und huschte die Allee zwischen den hohen Mauern der Kathedrale und dem angrenzenden Regierungspalast entlang. Sie fand ein gutes Versteck und einen geeigneten Beobachtungsposten hinter einem Myrtenstrauch, der in einer dunklen Ecke des Klostergartens wuchs. Die überhängenden Zweige mit den wachsigen Blättern boten guten Schutz, ohne dass ihr dabei die Sicht auf den in dunklem Schatten gelegenen Keuzweg versperrt gewesen wäre.

Zunächst redeten die beiden Männer noch miteinander, dann zogen sie ihre Gehröcke aus und nahmen ihre Hüte ab. Sie lockerten die Krawatten und legten sie beiseite. Es wurde noch das eine oder andere harsche Wort gewechselt, doch Reines Herz klopfte so wild, und ihr Blut rauschte vor Aufregung in ihren Ohren, sodass sie von dem Gesagten nichts vernehmen konnte. Christien kniete neben dem Koffer, den er auf dem Boden abgelegt hatte und öffnete den Deckel. Als er wieder aufstand, hatte er in jeder Hand einen blitzenden Degen.

Reine holte tief Luft, als sie mit einem Male verstand, was hier vor sich ging. Ein Duell, das waren die Vorbereitungen für ein Duell. Allerdings war dies ganz offensichtlich kein zivilisiertes Treffen mit höflichem Wortwechsel, ernannten Sekundanten und ein oder zwei Ärzten, falls es zu schlimmen Verletzungen kommen sollte. Dies hier musste eines der verrufenen Zweikampfurteile sein, wofür insbesondere die Bruderschaft der *maître d'armes* berüchtigt war.

Theodore hatte immer mit höchster Empörung gegen diese illegalen Treffen gewettert. Er befand sie in hohem Maße ungerecht, denn Geschick und Können lagen, seiner Meinung nach, meist auf der Seite der Fechtmeister. Sie waren außerdem eines Herrn von Stand nicht würdig, da diese Fechtmeister in der Regel keine Achtung vor den dazugehörenden Formalitäten und Ritualen zeigten. Man konnte sie nicht als Duelle im eigentlichen Sinn ansehen, sie waren vielmehr erniedrigende Bestrafungen, die im Geheimen von Männern verhängt wurden, die dies als nötig ansahen. Reine hatte sich schon oft bei dem Gedanken ertappt, dass aus Theodores Beschimpfungen vielleicht die pure Angst sprach. Wahrscheinlich war er selbst mit so einer Zweikampfherausforderung bedroht worden, denn was sonst hätte ihn dazu veranlassen können, mit solchen Tiraden zu reagieren?

Christien ließ seinem Gegner die Wahl der Waffen. Dieser inspizierte die Länge eines Degens und hielt die Klinge ins gedämpfte Licht, das von der Laterne in der hinteren Ecke des Gartens ausging. Seine Zufriedenheit über den Zustand der Schneide ausdrückend, brachte er sich in Position. Sie standen sich gegenüber, tauschten einen kurzen Gruß mit dem Degen aus und kreuzten die Klingen. Es ging los.

Zunächst agierten beide vorsichtig und machten kaum einen Ausfallsschritt. Jeder lotete die Fähigkeiten des anderen aus. Sie bewegten sich abwechselnd vor und zurück, vom Dunkeln der nächtlichen Baumschatten vor ins fahle Licht der Wegkreuzung und wieder zurück. Manchmal erhöhte sich jedoch die Geschwindigkeit ihrer Bewegungen, und es wurde tödlich ernst. Immer wieder blitzte der blanke Stahl der Degen im nächtlichen Laternenschein auf, was die Szenerie noch unheimlicher werden ließ. Wechselseitig unternahmen sie Vorstöße, attackierten den Gegenüber, zogen sich dann fluchend wieder zurück und kämpften aus der Defensive heraus, bevor sie wieder von Neuem vorwärts stürmten. Mit geschickten Kombinationen wagten sie sich wieder nach vorne, ließen die Klingen aufeinanderprallen und parierten geschickt aus der Hüfte heraus, wenn sie den Gegenangriff abwehren mussten. Dabei hörte man den metallenen Klang der Degen durch die Nacht tönen, immer wieder unterbrochen von Flüchen und dem schweren Atmen der Kontrahenten nach einem abgewehrten Angriff.

Christien war überwältigend. Seine Ausfälle führte er schnell und präzise, seine Konter unglaublich geschickt. Dabei war seine Aufmerksamkeit hundertprozentig auf die Degenspitze seines Feindes gerichtet, für Reines Anwesenheit hatte er mit Sicherheit keine Augen. Die Anstrengung trieb ihm den Schweiß aus allen Poren, und sein Hemd verfärbte sich an den Schultern und den Rücken hinunter dunkel, während seine Hosen immer enger an seinen Schenkeln klebten, sodass seine kraftvoll entwickelten Muskeln gut sichtbar hervortraten. Im dämmrigen Licht der Laterne und den gelegentlich aufzuckenden Blitzen waren seine Gesichtszüge einigermaßen deutlich zu erkennen. Darin konnte man weder Ärger, noch Rachsucht oder Unnachgiebigkeit finden, sondern nur Geradlinigkeit und Intelligenz sowie höchste Konzentration.

Die ganze Szenerie ließ Reine Schauder über den Rücken laufen, versetzte sie aber auch in bis dato unbekannte Aufregung. Ihr Herz schlug bis zum Hals, und das Atmen fiel ihr so schwer, dass sie glaubte, ersticken zu müssen. Ihre Augen brannten vom angestrengten Hinschauen, doch sie konnte nicht davon ablassen.

Was hatte der Mann, der Christien gegenüberstand, bloß getan? Was war passiert, dass man Genugtuung von ihm forderte? War der Fechtmeister wirklich so grausam, dass er keine Gnade walten ließ, gegenüber all denjenigen, die eine Lektion verdient hatten?

Diese Gedanken gingen ihr durch den Kopf, als Christien plötzlich eine blitzschnelle Attacke führte und sie lautstark das Aufeinanderkrachen der stählernen Klingen vernahm. Sein Gegner keuchte heftig und wich einen Schritt zurück. Für einen Augenblick stand er ungerührt da, eine tropfende Degenspitze ragte aus der Rückseite seiner Schulter gen Himmel. Er ließ seine Waffe fallen und führte instinktiv seine linke Hand an seine Brust, dort, wo sich ein dunkler Fleck auszubreiten begann.

Der *maître d'armes* trat einen Schritt zurück und zog mit einem harten Ruck die Klinge aus dem Körper seines Feindes, der daraufhin langsam zu Boden glitt.

Reine sah ihn nicht mehr fallen, denn sie hatte vor Schreck die Augen geschlossen und ihre Hände vor den Mund gepresst, um einen Schrei zu unterdrücken. Augenblicklich floh sie aus dem düsteren Garten. Übelkeit packte sie, und sie musste sich keuchend an die aus grobem Mauerwerk bestehende Wand der Kathedrale anlehnen, bis sie durch kontrolliertes Aus- und Einatmen wieder langsam zu sich fand.

Der Ausgang dieses Aufeinandertreffens bereitete ihr große Sorgen. Was, wenn der Schwerverwundete sterben würde? Ja, und was, wenn auch noch die Wache käme und Christien verhaften würde?

Das konnte schon sein, denn Duelle jeglicher Art waren gesetzlich verboten. Sie wurden zwar manchmal geduldet, aber nur wenn die Beteiligten von Stand waren und der örtlichen Justiz bekannt. Die Öffentlichkeit war inzwischen höchst alarmiert, denn man machte sich um diese Art der Bestrafung, die von unbekannten Fechtmeistern verhängt wurde, größte Sorgen.

Zumindest einer war für sie nun nicht mehr unbekannt, denn sie hatte gesehen, wie Christien einem anderen Mann seinen Degen durch den lebendigen Körper stieß, mit einer Gleichgültigkeit, so als ob er eine Stechmücke zerquetschen würde. Dieses Erlebnis würde sie nie vergessen können.

Andererseits war es aber auch so, dass niemand wusste, dass sie Zeuge dieses Duells war, und Christien sollte es auch nicht erfahren. Von den Behörden befragt zu werden, wäre allerdings noch unangenehmer. Aus diesem Grund schien es ihr auch besser zu sein, schnellstmöglich von hier zu verschwinden. Sie konnte nichts mehr tun, denn auch dem Verwundeten würden wohl eher die Kenntnisse eines Arztes helfen. Es wurde offensichtlich auch schon einer herbeigerufen, denn sie hörte, wie Christien etwas in dieser Richtung zu seinem am Boden liegenden Gegner sagte. Mit einem letzten Blick zurück sah sie, noch im Weggehen, Christien neben seinem Widersacher knien und eine Krawatte um seine Wunde wickeln, damit die Blutung aufhörte.

Sie bewegte sich so vorsichtig wie möglich und ging Schritt um Schritt zurück in Richtung Straße. Auf der Allee angekommen, lief sie weg, weg vom Klostergarten St. Anthony und der Rue Royale. Wenige Sekunden später war sie am Place d'Arme. Dort war alles ruhig, und die Nacht lag friedvoll über dem offenen Platz und den angrenzenden Straßen und Gassen des Viertels. Sie lupfte ihren Rock so weit nach oben, dass sie zügigen Schrittes dorthin zurücklaufen konnte, wo sie ihr Pferd angebunden hatte.

Noch nie empfand sie den Weg nach River's Edge so lang, dunkel und einsam. Reine kam gut voran, doch der Ritt erschien ihr endlos. Sie wurde zunehmend nervöser und hielt nach Schatten Ausschau, drehte sich bei jedem seltsamen Geräusch im Sattel um und zuckte bei Blitz und Donner erschrocken zusammen. Die an ihr vorüberziehenden Häuser mit ihren geschlossenen Fensterläden schienen wie Schläfer in der Nacht, die die Augen geschlossen hatten. Die unendlich schwüle Luft erstickte jedweden Laut der Umgebung. Das Geklapper der Hufe ihres Pferdes hatte den gleichen schnellen und unsteten Rhythmus wie ihr heftig klopfender Puls und ihre rasenden Gedanken.

Sie wünschte sich so sehr, dass sie Christien nie gefolgt wäre und die grausame Vergeltung, die er gegenüber diesem Fremden übte, niemals gesehen hätte. Er war so unnachgiebig, so mitleidlos. Auch wenn dieser Mann vielleicht keine Nachsicht verdient hatte, so war sie doch tief verstört über seine Härte, die er walten ließ.

Andererseits war sie so erregt. Was für eine Art von Frau war sie bloß, dass seine Gnadenlosigkeit ihr insgeheim ein prickelndes Gefühl verursachte? Wenn sie eine Eingeborene gewesen wäre, die in der Wildnis lebte, würde das eventuell Sinn machen, aber sie, als Dame von Stand, die in einer zivilisierten Gesellschaft lebte, sollte eigentlich nicht durch solche Eigenschaften eines Mannes erregt werden. Es musste sich um eine Grille der Natur handeln, um einen Teil in ihr, der mit ihrer ausufernden Leidenschaftlichkeit zusammenhing. Zumindest wusste sie nun, woran sie mit sich war, und konnte dem durch gezielte Selbstkontrolle vorbeugen.

Hinter ihr hörte sie plötzlich galoppierende Hufe, die sich äußerst schnell zu nähern schienen. Ihr machte es prinzipiell nichts aus, auf der Straße überholt zu werden, wenn es nur das wäre. Sicherheitshalber zog sie an den Zügeln ihrer Stute und lenkte diese hinter eine Eiche und einen um den Baum herumwuchernden Dornenstrauch. Man wusste ja nie, wem man so auf nächtlicher Straße begegnete.

Die Reiter kamen ganz dicht an ihrem Versteck vorbei und galoppierten mit großer Eile die Straße am Fluss entlang. Sie waren zu zweit, wobei einer ein geübter Reiter war, der andere jedoch offensichtlich Schwierigkeiten hatte, wenn man das nach seinen schwankenden Bewegungen im Sattel und den Problemen, in den Steigbügeln zu bleiben, beurteilen mochte. Sie sprachen beide kein Wort und schienen darauf bedacht zu sein, so schnell wie möglich an ihrem Ziel anzukommen. Viel mehr konnte sie in der Dunkelheit nicht wahrnehmen, hatte aber auch kein weiteres Interesse daran, da sie froh war, einer möglichen Gefahr entkommen zu sein.

Voller Angst, dass die beiden sie hinter sich bemerken würden, wartete sie noch eine ganze Weile, bis sich deren Hufschlag in der Nacht verlor und alles um sie herum wieder in tiefer Stille versank. Dann blieb sie sicherheitshalber noch ein oder zwei Minuten stehen, bevor sie ihren Weg fortsetzte.

Noch bevor sie ihrem Pferd die Sporen geben konnte, um aus ihrem Versteck zu reiten, hörte sie abermals Hufschlag herannahen. Ihre Stute hob den Kopf und setzte an, vor Aufregung zu wiehern.

Reine legte jedoch geistesgegenwärtig die Hände beruhigend auf die Nüstern ihres nervösen Pferdes. So blieb sie mit der Mähne im Gesicht, möglichst bewegungslos auf dem Rücken der Stute liegen. Dabei konnte sie nicht sehen, welcher Reiter diesmal in gestrecktem Galopp an ihr vorbeizog. Wahrscheinlich war es Christien, dachte sie, da ihr Pferd womöglich einen Stallgenossen erkannt hatte und deshalb wiehern wollte. Hoffentlich war dem auch so, denn ansonsten hätte sie sich Sorgen gemacht, dass er womöglich seine noble Geste, dem verwundeten Gegner zu helfen, mit einer Verhaftung gebüßt hätte.

Nur noch ein paar Sekunden der Anstrengung, dann konnte sie die Hände von den Nüstern des Pferdes nehmen und ihre unbequeme Position aufgeben, um sich wieder im Sattel aufzurichten. Aus den Augenwinkeln hatte sie glücklicherweise doch Christien erkannt. Er war es, Gott sei Dank. Sie atmete erleichtert auf und trieb ihren vierhufigen Gefährten zurück auf die Straße.

Das Gewitter, das sich schon den ganzen Abend am Horizont ankündigte, schien, den heller werdenden Blitzen und dem zunehmenden Donnergrollen nach zu urteilen, immer näher zu kommen. Die Moskitos, die in Schwärmen durch die schwüle Luft surrten, waren drauf und dran, sie bei lebendigem Leib aufzufressen. An den Schulterpartien des Rückens bildeten sich kleine Knoten der Verspannung und in ihrem Bein, das über den Knauf des Damensattels geschwungen war, hatte sie inzwischen einen Krampf.

Abgesehen von ihrem körperlichen Unwohlsein, plagten sie auch ihre Gedanken, die immer wieder quälend um die gleiche Sache kreisten. Hatte sie mit der Einwilligung in die Heirat mit dem *maître d'armes* das Richtige getan? Wenn er so gleichgültig und im Vorübergehen Vergeltung für allgemeine Beleidigungen an einem Mann übte, wie würde er dann wohl eine Frau behandeln, die ihm in die Quere käme? Würde sie es schaffen, vor ihm im Haus zurück zu sein, ohne dass er es merken würde, wie sie ihm heute Nacht gefolgt war? Welche Ausrede könnte sie wohl hervorbringen, wenn sie ertappt würde?

Sie konnte es gar nicht erwarten, River's Edge endlich zu erreichen und zurück in die Sicherheit ihres Bettes zu kommen. Nach und nach nahm sie einige markante Punkte in der Landschaft wahr, die sie kannte und die ihr sagten, dass die River's Edge Plantage nicht mehr weit war: einen toten Baum, auf dem Bussarde gerne nisteten, der gespenstige Schatten von Bonne Espèrance, dem einstigen Zuhause von Theodore, das am Ende eines bereits überwucherten Zufahrtsweges lag. Ganz allmählich entspannte sie sich ein wenig und sehnte sich nach einem stärkenden Glas Sherry und einem erfrischenden Bad, um den Pferdegeruch loszuwerden.

Der unterdrückte Knall eines Pistolenschusses zerriss die abendliche Stille. Reines Stute scheute und brach zur Seite aus, sodass sie fast abgeworfen wurde. Sich gerade noch im Sattel haltend, zügelte sie das Pferd energisch, lenkte es zurück auf den Weg und versuchte, es zu beruhigen, bis es schließlich stillstand. Mit erhobenem Kopf lauschte sie angespannt in die Nacht hinein.

Von irgendwoher hörte man das Bellen eines Hundes. Sonst nichts.

Die Straße vor ihr machte eine Kurve und folgte der Windung des Flusses, oberhalb der Uferböschung. Dahinter lag River's Edge. Reine ritt mit größter Vorsicht langsam weiter.

Auf der Straße war bald der Umriss eines Mannes zu sehen, der quer über der Fahrbahn lag. Sein Pferd stand direkt über ihm. Die Zügel hingen herunter und waren immer noch an der Hand des Reiters befestigt. Zuerst erkannte sie den schwarzen Hengst, dann seinen Herrn.

Eilig drängte sie ihre Stute auf die Seite, löste ihr angewinkeltes Bein aus dem Sattelknauf und glitt, beziehungsweise rutschte fast von ihrem Pferd herab. Den langen Rock hochraffend, rannte sie stolpernd auf den bewegungslosen Körper zu und fiel direkt neben ihm auf die Knie. Er lag mit dem Gesicht nach unten auf dem scharfen Muschelkalkpflaster, sodass sie ihn nur mit viel Mühe, ihn an Arm und Schulter packend, umdrehen konnte, damit er auf den Rücken rollte. Sein Kopf knickte lasch nach hinten ab, seine Augen waren geschlossen, und sein von Schnitten durch die scharfen Kanten der Muscheln gezeichnetes Gesicht zeigte eine unnatürliche Blässe. Sein Reitmantel hing an einer Seite in Fetzen, worunter ein dunkler Fleck zum Vorschein kam. Als sie an sich selbst herunterschaute, entdeckte sie an den Fingerspitzen ihrer Handschuhe eine klebrige Flüssigkeit, die im aufflackernden Licht eines Blitzes schwarz-rötlich schimmerte.

»Christien«, flüsterte sie verzweifelt. »Oh, Christien.«

Vierzehntes Kapitel

Christien wachte plötzlich schweißgebadet auf, da er glaubte, einen dumpfen Schuss gehört zu haben. Er blieb regungslos liegen und starrte an die Decke, während er versuchte, seine Gedanken zu ordnen und zu begreifen, wo er sich gerade befand, wo er eigentlich sein sollte und was wirklich passiert war.

Das Donnergrollen wurde von einem stetigen Prasseln der Regentropfen auf das Dach des Hauses begleitet. Es war also kein Pistolenschuss, sondern nur ein Gewitter, das ihm im Ohr dröhnte.

Erleichtert atmete er auf, sein Brustkorb hob und senkte sich langsam, und seine verkrampften Muskeln entspannten sich allmählich. Vorsichtig drehte er seinen Kopf von einer Seite des Kissens auf die andere und kämpfte gegen den stechenden Schmerz an, der sich zwischen seinen Augen hinter der Stirn bemerkbar machte.

Er war in seinem Zimmer auf River's Edge, so viel hatte er in seinem Dämmerzustand nun begriffen. Jemand musste ihn ausgezogen und zu Bett gebracht haben. Die Vorhänge und das Moskitonetz am Bett waren zurückgezogen. Er trug ein Nachthemd, ein Kleidungsstück, das üblicherweise nicht zu seiner Ausstattung gehörte. An der Unterseite seines Brustkorbes entdeckte er einen Verband, der so dick und fest um ihn gewickelt war, dass er seinen linken Arm nicht an den Körper anlegen konnte.

Er hatte höllische Schmerzen an dieser Stelle. Allerdings kam es ihm äußerst seltsam vor, gerade dort verwundet worden zu sein, denn er konnte sich nicht daran erinnern, bei seinem Duell im Klostergarten getroffen worden zu sein.

Aber nein, jetzt fiel es ihm wieder ein, er war auf dem Rückweg in einen Hinterhalt geraten. Er erinnerte sich an das Aufblitzen eines Pistolenschusses und den dadurch entstehenden Knall. Auch den Schlag, den er verspürte, als die Kugel ihn traf und ihn mit voller Wucht aus dem Sattel hob, hatte er plötzlich wieder vor Augen. Er musste sich wohl den Kopf angeschlagen haben, als er vom Pferd gefallen war, doch hier hörte seine Erinnerung auf.

Die Falten des gelben Musselinstoffes am Kopfende seines Bettes betrachtend, überlegte er angestrengt, wer ihn wohl gerne als Leiche sehen wollte. Eventuell die Freunde von Barichere, dem Mann, den er im nächtlichen Duell verwundet hatte? Sie konnten von dem geplanten Zweikampf etwas mitbekommen haben und sich dann für die Bestrafung ihres Gefährten gerächt haben. Da sie womöglich nicht die Nerven besaßen, ihn zu einem richtigen Duell herauszufordern, hatten sie sich wahrscheinlich für eine Vergeltungsmaßnahme im Schutze der Dunkelheit entschieden.

Wenn dies die richtige Erklärung für die Vorkommnisse der Nacht war, dann implizierte das auch, dass jemand über den Aufenthaltsort von Barichere genau Bescheid wusste. Zudem würde es bedeuten, dass Barichere äußerst loyale Bekannte hatte, was bei einem Mann, der cholerisch war und seine schwangere Frau schlug, weswegen die Bruderschaft auch seine Bestrafung beschlossen hatte, nicht besonders wahrscheinlich schien.

Es blieben noch zwei andere Möglichkeiten offen.

Die Erste trieb Christiens Blutdruck in die Höhe und ließ seine stechenden Kopfschmerzen gleich noch schlimmer werden. Sicherlich wären der alte Cassard und seine faszinierende Tochter nicht zu ängstlich, um nicht einen Versuch zu wagen, den ungebetenen Bräutigam loszuwerden und gleichzeitig ihr Eigentum an River's Edge zurückzuerlangen. Die zweite Möglichkeit ...

Das plötzliche Knarren der Scharniere seiner Schlafzimmertür lenkte ihn abrupt ab, weitere Spekulationen anzustellen. Ganz langsam wurde die Tür geöffnet und Christien, der nichts erkennen konnte, war mit jeder Faser seiner Muskeln bereit, einem möglichen Eindringling zu begegnen, auch wenn er sich nicht ganz sicher war, ob er sich in seinem Zustand überhaupt rühren konnte. Er fühlte sich wie ein Neugeborenes, und ihm standen keine anderen Waffen außer seinen Fäusten zur Verfügung. Sein Koffer mit den Degen war nicht mehr auf dem Tischchen neben dem Bett, wo er ihn normalerweise ablegte, aber auch an anderer Stelle im Raum konnte er seine Waffen nirgendwo entdecken.

Die Tür wurde nun ganz aufgerissen, und ein kleines Gesicht mit hellblauen Augen, umrahmt von zarten Locken, die aus einem für die Nacht geflochtenen Zopf quollen, lugte um die Ecke.

»Monsieur, Sie sind wach!« Ein Lächeln spielte um Marguerites Mundwinkel, als sie sah, wie er sie anblickte.

»Wie du siehst.« Seine Stimme war ganz belegt, so als ob er sie schon lange nicht mehr benutzt hätte.

»*Maman* hat gesagt, ich darf Sie nicht aufwecken, weil Sie krank sind. Habe ich Sie aufgeweckt?«

»Aber überhaupt nicht.« Er hob seine rechte Hand

an, um sie zu sich zu winken. »Komm rein, ins Bett, wenn du magst.«

»Oh ja«, antwortete sie begeistert und stürmte in ihrem langen, baumwollenen Nachthemdchen vorwärts. Ohne Umstände kletterte sie die kurzen Stufen zum Bett hoch und kuschelte sich neben ihm ein, ganz so, als ob das die natürlichste Sache der Welt wäre. Die dabei entstehenden Bewegungen der Matratze fuhren ihm direkt in die verletzte Stelle seines Brustkorbs und verursachten ihm heftige Schmerzen und Übelkeit. Doch er blieb tapfer und biss die Zähne zusammen, um die Schmerzen in Kopf und Brust ertragen zu können.

Die Kleine richtete sich wieder auf und kniete sich neben ihm auf das Laken, wobei sie den Saum ihres weiten Nachthemds um ihre Füße schlang. Sie legte die Stirn in Falten und blickte Christien direkt in die Augen. »Letzte Nacht bin ich zu Ihnen gekommen« sagte sie in einem sehr ernsten Ton. »Ich hatte große Angst. Sie waren weg.«

»Es tut mir leid«, antwortete er bedrückt und versuchte, dabei so ruhig wie möglich liegen zu bleiben. »Männer haben manchmal ganz viele, unterschiedliche Verpflichtungen, weißt du.«

»Das hat *grand-père* auch gesagt. Und Sie sind verwundet worden. Mein Albtraum ging aber dann auch so vorbei.«

»War er sehr schlimm?«

Draußen donnerte es erneut, und der Regen ließ kaum nach. Marguerite schaute auf ihre angewinkelten Knie, die das Nachthemd ausbeulten. »Nein, nicht sehr.«

»Erzähl mir davon«, forderte Christien sie auf, während er ihren Gesichtsaudruck beobachtete, in dem sich die erlebten Schrecknisse des letzten Traums widerzuspiegeln schienen. Sie ähnelte in diesem Augenblick sehr ihrer Mutter, so ernst und mutig, trotz der Zweifel und Ängste.

»Der *loup-garou* war wieder da. Er hat mich angeschaut, während ich geschlafen habe. Er war angsteinflößend und hatte Narben im Gesicht, die im Dunkeln ganz furchtbar aussahen. Ich wollte weglaufen, aber ich konnte nicht, meine Augen habe ich aber ein bisschen aufgemacht.«

»Er hat dich nicht angefasst, dich nicht verletzt?«, fragte Christien so ernsthaft wie möglich.

Ihr zerzauster Zopf baumelte über ihren kleinen Rücken, während sie den Kopf schüttelte.

»Hat er nichts gesagt?«

Sie antwortete mit einem nervösen Kichern. »Nein, Sie Dummerchen. *Loup-garous* können doch gar nicht reden. Die kommen nur, um einen zu beißen.«

»Ah, so ist das also? Und wer hat dir das erzählt?«

»Babette.«

Das war, soweit er sich erinnerte, der Name ihres Kindermädchens. »Hat sie. Und was noch?« »Demeter hat das auch gesagt. *Grand-père* sagt immer, dass ich viel zu klein und gar kein richtiger Happen für den *loup-garou* wäre und er mich deswegen nicht beachten würde. Aber ich glaube, ihm ist es egal, wie groß ich bin.«

Christien hatte selbst gehört, wie Cassard solche Sachen erzählt hatte, aber weder er noch die anderen schienen sich bewusst zu sein, was sich Marguerite daraus zusammenreimte. »Haben Babette oder Demeter oder dein *grand-père* den *loup- garou* auch schon einmal gesehen?«

»Er verschwindet sofort, bevor man aufwacht. Ich glaube auch nicht, dass er die anderen sehen will.«

»Warum glaubst du, dass er nur dich besuchen kommt?« Christien war nicht wirklich an den Ammenmärchen um den *loup-garou* interessiert, aber vielleicht würde er auf diese Weise den Ängsten von Marguerite auf den Grund kommen.

Marguerites Stimme wurde ganz leise, sodass sie nur noch flüsterte, und ihre Augen waren ganz weit aufgerissen. »Er ist wie der Wolf, der dem Rotkäppchen folgt, denn er weiß, dass ich klein bin und mich nicht verteidigen kann.«

Die Angst, die sich in den Augen der kleinen Marguerite widerspiegelte, entfachte in Christien eine nie gekannte Wut. Er wollte am liebsten auf der Stelle denjenigen umbringen, der mit ihr so ein gemeines Spiel trieb, und die Idioten, die ihr diesen Aberglauben eingeimpft hatten, am besten gleich mit. Es tat ihm furchtbar leid, dass er die letzte Nacht nicht bei ihr war und dass er ihr womöglich noch weitere Nächte nicht zur Seite stehen konnte.

Er schluckte und versuchte, den Kloß im Hals loszuwerden. »Was würde denn passieren, wenn der *loup-garou* zur falschen Person käme, zum Beispiel zu jemandem, der nicht klein ist? Könnte er dann nicht verjagt werden?«

»Das würde er nicht tun. Er kommt nur zu mir.«

Gegen so einen Fatalismus konnte man nicht ankommen, dachte sich Christien. Der *loup-garou* wählte ihrer Meinung nach nur sie aus, sodass auch nur sie in Gefahr war. Wie einsam und hoffnungslos musste sich Marguerite fühlen.

So sehr man auch auf ihre Angst vor diesem Schreckgespenst einging, so nahm man es doch nicht ernst genug, als dass man ihr entsprechenden Schutz angedeihen lassen würde. Jemand könnte mit ihr im selben

Zimmer schlafen oder man würde sie in das Bett von einem Erwachsenen lassen, zu dem sie Vertrauen hatte. Kein Wunder, dass ihre Augen ganz dunkel umrandet waren und man sie nur schwer zu Bett bringen konnte.

»Sie haben Schnittwunden in Ihrem Gesicht«, sagte sie zaghaft.

»Wirklich?«

Sie nickte. »Die schauen nicht gut aus, aber auch nicht so schlimm wie die vom *loup-garou*. Tut das weh?«

»Nicht sonderlich.« Im Vergleich zu seinem pochenden Schädel war diese Verletzung an seiner Wange nicht weiter tragisch.

»Ich könnte ein bisschen Salbe auftragen, so wie meine *Maman* das immer bei mir macht«, bot sie treuherzig an.

»Das würdest du tun?« Er verspürte ein seltsames, warmes Gefühl in seinem Inneren, denn Marguerite hatte zu ihm Zuneigung gefasst und wäre bereit, seine Wunden zu versorgen, obwohl sie ganz offensichtlich seine Verletzungen im Gesicht mit denen ihr angsteinflößenden Verunstaltungen des *loup-garou* gleichsetzte.

Sie nickte mehrmals, sodass ihr Zopf auf dem Rücken tanzte. »Sie liegt dort drüben auf dem Tisch. Es tut auch nicht weh.«

»Da bin ich sicher.« Mit warmherzigem Blick beobachtete er, wie die kleine Marguerite über das Bettlaken robbte und sich dann zum Nachttisch hinüberstreckte. Er schaffte es gerade noch, eine Falte ihres Nachthemdchens zu fassen, damit sie nicht herunterfiel. Gut gesichert, gelang es ihr schließlich, mit den Fingerspitzen den Tiegel mit der Salbe zu fassen zu bekommen und, einmal in den Händen, brachte sie ihn eilig herbei, ganz nahe an Christien heranrückend.

Ihre Berührung war federleicht, es fühlte sich an wie eine Spinne, die über sein Gesicht krabbelte. Es kitzelte und juckte so gnadenlos, dass er sich sehr zusammenreißen musste, sie nicht von sich wegzustoßen. Stattdessen versuchte er, sich auf das Prasseln der Regentropfen zu konzentrieren, die man durch die geschlossenen Fensterläden hören konnte. Er war aber auch ganz hingerissen von dem Gesichtchen, das über ihn gebeugt war, wie sie mit ihren Zähnen auf die Unterlippe biss, während sie konzentriert ihre Arbeit verrichtete, wie sie ihn mit viel Sorgfalt nach der kleinsten Verletzung absuchte und wie sie darauf bedacht war, ihm nicht wehzutun.

In der gleichen Art und Weise hatte sich Reine auf die Lippe gebissen, als sie dabei war, bei ihm die Maße für das Hochzeitshemd zu nehmen, dachte er zerstreut. Es erschien ihm wie eine Misshandlung, denn ihre Lippen waren so zart und weich. Als er sie so gesehen hatte, fühlte er, wie sich in seiner Magengegend ein dumpfes und hohles Verlangen breitmachte, eine unkontrollierbare Sehnsucht in ihm aufstieg, diese Lippen zu küssen. Und auch an jenem Abend, als er mit ihrem Vater im Raucherzimmer saß und Karten spielte, sah er sie durch einen offenen Türspalt im benachbarten Zimmer. Sie nähte sein Hemd, Stich für Stich, und wieder traktierte sie in voller Konzentration ihre Lippen auf die gleiche verführerische Weise. Das Verlangen nach einem Kuss zu stillen, war dann nicht nur ein Wunsch, sondern geradezu eine Notwendigkeit.

»Wo ist deine *Maman* denn heute Morgen?«, fragte er unvermittelt.

»Es ist gar nicht Morgen«, verbesserte ihn Marguerite, während sie immer noch vorsichtig, aber kitzelnd die Salbe auftrug. »Das ist schon lange her. Jetzt ist es fast Nacht. *Maman* macht sich gerade fertig fürs Bett.«

Christien wurde bewusst, dass er einen ganzen Tag verloren hatte. Die Lampe auf seinem Nachttisch brannte nicht als stiller Zeuge von der nächtlichen Wacht an seinem Bett, sondern weil der Abend über River's Edge hereingebrochen war. Das Nachthemd, das Marguerite trug, war ein Indiz dafür, dass sie bald zu Bett musste, und nicht, dass sie gerade aufgestanden wäre. Reine könnte in diesem Moment nackt in ihrem Schlafzimmer stehen, die Haare offen über ihren Rücken wallen lassen. Und das alles nur ein paar Meter von ihm entfernt.

Er schloss die Augen, um dieses Bild lebhaft bei sich zu behalten, aber auch, damit seine kleine Krankenschwester die dabei unvermeidlich aufkommenden Gefühle nicht direkt auf seinem Gesicht ablesen konnte.

In der geruhsamen Stille, die sich um ihn ausgebreitet hatte, hörte Christien plötzlich Stimmen, die durch das Haus riefen. Das eine oder andere Wort konnte er verstehen und somit auch leicht erraten, was hinter der Aufregung steckte.

Die Rufe kamen näher, und insbesondere eine Stimme war lauter als die anderen zu hören. Marguerite schaute instinktiv über ihre Schulter zur Tür und horchte.

»Ja, *ma petite*«, sagte er belustigt. »Deine *Maman* sucht dich. Du solltest besser antworten, denn sie wird sicher gleich auch dieses Zimmer kontrollieren.«

Das Ergebnis dieser Ermahnung war jedoch ein anderes, als er erwartet hatte. Marguerite krabbelte über das Bett, um das Salbentöpfchen wieder zurück auf den Nachttisch zu stellen, dann huschte sie zurück und lupfte seine Bettdecke, um sich unter ihr zu verstecken.

Christien stöhnte kurz auf, denn die federnde Matratze verursachte ihm stechende Schmerzen in seiner Brust, gleichzeitig musste er aber auch unwillkürlich grinsen. Mit einer Hand zupfte er die halb zerknäulte Bettdecke zurecht und bedeckte noch den kleinen Fuß, der seitlich herausragte. Dann legte er vorsichtig seinen Kopf zurück auf das Kissen, machte die Augen zu, aber nur so weit, dass er durch seine Wimpern hindurch noch die Tür beobachten konnte, und wartete gespannt, was nun passieren würde.

Draußen auf dem Flur hörte man eilige Schritte herannahen. Dann nichts. Der Türknopf wurde langsam umgedreht, und es wurde geöffnet. Man sah, wie Reine ihren Kopf vorstreckte und ins Zimmer hineinlugte. Christien biss sich grinsend auf die Zunge, denn es war das gleiche Bild wie vor ein paar Minuten, als Marguerite sich hineinschlich.

Reine trat vorsichtig ein. Christien machte nun seine Augen ganz fest zu und blieb regungslos liegen und versuchte, möglichst gleichmäßig zu atmen. Die neben ihm liegende Marguerite hingegen atmete ganz aufgeregt und konnte ihr Kichern kaum unterdrücken.

Mit rauschenden Röcken kam Reine vorsichtig näher und blieb neben dem Bett stehen. Für einige Sekunden herrschte absolute Stille, nichts bewegte sich im Raum, es schien, als ob sie ihn studieren würde. Dann fühlte Christien ihre kühle Hand auf seiner Stirn. Das war heilender Balsam für ihn, dauerte aber nur wenige Augenblicke an, bis sie sich seufzend der Tür zuwandte.

Sie war im Begriff, wieder zu gehen. Das war allerdings nicht das, was er beabsichtigt hatte.

Einen tiefen Seufzer vortäuschend, öffnete er gequält die Augen. »Reine? Geh nicht weg«, sagte er flehentlich. »Könnte ich … kannst du mir einen Schluck Wasser bringen?«

Marguerite erhob sich unter der Bettdecke und strampelte ihre Knie frei. »Ich hole es! Lass mich es holen!«

Ihr Fuß verhedderte sich im Laken, als sie versuchte, aufzustehen, und sie fiel prompt über ihn, direkt auf seine Brust. Er zuckte zusammen und holte tief Luft, ein höllischer Schmerz, wie von einer brennenden Lanze traf ihn an der Seite, wo er seine Verwundung hatte.

Reine wirbelte wortlos herum, ihr Nachtgewand aus feinem Batiststoff und der farblos abgestimmte Überrock rauschten durch die Luft, während sich gleichzeitig ihre langen, offenen Haare auffächerten, so dass sie, wie von einem Windstoß begleitet, in einer einzigen Bewegung, ihre Tochter mit einem geschulten Griff von der Matratze hob und durch die Luft zu sich auf den Arm nahm.

Marguerite fing zu schreien an und schlug wild mit Armen und Beinen um sich. Reines Züge verdüsterten sich, während sie ihre strampelnde Tochter fester an sich drückte, damit diese nicht entwischte. Ohne weiteren Kommentar wandte sie sich ab, um sich in Richtung Tür zu begeben.

»Nimm sie nicht mit«, rief Christien ihr mit zusammengebissenen Zähnen hinterher.

»Was?« Sie drehte sich wieder zu ihm um.

Seinen Blick möglichst an ihr vorbeilenkend, damit er nicht von den sich unter dem weichen Stoff des Nachthemdes abzeichnenden, sanften Formen ihrer Brüste abgelenkt würde, versuchte er es erneut. »Sie hat es nicht mit Absicht … sie wusste es ja nicht …«

»Sie hätte nicht hier sein sollen«, unterbrach ihn Reine. »Ich habe schon überall nach ihr gesucht. Kaum zu glauben, dass sie sich vor mir versteckt. Ja, oder, dass du ihr auch noch dabei hilfst.«

Christien konnte sie durch das herzzerreißende Jammern von Marguerite kaum verstehen. Seine Brust schmerzte, und in seinem Kopf hämmerte es unerträglich, wo er doch, anstatt hier aufgebahrt im Bett zu liegen, sich eigentlich von seiner stärksten Seite zeigen sollte. Plötzlich wurde ihm das alles zu viel.

In einem bestimmten, ermahnenden Ton bot er dem Lärm Einhalt.

»Marguerite, genug jetzt!«

Das Kind verstummte sofort und hörte zu strampeln auf. In den Armen ihrer Mutter hängend, blickte sie ihn mit weit aufgerissenen Augen erschrocken an und verfiel dann in ein leises Wimmern. Über ihr sah man, wie Reines Gesichtszüge sich verhärteten und alles andere als Wärme ausstrahlten.

Trotz der angespannten Stimmung zwischen ihnen war die ganze Situation eine ganz und gar intime und familiäre. In dem durch den schwachen Schein einer Lampe erleuchteten Raum standen sie da, Mann, Frau und Kind, so als würden sie gleich, sich in den Armen haltend, zu Bett gehen und das stete Prasseln des nächtlichen Regens sie friedlich einschlafen lassen. Das fühlte sich alles so richtig an und war doch noch nicht wahr geworden, was Christien einen Stich durch die Brust jagte, der schmerzhafter war, als es eine Schusswunde je sein könnte. Er wollte es so sehr, sehnte sich danach, dass dies wahr würde. Er wäre bereit, alles dafür zu tun, das schwor er sich insgeheim, egal ob er Reines Vater hofieren musste, ihre Mutter, den Bruder, die Tochter oder die widerspenstige Dame selbst. Schon einmal hatte er seine Familie verloren, diese hier würde er behalten.

Diese Gedanken schossen ihm durch den Kopf, bevor er sich, seine Stimme nur mühsam in den Griff bekommend, ihr zuwandte. »Ich wusste bis vor wenigen Sekunden nicht, dass Marguerite gesucht wurde. Und was das Verstecken angeht, so sollte es nur eine harmlose Überraschung sein.«

Reine setzte ihre Tochter auf dem Boden ab, ohne dabei jedoch ihre verärgerte Miene abzumildern. Falls sie ihm in irgendeiner Weise Glauben schenkte, so war ihr das zumindest nicht anzusehen. »Ich habe ihr strikt verboten, dich zu stören.«

Er bedachte beide gleichermaßen mit einem matten Lächeln. »Sie hat mich überhaupt nicht gestört. Zumindest, solange sie nicht auf der Matratze herumgehüpft ist.«

»Du hast Fieber, ist dir das klar«, informierte Reine ihn über seinen Gesundheitszustand, in einem Ton, der einer Anschuldigung gleichkam.

»Das ist normal bei derartigen Verletzungen.« Er verschnaufte kurz, denn seine stechende Wunde machte ihm mehr zu schaffen, als ihm im Augenblick lieb war. Sich ein wenig auf die Seite drehend, versuchte er, sich bequemer zu positionieren, damit der Schmerz nachließe. »Wie schlimm ist es denn?«, fragte er so beiläufig wie möglich.

»Du wirst schon durchkommen, vorausgesetzt, es kommt zu keiner Blutvergiftung. Das ist zumindest die Einschätzung von Dr. Laborde. Ich hatte Paul nach ihm geschickt. Er war es dann auch, der dir die Kugel entfernt hat; er erschien mir ziemlich kompetent.«

»Ja, ich kenn mich mit solchen Sachen aus«, kommentierte Christien trocken. »Er ist sehr gewissenhaft, wenn ihm auch ein wenig Mitgefühl fehlt.«

»Du warst übrigens auch nicht bei Bewusstsein, als er dich verarztet hat.«

»Besser so.« Laborde war der Arzt, den die Fechtmeister am häufigsten riefen, denn er hatte eine ausgezeichnete Reputation und war Spezialist im Heilen von Schuss- und Stichwunden. Ob Laborde wohl erwähnt hatte, dass er ihm kurze Zeit zuvor, am selben Abend, bereits einmal begegnet war, und zwar, als er ihn für Barichere zu Hilfe geholt hatte? Bestimmt nicht, denn sonst hätte Reine es sicherlich erwähnt. Ein anderer Grund für Labordes Beliebtheit war seine absolute Diskretion. Sicherlich war dies nur ein Zufall gewesen, dass man ausgerechnet ihn ausgewählt hatte, oder Paul wusste über dessen Verbindung zu den Leuten der Passage de la Bourse.

»Hast du eigentlich sehen können … ich meine, weißt du, wer dir das angetan hat?«, fragte Reine neugierig und zerstreut zu gleich, denn sie hatte ihre Augen unentwegt auf Marguerite gerichtet. Während die beiden sich unterhielten, hatte es die Kleine geschafft, sich aus den Händen ihrer Mutter zu befreien. Sie kletterte wieder auf das für sie sehr hoch gelegene Bett, doch diesmal zog sie es vor, zu Christiens Füßen sitzen zu bleiben.

Er schüttelte kurz den Kopf. »Ich habe nichts erkennen können, außer der Rauchwolke, als der Schuss sich löste und ich zu Boden gestreckt wurde. Wahrscheinlich war ich nicht mehr so aufmerksam, als ich River's Edge schon in Reichweite wähnte.«

»Hast du keine Ahnung, wer dich umbringen wollte?«

»Im Moment noch nicht«, antwortete er schnell, bevor sie noch weiter bohren würde, und wechselte abrupt das Thema. »Bei wem muss ich mich bedanken, wer hat mich zurück ins Haus gebracht?«

»Auf der Straße gefunden habe ich dich, wenn es das ist, was du meinst. Ich habe einen Schuss gehört und bin los, als ich dann schließlich ankam, waren die Angreifer aber schon weg.«

»Ohne mir endgültig den Garaus zu machen?«

»Ich nehme mal an, sie dachten ... dachten, dass das nicht mehr nötig wäre.«

Während sie mit ihm sprach, war ihr Blick nicht auf ihn, sondern auf eine gläserne Karaffe gerichtet, die samt einem dazu passenden Glas auf dem Nachttisch neben dem Bett stand. Wohl durch seine zuvor ausgesprochene Bitte erinnert, nahm sie das zum Schutz über die Karaffe gestülpte Glas und goss ihm ein wenig Wasser ein.

»Angreifer, hast du gesagt. Glaubst du, dass es mehrere waren?« Er schaute ihr gebannt zu, wie sie eine so einfache Tätigkeit voller Anmut ausführte, ohne dabei ihr durchaus wahrgenommenes Zögern, als sie seinen Tod ansprach, weiter zu kommentieren.

»Es erscheint mir eher unwahrscheinlich, dass es ein Einzelner wagen würde, einen Mann mit deinem Ruf anzugreifen«, gab sie mit einem Achselzucken zurück.

»Mit einem Fechtmeister, meinst du. Eine Pistole verringert den damit womöglich verbundenen Ärger erheblich.« Er war sich nicht ganz sicher, ob das in dieser Antwort mitschwingende Kompliment aufrichtig gemeint war, eine Schmeichelei darstellte oder sie ein geschicktes Manöver versuchte, um ihm etwas zu entlocken. Zunächst bemühte er sich, es positiv zu sehen und fuhr unbeirrt fort, »Wenn ich das recht verstanden habe, hat also niemand den Angriff beobachtet?«

»Nicht, dass ich wüsste.« Sie setzte den Krug ab, lehnte sich über sein Bett und schob ihre Hand unter das Kopfkissen, um seinen Kopf hochzuheben. Als er in freudiger Erwartung seine Lippen öffnete, drückte sie ihm das Glas Wasser an den Mund.

Er trank, so gut er konnte, war aber kurz davor, sich zu verschlucken. Sie duftete nach Rosen und Veilchen, aber vor allem ihr eigener, süßer Geruch drang zu seinen Sinnen vor und ließ ihn fast verrückt werden. Er mochte wohl vom Fieber dahingestreckt ans Bett gefesselt sein, doch die ihn überkommenden Hitzewallungen der Leidenschaft und das Ziehen in seinen Lenden konnte er trotz allem noch gut wahrnehmen. Zum Glück hatten sie eine kleine Anstandsdame neben sich sitzen, die mit hellwachen, leuchtenden Augen jede ihrer Bewegungen genau verfolgte.

Er gab ihr ein Zeichen, dass er genug Wasser hätte. Als sie das Glas wieder auf dem Nachttisch abgesetzt hatte, hob er erneut an. »Ich bin dir wirklich sehr dankbar für dein gerade noch rechtzeitiges Erscheinen, weißt du, und auch für deine Pflege.«

»Es ist nicht nur mein Verdienst. Alonzo war es, der all die helfenden Hände dirigiert hat, damit man dich auf einem, zu einer Bahre umfunktionierten Fensterladen ins Haus bringen würde. Er hat dich dann auch ausgezogen und ins Bett gebracht.«

»Ich habe mich schon gewundert.« entgegnete er trocken.

Daraufhin errötete sie dermaßen, dass er sich schon fragte, ob Alonzo nicht vielleicht eine Assistentin hatte, als man ihn auszog. Diese Vorstellung war indes äußerst verlockend. Bevor er noch Genaueres erfragen konnte, fuhr sie fort.

»Alonzo wird natürlich weiterhin in der Nähe sein

und dir zur Verfügung stehen, solange du noch ans Bett gefesselt bist.«

»Gut zu wissen.«

Ihre Wimpern schienen zu erzittern, doch sie vermied noch immer direkten Blickkontakt mit ihm. »Dr. Laborde wird demnächst wieder nach dir sehen, ob du Fortschritte machst, und dir Verband und Unterwäsche wechseln. Ich soll dir noch dringend ausrichten, dass du dich während des Heilungsprozesses so wenig wie möglich bewegen sollst. Du musst noch mindestens drei Tage im Bett bleiben, vielleicht auch noch mehr.«

Dagegen hatte er doch einige Vorbehalte. Seiner Erfahrung nach heilten Wunden schneller und waren auch weniger schmerzhaft, wenn man sich in Maßen bewegte. Im Moment waren allerdings andere Dinge von größerer Wichtigkeit.

»Dr. Laborde hat bei dir eine leichte Gehirnerschütterung festgestellt. Gegen die Schmerzen im Kopf und an deiner Brust hat er mir ein Fläschchen Laudanum dagelassen. Ich werde es dir holen …«

»Nein, danke.«

Jetzt hatte er ihre Aufmerksamkeit wieder, auch wenn sie ihn wenig begeistert ansah.

»Wirklich, es wird dir …«

»Nein.«

Ihre Lippen wurden ganz schmal, und sie blickte wieder an ihm vorbei ins Leere. »Wie du willst.«

Er sah sie skeptisch von der Seite her an. Einen so leichten Sieg hatte er nicht erwartet. Es würde ihn nicht wundern, wenn sie nur ein paar Minuten verstreichen ließ, um es dann erneut zu versuchen. Ein Ablenkungsmanöver schien angebracht zu sein.

»Wie sieht es mit der Hochzeit aus?«

»Es sind bisher noch keinerlei Vorbereitungen in die Wege geleitet worden.«

»Ich hoffe, wir werden das nicht zu lange verschieben.«

Sie warf ihm einen kurzen, skeptischen Blick zu. »Nein.«

Versonnen schaute er sie an, ihre rosigen Wangen, die zarte, sanfte Haut und dieses perfekt geschwungene Kinn. Es erinnerte ihn lebhaft an den Abend im Raucherzimmer, als er die aufsteigende Röte der Erregung bei ihr bemerkte, während er ihr die innigsten Freuden bereitete. Für einen Augenblick war der Schmerz in seinen Lenden größer als der seiner Verletzungen. Diese Verwirrung seiner Gedanken gab ihm eine leise Vorahnung, was noch passieren könnte.

»Ich bin nicht sehr geduldig, wenn ich ans Bett gefesselt bin und bleibe nicht gerne liegen, allerdings …«

»Ja?«

»Es würde mir leichterfallen, das auszuhalten und ruhig zu bleiben, wenn mir vielleicht jemand die aktuellen Zeitungen vorlesen würde oder einen Roman oder was Ähnliches. Ich denke, angesichts der Tatsache, dass jedes Mal, wenn ich mich bewege, mein Kopf schmerzt, als ob er von Thors Hammer getroffen würde, und meine Augen schielend hervorquellen, wäre das eine gute Ablenkung, oder? Auch jemand zum Kartenspielen, so für ein oder zwei Stunden wäre nicht schlecht.«

»Karten«, wiederholte sie mit belegter Stimme.

Letzteres zu erwähnen, war wohl eindeutig ein Fehler. Er wartete darauf, dass er nun zu hören bekam, dass so etwas unmöglich wäre oder höchstens ihr Vater sich darum kümmern könnte.

»Ich kann mit dir spielen«, warf Marguerite hoffnungsvoll ein.

Ein ironisches Lächeln umspielte Reines sinnliche Lippen. »So sei es, falls sie dich nicht stört. Mein Vater hat ihr alle harmlosen Kartenspiele beigebracht.«

Das war zwar nicht gerade das, was Christien sich erhofft hatte, doch das zu seinen Füßen kauernde, süße Kind zu enttäuschen, brachte er nicht übers Herz. »Danke Mademoiselle Marguerite. Ich freu mich schon auf deine Gesellschaft.«

Die Kleine lächelte ihn mit ihren Grübchen auf der Wange kokett an. Reines Miene entspannte sich und wurde zunehmend freundlicher, als sie die beiden beobachtete, allerdings nur für einen Augenblick. Sie ging an das Fußende des Bettes und legte die Hand auf die Schulter ihrer Tochter und ermahnte sie: »Das muss bis morgen früh warten, jetzt ist es für dich Zeit ins Bett zu gehen.«

»Aber *Maman*!«

»Monsieur Christien ist müde und muss sich ausruhen. Lauf schon mal vor, *chérie*.«

Mit vorgeschobener Unterlippe und leicht aufsässigem Gesichtsaudruck jammerte sie. »Du musst aber mitkommen.«

»Gleich.«

»Jetzt«, beharrte sie schmollend.

»Marguerite.« Christien sah sie ermahnend an.

Einen Moment lang dachte er, dass sie ihn einfach ignorieren würde. Zunächst blickte sie ihn so trotzig wie möglich an, dann aber seufzte sie theatralisch und kletterte vom Bett herunter. Mit ihren nackten Füßchen tapste sie aus dem Krankenzimmer und ließ demonstrativ hinter sich die Tür zuknallen.

Nach ihrem Abgang herrschte bedrückende Stille

im Raum, nur der wieder stärker werdende Regen, der auf die Dachziegel prasselte und sich in lautem Geplätscher in die Abflussrinne ergoss, war deutlich zu hören. Gelegentliches, fernes Donnergrollen vervollständigte die Szenerie. Diese nächtliche Atmosphäre mit den draußen tobenden Naturgewalten, schien sie enger zusammenzuschweißen, zumal alle anderen Bewohner des Hauses bereits zu Bett gegangen waren.

Die zufallende Tür ließ einen Luftzug durchs Zimmer wehen und wirbelte die Falten von Reines Nachtgewand auf. Christien schaute schnell zu Seite, denn der feine Stoff, der ihren Körper umhüllte, gab mehr von ihren sanften Kurven frei, als es für ihn im Moment zuträglich war. Er wollte nicht dabei erwischt werden, wie er seine Zukünftige versonnen anstarrte, so sehr es ihn auch reizte, genau dies zu tun.

»Ich muss dich bitten, das nie mehr zu tun«, warf Reine plötzlich ein.

»Bitte?«

»Deine Autorität in dieser Weise auszuspielen. Du bist nicht Marguerites Vater.«

»Noch nicht«, verbesserte er.

»Sie ist mein Kind. Auch wenn wir … verheiratet sind, wäre es mir lieber, wenn ihre Erziehung in meinen Händen verbleibt.«

Ärger stieg in ihm auf, und zwar nicht so sehr, weil sie ihm das Recht verweigerte, Marguerite Anweisungen zu geben, sondern weil sie ihn dadurch aus dem innersten Kreis ihrer Familie ausschloss. »Ich werde für sie genauso die Verantwortung tragen, als ob sie mein eigenes Kind wäre. Deshalb sollte ich auch ein Wörtchen mitreden dürfen, wenn es um ihre Erziehung geht. Nein, warte«, fuhr er fort, noch bevor sie ihren Mund zu einem Widerspruch öffnen konnte. »Meine

Absicht ist es nicht, deine Autorität infrage zu stellen, sondern dir vielmehr beizustehen. Es wird immer mein Ziel sein, dich in dem, was du tust, zu unterstützen.«

Der Ärger in ihrer Miene wich langsam einem neutralen, aber angespannten Gesichtsausdruck, was ihm plötzlich sonderbar erschien. Ihr zarter, blasser Hals bewegte sich sanft, als sie schluckte und antwortete. »Ich habe die letzten fünf Jahre das alles sehr gut ohne deine Hilfe geschafft.«

»Natürlich hast du das, aber warum solltest du so weitermachen, wenn ich da bin und dich unterstützen kann?«

Er zögerte, fuhr dann aber fort, da er keine Ahnung hatte, wann wieder eine günstige Gelegenheit kommen würde, das heikle Thema anzuschneiden. »Apropos, hast du schon einmal darüber nachgedacht, dass man den großen Hund bei Marguerite im Kinderzimmer übernachten lassen könnte?«

Irritiert fragte sie zurück. »Chalmette? Aber warum?«

»Er wäre vielleicht ein guter Schutz für sie.«

»Schutz.«

Er ignorierte Reines misstrauischen Unterton und erklärte weiter. »Sie glaubt, dass sie von einer Erscheinung namens *loup-garou* heimgesucht wird, und der kommt nur zu ihr. Wenn es gelingt, sie zu überzeugen, dass der Hund Alarm schlägt und den Bösewicht in Schach hält oder gar vertreibt, wäre sie vielleicht etwas beruhigter.« Er wartete auf eine Antwort von ihr, voller Sorge, dass sie seinen Vorschlag missbilligen würde, allein aus dem Grund, weil er von ihm stammte.

Reine starrte ihn einige Sekunden lang an, nickte schließlich zustimmend und entgegnete schmallippig. »Das ist zumindest einen Versuch wert, vielleicht können wir alle dann mal eine ruhige Nacht verbringen und Marguerite womöglich auch. Ich werde mich darum kümmern.«

»Wunderbar.« Er sagte dies, ohne den Mund zu einem Lächeln zu formen, war aber trotzdem besorgt, dass man ihm seine innere Bewegtheit anhörte, denn die Kleine lag ihm wirklich am Herzen.

Sie drehte sich um und war schon auf dem Weg zur Tür, so als ob sie jetzt Chalmette holen wollte, als sie plötzlich noch einmal ihren Kopf herumwarf und ihn aus den Augenwinkeln anblickte. »Ich muss das wirklich wissen: Hast du keine Ahnung, wer da hinter dir her war, und wird derjenige wiederkommen, um sein Werk zu vollenden?«

»Ja, die eine oder andere Idee vielleicht«, gab er zu, »aber sicher bin ich mir nicht.«

»Bist du dir ganz sicher, dass diese Racheaktion nicht vielleicht mit einer deiner früheren ... Zusammenstöße in Verbindung zu bringen ist? Könnte es nicht damit zusammenhängen, dass dich der ein oder andere heimgesucht hat, den du vielleicht zu einem Duell herausgefordert hast oder dem du einen anderen Anlass gegeben hättest, dich zu töten?«

Er sah sie mit zweifelndem Blick an. Es schien fast so, als würde sie mehr über ihn wissen, als es ihm lieb war. »Nicht, dass ich wüsste.«

»Ich frage dich das nicht aus bloßer Neugierde heraus, verstehst du, sondern ich mache mir Sorgen um Marguerite und den Rest meiner Familie. Wenn du von Feinden verfolgt wirst und diese tödliche Gefahr mit auf River's Edge bringst, dann ist unsere Abmachung hinfällig.«

Sein verwünschter Ruf als Fechtmeister, das war der Grund ihrer Sorge. Die Tatsache, dass er gezwungen wurde, seine Integrität zu verteidigen, ging ihm eigentlich gegen den Strich, aber da musste er wohl durch. »Es ist mitnichten so, dass ich eine Spur von Mord und Totschlag hinter mir herziehe, aus der sich zahlreiche Vergeltungsschläge ergeben würden, auch wenn du vielleicht das Gegenteil annimmst«, sagte er ernst. »Sollte es jedoch zufällig den ein oder anderen geben, der sich aufgrund früherer Begebenheiten dazu veranlasst sieht, mich zu stellen, dann, so sei versichert, bin ich durchaus in der Lage, nicht nur mich selbst, sondern auch deine Familie zu verteidigen, denn sie wird auch die meinige sein.«

»Ich hoffe, du hast recht.«

»Darauf kannst du dich verlassen«, sagte er so vertrauenserweckend wie möglich. »Niemand wird die meinigen anrühren, niemand.«

Fünfzehntes Kapitel

Nachdem sie tagelang nahezu ununterbrochen genäht hatte, war Christiens Hemd fast fertig geworden. Sie ließ ihre Nadel entlang des Saumes gleiten und verknotete nach dem letzten Stich das Ende des Fadens. Die letzten Sonnenstrahlen des Tages ausnutzend, hielt sie das Hemd während der Arbeit in den Schein des Lichts, welches in warmen Farben durch die Balkontüren hereinflutete. Ab und zu blickte sie auf, streckte und reckte sich, damit sich ihre durch die gebückte Arbeit verkrampften Schultern entspannten, und beobachtete aus den Augenwinkeln heraus, wie es ihrem Patienten ging. Er schlief, seine Arme waren seitlich neben ihm ausgestreckt und ruhten auf der Bettdecke, sein Kopf lag friedlich auf dem Kissen, mit dem Gesicht zu ihr gewandt.

Die letzten güldenen Strahlen der Sonne beschienen seine ebenmäßigen Gesichtszüge und ließen sie aufgrund seiner bronzefarbenen Haut wie die Maske eines Kriegsgottes glänzen. Die Farbgebung war dabei genauso faszinierend wie seine dichten Wimpern und die hervorstechenden Wangenknochen, die sicherlich auf seine indianischen Vorfahren zurückzuführen waren.

Der Unterschied zwischen ihrer und seiner Hautfarbe war an jenem Abend im Raucherzimmer besonders deutlich geworden. Drei Tage … fast vier musste es nun her gewesen sein; wie seltsam, dass ihr alles noch so frisch im Gedächtnis haftete. Es war auch sonderbar, wenn man bedachte, dass sie sich beide nie begegnet wären, wenn er es nicht darauf angelegt hätte, River's Edge beim Kartenspielen zu gewinnen. Die gesellschaftlichen Schranken hätten es ihr nie erlaubt, sich mit ihm einzulassen, selbst wenn sich ihre Wege gekreuzt hätten. Aber die Umstände waren nun einmal so, dass sie das Schicksal zusammengebracht hatte, und ihr war es durchaus erlaubt, sich seiner Anziehungskraft hinzugeben. Oh ja, und sie auf sich wirken zu lassen.

Sie hatte solch ein Verlangen, ein unstillbares Verlangen nach ihm, an jenem Abend, als sie sich so nahe kamen. Er hatte sein Bestes gegeben, um sie vom Gegenteil zu überzeugen, aber sie kannte sich besser. Zum Beweis ihrer Sehnsucht nach ihm musste sie nur seine Lippen betrachten, und ihr Körper reagierte sofort darauf. Allein sein Anblick und das heraufbeschworene Bild, wie er sie wohl küssen mochte, ließen warme Wellen der Erregung über sie hereinbrechen. Diese Gefühle schienen völlig losgelöst von der Tatsache, dass sie ihm mitunter nicht traute und er sie hin und wieder beleidigte.

Immerhin hatte er sich als äußerst stoischer Patient erwiesen. Ihr Vater hingegen verlor schnell seinen gutmütigen Charakter, wenn er krank war, und verfluchte alle Doktoren als Quacksalber. Anders ihre Mutter, die dazu neigte, in Selbstmitleid zu zerfließen, vor sich hinzujammern und noch mehr Betreuung verlangte, als ihr sowieso schon zuteilwurde. Marguerite wiederum war meist eher aufsässig, zumindest bis sie Fieber bekam, dann allerdings eher gleichgültig und sanftmütig. Was Theodore anbelangte, so war er im Falle einer Krankheit reizbar und ungenießbar. Meist tyrannisierte er alle mit ausgefallenen Wünschen, die von vorneherein unerfüllbar waren. Überdies konnte er Schmerzen nur sehr schlecht aushalten.

Die beiden Männer waren so verschieden, wie zwei Menschen nur sein konnten.

Christien ließ sich von einer einmal getroffenen Entscheidung nicht abbringen, das hatte sie schon am ersten Tag gelernt. Im Gegensatz zu ihrem Vater neigte er nicht im Geringsten dazu, herumzutoben oder über jemanden fluchend herzuziehen. Auch sprach er nicht, wie Theodore, irgendwelche seltsamen Drohungen aus. Er sagte immer einfach, was ihm nicht passte, und handelte auch danach.

Manchmal konnte das einen in den Wahnsinn treiben, denn er blieb dann recht stur, so wie mit dem Laudanum. Zumindest hatte sie keinen Anlass, sich zu beschweren, denn sie kannte ja seine Meinung dazu.

Am Anfang dachte sie noch, dass er vielleicht richtig damit lag und die Tinktur wirklich nicht bräuchte und die betäubende Substanz ihm nicht nutzen würde. Seine Heilung verlief auch erst einmal überraschend gut, schon am ersten Tag war er nicht mehr richtig bettlägerig, sondern schaffte es bereits, in einem Stuhl zu sitzen. Am nächsten Tag lief er schon um sein Bett herum und womöglich auch noch weiter, wenn sie ihn nicht überwachte. Die Schnittwunden im Gesicht heilten am schnellsten und waren bald nur noch als dünne rote Striche zu erkennen.

Sein Kopfweh indes besserte sich kaum. Dr. Laborde bestand darauf, dass das Laudanum helfen würde. Sie bot ihm alles Mögliche an, nur damit er sich einsichtig zeigen würde, doch ohne Erfolg.

Das war ein Fehler gewesen, sie hätte Christien niemals anbieten sollen, ihn für seine Kooperation zu entlohnen. Daraufhin hatte er nämlich den Vorschlag so schnell aufgegriffen, dass ihr keine Zeit mehr blieb, sich zu wehren. Sie schüttelte den Kopf, als sie sich daran erinnerte, wie er sie überlistete.

»Ich bin ja kein Freund von süßen Sachen, zumindest was Kuchen und Torten anbelangt«, sagte er mit ernster Miene, während er halb aufrecht mit seinem Kopf gegen sein Kissen lehnte. »Es gibt allerdings eine Sache, die ich als angemessene Entschädigung für das Schlucken deiner Giftmixtur in Erwägung ziehen würde.«

Sie beäugte ihn mit Argwohn. »Und was wäre das?«

»Der Geschmack von etwas, das süßer ist als Kuchen und die Bitterkeit des Laudanums verdrängt. Es ist etwas, das dem Trank der Götter sehr nahe kommt.«

Sein Blick ruhte auf ihren Lippen; sie müsste sich schon besonders dumm stellen, wenn sie diese Andeutung missverstehen würde.

»Oh, nein«, entgegnete sie und trat vom Bett einen Schritt zurück.

»Ich denke schon, doch«, lachte er sie an und griff nach ihrer Schürze.

»Lass mich los.« Sie hätte sich schon befreien können, so viel war sicher, vielleicht hätte sie ihm dabei aber ein wenig wehgetan, und das wäre undenkbar gewesen. Der liebevolle, teuflische Blick in seinen tiefdunklen Augen hatte bestimmt nichts damit zu tun, dass sie blieb, auf keinen Fall.

»Ich glaube nicht, dass ich das kann. Laudanum ist ein sehr starkes Medikament, aber nur halb so wirksam wie dein Kuss.«

»Sei nicht albern.« Sie ließ es zu, dass er sie näher ans Bett heranzog, indem er ihre Schürze um seine Faust wickelte.

»Nein, glaub mir. Du könntest ein Vermögen machen im Krankenhaus, allerdings weiß ich nicht, was du dann mit all den Liebestrunkenen anstellen solltest, die dir nach Hause folgen würden.«

»Unsinn.«

»Nicht im Geringsten. Ich bin ein gutes Beispiel dafür, denn ich bin der Liebestrunkenste von allen.«

Auf diese Behauptung hatte sie keine Antwort mehr und ihre Gegenwehr brach zusammen. Er zog sie zu sich herunter, bis ihre Lippen zueinanderfanden. Dann umgarnte er sie mit seiner warmen Zunge, bis sie schließlich dahinschmolz. Als ihre Lippen sich öffneten, bemächtigte er sich ihrer Zunge und lud sie zu einem verschlungenen Tanz ein, ließ sie seinen Mund und seine Zunge nach Herzenslust erkunden.

Sie war einfach hingerissen von seinem Humor, seinem Wagemut und seiner Leidenschaftlichkeit. Irgendwie gelang es ihm, in einem Bruchteil eines Moments, sie an den Hüften zu packen und auf das Bett neben ihm zu heben und sie vorsichtig in seine Arme zu schließen. Langsam bahnte sich seine rechte Hand von ihrem Hals, direkt auf ihrer nackten Haut, den Rücken hinunter ihren Weg, während es seiner linken gelang, über ihre Hüfte und Schenkel streichelnd, schließlich ihr bloßes Knie zu berühren. Mit seinen langen, starken Fingern bahnte er sich einen Weg durch ihre Unterröcke, während sie in erwartungsvoller Lust ruhig dalag, aber umso heftiger atmete. Sie wollte es unbedingt, ihr ganzer Körper sehnte sich danach, dass er sie zwischen den Schenkeln berührte, dort, wo ihre Pantalons eine dezente, kleine Öffnung hatten.

Der Schock über die Heftigkeit ihres Begehrens ließ sie aus der Trance des Liebesspiels aufschrecken und wieder zur Besinnung kommen. Diesmal war sie es, die ihn von sich wegstieß. Sie stand abrupt auf, goss einige Tropfen Laudanum in ein Wasserglas und hielt es ihm auffordernd hin.

Glücklicherweise hatte sie ihren Verstand nicht so weit abgeschaltet, als dass sie ihr eigentliches Unterfangen vergessen hätte – ein schwacher Trost.

Und immerhin, sie hatte sich durchgesetzt, er nahm schließlich das Laudanum ohne weiteres Murren. Daraufhin atmete er tief und entspannt, die ganzen Schmerzen, die sich zuvor in seiner Miene abgezeichnet hatten, wichen einem ausgeglichenen Gesichtsausdruck. Das Kopfweh schien endlich besiegt zu sein.

Sie hatte allerdings ihre Zweifel, ob man ihn länger als einen weiteren Tag ans Bett binden könnte. Irgendwie fühlte sie, dass ihn nur ganz bestimmte, persönliche Angelegenheiten hier im Haus festhielten. Ab und zu ertappte sie ihn dabei, wie er sie fragend ansah, doch sie hatte Angst davor, der Sache auf den Grund zu gehen.

Bisher hatten sie nur ganz kurz über jenen Abend gesprochen, als er angeschossen wurde, aber er hatte ihr nicht den kleinsten Hinweis gegeben, weshalb er nächtens unterwegs war und was der Grund dafür sein könnte, dass man ihn überfallen hatte. Vielleicht schwieg er aus Solidarität zu den anderen Fechtmeistern, mit denen er innerhalb der Bruderschaft eine Rangfolge auskämpfte. Es könnte aber auch sein, dass er aus Sicherheitsgründen niemandem davon erzählte, weil er eine tödliche Gefahr bis vor die Tore von River's Edge gebracht hatte.

Er war so zurückhaltend, was dieses Thema anging, dass Reine es auch nicht gewagt hatte, ihm davon zu erzählen, dass sie ihm gefolgt war und sich so dicht auf seine Fersen geheftet hatte, sodass sie Zeuge des

Überfalls wurde und durch ihre Anwesenheit womöglich sogar die Angreifer daran hinderte, ihr Werk zu vollenden. Aber vielleicht legte sie sich das auch nur als Ausrede so zurecht. Das schien zumindest die bessere Alternative zu sein als die Vorstellung, man hielte sie für ein eifersüchtiges Weib, das sich in alles einmischte und ihren Mann misstrauisch verfolgte und ihm nachspionierte.

Schon der Gedanke daran trieb ihr die Schamesröte ins Gesicht. Es jetzt zu gestehen, wäre kaum ertragbar. Trotz alledem konnte sie sich leichter damit abfinden, dass sein Ausflug nach New Orleans etwas mit der Bruderschaft der Fechtmeister zu tun hatte und nichts mit fremden Frauen, denen er nachstieg.

Sie hätte es sich eigentlich denken können, dass er nicht zu dieser Sorte Mann gehörte, denn nichts in seinem Verhalten und seiner Art legte dies nahe. Vielmehr lag es an ihrer eigenen schlechten Erfahrung mit ihrem früheren Ehemann, dass sie sich so misstrauisch zeigte.

An der Tür zum Flur hörte man plötzlich ein kurzes, diskretes Klopfen. Sie blickte auf, dankbar für die unerwartete Ablenkung. Es war sicher Alonzo, denn niemand sonst machte sich so sachte bemerkbar.

»Ein Besucher für Monsieur Christien, Madame«, kündigte der dienstfertige Butler an, als er mit gebotener Zurückhaltung das Schlafgemach betrat. »Soll ich den Mann hereinbitten?«

Den Mann und nicht den Herrn, wunderte sich Reine über die feine Nuance in der Ankündigung von Alonzo. Sie blickte liebevoll auf den schlafenden Christien und wollte schon den Mund öffnen, um dem Diener mitzuteilen, dass es ihm noch nicht gut genug gehe, um Besuch zu empfangen, da trat der Ankömmling auch schon umstandslos hinter Alonzo in das Zimmer des ruhebedürftigen Patienten ein.

»Lucien Vinot, zu Ihren Diensten«, stellte er sich mit leiser Stimme vor, während er in die Mitte des Raumes vordrang. »Und Sie müssen Madame Pingre sein, nehme ich an. Ich habe schon so viel von Ihnen gehört.«

Dieser Monsieur Vinot war schlank und groß, aber irgendwie auch stocksteif. Sein Haar war silbergrau, genauso wie seine Augen. Die Kleider, die er trug, bestanden aus einem schlichten Ensemble von schwarz und weiß. Er hatte tiefe Falten im Gesicht, vor allem um die Mundpartie, sodass man den Eindruck gewann, ein Lächeln müsste sich jedes Mal durch mehrere Lagen von schwersten Sorgen kämpfen. Seine Haut war aschfahl, so als hätte er nie je die Sonne gesehen, und um seine Lippen spielte ständig ein leichtes Zucken.

Er sah nicht gerade so aus wie ein Mann, mit dem sich Reine abgeben sollte, aber da er nun einmal vor ihr stand, legte sie ihr Nähzeug beiseite und wandte sich ihm wohl oder übel zu. »Guten Abend, Monsieur Vinot«, begrüßte sie ihn, stand auf und ging auf ihn zu, um ihm die Hand zu reichen, wobei sie sich so leise wie möglich verhielt, damit Christien nicht aufwachte. »Es tut mir leid, sie enttäuschen zu müssen, aber mein Verlobter schläft noch, wie Sie ja sehen können.«

»Ich werde nicht lange bleiben, sondern wollte mich nur kurz vergewissern, dass mit ihm alles in Ordnung ist.«

Die zurückhaltenden Worte unterstrichen das Gefühl, das Reine überkam, als sie seine zitternde Hand drückte. Ihre mangelnde Zuvorkommenheit erschienen ihr plötzlich schäbig und gemein. »Darf ich Ihnen vielleicht eine Erfrischung anbieten, während wir unten im Salon gemeinsam warten, bis er aufgewacht ist.«

Vinot wollte gerade auf die höfliche Einladung reagieren, als sich Christien plötzlich, von seinem Bett aus, hinter Reine bemerkbar machte.

»Ich bin schon wach, *chérie*.«

Sie drehte sich überrascht um, denn einerseits freute sie sich zwar, seine Stimme zu hören, andererseits war sie auch ein wenig besorgt, dass er trotz der narkotisierenden Medizin so leicht aus seinem Genesungsschlaf aufgewacht war. Seine Augen waren hell und klar, als sie seinem Blick begegnete, und noch etwas entdeckte sie, einen besonderen Schimmer, der ihr bewusst werden ließ, dass sie ihn soeben als ihren zukünftigen Ehemann vorgestellt hatte.

Ihr eigenes Verhalten verwirrte sie zutiefst, denn es war eine Sache, sich dem Unvermeidlichen zu fügen, doch etwas ganz anderes, es sich zu eigen zu machen. Sie musste aufpassen, sonst würde sie am Ende noch zu einer dieser unterwürfigen und willfährigen Frauen werden, die ihren Ehemann abgöttisch lieben und überall herumerzählen, wie sie es geschafft haben, ihn an sich zu binden.

Diese Angstvorstellung wurde sogleich von einer anderen ergänzt, nämlich was wäre, wenn Christien die ganze Zeit über gar nicht richtig geschlafen hätte? Konnte das sein? Wirkte das Laudanum bei ihm nicht richtig? Dabei war es ihr zunächst egal, dass er in diesem Fall womöglich gesehen hätte, wie sie ihn immer wieder liebvoll beobachtet hatte, aber er wusste wohl sowieso schon, woran er mit ihr war.

»Das trifft sich ja gut«, erwiderte sie sanft, bevor sie sich wieder ihrem Gast zuwandte. »Nun denn, kommen Sie, Monsieur Vinot, und nehmen Sie meinen Stuhl. Ich lasse euch beide kurz allein, um in der Küche ein wenig Wein und Kuchen zu holen.«

Das war natürlich nur eine Ausrede. Sie hätte gut auch Alonzo schicken können, damit er etwas besorgte. Vielmehr wollte sie Christien und seinem Freund ein Minimum an Privatsphäre zugestehen. Es war ihr wichtig, sich nicht in die Freundschaften und Bekanntschaften von Christien einzumischen, und er sollte das auch merken.

Als sie die Treppen herunterkam und gerade um den letzten Eckpfosten herumging, um sich auf den Weg in die Küche zu machen, platzte Paul zur Eingangstür herein. Im gleichen Augenblick sah auch er seine Schwester und blieb abrupt stehen, mit so fahlem Gesicht, dass seine sonst eher matten Sommersprossen wie braune Flecken auf der Haut wirkten.

»Hast du Papa gesehen?«, fragte er atemlos.

»Nicht mehr seit dem Mittagessen«, antwortete sie besorgt.

»Was ist los? Was willst du von ihm?«

»Hast du den Mann gesehen, ich meine den, der gerade hierher geritten ist?«

»Er ist oben bei Christien. Was ist mit ihm?«

»Das ist Vinot! Ich könnte es nicht glauben, wenn ich es nicht selbst gesehen hätte. Dass der es wagt, nach River's Edge zu kommen, ist einfach unfassbar.«

»Wovon redest du denn überhaupt?« Reine versuchte, im Gesicht ihres Bruders einen Anhaltspunkt für seine Aufregung zu finden, und wunderte sich gleichzeitig, dass sie so unvorsichtig war, den Mann mit Christien einfach alleine zu lassen. Auch wenn er sich mittlerweile ganz gut erholt hatte, so war er immer noch weit davon entfernt, zu seiner alten Stärke gefunden zu haben. Er hatte viel zu viel Blut verloren. Falls Vinot zu den Männern gehörte, die ihn angegriffen hatten, so könnte er ihn in seinem Zustand kaum abwehren.

Paul fuhr sich durchs Haar und strich sich seine langen Strähnen aus dem Gesicht. »Das weißt du nicht? Ich dachte, du wüsstest inzwischen Bescheid.«

»Sag mir jetzt sofort, was du da die ganze Zeit vor dich hinmurmelst, oder ich werde hysterisch«, fuhr sie ihn mit aller Strenge an.

»Das sollte ich vielleicht gar nicht.«

Der Blick, den ihr Bruder aufsetzte, war der eines Herrn von Stand, der es aus Gründen des Anstandes vermied, einer Dame etwas für sie Unangenehmes mitzuteilen. Das brachte sie zur Weißglut. »Paul!«

»Oh, schon gut«, rief er aus und hob zum Zeichen seiner Kapitulation die Hände. »Vinot ist der Vater des Mädchens, das Theodores heimliche Flamme war. Verstehst du, was ich meine?«

Ihr war bewusst, dass er jemanden gehabt hatte, aber sie kannte ihren Namen nicht. Sie nickte nur kurz.

»Er hat sie mit der üblichen Masche herumgekriegt, dann hat er sie verlassen, mit der Begründung, sie würde ihn betrügen. Die Sache ist nur, dass sie nicht irgendein Flittchen von der Rue Gallatin war, sondern ein unschuldiges, erst fünfzehnjähriges Mädchen aus gutem Hause.

Das sah Theodore nur zu ähnlich, dachte Reine verbittert, sich jemanden auszusuchen, der noch unerfahrener war, als er selbst. Als sie Pauls besorgten Blick sah, fragte sie ihn. »Wer hat dir das erzählt?«

»Papa, aber es ist auch allgemein bekannt, zumindest auf der Passage de la Bourse. Weißt du, Vinot ist einer der ältesten und am meisten respektierten Degenfechter. Außerdem führt er einen Salon auf dieser Straße der Fechtmeister. Er ist eine Legende – oder war es zumindest, bis er vor zwei Jahren seine Schule schloss. Niemand reichte auf der Blanche an ihn heran. Er hat sie alle unterrichtet, jeden im Vieux Carrée, der heutzutage einen halbwegs guten Ruf im Fechten hat. Die Liste seiner bisher ausgefochtenen Duelle ist unendlich lang, und er ist wirklich unheimlich gut. Und dieser Vinot hat geschworen, dass er Theodore umbringen würde, für das, was er seiner Tochter angetan hat.«

Langsam dämmerte ihr es. »Deshalb ist Theodore damals also aus der Stadt geflohen, in jener Nacht, in der er umgebracht wurde.«

»Genau. Er hatte eine unglaubliche Angst vor dem alten Mann, vor allem, nachdem das Mädchen auf dem Kindbett verstarb. Völlig außer sich und unfähig klar zu denken, dachte er, dass er sich hier verstecken könnte. Hat aber nicht funktioniert.«

Reine hatte schon gemutmaßt, dass ihn in dieser tödlichen Nacht einige Schwierigkeiten dazu veranlasst hatten, von New Orleans zunächst nach Bonne Espèrance herauszureiten und dann weiter nach River's Edge. Sie dachte an Spielschulden und Zahlungsrückstände in diversen Geschäften, machte sich aber keine weiteren Gedanken darum, da sie Ähnliches bereits von ihrem Vater gewöhnt war. Nie wäre sie auf die Idee gekommen, dass so etwas Schreckliches dahintersteckte.

»Glaubst du, dass Monsieur Vinot Theodore umgebracht hat?«

»Wäre gut möglich, oder? Seine Frau ist schon vor einigen Jahren gestorben, und seine Tochter war sein einziges Kind. Sie hat ihm den Haushalt geführt und sich auch um die Räume der Fechtschule gekümmert. Man sagt, dass er nach ihrem Tod halb verrückt wurde.«

»Aber sich so übel zu rächen.« Allein bei dem Gedanken daran zuckte sie zusammen.

»Du hast recht, das macht keinen Sinn. Man würde eher einen schnellen, blutigen Kampf mit der Klinge erwarten und nicht so einen feigen Hinterhalt. Allerdings wäre Theodore sicherlich nie ein offenes Duell mit Vinot eingegangen.«

Bestimmt nicht, dachte Reine. Seine Fehler einzugestehen und sich deren Konsequenzen zu stellen, war noch nie Theodores Stärke gewesen. Ein junges Mädchen schwanger sitzen zu lassen und die Vaterschaft nicht zuzugeben, das sah ganz nach Theodore aus.

Sie wünschte sich, sie hätte all dies schon vor zwei Jahren gewusst, dann hätte sie vielleicht ihrem Leben weniger hinterhergetrauert, ihrem Leben als angesehene junge Frau, die einem Haushalt vorstand und Teil einer glücklichen und unbescholtenen Familie war, die aufging in der ihr zugedachten Rolle als Ehefrau und Mutter.

»Vinot erscheint mir nicht sehr Furcht einflößend zu sein«, dachte sie laut und griff damit Pauls Gedanken wieder auf.

»Christien ist das ja auch nicht, darauf würde ich mich nicht verlassen.«

»Nein«, antwortete sie versonnen und dachte dabei an die sich sanft bewegenden Schatten im Klostergarten von St. Anthony und das metallene Geräusch der sich kreuzenden Klingen. Sie holte tief Luft und nahm noch einen Anlauf, ihre Gedanken zu ordnen. »Aber, wenn Vinot Schuld am Tod von Theodore war, was hat dann der Angriff auf Christien damit zu tun? Langsam glaube ich, dass eines zum anderen geführt an.«

Paul schaute sie grimmig an. »In welcher Hinsicht?«

»Ich bin mir da nicht sicher, aber irgendetwas ist da am Werk, was nicht bloßer Zufall ist.«

»Vor allem, weil Vinot jetzt hier ist, ich verstehe schon, was du meinst. Was hat er als Grund seines Besuches genannt?«

»Nur, dass er ein Freund von Christien ist. Als ich das Zimmer verlassen habe, konnte ich noch hören, wie er erwähnte, dass ihm der Überfall zu Ohren gekommen sei und er von Christiens Verletzung erfuhr.«

»Freund.« Die Stimme ihres Bruders klang äußerst zweifelnd.

»Sie sind beide Fechtmeister«, sagte sie, instinktiv auf der Suche nach einem Grund für die seltsame Begebenheit.

»Das sollte man immer im Auge behalten.« Er blickte nachdenklich an ihr vorbei. »Könnte sein, dass ich mal nachsehen sollte.«

»Du warst doch auf dem Weg zu Papa, nicht wahr? Ich gehe jetzt zurück in das Krankenzimmer.«

»Aber, was, wenn …«

»Monsieur Vinot plant sicher keine Gewalttaten gegen mich. Ich habe ihm schließlich nichts getan.«

Pauls Miene blieb finster, als er seiner Schwester nachgab, sich umdrehte und zurück durch die Eingangstür das Haus verließ. Über die Schulter rief er ihr noch zu: »Ich komme bald wieder, mit oder ohne Papa.«

Ja, aber was würde er tun, wenn er zurückkäme? Was würde er tun? Reine wollte sich darauf keine Antwort geben.

Als sie kurze Zeit später vor der Tür zu Christiens Schlafzimmer stand, machte sie sich nicht die Mühe, anzuklopfen, sondern trat einfach ein, Alonzo im Schlepptau, der ein mit Essen und Getränken beladenes Tablett trug. Zuvor hörte sie noch durch die Tür, wie Christiens Stimme vor Ärger anschwoll und er ausrief: »Ich vergesse ganz bestimmt nicht, dass sie der Schlüssel zu …«

Er brach in dem Moment seine Ausführung ab, als sich die Tür öffnete und Reine hereinkam. Sie tat so, als ob sie nichts gehört hätte und ganz in ihrer Rolle als Gastgeberin aufging. Sie wies Alonzo an, sein Tablett abzusetzen und Kuchen und Wein zu verteilen, damit sich jeder wohlfühlte. Als alle bedient waren, fing sie an, die Stimmung mit ein paar trivialen Floskeln möglichst angenehm aufzufangen, sodass keine peinliche Stille entstünde.

Der letzte Satz, den sie durch die geschlossene Tür aufgeschnappt hatte, klang ihr jedoch noch lange in den Ohren, und es war kein angenehmes Geräusch. Während sie Freundlichkeiten von sich gab, um eine unverfängliche Unterhaltung am Leben zu erhalten, explodierten ihre Gedanken.

Was bedeutete das, was konnte es bloß bedeuten, dass der Mann, den sie demnächst heiraten würde, ein Freund des Vaters desjenigen Mädchens war, welches ihr toter Ehemann in Schande sitzengelassen hatte? Die Angriffe auf Theodore und Christien mussten irgendwie zusammenhängen. Natürlich machte sie sich Sorgen, denn von wem sonst als ihr selbst hatte Christien eben so geheimnisvoll gesprochen, dass er bei ihrem Erscheinen verstummte?

Aber was für ein Plan lag hier zugrunde, wo war die Verbindung zwischen dem Verschwinden von Theodores Leiche aus River's Edge und Christiens Anwesenheit vor dem Théatre d'Orléans in jener verhängnisvollen Nacht, zwischen den Spielschulden ihres Vaters, dem Heiratsarrangement und dem Duell im Klostergarten. Nur Rache, ansonsten immer ein guter Grund, schien aber allein nicht auszureichen für diese komplexe Scharade.

Ja, und was bedeutete dies aber nun für sie? War die von Christien vorgeschlagene Hochzeit mit ihr nur eine Farce? Würde sie dann in letzter Minute aufgelöst werden oder gar mit aller Konsequenz vollzogen werden, sozusagen als eine Form intimer Vergeltung?

Sie spürte, wie sie nur noch gequält lächeln konnte. Die bleierne Last auf ihrem Herzen war einfach zu groß, und der Schmerz saß zu tief. Es tat so weh, erkennen zu müssen, dass sich ihre Hoffnungen zerstörten. Wie freudig hatte sie in letzter Zeit doch der Hochzeit mit Christien entgegengefiebert. Damit war es nun vorbei, denn wie konnte sie mit einem Mann glücklich werden, der ihre Verbindung als eine Art von Racheakt betrachtete?

Ihr Vater kam schnaufend die Treppe herauf ins Zimmer, atemlos vor Eile und mit dem Abdruck eines Kopfkissens im Gesicht, der eindeutig darauf hindeutete, dass er in irgendeiner Ecke des Hauses ein Nickerchen gemacht hatte. Paul war ihm dicht auf den Fersen, mit nervösem und sorgengeplagtem Gesichtsaudruck sah er dabei älter aus, als er eigentlich war. Nach Vergrößerung der Runde wurde noch mehr gegessen und getrunken, während die Unterhaltung weiterhin so oberflächig wie möglich verlief.

Nach einer gewissen Zeit wandte Reine sich Vinot zu. »Verbringen Sie zufällig den Sommer auch hier in der Nähe, Monsieur?«, fragte sie verzweifelt.

»Nein, nein«, antwortete er lächelnd. »Obwohl mir durchaus bewusst ist, dass diese offene Felderlandschaft hier gesünder ist und das Fieber weniger verbreitet scheint, ziehe ich doch die Stadt vor. Wenn Sie die Straße am Fluss entlang im Sinn hatten, die an den fiebrigen Sümpfen und Flussauen vorbeiführt, so ist sie nicht so lang, als dass man diesen Ritt nicht mal für einen Krankenbesuch zu einem Freund in Kauf nehmen könnte.«

»Sie müssen auf jeden Fall zu unserer Hochzeit kommen.« Sie drehte sich zu Christien um. »Hast du ihn schon eingeladen?«

»Ich hatte es durchaus vor.«

Er blickte sie fragend an, doch sie wich ihm aus und schaute zur Seite, unfähig, diese Intimität und den Gedanken an die bevorstehende Hochzeit zu ertragen. »Dann ist das so abgemacht. Ich freue mich für Christien, dass jemand seiner Freunde dabei sein wird.«

»Die anderen werden sicher auch kommen«, ergänzte Vinot mit hochgezogener Augenbraue. »Der Conde de Lérida und seine bezaubernde Condessa, O'Neill, Pasquale, Blackford, Wallace und ihre Frauen.«

»Wallace ist jetzt wieder in Kentucky«, entgegnete Christien. »Er und Madame Sonia kommen vielleicht im bevorstehenden Winter nach New Orleans zurück, aber womöglich auch nicht. Die anderen sind ein bisschen in alle Winde zerstreut, aber ich hoffe, sie werden trotzdem erscheinen, mit ihren Kindern und der Dienerschar.« Er drehte sich zu Reine um. »Marguerite wird sich auf ein bisschen Abwechslung freuen. Wo wir gerade von ihr sprechen, wo ist sie eigentlich? Es sieht ihr gar nicht ähnlich, die Feier hier zu versäumen.«

Es tat weh, dass er mit so einer Selbstverständlichkeit an das Vergnügen ihrer Tochter dachte, sinnierte Reine vor sich hin. Auch, dass er schon in Betracht gezogen hatte, wen er alles zu Hochzeit einladen würde. Er sprach mit einer solchen Natürlichkeit davon, dass es ihr unmöglich schien, dass hier etwas nicht stimmen würde und er etwas Böses im Schilde führen könnte.

Sie wischte ihre Zweifel für einen Moment beiseite und antwortete: »Marguerite ist gerade in der Küche und entkernt Rosinen, die dann als Augen und Mantelknöpfe für die Männchen aus Ingwerbrot herhalten müssen. Die Ingwerbrote müssten dann bald fertig sein, dann kann jeder davon mal kosten.«

»Verzeihen Sie, aber ich leider nicht mehr«, warf Vinot ein und stand mit steifen Gliedmaßen langsam wieder auf. »Es ist an der Zeit, mich zu verabschieden. In Anbetracht solch feiger Angriffe hier in der Nachbarschaft, wie sie Christien erlitten hat, ist es ratsam, nicht mehr nach Einbruch der Dunkelheit auf der Straße zu sein.«

Diese Bemerkung markierte eindeutig das Ende der Runde im Krankenzimmer. Obwohl Reines Vater aus Höflichkeit noch begann, Vinot zu überreden, bis zum Abendessen zu bleiben, so war es doch eher ein halbherziger Versuch. Sich mit größter Galanterie verbeugend, brach der finstere Herr schließlich auf.

Ihr Vater begleitete den Gast noch bis zur Tür, um ihm den Weg nach draußen zu weisen und winkte dann dem Davonreitendem höflich hinterher. Paul brachte einige Entschuldigungen vor, um sich schleunigst zurückzuziehen. So blieb Reine mit Christien allein im Zimmer zurück.

Sie stand ebenfalls auf und wollte sich mit einer leichtfertigen Ausrede Marguerite betreffend, die nicht zu viele Ingwerbrote backen sollte, davonstehlen. Dabei stellte sie noch ihr Glas mit dem Rest des *eau sucré* auf das Tablett am Nachttisch. In diesem Moment packte sie Christien sachte am Handgelenk.

»Geh jetzt nicht einfach so weg«, flehte er sie an und

sah ihr dabei tief in die Augen. »Nicht bis du mir gesagt hast, was nicht in Ordnung ist.«

»Es ist nichts. Warum sollte etwas sein?« Sie lächelte angestrengt, gleichzeitig genoss sie den warmen Schauder, den seine heißen Finger, die ihr Handgelenk umfassten, verursachten.

»Ich weiß es nicht. Deshalb frage ich ja.«

Sie könnte es ihm sagen, ihre Fragen mit Wut und Ärger hervorbringen, ihn verdächtigen, aber was würde es bringen? Wenn er in irgendeine ruchlose Verschwörung verwickelt wäre, dann würde er sowieso nur lügen. Wenn er es nicht wäre, dann hätte sie sich als alte Vettel ohne das mindeste Vertrauen offenbart. Es war sicherlich besser, erst verlässliche Gründe anführen zu können, bevor sie Sachen sagte, die man nachher nicht mehr zurücknehmen könnte. »Ich denke, ich bin einfach nur müde«, sagte sie ausweichend. »Die letzten Tage waren ziemlich hart.«

»Bist du dir sicher, dass du nicht böse bist, weil Vinot hier so einfach aufgetaucht ist?«

Für einen Augenblick blickte sie ihm tief in die Augen. »Sollte ich das?«

»Keinesfalls. Er hat nur wenige Freunde, der Arme, und er hängt eben an denen, die noch übrig sind. Aber natürlich verstehe ich, dass er nicht gerade die Gesellschaft ist, die du gewöhnt bist. Könnte es sein, dass du dich in seiner Gegenwart sehr unwohl gefühlt hast?«

»Falls ich diesen Eindruck gemacht habe, so tut es mir leid. Du kannst dir einladen, wen immer du willst, schließlich ist es ja dein Haus.«

»Du hältst mir also meine eigenen Worte vor?«

Mühsam presste sie eine Antwort hervor. »Sie schienen ja auch angebracht zu sein, es ist dein Haus.«

Er sah sie einen Moment lang an, suchte in ihren Augen nach einer Erklärung, während er ganz in Gedanken, mit seinem Daumen ihr Handgelenk streichelte. »Wir sind plötzlich wieder so förmlich miteinander. Ist es, weil du Vinot gesehen hast und in ihm meine Zukunft, ein alternder Fechtmeister, der für nichts mehr gut ist und sich beim Fechten nicht mehr auf den Beinen halten kann?«

Die zarten Berührungen an ihrem Puls, dort, wo die Haut am empfindlichsten ist, machten sie ganz verrückt. Sie könnte sich diese Streicheleinheiten durchaus auch an ganz anderen Stellen ihres Körpers denken, an ihren Brüsten, ihrem Bauch und noch viel, viel tiefer zwischen ihren Schenkeln. Ihr Blick ruhte auf seinem vom Fieber ausgetrockneten Mund, wobei ihre Gedanken völlig durcheinander gerieten. Es kostete sie unglaubliche Mühen, sich halbwegs wieder zu sammeln, um eine vernünftige Antwort geben zu können.

»Warum sollte das etwas ausmachen, wenn du nicht mehr fechten kannst?«, fragte sie mit belegter Stimme. »Du hast doch geschworen, dass du den Degen beiseitelegst, sobald wir verheiratet sind.«

»Ja, das habe ich, nicht wahr? Kann es übrigens sein, dass du zufälligerweise die beiden Waffen als Pfand für mein Versprechen weggeräumt hast?«

Sie schaute verwirrt im Zimmer umher. »Ich weiß nicht, was du meinst. Ich habe sie nicht angerührt. Wann hast du sie zuletzt gesehen?«

Sein Blick blieb aufmerksam auf ihr ruhen, genau ihre Mimik studierend, dann senkte er seine Augen. »Macht nichts. Vielleicht hat Paul sie sich genommen. Aber wenn du müde bist, warum bleibst du nicht einfach bei mir.« Er klopfte auf die Matratze neben sich. »Hier ist genug Platz.«

Wieder erwachte in ihr der Zweifel, und sie fragte

sich, ob diese Einladung nur eine List von ihm war, von ihrer Frage nach dem Verbleib der Waffen abzulenken. Die beiden Duelldegen führte er in einem flachen, hinter seinem Sattel befestigten Koffer mit sich, als er nach New Orleans ritt. Es waren dieselben, die dort in dem spontanen Zweikampf verwendet wurden, aber was wurde aus ihnen danach? Den Koffer hatte er jedenfalls nicht bei sich, als sie ihn verletzt auf der Straße fand.

»Das ist wohl kaum ein angemessener Vorschlag«, antwortete sie fast beiläufig.

»Ich dachte, das hätten wir überwunden.«

Seine tiefe und eindringliche Stimme, als er sie leise aufforderte, weckte bei ihr Erinnerungen, wie sie sich kompromittierend und genussvoll auf dem Spieltisch hingegeben hatte. Vielleicht hatte er recht. Mehr als das, denn ihr Verlangen, sich nicht mehr hinter einer Fassade verstecken zu müssen und sich ganz seiner Anziehungskraft auszuliefern, war mehr als drängend. Vor gut einer Woche hätte sie nicht im Traum daran gedacht, dass sie einmal solche Gefühle für diesen Mann hegen könnte. Jetzt dürstete sie nach der Illusion der Sicherheit in seinen Armen, nach der Geborgenheit, wenn sie neben ihm lag, und nach dem Gefühl, dass sie bei ihm alles hinter sich lassen könnte, ihre Pflichten, ihre Sorgen, ihre Zweifel und Ängste.

»Was kann das schon ausmachen«, fragte er sanft. »Wir werden in einigen Tagen Mann und Frau sein und das Recht haben, jeden Abend zusammen einzuschlafen. Abgesehen davon, was soll schon groß für ein Unterschied sein zwischen der Tatsache, dass du stundenlang bei geschlossenen Türen vor mir auf dem Bett sitzt und der Möglichkeit, dich für ein paar Minuten neben mich zu legen? Von nun an weiß jeder, dass ich verletzt bin. Vinot hat davon sogar schon in New Orleans gehört.«

Da hatte er wohl recht. Es sollte klar sein, dass er aufgrund seiner Verwundung nicht in der Lage sein würde, sich ungehörig und skandalös zu benehmen. Außerdem wusste sie wirklich noch nicht, wie lange er nach seiner Genesung noch auf River's Edge bleiben würde. Letztlich war alles möglich, wenn man Paul Glauben schenken durfte. Christien könnte ihr beispielsweise eines Tages einfach erklären, er habe es sich anders überlegt, und sie alle müssten River's Edge verlassen. Es wäre aber auch denkbar, dass sich alles als ein Irrtum herausstellte und er nach New Orleans zurückreiten würde. Womöglich würde sie ihn in ein paar Tagen nie wieder sehen.

Er suchte noch einmal intensiven Augenkontakt zu ihr. Sie konnte sich nicht recht vorstellen, was er darin wahrnahm, aber er übte mit seinem langen Arm einen sanften Druck um ihre Hüfte aus, woraufhin sie zögerlich nachgab und sich von ihm neben sich aufs Bett ziehen ließ.

Dein Geist ist schwach.

Sie geißelte sich selbst, indem sie sich still beschimpfte, gleichzeitig aber ihre Schuhe von sich streifte und ihre Füße auf die Matratze legte, um sich vorsichtig neben ihm auszustrecken, ohne dabei seine Wunde zu berühren.

Verdorbenes Weibsstück.

Diese Charakterisierung ging ihr durch den Kopf, als sie sich niederlegte und die Hälfte seines Kopfkissens einnahm, dass er ihr freigab, sodass sie sich in seinen Armen einkuscheln konnte.

Dumme, prinzipienlose Dirne.

Sie haderte mit ihrer Schwäche, während sie sich

wohlig an ihn drückte, allerdings war ihr innerer Protest höchstens halbherzig. Sie war wirklich müde, mehr als sie sich eingestand. Je länger sie neben ihm lag, desto schwächer fühlte sie sich, aber auch desto liederlicher und prinzipienloser.

»Reine«, flüsterte er in ihren Nacken, sodass sein Atem ihre Locken in Bewegung setzte.

Sie drehte sich halb zur Seite, um ihn anzuschauen und sah in dem samtenen Blick seiner tiefdunklen Augen glühende Leidenschaft und Fürsorge.

»Bleib bei mir«, forderte er sie sanft auf.

Sie hörte es, konnte ihm aber keine Antwort geben. Sie hatte keine Wahl zu treffen, solange er wie ein Räuberkönig aus fernen Zeiten, sowohl River's Edge als auch sie selbst in der Gewalt hatte. Was machte es unter diesen Umständen schon aus, dass dieser Moment womöglich das Einzige sein würde, was sie je haben könnte? Als Witwe zu sterben, ohne Liebe zu bekommen und zu geben, so wie sie es einst für sich geplant hatte, war vielleicht nicht gerade das Schönste, was man sich vorstellen könnte.

Sechzehntes Kapitel

»Hast du es bequem?«, fragte er sie zärtlich.

Sie nickte beklommen. »Ich tu dir auch nicht weh?«

»Zumindest nicht an meiner Brust, wenn es das ist, was du meinst.«

»Willst … willst du damit sagen, dass du noch woanders Schmerzen hast?«

»Reine, Reine«, lachte er. »Was habe ich dir beigebracht, wie gefährlich es ist, solche Dinge anzusprechen?« Er nahm ihre Hand, die auf seiner Hüfte ruhte und zu einer losen Faust geballt war, öffnete sie, indem er sanft ihre Finger aufbog, und führte ihre gespreizte Handfläche direkt zu seiner erregten Männlichkeit zwischen seinen Schenkeln.

Ihre Augen weiteten sich vor Schrecken, als sie an dieser intimen Stelle etwas Stahlhartes zu spüren bekam. Sie zog merklich die Luft durch die Nase ein und zuckte mit ihrer Hand zurück.

Er machte keinerlei Anstalten, sie zu bedrängen, aber amüsiert und verschwörerisch zog er eine Augenbraue hoch, während er sie anlächelte. Ganz plötzlich entflammte sie vor Begierde und wurde von einem zügellosen und brennenden Verlangen erfasst, welches sie absolut bewegungsunfähig machte. Aufsteigende Hitze durchfuhr ihren ganzen Körper und sie spürte, wie ihr Puls bis an ihre Unterlippe klopfte. Unweigerlich musste sie daran denken, wie er ihr versprochen hatte, ihr einmal zu zeigen, wie man das Liebesspiel in vollen Zügen genießt und was für ein Trottel Theodore war, ihre Lust zu unterdrücken.

»Schau nicht so«, flüsterte er, während seine dunklen Augen noch unergründlicher wurden, als sie es sowieso schon waren.

Sie war vor Erregung wie gelähmt, unfähig, zu antworten. Ihre Hand legte sich automatisch auf seine Brust, an deren unteren Ende sie seinen Verband spürte, während sie weiter oben seinen Herzschlag fühlen konnte. Langsam fuhr sie mit ihren gespreizten Fingern über seinen breiten Brustkorb und nahm seine pulsierende Wärme auf.

»Ich habe dich gewarnt«, sagte er fast unhörbar, bevor er sie mit seinem freien Arm umfasste und an sich heranzog, sodass er sie von ihren Brüsten bis zu ihren Fesseln neben sich spürte. Er spreizte seine vom Fechten gestählten Finger, um sie am Rücken abzustützen, aber auch, damit sie sich nicht aus seiner Umklammerung ohne Weiteres lösen konnte.

Doch das kam ihr auch gar nicht in den Sinn, ihr fehlte jeglicher Wille, sich aus dieser hinreißend festen Umarmung zu befreien, denn es schien ihr mehr als rechtens, jetzt bei ihm zu sein. Sie genoss das überströmende Gefühl, das durch ihren Körper floss, in vollen Zügen. Jede Berührung erzeugte in ihr ein wohliges Kribbeln, das nach und nach in ein unstillbares Verlangen überging, das sie vor allem zwischen ihren Schenkeln spürte.

Seine Lippen fühlten sich prickelnd warm an, als er sie zart auf die Schläfen, ihre Stirn und ihre geschlossenen Augen küsste. Perfekt, einfach perfekt, dieses Gefühl, geliebt und begehrt zu werden, das mit seinen Liebkosungen einherging. Die in ihr aufsteigende Wärme ging ihr durch und durch, es war schlichtweg erstaunlich. Es kam ihr so vor, als ob sie sich schon immer auf diesen Punkt zubewegt hätte, seit sie sich das erste Mal gegenüberstanden, ein instinktives Warten, nur auf diesen unvergesslichen Moment. Dass dieser Augenblick nun Wirklichkeit wurde, schnürte ihr vor Glück fast die Kehle zu, und sie spürte, wie sich eine kleine Träne der Erlösung unter ihren geschlossenen Augenlidern breitmachte. Stumm öffnete sie ihren Mund und ließ mit einem leisen Stöhnen erahnen, dass er sich nun das nahm, was sie ihm mit Freuden darbot.

Er schmeckte sie, nahm sie in sich auf und auch, wenn seine Lippen sich durch das Fieber etwas trocken anfühlten, so war er doch unendlich zärtlich. Warm lagen seine weichen Lippen auf den ihrigen. Mit seiner Zungenspitze erkundete er ihre Mundwinkel, kostete ihre Süße, bevor er langsam die Wölbungen ihrer Lippen nachfuhr. Sie wollte ihren Mund eigentlich nicht so schnell öffnen, doch dann tat sie es doch, ganz unbewusst und voller Hingabe.

Er spürte, wie ein Kribbeln durch seinen Arm fuhr, während er sie noch fester an sich zog. Seine Küsse wurden intensiver, hemmungsloser; er ließ seine Zunge um die ihre kreisen, forderte sie auf, ihm gleichzutun und sog sie in sich auf. Inzwischen hatte er sich auch behutsam auf sie geschoben, und ihre beiden Körper pressten sich ganz unwillkürlich aneinander.

Reine konnte sich gegen das in ihr aufsteigende Verlangen nicht mehr wehren, und sie stemmte sich lustvoll gegen ihn, ließ ihre Hand über seine gestählten Oberarmmuskeln gleiten und vergrub die andere Hand in den Locken seiner Haarpracht. Sie spürte auch, wie sich ihre Brustwarzen verhärteten, als sein nackter Oberkörper ihren Busen berührte, der sich sanft an seine männliche Brust schmiegte. Ihre Nervenenden schienen hoch sensibel zu sein, denn sie registrierte jede Berührung mit unglaublicher Intensität, während ihr erhöhter Pulsschlag sie in dauerhafter Erregung hielt. Unweigerlich bemerkte sie auch, wie er sein Verlangen nur noch mit Mühe zügeln konnte, wie sein Atem die innere Aufgewühltheit verriet.

Er schmeckte nach einer Mischung aus Wein und Christien, was ihr schlichtweg die Sinne raubte. Ihre Zungen vereinigten sich zu einem scheinbar endlosen Spiel, bei dem jeder elektrisiert den Mund des anderen erforschte, begierig, jede einzelne Berührung und den sich daraus ergebenden wohligen Schauder genussvoll auszukosten. Sich völlig der benebelten Wärme Christiens hingebend, verlor Reine allmählich jegliches Gefühl für Zeit und Raum. Er hielt sie so sicher und kraftvoll, dass sie darüber die Welt vergessen konnte.

Seine Hand glitt gefühlvoll von ihrem Rücken zu ihrer Hüfte hinunter. Zunächst zeichnete er mit seinen starken Fingern die wohlgeformten Biegungen ihres Körpers nach, bevor er sie wiederum fester an sich drückte. In diesem Moment spürte sie unweigerlich seine harte Männlichkeit, die sich mit voller Macht gegen sie stemmte.

Zärtlich wühlte er sich durch ihre Röcke, bis er ihr nacktes Knie zu fassen bekam und es vorsichtig liebkoste. Ihre Pantalons aus Batist waren so dünn, dass sie jede seiner Berührungen unmittelbar spürte, die Wärme seiner Hand brannte auf ihr, als er sich langsam an ihren Schenkeln hocharbeitete.

Plötzlich lockerte Christien seinen Griff und ließ sie los, um sich ein wenig von ihr zurückzuziehen. Verwirrt starrte sie ihn an. Sie beruhigte sich jedoch schnell wieder, als sie sah, wie er versuchte, sein bereits offenes Hemd ganz auszuziehen, was mit einer

Hand nicht so leicht zu bewerkstelligen war. Sie half ihm, sich des weitärmeligen Leinenhemdes zu entledigen, und ließ es über die Bettkante zu Boden gleiten.

Gleichzeitig versuchte er jedoch auch, ihr Oberteil zu lösen. Zunächst zog sie die leichte, zum Kleid gehörige Bluse über den Kopf, um sich dann an ihrem Mieder zu schaffen zu machen. Während sie mit den Tücken der weiblichen Kleiderkonventionen kämpfte und sich mit ihrem Arm in dem schon fast ausgezogenen Oberteil verfing, beugte er sich vor und liebkoste mit seiner Zunge die zarte Vertiefung zwischen ihren bloßen Brüsten, die sie ihm darbot. Es durchfuhr sie ein Schauer der Erregung und der Lust, womöglich auch der Vorfreude, doch das konnte sie in diesem Stadium des Sinnenrausches nicht mehr sicher erkennen. Das Verlangen, die restlichen Kleiderschichten von sich zu streifen, wurde immer dringlicher, denn sie konnte nicht mehr länger warten, sich ihm ganz hinzugeben, wollte sich endlich freimachen von den Verboten, Konventionen, ihren Zweifeln und Ängsten.

Endlich gelang es ihr, sich aus der Bluse zu befreien und die seitlichen Häkchen aufzunesteln, die ihre Röcke und Unterröcke an ihrem Platz hielten. Christien konzentrierte sich inzwischen mit gesenktem Blick auf die Schleifen, die ihr Mieder zusammenschnürten, und löste sie behutsam, um das unkommode Kleidungsstück dann in hohem Bogen aus dem Bett zu befördern. Währenddessen befreite sich Reine aus ihren diversen Rockschichten, sodass sie schließlich in voller Schönheit vor ihm lag. Seine Finger glitten zunächst entlang der leicht geröteten Druckstellen, die das Korsett aus Walfischstangen hinterlassen hatte, dann bedeckte er sie mit sanften Küssen.

Die Umsicht und Zärtlichkeit, die er dabei zeigte, erfüllte sie mit Wärme und Zuneigung. Als seine Lippen jedoch anfingen, ihre Brüste zu umkreisen, verflüchtigte sich jeglicher Gedanke, und sie schmolz dahin. Geschickt liebkoste er zunächst die Außenbereiche ihre weichen Rundungen, bis er sich zur Spitze emporarbeitete und schließlich mit seinem feuchtwarmen Mund eine ihrer Brustwarzen umschloss. Als er anfing, diese mit seiner Zunge zu berühren, wurde sie augenblicklich hart, und Reine spürte ein schmerzvolles Verlangen in sich aufsteigen.

Hitzewellen durchströmten ihren Körper, und unwillkürlich bäumte sie sich auf, drückte ihren Rücken durch und bot sich ihm dar, ohne wenn und aber. Ihr Puls raste, und ihr Herzschlag dröhnte heiß in ihren Ohren. Zwischen ihren Schenkeln brandete die Sehnsucht nach Erfüllung ihrer Wünsche.

Er fing an, mit seiner flachen Hand, die unglaubliche Wärme ausstrahlte, kreisförmig über ihren Bauch zu streicheln, ganz versonnen, so als ob er von dieser so zarten Oberfläche unendlich fasziniert wäre. Langsam ließ er seine Hand tiefer gleiten, ganz vorsichtig, tastend um Erlaubnis bittend.

Unzweifelhaft wusste er, was er tat. Ohne jede Überheblichkeit achtete er darauf, dass sie das gleiche lustvolle Glück erfuhr wie er selbst, und er kannte sich wirklich aus. Langsam, ganz ohne Hast, erkundete er die Stellen an ihrem Körper, an denen sie besonders empfänglich war. Schließlich erreichte seine Hand die feuchten Falten ihrer Weiblichkeit, spreizte sie mit seinen starken Fingern und fing an, ihr unendliche Lustgefühle zu schenken.

Reine atmete nur noch stoßweise, ihre Bauchmuskeln verkrampften sich unter den rhythmischen Bewegungen, die ihr Becken unwillkürlich vollführte, und in ihrem Inneren machten sich sonst nie gefühlte Muskelstränge bemerkbar. Sie öffnete sich und lud ihn stumm zu sich ein. Stöhnend bog sie sich durch und spürte wie ein brennendes, jetzt nicht mehr unterdrückbares Verlangen sie ganz beherrschte.

Sie griff nach seinen starken Armen und versuchte, ihn zu sich zu ziehen. Ein tiefes Stöhnen entfuhr ihr, denn sie brauchte jetzt mehr, etwas, das sie tief in sich spüren konnte. Ihre Lippen fühlten sich geschwollen an und ihr Kopf völlig ausgebrannt. Sie wollte ihn, wollte alles von ihm und vor allem wollte sie fühlen, wie es ist, diesen Mann zu lieben, seine Stärke in sich und um sich zu spüren.

Seiner unglaublichen Kraft und seiner faszinierenden Aura konnte Reine sich unmöglich entziehen. Trotz seiner Verletzung strahlte er nicht nur physisch eine solche Sicherheit und Stärke aus, dass sie einfach nur noch dahinschmolz, dem nichts mehr entgegenzusetzen hatte.

Doch das machte ihr nichts aus, denn diese Verschmelzung ihrer Körper sehnte sie brennend herbei, mochte es auch noch so gefährlich sein. Was auch immer danach geschehen würde, diese Erfahrung könnte ihr keiner nehmen. Sie flüsterte seinen Namen, gab sich ihm und dem Augenblick hin, auch wenn er dies vielleicht gar nicht zu schätzen wusste, doch in diesem Moment konnte sie gar nicht anders.

Indes nahm er die Gelegenheit durchaus wahr und erforschte ihre zarten Wölbungen mit einer nie gekannten Zärtlichkeit. Wohin er seine Hand auch gleiten ließ oder seine Zunge sich ihren Weg bahnte, es war nie fordernd, sondern immer voller Liebe, aber auch ohne Tabus, ohne Grenzen. Sie atmete immer heftiger, stöhnte und krümmte sich vor Lust in seinen Armen. Dabei versuchte sie, seinen Bewegungen zu folgen, sich seinem Rhythmus der Liebkosungen anzupassen. Auf diese Weise lernte sie seinen Körper nach und nach besser kennen, erforschte ihn mit ihren Händen und sog seinen Geschmack in sich auf. Schnell begriff sie auch, mit welchen Berührungen sie ihm am meisten Lust verschaffte, wobei sie peinlichst darauf achtete, seiner bandagierten Verwundung nicht zu nahe zu kommen.

Es gab für sie keine Grenzen, und er gebot ihr keinerlei Einhalt. Ihre Lust wurde dabei ins Unendliche gesteigert, bis der Drang ihres Fleisches zu groß wurde und sie einfach nicht mehr länger warten konnte. Voller Erregung lag sie unter seinem schweißglänzenden, gestählten Körper und griff schließlich nach seiner hart pulsierenden Männlichkeit und führte sie zwischen ihre warmen Schenkel, dorthin, wo sich ihr Innerstes nach ihm verzehrte.

»Jetzt«, fragte er keuchend.

»Wenn du es willst, wenn du kannst. Ich brauche es so sehr …«, bat sie ihn mit vor Lust erstickender Stimme, während ihr Köper von Wellen der Erregung durchschüttelt wurde.

»Genauso wie ich. Dein Wunsch sei mir Befehl, und ob ich es kann, das werden wir ja sehen.«

Sie hätte nicht zweifeln müssen, denn er erfüllte prompt sein Versprechen. Mit einer leichten Bewegung seiner Hüfte öffnete die Spitze seiner Erregung ihre feuchte, heiße Spalte, sodass er, ohne auf Widerstand zu stoßen, sanft in sie hineingleiten konnte.

Sie hielt den Atem an, während sie innerlich vor Lust förmlich zu explodieren drohte. Sie hieß ihn mit all ihren Sinnen willkommen und stemmte sich gegen ihn. Vorsichtig über seinen Brustverband streichend, suchten ihre Hände sein Gesäß, sodass sie ihn tiefer in sich hineinziehen konnte. Ihr Innerstes sehnte sich danach, ganz von ihm ausgefüllt zu werden, und sie brannte darauf, seine Berührung an dem empfindlichsten Punkte der Lust zu spüren, bevor ihre Vereinigung frühzeitig zu Ende sein würde.

Christien flüsterte ihr Liebesschwüre und Versprechungen ins rauschende Ohr. Dann richtete er seinen Oberkörper leicht auf und zog sich etwas zurück, was Reine mit einem stöhnenden Protestschrei beantwortete, der sich dann jedoch wieder in ein erleichtertes Keuchen auflöste, als sie erneut die Fülle seiner pulsierenden Männlichkeit spürte, die diesmal noch tiefer in sie eindrang.

Ihre beiden Körper waren ineinander verschlungen, und sie bewegten sich rhythmisch in einem unendlichen Auf und Ab, verschmolzen zu einer innigen Einheit. Er wiegte sie in seinen Armen, hielt sie fest und führte sie in ein Königreich körperlicher Sinnesfreuden, in das sie noch nie vorgedrungen war, von dem sie noch nicht einmal zu träumen gewagt hatte. Sie erfuhr etwas, was weit jenseits ihrer Vorstellungskraft lag, eine unglaubliche Entrückung von Körper und Sinnen. Auch wenn es ihr eigentlich unfassbar schien, so genoss sie es doch in vollen Zügen, folgte seinem schnellen Rhythmus und bäumte sich vor Lust auf, während sie nach Luft rang und kleine, stöhnende Seufzer von sich gab.

Ihre Augen hielt sie fest geschlossen und nahm die Wärme, die von seinem vor Erregung erhitzten Körper ausging, auf sowie seine Lust, die sie unweigerlich spürte und die das eigene Erleben noch steigerte. Keine der empfindlichen Stellen ihrer feuchten, inneren Wände blieb unberührt, kein Verlangen ungestillt. Sie sog begierig seine Kraft in sich auf, wurde eins mit ihm, bis sie das Gefühl hatte, sich selbst in ihm aufzulösen.

Verloren in einem unendlichen, betörenden Rausch der Sinne, kam sie plötzlich zum Höhepunkt. Sie schrie vor Lust, spannte jeden Muskel an und gab sich ganz dem Schauer der Erlösung hin. Er hielt sie fest in seinen Armen, zog sie an sich und versenkte sich so tief wie möglich in sie hinein. Sie spürte im Augenblick ihrer eigenen Kontraktion, seine heiße, pulsierende Männlichkeit noch stärker als je zuvor, was den Moment des höchsten Glückes noch verlängerte. Ihre Sinne explodierten.

Dann begann er von Neuem.

Sie stöhnte, rang nach Luft und schluckte ihre Tränen hinunter. Im Rhythmus der Lust bewegten sie sich weiter, ihre schweißnassen, heißen Körper aneinanderreibend, Herz an Herz. Sie öffnete vorsichtig die Augen und blickte ihn an. Sein Gesicht tauchte zunächst schemenhaft vor ihr auf, dann begegnete sie seinem dunklen und intensiven Blick, in dem ein Ausdruck primitiver Besitzergreifung aufschimmerte. Seine Zähne waren zusammengepresst, und seine Kiefernmuskeln traten hervor, sein Haar klebte verschwitzt an seiner Stirn. Doch noch immer hielt er sich zurück.

Reines Blut rauschte in ihren Ohren. Sie fühlte sich ganz auf sich selbst zurückgeworfen, so nackt und ursprünglich in ihrem Sein. Es schien, als ob sie die einzige Frau und er der einzige Mann auf Erden wären, hier zusammengekommen, um das Glück dieser Welt zu finden und die unendliche Seligkeit.

Noch einmal wurde sie von dem überströmenden Gefühl erfasst, das den Höhepunkt ihrer Lust markierte. Tränen brachen aus ihr hervor und bahnten sich ihren Weg in die zerzausten Haare, was ihre Schönheit aber nur noch unterstrich. Es waren Tränen der Erlösung und des Glückes, das sie in ihrer Ehe bisher nie erfahren hatte, auch ein Zeichen der Dankbarkeit, dass sie diese Ekstase, den Sinn des Lebens, endlich erleben durfte.

Noch einmal versenkte er sich ganz tief in ihren Schoß und ließ ein flüsterndes Stöhnen der Erfüllung vernehmen. Für einen ganzen Augenblick blieb er unbewegt, verharrte wie in Bronze gegossen. Dann seufzte er hörbar, drückte sie fest an sich, bevor er sich schließlich von ihr abrollte. Er lag nun ausgestreckt neben ihr auf dem Bett und vergrub sein Gesicht in ihren Haaren, während er sie noch mit einem Arm festhielt. Sie atmeten beide schwer, und nur langsam kamen sie nach dieser Anstrengung von Körper und Sinnen zur Ruhe.

»Ist alles in Ordnung bei dir?«, fragte er, während seine Lippen die salzigen Spuren ihrer Tränen an ihren Schläfen berührten.

»Absolut«, antwortete sie vor Glück und Erleichterung, doch zugleich erschien ihr das in dieser Situation nicht ganz angemessen.

Er drehte sich ein wenig um und stützte sich auf seinen Ellenbogen, damit er sie besser fixieren konnte.

»Bist du dir sicher, dass ich dir nicht wehgetan habe?«

»Bin ich.« Sie ließ ihre Augen geschlossen, einerseits um ihre überschwänglichen Gefühle unter Kontrolle zu halten, andererseits aus Selbstschutz, denn sie traute sich nicht, ihn anzuschauen. Wer weiß, was er von ihr dachte. »Und du? Geht es dir gut?«

»Außerordentlich«, erwiderte er mit einem unterdrückten Lachen.

»Ich meinte nur … was deine Wunde betrifft.«

»Der geht es so weit gut. Bewegung ist, glaube ich, gut gegen die Entzündung – na ja, vielleicht – ich bin aber zu erschöpft, um darüber nachzudenken. Aber wir sprachen eigentlich von dir. Falls ich zu grob war …?«

»Nein, überhaupt nicht.«

»Wieso dann das hier?« Er tupfte mit seinem Daumen zärtlich eine Träne an ihrer Schläfe trocken.

»Das … hat nichts mit dir zu tun«, sagte sie mit einem Knoten im Hals. »Nur all dies, was ich womöglich niemals erfahren hätte dürfen, wenn … wenn du nicht nach River's Edge gekommen wärest. Ja, und wie nahe ich doch daran war, es eben nicht zu erleben.«

Einen ganzen Moment lang schwieg er. Dann sagte er in einem sehr nachdenklichen Ton. »Die Tatsache, dass Theodore sich immer beschwert hatte, oder? Weißt du, Männer versuchen oft, ihre eigenen Probleme im Bett damit zu vertuschen, indem sie ihre Partnerin beschuldigen.«

»Warum können sie nicht einfach lernen, auf den anderen einzugehen?«

»Das würde ihnen aber abverlangen, ihre Fehler zuzugeben, nicht gerade einfach für Männer, deren Stolz und Selbstbewusstsein leicht verletzbar ist.«

»Aber sie haben doch trotzdem die Pflicht, sich um ihre Frau zu kümmern.«

»Aber, ja, selbstverständlich«, erwiderte er mit zitternder Stimme.

»Jahrelang in dieser Art weiterzumachen, das verstehe ich nicht …«

»Es ist nun einmal einfacher, die Gefühle einer Frau als nicht maßgeblich abzutun, oder aber, falls das Problem nicht ignoriert werden kann, sich an jemand anderem schadlos zu halten, um das Selbstwertgefühl wieder aufzupolieren.«

Sie hatte das dumpfe Gefühl, dass er nicht nur von ihr sprach. Doch war jetzt wohl nicht der richtige Zeitpunkt, weiter nachzufragen. Plötzlich waren draußen im Flur Schritte zu hören, so als ob jemand rennen würde. Ganz unvermittelt sprang auf einmal die Tür auf.

Christien war so geistesgegenwärtig, mit elegantem Schwung das Bettlaken unter ihnen hervorzuziehen und über sie zu werfen, um die gröbste Nacktheit ihrer Körper zu bedecken. Das leinene Tuch senkte sich wie ein Zelt über sie, sodass Reines Kopf halb verdeckt wurde. Nur noch aus den Augenwinkeln sah sie, wie ihre Tochter in das Zimmer gerannt kam und in jeder Hand ein Gingerbrot hielt, im Schlepptau Chalmette, der mit heraushängender Zunge und freudigem Bellen das Ganze für ein Spiel hielt.

»*Maman*!«, schrie Marguerite ganz überrascht und hielt plötzlich inne.

Nach der ersten Schrecksekunde wagte sie sich ein wenig nach vorne und ging vorsichtig in Richtung Bett. Ihre vor Neugierde platzende Stimme war wahrscheinlich bis in die Vororte von New Orleans zu hören, zumal in dieser schrillen Tonlage.

»Was spielst du denn da mit Monsieur Christien? Warum versteckst du dich in seinem Bett?«

Siebzehntes Kapitel

Als Christien den Speisesaal betrat, saß Reines Bruder bereits am Tisch und starrte vor sich hin. Es war das erste Mal, dass die beiden sich begegneten, seit man Reine vor drei Tagen in Christiens Bett entdeckt hatte. Paul machte ein finsteres Gesicht, als er Christien gewahr wurde, und stand sofort von seinem Stuhl auf.

»Bitte geh nicht wegen mir«, bat ihn Christien in ernstem Ton. »Ich werde woanders hingehen. Auch möchte ich mich für die Kompromittierung deiner Schwester in jeder Hinsicht entschuldigen.«

»Ich sollte Sie hinauswerfen.« Paul formte seine Hand zu einer Faust und schlug mit unterdrücktem Ärger auf den Tisch, während er Christien mit seinem Blick fixierte.

»Ich bitte dich, das nicht zu tun. Es reicht schon, dass jeder, außer Reine, in diesem Haus auf mich sauer ist. Wenn ich nun ihren Bruder verprügeln würde, wäre das womöglich ein Grund für sie, die Hochzeit abzusagen.«

»Es könnte aber auch sein, dass Ihr derjenige sein würdet, der verprügelt wird.«

»Wäre denkbar«, stimmte Christien zu. »Dann wirst du das aber Reine erklären müssen.«

Der streitsüchtige Ausdruck in Pauls Gesicht milderte sich ein wenig ab. »Sie sollten besser nicht daran denken, vor der Hochzeit davonzulaufen.«

»Das ist wirklich das Letzte, was ich vorhabe, glaub mir.« Gott weiß, dass dem so ist, dachte Christien bei sich. Er wäre verrückt, wenn er Reine jetzt verlassen würde, wo sie so empfänglich für seine Berührungen gewesen war, ihr Körper in jeglicher Hinsicht mit dem seinem harmoniert hatte und ihre Reaktionen auf seine Zärtlichkeiten so heftig waren, dass er mit sehnsuchtsvollen Schmerzen daran zurückdachte. Das Problem war nur, dass diese Wahl unter bestimmten Umständen gar nicht mehr in seinen Händen liegen würde.

Paul schaute demonstrativ zur Seite und blieb einen Moment lang in seine Gedanken versunken, dann setzte er sich wieder hin. »Ich habe irgendwie mehr von Ihnen erwartet«, murmelte er leise vor sich hin. »Es war eigentlich ihre Aufgabe, sie zu beschützen.«

Das war ein Schlag unter die Gürtellinie. Christien musste tief durchatmen. Er hatte Paul enttäuscht, das verrieten dessen Gesichtszüge nur zu deutlich, andererseits war es von Anfang an unvermeidlich, so viel stand fest, auch wenn er es zutiefst bedauerte.

Die Anschuldigung des Jungen war aber auch gerechtfertigt, denn er hatte Reine in gewisser Weise hintergangen. Er wollte einfach mal austesten, wieweit sie gehen würde bei diesem kleinen Spiel, das zwischen ihnen ablief, wenn es denn überhaupt ein Spiel war. Dabei hatte er allerdings seine eigenen Gefühle für sie unterschätzt. Ganz instinktiv ging er mit List und Tücke gegen sie vor, um sie gefügig zu machen, was schließlich in einem Rausch der Sinne endete, der ihn immer noch erschauern ließ, wenn er nur daran dachte. Seine Bestrafung bestand nun wohl darin, dass er jetzt in ständiger Angst lebte, dass sie womöglich seine wahren Beweggründe erfahren könnte, die so wenig mit bloßen Sinnesfreuden zu tun hatten.

Er hätte ihr fast alles gestanden, in jenem perfekten Augenblick nach ihrer Vereinigung, kurz bevor

Marguerite ins Zimmer platzte. Jetzt wünschte er sich natürlich, dass er die Gelegenheit beim Schopfe ergriffen hätte. Das wäre unendlich besser gewesen, als in ständiger Sorge zu leben, dass sie es von jemand anderem zu hören bekäme.

Das Schlimmste daran war, dass er sie jederzeit wieder nehmen würde, wenn sich nur halbwegs die Gelegenheit böte. Doch eine weitere Chance, dieses Abenteuer der Lust zu wiederholen, war seitdem nicht mehr in Sichtweite gerückt. Seit Marguerite die beiden mehr oder weniger in flagranti erwischt hatte, zog sich Reine demonstrativ zurück, vermied seine Bettstatt wie der Teufel das Weihwasser. Er war auf sich alleine gestellt, wenn man mal von den aufopferungsvollen Diensten Alonzos absah. Auf diese Weise vom Rest der Welt abgeschnitten, hielt er es eine Weile aus. Heute Morgen jedoch hatte er die Hoffnung auf ihre Rückkehr endlich aufgegeben und damit auch seinen etwas überbetonten Invalidenstatus.

»Solche Dinge passieren nun einmal«, entgegnete er nachdenklich und schritt auf das Buffet zu, wo er aus einer Reihe von mit Silbertellern abgedeckten Schüsseln seine Mahlzeit wählen konnte. »Es ist ja nicht so, dass deine Schwester irgendein unerfahrenes Mädchen wäre, das sich durch eine verklärte Romantik hat verführen lassen.«

Paul rutschte unangenehm berührt auf seinem Sessel hin und her. »Wollen Sie damit sagen, dass sie es ebenfalls wollte.«

»Nichts dergleichen«, antwortete Christien über die Schulter, während er vor dem Geruch von frisch gebratenem Speck zurückwich und sich nur für eine Tasse schwarzen Kaffee entschied. »Was private Angelegenheiten anbelangt, werde ich nur so viel sagen, als absolut notwendig ist«, machte er seinen Standpunkt sehr deutlich und ging mit seiner Tasse in der Hand zurück in Richtung Esstisch. »Jegliche Erklärung, die ich dir oder deinem Vater geben werde, dient nur dazu, dass das Getuschel hinter meinem Rücken aufhört und jeden im Umkreis von hundert Meilen davon überzeugt, dass dem Vorfall keine Bedeutung beizumessen ist. Schließlich werden wir in ein paar Tagen Mann und Frau sein, unser Gelübde vor einem Priester ablegen, vor der Kirchengemeinde und vor allen, die es hören wollen. Damit sollte allen genüge sein, also lass auch du die Sache auf sich beruhen.«

Paul wich seinem Blick aus. Seine Lippen wurden für einen Augenblick schmal, dann entspannte er sich wieder und erwiderte grimmig kapitulierend: »Ich denke, ich muss es dabei bewenden lassen, wenn Reine zufrieden ist.«

Christien erwiderte darauf nichts, denn vor seinem geistigen Auge erschien ihm das Bild von Reine, ihr Gesichtsausdruck, als sie bei ihm zu ihrem Höhepunkt fand. Eine Schweißperle lief ihm den Nacken hinunter, und das lag ganz offensichtlich nicht an der aufsteigenden morgendlichen Hitze. Es erschien ihm dringend nötig, die Konversation auf ein anderes Thema zu lenken, bevor er sich noch selbst bloßstellte.

Er griff nach der Zuckerdose und nahm einen großen Löffel davon in seinen Kaffee, während er so beiläufig wie möglich eine Bemerkung fallen ließ. »Was Reines ersten Ehemann anbelangt, so habe ich gehört, dass du seine Leiche identifiziert hast.«

»Ja, das ist richtig.« Paul runzelte die Stirn und spielte leicht nervös mit einem Stück Gebäck.

»Warum ausgerechnet du? Ich meine, du warst ja noch ein wenig jung, um eine solche Verantwortung zu übernehmen, oder? Gerade mal … ja, wie alt? Fünfzehn? Reine konnte eine solch unerfreuliche Aufgabe natürlich nicht zugemutet werden, aber was war mit den anderen männlichen Verwandten der Pingres? Da hätte man doch sicherlich jemand finden können, der mehr geeignet gewesen wäre, oder?«

»Ich war eben vor Ort, das war wohl der Hauptgrund«, antwortete Paul, ohne dabei den Kopf zu heben. »Abgesehen davon war sein alter Herr bereits tot, und er hatte keine Brüder. Madame Pingre hingegen hatte sein Verschwinden so mitgenommen, dass sie ebenfalls nicht dafür infrage kam. Sicherlich hätte es den einen oder anderen Cousin gegeben, aber der Leichnam befand sich in einem Zustand, der keinen Aufschub duldete. Ich war gerade beim Fischen und hatte aufmerksam die Bewegungen des Schwimmers an der Wasseroberfläche beobachtet, wenn Sie verstehen, was ich meine.«

»Du hast ihn also gefunden?« Die Frage war in einem ziemlich scharfen Ton formuliert, etwas strenger, als er es beabsichtigt hatte, doch er ließ sie so im Raum stehen.

Paul schüttelte kurz den Kopf. »Ein paar Fischer in einer Piroge haben ihn entdeckt. Sie haben ihn zu dem Landungssteg gebracht, wo ich eine Leine ausgeworfen hatte. King sah, was dort los war, und kam ziemlich schnell zum Fluss herunter. Er war auch der Erste, der meinte, dass es Theodore sei.«

»Der Aufseher? Das ist aber nicht gerade das Gleiche wie ein Blutsverwandter.«

»Da könnten Sie falschliegen, denn manche sagen, dass er aus einem Seitensprung des alten Pingre stammte, also von Theodores Großvater, und somit ein Onkel von Theodore wäre. Der Alte war so etwas wie ein Lustmolch, und zwar bis zu dem Tag, an dem er starb. Kings Vater war hier Aufseher, damals, als das Anwesen noch dem Vater von *Maman* gehörte, wissen Sie, und er war nicht sehr lange verheiratet gewesen. Ich meine, man sagte, dass seine Frau sehr schön gewesen sei, aber auch ein wenig flatterhaft. Nun, es ist nicht gerade weit hier, von einem Anwesen zum anderen, wenn man bei Nacht schnell durch die Wälder reitet.«

»Deswegen war er sich so sicher, dass er sich aufführen konnte, wie er wollte, ohne in Gefahr zu laufen, entlassen zu werden.« Mit der Drohung, den Skandal seiner Herkunft publik zu machen, übte Kingsley dann nach Belieben Druck aus, um sich bei Bedarf durchzusetzen. Wie schwach dieses Druckmittel in Wirklichkeit war, sah man schon allein daran, dass von ihm seit dem Rausschmiss durch Christien nichts mehr zu hören war. Nun ja, blieb noch der heimtückische Schuss übrig. Der Aufseher war Christiens dringendster Verdächtiger, was den nächtlichen Überfall anbelangte.

»King wuchs Tür an Tür mit Theodore auf, so wie ich auch«, sagte Paul mit einem Achselzucken. »Es schien also nicht nötig zu sein, dass ihn noch jemand anderes begutachtete, also … also das, was von ihm noch übrig war. Je schneller er unter die Erde kam, desto besser, dachten alle.«

»Du warst also sicher, dass es sich um deinen Schwager gehandelt hatte?«

»Ich habe es schließlich öffentlich beschworen, nicht wahr?«

Christien hatte mit dieser Frage extra noch einmal nachgehakt, denn irgendetwas in Pauls Verhalten ließ bei ihm die Alarmglocken schrillen. Der Verdacht bestätigte sich umso mehr, als er die grünlich blasse Gesichtsfarbe des Jungen betrachtete. Er nahm einen Schluck von seinem Kaffee, bevor er sich wieder Paul zuwandte. »Das muss ein schrecklicher Anblick gewesen sein. Nicht viele Männer können so etwas aushalten.«

Paul wedelte mit seinem Frühstücksgebäck über dem Tisch und versuchte, abzulenken. »Könnten wir bitte von etwas anderem reden? Ich versuche nämlich gerade, zu essen.«

»Entschuldigung. Ich habe mir das nur gerade vorgestellt und musste mir eingestehen, dass ich wahrscheinlich höchstens einen kurzen Blick riskiert hätte.«

»Okay, so genau habe ich auch nicht hingesehen«, rief der Junge aus und schmiss sein Frühstücksgebäck mit solcher Wucht auf den Teller zurück, dass es wieder auf der weißen Tischdecke landete. »Sind Sie jetzt zufrieden? Es war ein männlicher Leichnam, und er wurde in einem Wasserstrudel gleich hier unten am Fluss gefunden. King behauptete, es sei Theodore. Das schien alles zu passen.«

»Das klingt so, als ob du dir auch nicht so sicher wärst?«, fuhr Christien fort und versuchte, seiner Stimme einen etwas milderen Klang zu geben.

»Reden Sie keinen Unsinn.« Paul lehnte sich mit finsterem Gesicht in seinen Stuhl zurück. »Theodore war der einzige Mann, den man in dieser Gegend vermisste, und er war seitdem nicht wieder aufgetaucht. Wenn er es nicht war, wer hätte es sonst sein können?«

»Das würdest du doch besser wissen als ich, oder?«

»Natürlich, und niemand anderes. Aber mir gefällt nicht, auf was Sie da hinauswollen.«

»Und das wäre?«

Paul starrte ihn mit lodernden Augen und blassem Gesicht unverhohlen an.

»Dass jemand anderes getötet wurde und an den Fluss geschafft wurde, um dann dort gefunden zu werden und demnach Theodore noch am Leben wäre. Aber er ist tot. Ich sage es Ihnen gerne noch einmal, er ist seit über zwei Jahren tot und natürlich seitdem auch nicht wieder aufgetaucht. Es ist schließlich auch das Beste für Reine gewesen, darin Sicherheit zu haben, sodass sie endlich ihre Trauerkleidung anlegen und das Kapitel mit dem öffentlichen Wehklagen beenden konnte. Auf diese Weise war es ihr auch möglich, hier in River's Edge zu bleiben und den Idioten, den sie geheiratet hatte, zu vergessen. Jetzt ist es raus. Was ich getan und gesagt habe, bereue ich nicht im Geringsten, und ich werde es auch niemals bereuen.«

Christien hatte die Antwort, die er gewollt hatte, und sie stellte ihn mehr als zufrieden. Ein trockenes Lächeln blitze über sein Gesicht, wenn er daran dachte, was ihn das gekostet hatte. Als er den immer noch funkelnden Blick seines zukünftigen Schwagers sah, entgegnete er schlicht: »Ich auch nicht, nein, ich auch nicht.«

Paul starrte ihn noch einen Augenblick lang an und stand dann abrupt auf, ließ seine Serviette auf den Tisch fallen und ging raschen Schrittes aus dem Speisesaal.

Christien blieb mit seiner Kaffeetasse schweigend zurück und brütete vor sich hin. Langsam nippte er an dem lauwarmen Gebräu und schob dann Tasse samt Untersetzer von sich weg. Nach einem weiteren Moment seufzte er, stand auf und machte sich auf die Suche nach Reine.

Im Haus traf er sie allerdings nicht an, denn ihr Schlafzimmer war leer, und die Tür stand offen, sodass er sah, wie zwei Dienstmädchen das Bettlaken strafften. Das Kinderzimmer war ebenfalls leer. Madame Cassard hingegen frühstückte in ihrem Bett und genoss *café au lait* mit ein paar warmen Croissants. Durch einen Türspalt ließ sie ihm aber von einer Zofe mitteilen, dass sie ihre Tochter heute Morgen noch nicht gesehen habe.

Monsieur Cassard saß mit einem Nachbarn auf der Veranda, der ihm als Monsieur Lavalier vorgestellt wurde. Aus Rücksicht auf seinen Gast verhielt sich Cassard äußerst zuvorkommend, doch sein Blick verriet, dass er ihm alles andere als wohlgesinnt war. Er schien geradezu unwillig zu sein, ihm bei der Suche nach Reine zu helfen, doch schließlich gab er den Hinweis, dass er sie in Richtung Stallungen hatte gehen sehen.

Christien verließ die Männergesellschaft so schnell wie möglich und lenkte seine Fußschritte zu den Außengebäuden der Plantage. Er war nicht gerade glücklich, wenn er daran dachte, dass Reine bei den Ställen war, denn dann war kaum davon auszugehen, dass sie alleine wäre. Private Momente schienen auf River's Edge eine seltene Annehmlichkeit zu sein, entdeckte er mit einem gewissen Bedauern. Andererseits ging ihm der entlassene Aufseher nicht aus dem Kopf. Diesbezüglich gab es keinen Grund, anzunehmen, dass er Reine freundlich gesinnt wäre, wenn er ihren Weg kreuzen würde. Christien konnte deshalb nicht wirklich entspannt sein, bis er sie endlich gefunden hätte.

Im Stall angekommen, traf er sie jedoch nicht an. Der Junge, der dort ausmistete, gab bereitwillig Auskunft und sagte, dass er ihre Stute gesattelt hatte, was noch gar nicht lange her war, und auch das Pony für die kleine *mam'selle*. Die beiden wären in Richtung des alten Anwesens der Pingres aufgebrochen.

Christien tastete vorsichtig seine Bandagierung am Brustkorb ab und befahl, seinen schwarzen Hengst aufzusatteln. Mit zusammengebissenen Zähnen und der Hilfestellung des Stallburschen schaffte es Christien, sich mit Mühe hochzuschwingen. Er nahm die Zügel in die Hand, hielt einen Moment inne und schaute den jungen Mann an, der ihm eben geholfen hatte und nun aus dem Weg getreten war.

»Wie heißt du?«, fragte er ihn, ohne den Blick von ihm abzuwenden.

»Morris, *m'sieur*«, antwortete der Bursche. »Alle nennen mich aber Mo.«

»Warst du zufällig derjenige, der den Hengst zurück in den Stall gebracht hat, damals in der Nacht, als ich angeschossen wurde.«

Er nickte zustimmend. »Madame kam hier angeritten, als ob alle Höllenhunde hinter ihr her wären. Sie sagte dann, dass Alonzo und noch drei andere gebraucht würden, damit man Sie ins Haus tragen könnte und dass ich Ihr Pferd nehmen sollte.«

»Geritten, sie ist geritten?«, fragte Christien erstaunt.

»*Mais oui*. Sie ist eine formidable Reiterin, Ihre junge Madame. Sie hat vor nichts Angst.«

»Nein.« Christien hatte diesbezüglich keine Zweifel, aber sie erwähnte bisher nicht, dass sie in jener Nacht, als er auf seinem Pferd angeschossen wurde, ausgeritten war. Das schien ihm ein beachtenswertes Detail zu sein.

»Danke, dass du dich um mein Pferd gekümmert hast«, sagte Christien und fingerte eine Münze aus seiner Westentasche und gab sie dem Burschen. »Du hast nicht zufällig den Koffer mit meinen Degen gesehen, der hinter dem Sattel befestigt war?«

»Einen Koffer? Nein, *m'sieur*. Nichts dergleichen. Ist er verschwunden?«

»Nur kurzfristig abhandengekommen«, sagte er leichthin. »Es hat auch niemand einen Koffer an der Uferstraße entdeckt?«

»Das weiß ich nicht. Soll ich danach suchen?«

Es war nicht gerade wahrscheinlich, dass ein Koffer mit wertvollen Duelldegen im Straßengraben liegen bleiben würde, ohne dass es jemandem auffiel. Andererseits wäre es durchaus denkbar, dass derjenige, der ihn gefunden hatte, ihn versteckt hielt und auf eine Gelegenheit wartete, sie zu Geld zu machen. »Ich hänge an diesem Paar edler Rapiere. Für denjenigen, der sie wiederfindet, würde auf jeden Fall eine Belohnung herausspringen.«

»*C'est vrai*? Ich werde die Augen offen halten, ganz bestimmt.«

Mehr konnte er im Moment nicht tun, dachte Christien, verabschiedete sich mit einer angedeuteten Handbewegung von dem Stallburschen und gab seinem Pferd die Sporen, das ihn aus der dunklen Scheune in das gleißende Morgenlicht hinaustrug.

Er folgte einem Pfad, der entlang der Außengebäude der Plantage verlief, an den Hütten der Bediensteten vorbei, sich dann zwischen der Kapelle und dem Haus des Aufsehers durchschlängelte und schließlich zur Zuckerrohrmühle führte. Von dort führte er durch einen Bestand von Hickorybäumen, zog sich dann entlang eines Entwässerungsgrabens, der die Maisfelder von den Anbaugebieten mit Bohnen abtrennte, um schließlich in ein Meer von wogendem Zuckerrohr zu münden. Nachdem Christien durch die mannshohen Pflanzen geritten war, kam er zu einer Weide, auf der Kühe, Maulesel und ein paar Ziegen grasten. Am

Wegesrand lagen zahlreiche Bündel mit Zuckerrohr, während vor ihm ein lichter Wald die Sicht begrenzte. Dort führte der Pfad unter weit ausladenden Bäumen entlang, unter denen Weinreben, Farne und zahlreiche Sträucher wuchsen.

Von Reine und Marguerite gab es jedoch kein Lebenszeichen.

Christien dachte schon, er würde einer falschen Spur folgen, als er plötzlich einen schrillen Schrei vernahm, dem ein tief grollendes Bellen folgte. Seine Nackenhaare sträubten sich, und er spornte sein Pferd an, um in die Richtung zu reiten, aus der er die Laute vernommen hatte.

Sein schwarzer Hengst galoppierte durchs Unterholz, sprang über einen umgefallenen Baumstamm und durchbrach die im Weg stehenden Büsche. Christien musste sich unter tief stehenden Ästen ducken, und herunterhängende Weinreben peitschten in sein Gesicht. Durch die Bäume vor ihm sah er dann aber eine Lichtung, in deren Mitte eine große, alte Eiche stand, unter der er die Umrisse eines Ponys und einer Stute ausmachen konnte. Schließlich erkannte er auch, dass die tiefen Knurrlaute von Chalmette kamen und die spitzen Schreie von Marguerite, die hinter dem Hund hertollte und deren Kleid farbenfroh zu ihm herüberschimmerte. Christien zügelte erleichtert sein Pferd und ließ es im Schritt auf die Lichtung zugehen.

Es war eine Szene wie in einem alten, idyllischen Fresko, mit einer auf dem Boden ausgebreiteten Wolldecke in Regenbogenfarben und einem Picknickkorb an der Seite. Reine stand in der Mitte des lauschigen Fleckens und hatte die Augen verbunden. Sie versuchte, mit ausgestreckten Armen nach ihrer Tochter zu greifen. Zum großen Vergnügen von Marguerite, die lachend um sie herumtanzte, erwischte sie die Kleine jedoch nicht. Der große, gutmütige Hund spielte begeistert mit und ließ ab und zu ein freundliches Bellen ertönen. Manchmal gelang es Reine, Marguerite zu berühren, sie tat aber so, als ob sie den kleinen Quälgeist nicht festhalten konnte, und drehte sich wieder nach der anderen Seite um. Dabei wirbelte ihr blaues Kleid durch die frische Morgenluft. Wieder einmal schaffte es das Kind, um Haaresbreite dem sicheren Griff ihrer Mutter zu entkommen, und gluckste vor Freude.

Der tiefe, dunkle Wald schluckte die Geräusche, sodass sie ganz in ihrem fröhlichen Treiben aufgingen und Christiens Näherkommen gar nicht bemerkten. Er glitt vorsichtig aus dem Sattel und band seinen schwarzen Hengst an einem tief hängenden Ast fest. Langsam schritt er auf den durch niedergetretenes Gras gekennzeichneten Picknickplatz zu und fragte sich, wann sie ihn wohl bemerken würden, zumal er schon fast am Waldesrand angekommen war.

Es war schließlich Chalmette, der in seinem Spiel innehielt und vernehmbar Laut gab, wobei er freudig mit dem Schwanz wedelte. Dann wurde auch Marguerite auf ihn aufmerksam. Sie bekam bei seinem Anblick ganz große Augen und wollte gerade ihren Mund aufmachen, um ihm etwas zuzurufen, als er schnell den Zeigefinger auf seine Lippen legte und ihr bedeutete, dass sie still sein sollte. Die Kleine kicherte in sich hinein und sah abwechselnd von ihrer nichts ahnenden Mutter und ihm hin und her.

Christien durchstreifte die letzten Büsche, bis er auf der kleinen Lichtung stand und mit zwei, drei Schritten direkt neben Reine war, die, sich ins Leere tastend, vorbeugte, um angestrengt auf die seltsamen Geräusche zu hören. Schließlich trat er direkt vor sie hin.

Nun berührte sie ihn unweigerlich mit ihren nach vorne gestreckten Händen. Sie strich ihm über seinen muskulösen Bauch und fasste ihn dann an der Hüfte. Die zarten Berührungen jagten ihm ein Schauer nach dem anderen über den Rücken, und plötzlich spürte er ein schmerzvolles Ziehen in seinen Lenden. Nichtsdestotrotz blieb er ungerührt stehen und holte tief Luft, als ihre Fingerspitzen über seinen Verband an der Brust glitten.

Ihre Lippen bewegten sich und formten schließlich seinen Namen. Dann lächelte sie.

Für Christien wurde diese abgelegene Lichtung plötzlich noch lieblicher und heller, erstrahlte in einem Glanz und machte diesen Flecken Erde zu einem Paradies. Er wollte nichts sehnlicher als diese Frau. Am liebsten würde er sie gleich auf der ausgebreiteten Decke in seine Arme schließen und sie an Ort und Stelle lieben, so als ob sie beide die einzigen Menschen auf dieser Welt wären.

»*Maman,* du hast Monsieur Christien gefangen!«, rief Marguerite und gluckste lachend vor sich hin, hüpfte herum und drehte sich wie ein kleiner, tanzender Derwisch im Kreis. »Jetzt ist er an der Reihe mit Blinde Kuh.«

Ach, blind war er ja eigentlich schon, blind vor Liebe zu dieser wundervollen Frau, dachte Christien, während er ihr die Binde von den Augen nahm und sie nachdenklich betrachtete. Seit er sie das erste Mal gesehen hatte, liebte er sie mit aller Macht seines Herzens.

Er hatte sie auch zuvor schon gewollt, hatte sich eine Taktik zurechtgelegt, wie er an sie herankommen könnte, aber das war etwas anderes gewesen. Es war definitiv nicht dasselbe gewesen, und er hatte sowieso alles zerstört. Sie würde ihm nie verzeihen, und sie wird ihn nie je wieder so ansehen wie in diesem Moment, mit diesem klaren, vertrauensvollen Blick, in dem sich zärtliche Erinnerungen spiegelten. Ja, und letztendlich hatte er es auch gar nicht verdient.

»Ich wollte nicht stören«, entschuldigte er sich mit leiser Stimme. »Ich konnte nur einfach nicht widerstehen.«

»Du störst nicht. Ich bin mit Marguerite nur hierhergekommen, um ihr alleine und in aller Ruhe erklären zu können, was es mit uns beiden auf sich hat. Ich glaube, sie versteht das jetzt, dass Frauen und Männer, wenn sie verheiratet sind, auch das Bett teilen.«

»Sie versteht das wirklich?«, fragte er mit hochgezogener Augenbraue.

Reine blickte ihm in die Augen, während ihre eigenen seltsam glänzten. »Bis zu einem gewissen Punkt zumindest. Sie ist glücklich, denn sie weiß jetzt, dass du ihr neuer Papa bist.«

»Papa oh, Papa …«

Er holte tief Luft und schüttelte diese Erinnerung an Marguerites Ausruf ab. Zärtlich nahm er Reines Hand und zog sie an seine Lippen. »Ich bin ebenfalls glücklich und sehr froh darüber, dass du meine Frau sein willst.«

Das war eine einfache und wahre Feststellung und auch das Einzige, was er sich in Marguerites Gegenwart zu sagen traute. Reine verstand es jedoch, dachte er, denn ihre blauen Augen verrieten es ihm, genauso wie der sanfte Druck ihrer Hand und ihre bebenden Lippen.

Dieser Anblick war mehr, als er ertragen konnte.

Instinktiv zog er sie zu sich heran und küsste sie. Ihre Münder verschmolzen miteinander, doch es blieb auch ein Beigeschmack von Reue und Verzweiflung. Ihre Lippen waren so sanft und warm, sie öffneten sich und gaben langsam nach, wie zwei zarte Blütenblätter, die mit süßem Nektar bestäubt waren. Unglaubliches Verlangen durchströmte ihn, und er hätte sie wohl gegen den Stamm des Eichenbaumes gedrückt und sie genommen, so wie sie dastand, doch die kleine Zuschauerin nötigte ihm größte Zurückhaltung auf.

Er ließ etwas locker, doch seine Muskeln blieben angespannt. Reines Lippen waren rosarot und vor Erregung ein bisschen geschwollen. Sie leckte mit ihrer Zunge darüber und versuchte, seinen Geschmack noch einmal aufzunehmen. Ihre Augenlider blieben halb geschlossen, während sie in tiefen Zügen aus und einatmete. Dann löste sie sich von ihm und trat einen Schritt zurück, seinen neuerlichen Versuch, sie an sich zu ziehen, sanft abwehrend.

»Hast du schon gegessen?«, fragte sie mit stockender Stimme. »Wir waren gerade dabei, zu frühstücken.«

»Frisches Schmalzgebäck!«, schrie Marguerite und lief auf die beiden zu. »Davon gibt es genug und Limonade. Magst du Schmalzgebäck und Limonade?«

»Am liebsten«, entgegnete Christien und folgte Reine die zwei Schritte bis zu der ausgebreiteten Decke, die ihren Tisch im Grünen ersetzte.

Marguerite schloss zu ihm auf, legte ihre kleine Hand vertrauensvoll in seine große und lächelte zu ihm hinauf. Als Christien ihre warmen, kleinen Finger spürte, blickte er zu ihr hinunter und lächelte ebenfalls. Die Zuneigung und das Vertrauen der kleinen Marguerite wühlten ihn innerlich auf, und er schalt sich selbst ob dieser Schwäche.

Die Frühstücksteilchen waren mit getrockneten Äpfeln gemacht, die in Blätterteig gewickelt waren, ein

Geschenk der Götter. Die Limonade war nicht nur eiskalt, sondern auch angenehm süß und sauer zugleich, ein ideales Mittel gegen die schwüle Mittagshitze. Die Teigtaschen schmeckten köstlich, doch Christien nahm nur einige Bissen davon und gab den Rest der noch hungrigen Marguerite, die ihren Anteil schon aufgegessen hatte, da sie die Randkruste an Chalmette verfüttert hatte.

Reine beobachtete ihn, wie auch er dem sabbernden Hund ein Stück abgab, der sich neben seinem rechten Knie niedergelassen hatte und ihn treuherzig anbettelte. »Solltest du nicht im Bett sein?«, fragte sie ihn ganz unvermittelt. »Ich meine, Dr. Laborde sagte …«

»Ich weiß.« Er lächelte gequält zurück. »Aber es stehen Dinge an, die man besser auf zwei Beinen erledigt.«

Sie errötete unwillkürlich. »Wenn du auf meinen Vater und meinen Bruder anspielst, ich meine bezüglich letzter Nacht, dann tut es mir wirklich leid. Ich hätte bei dir sein sollen und dich unterstützen.«

»Das hätte keinen Unterschied gemacht. Was sie gesagt haben – ich habe es wohl verdient.«

»War es so schlimm?«

Er hob einen Zweig auf, der auf der Decke gelandet war, und zerbrach ihn in kleine Stücke. »Dein Vater und deine Mutter sprechen nicht mehr mit mir. Paul tat es leider schon. Doch, keine Angst, ich habe nach seinen Beleidigungen keine Satisfaktion gefordert.«

»Ich sollte dir dafür wohl dankbar sein«, antwortete sie, während ihr Blick sich verdunkelte.

»Nicht im Geringsten. Dein Bruder scheint einen lebendigen Ehemann einem toten Verführer vorzuziehen.« Versonnen warf er den zerkleinerten Zweig ins Gras, hinter den äußersten Rand der Picknickdecke.

»Hat er das gesagt?«, fragte sie in ungewöhnlich scharfem Ton.

»Er war aufgebracht, und wer könnte es ihm verübeln? Ich hätte niemals ...«

»Nicht doch. Sag so etwas nicht.«

Er begegnete ihren tiefblauen Augen, ihrem warmen und offenherzigen Blick. Doch das löste unwillkürlich Schuldgefühle in ihm aus, brennende Schuldgefühle. Er hätte es ihr beichten sollen, auf was er eigentlich aus war, schon vor Tagen, als es vielleicht noch nicht so tragisch gewesen wäre. Je länger er es vor ihr verheimlichte, desto schlimmer würde es später, wenn sie schließlich die Wahrheit herausfände. Er dachte ursprünglich, dass sein Vorhaben von so ungeheurer Wichtigkeit sei, dass es durchaus entschuldbar sein würde, hatte sich selbst immer wieder vorgehalten, dass ihre Gefühle dabei keine Rolle spielten und er sie in jedem Falle zur Frau nehmen würde. Doch er hatte diesbezüglich falschgelegen.

»Nein, du hast recht, ich sollte das nicht sagen.« Seine Zustimmung war ehrlich. »Aber ich hätte mir gewünscht, dass du nicht noch mehr ins Gerede kommst, noch weitere Gerüchte über dich verbreitet werden ...«

Er verstummte, mitten im Satz, denn er konnte nicht weiter lügen. Die Tatsache, dass ihr Verhältnis nun in die Öffentlichkeit gelangt war, konnte eigentlich als ein glücklicher Zufall angesehen werden, denn dadurch gab es einen gewissen Druck von außen, die Angelegenheit zu beschleunigen. Er sollte froh darüber sein, dass dem so war, denn je schneller die ganze Sache vorbei war, desto besser für alle Beteiligten. Aber stattdessen fühlte er eine bleierne Last auf seinen Schultern.

»Das macht doch nichts«, beruhigte ihn Reine und

beobachtete aus den Augenwinkeln ihre Tochter, die gerade ihre kleinen Hände an ihrer Schürze abgewischt hatte und nun aufsprang, um mit Chalmette zu spielen. »Nach all dem, was man bereits hinter vorgehaltener Hand so sagt, was macht es da schon aus, wenn eine Kleinigkeit noch dazukommt? Zumindest geht es jetzt Marguerite besser.«

Tatsächlich schien sie sich wohler zu fühlen. Ihre Augen waren viel lebendiger, und sie hatte eine deutlich gesündere Gesichtsfarbe. »Schläft sie jetzt durch, wenn man sie ins Bett bringt?«

»Ja, völlig problemlos«, entgegnete sie. »Mit Chalmette in ihrer Nähe ist es tatsächlich besser geworden.«

»Sie glaubt also, dass der Hund den *loup-garou* im Zweifelsfall vertreiben würde.«

»So ähnlich.« Reine nickte lächelnd. »Sie glaubt, dass Chalmette dann laut genug knurren würde, sodass du dann kommen würdest, um das Ungeheuer zu verscheuchen, bevor etwas Schlimmes passiert.«

Christien presste seine Lippen zusammen und fluchte insgeheim, denn schon einmal war er nicht rechtzeitig zur Stelle gewesen, um Marguerite beizustehen. Was, wenn er wieder versagen würde?

»Ich hoffe, sie hat recht.«

»Ja«, antwortete Reine nachdenklich.

Hatte er eben Zweifel in ihrer Stimme gehört? Wenn ja, dann könnte er sich wohl kaum beschweren oder gar beleidigt fühlen. Er ließ seinen Blick an ihr vorbei über die Wiese schweifen, auf der die Stute und das Pony grasten. Angesichts ihres Pferdes musste er auf einmal an die Bemerkung des Stallburschen denken, dass sie in der Nacht, als er angeschossen wurde, ausgeritten war.

»Ich wusste gar nicht, dass du eine solche Pferdenärrin bist«, bemerkte er. »Wir sollten hin und wieder zusammen ausreiten.«

»Das wäre schön, vor allem in den frühen Morgenstunden, wenn es noch recht kühl ist.«

»Oder am späten Nachmittag. Wir könnten auch bei Mondschein einen Ausflug machen.« Während er ihr diesen Vorschlag mit klopfendem Herzen unterbreitete, sah er sie aufmerksam an – wie würde sie wohl reagieren? Ihre Augen schienen sich vor Schreck zu weiten, doch als sie schließlich seinem Blick begegnete, blieben sie geheimnisvoll.

»Das ist doch wohl zu gefährlich, solange wir nicht wissen, wer dich angeschossen hat«, entgegnete sie nach einer Weile.

Hatte sie sich erschrocken, weil sie um ihn besorgt war? Das würde er am liebsten annehmen, doch er konnte sich diesbezüglich nicht wirklich sicher sein. Genauso gut könnte sie auch zu den Verschwörern gehören, die ihm nach dem Leben trachteten. Eine günstige Gelegenheit, einen unwillkommenen Bräutigam loszuwerden. »Da ist schon etwas dran«, gab er zu. »Es wäre bestimmt nicht gerade sicher für eine Dame, nachts alleine auszureiten.«

Ihr Blick wanderte an ihm vorbei und richtete sich auf die Bäume am Rande der Lichtung.

»Ja, das ist nicht sehr ratsam.«

»Ich kann mir sowieso kaum einen Grund vorstellen, der eine Frau nach Einbruch der Dunkelheit dazu verleiten könnte, noch hinauszugehen«, fuhr er in grimmigem Ton fort. »Es müsste schon etwas Lebenswichtiges sein.«

Ihre Lippen öffneten sich leicht, so als ob sie antworten wollte, doch die Worte blieben unausgesprochen.

Ihre Aufmerksamkeit richtete sich plötzlich ganz auf den Waldsaum. Sie beschattete ihre Augen mit einer Hand und griff automatisch nach seinem Arm.

Einen Augenblick lang dachte er, es wäre ein Ablenkungsmanöver, doch dann sah er, wie die Farbe aus ihrem Gesicht wich und ihre Lippen nur noch bläulich schimmerten. »Was ist?«, fragte er besorgt und schloss seine Hand um ihre kalten Finger, die in seinen Arm gekrallt waren.

»Dort«, flüsterte sie kaum hörbar. »Da ist jemand im Wald.«

Er drehte seinen Kopf in die angezeigte Richtung. Auf der Wiese sah er nicht weit von ihrem Picknickplatz entfernt Marguerite, wie sie mit ausgebreiteten Röcken am Boden hockte und nach irgendetwas im Boden stocherte, während der neben ihr stehende Chalmette die Umrisse einer Person am Waldesrand aufmerksam beobachtete und mit seiner feinen Schnauze Witterung aufzunehmen versuchte. Christien blickte angestrengt, aber auch so beiläufig wie möglich, in die gleiche Richtung wie der Hund, der zudem ein tiefes Knurren vernehmen ließ.

Mehr als einen vagen Schatten zwischen den Bäumen konnte er jedoch kaum erkennen. Nach einiger Zeit verschmolz der heimliche Beobachter mit den ihn umgebenden Büschen, Sträuchern und Weinreben in den Tiefen des Waldes.

»Demeter«, seufzte Reine erleichtert und ließ Christiens Arm wieder los. »Sie muss es gewesen sein. Immer taucht sie unerwartet an Orten auf, wo man sie nicht vermutet.« Sie schaute ihn kurz an und versuchte, sich zu erklären. »Vielleicht erinnerst du dich. Sie ist Theodores alte Amme und war auch eine Zeit lang das Kindermädchen für Marguerite. Ihre Hütte liegt nicht weit von hier, nur etwa ein paar Hundert Fuß auf der anderen Seite der Gemarkung. River's Edge ist ja mehrere Hundert Morgen groß, doch hat es wie alle anderen Plantagen hier am Fluss eine Form wie ein Stück Apfelkuchen. Zum Wasser hin laufen die Grundstücksgrenzen ganz schmal zusammen, und je mehr man ins Hinterland kommt, desto weitläufiger wird alles.«

»Ja, dein Vater hat mir davon erzählt«, entgegnete Christien zerstreut. »Anscheinend hat die alte Amme deines früheren Ehemannes vor mir mehr Angst als vor allem anderen auf der Welt.«

»Sie kennt dich eben nicht.«

»Daran lässt sich wohl auch nichts ändern, wie es scheint.«

»Bist du böse?«, fragte sie leicht besorgt und beobachte genau seine Gesichtszüge, vielleicht weil in seinen Antworten ein beunruhigender Unterton mitschwang.

»Wieso sollte ich?«

Wenn es Demeter gewesen war, dann schien diese sie von einem Punkt weiter im Waldesinneren aus zu beobachten, denn sein in der Wildnis geschultes Ohr hörte keine weiteren Geräusche, die entstehen, wenn man sich langsam entfernt. Er wusste nicht recht, was sie hoffte, zu entdecken, doch er war eigentlich in guter Stimmung und wollte sie nicht um ein Schauspiel bringen und enttäuschen.

»Ich weiß es nicht ...«, versuchte Reine sich zu rechtfertigen.

Er ließ sie allerdings nicht ausreden, sondern packte sie an ihrer Hüfte und beugte sie sanft hinunter auf die Decke, während er sie leidenschaftlich auf den Mund küsste. Seine breiten Schultern positionierte er dabei so, dass Marguerite davon nichts mitbekam, aber der unbekannte Beobachter Zeuge dieses Liebesreigens werden konnte. Langsam ließ er seine Hand seitlich an Reine hinuntergleiten, legte sie liebkosend auf ihre schlanke Taille und zog sie noch enger an sich. Seine Finger gruben sich leidenschaftlich in ihr zartes Fleisch, sodass sie aufstöhnte, ihre Brüste in heißer Erregung gegen ihn presste und ihre Lippen für das Spiel seiner Zunge öffnete.

In diesem Moment versagte ihm beinahe der Verstand. Er gab sich ganz diesem Glück hin und wollte sich den gleichen atemlosen Augenblicken vollendeter Leidenschaft hingeben, wie er sie schon einmal genießen durfte.

Doch nicht hier, nicht jetzt.

Die Vorstellung, sie loszulassen, fühlte sich an wie die Amputation eines Körperteils. Trotzdem tat er es, küsste sie noch einmal zärtlich auf die Stirn und seufzte, nicht zuletzt, weil ein schmerzhaftes Ziehen sich in seinen Lenden breitgemacht hatte. Er sah ihr liebevoll zu, wie sie sich erhob und ihre Röcke glatt strich, dabei fluchte er still vor sich hin und murmelte leise Entschuldigungen.

Es blieb ihm nun nichts mehr übrig, als ebenfalls aufzustehen und die Utensilien des Picknicks einzusammeln, um die Heimkehr vorzubereiten. Mit zusammengebissenen Zähnen, die Schmerzen seiner Verletzung unterdrückend, half er Reine, galant ihren Fuß stützend, in den Sattel und Marguerite auf ihr Pony. Er ließ sie ein Stück weit voranreiten und tat so, als ob er die sichernde Nachhut bilden würde. Als sie fast außer Sichtweite waren, zog er sich mit Mühe auf sein Pferd und rutschte schließlich mit schmerzverzerrtem Gesicht in seinen Sattel. Sein verfluchter männlicher

Stolz ließ es natürlich nicht zu, dass die beiden Damen ihn so sahen. Langsam ritt er los und schloss dann bald zu ihnen auf, sodass sie zusammen nach River's Edge heimkehren konnten.

Christien warf keinen Blick mehr zurück, gar nicht so sehr, weil er sich nicht um ihre Sicherheit sorgte, sondern vielmehr, weil er einfach nicht an die noch bevorstehenden Schwierigkeiten denken wollte.

Achtzehntes Kapitel

Warum?

Reine fragte sich nun schon zum hundertsten Male, warum Christien sie so stürmisch in den Arm genommen und sie leidenschaftlich auf die Decke niedergelegt hatte, obwohl Marguerite nicht weit von ihnen entfernt spielte und der heimliche Beobachter alles problemlos mitansehen konnte. Warum in diesem Augenblick, wo sie in einem ähnlichen Moment noch vor Kurzem peinlich berührt waren, weil sie sich nicht den Konventionen gemäß verhielten?

Es schien nicht so, als ob ihn plötzlich die Begierde übermannt hätte, dessen war sie sich ziemlich sicher. Vielmehr lag etwas Berechnendes und fast Aggressives in seinem Kuss, zumindest zu Beginn.

Sie hatte ihn mit Leidenschaft erwidert und nicht nur das, sondern jede Faser ihres Seins hatte sich ihm hingegeben. Es war ja auch nicht so, dass sie prinzipiell keine Kontrolle über sich hätte, denn normalerweise konnte sie sich durchaus zur Wehr setzen und auch zahlreichen anderen Versuchungen widerstehen. Das Problem lag nur darin, dass Christien keine gewöhnliche Versuchung war, nicht im Geringsten.

Dort auf der Waldlichtung hatte sie ihre Lektion noch einmal gelernt. Während der kommenden Tage vor ihrer Hochzeit durfte sie auf keinen Fall mit ihm allein sein, niemals. Auch wenn sie das selbst nicht so eng sah, so bestand doch ihre Familie darauf, auch wenn dies nicht unbedingt offen kommuniziert wurde, man erwartete es einfach von ihr. Sie konnte sich im Haus kaum alleine bewegen, ohne dass ihr Vater, ihre Mutter oder Paul an ihren Fersen klebten. Wenn sie zufällig mit Christien für mehr als zwei Minuten in einem Raum alleine war, kam wie aus dem Nichts Alonzo hinzu und brachte ihnen ein *eau de sucre* oder eine Karaffe Wein. Manchmal erschien auch ihre Mutter mit ihrem Strickzeug unter dem Arm, Marguerite, die etwas vorgelesen haben wollte, Paul, der um ein paar Tipps zur Verfeinerung seiner Fechttechnik bat oder ihr Vater, der um einen Mitstreiter für sein Kartenspiel anfragte. Man hätte es schon fast lustig finden können, wenn es mit der Zeit nicht doch etwas nervend gewesen wäre.

Sie hatte praktisch keine Gelegenheit, sich mit ihrem Angetrauten alleine zu unterhalten. Das war schon etwas frustrierend, zumal in ihrem Kopf unbeantwortete Fragen und Verdächtigungen durcheinanderkreisten und auf Klärung pochten.

Er wusste, dass sie in jener Nacht ausgeritten war, dessen war sie sich ganz sicher. Worauf sonst hätte diese warnende Anspielung abgezielt? Wenn er jedoch ahnte, wo sie genau gewesen war, dann hätte er sicherlich auch darauf angespielt und ihr zu verstehen gegeben, wie gefährlich ein nächtlicher Ausflug gerade nach New Orleans wäre. Da er dies jedoch nicht explizit ausgesprochen hatte, konnte sie sich zumindest sicher sein, dass er nicht wusste, was sie alles beobachtet hatte.

Nun, vielleicht konnte man das aus diesen Bemerkungen auch nicht ableiten, schließlich war Christien kein Mann, der gleich alle Karten auf den Tisch legen würde.

Es wäre aber womöglich sowieso besser gewesen,

wenn sie mit offenen Karten gespielt hätte. Was sollte er sonst auch von ihr denken? Am angenehmsten wäre ihr noch die Vorstellung, dass er sie verdächtigen würde, sich heimlich mit einem anderen Mann zu treffen. Immerhin wäre Eifersucht eine passende Entschuldigung für sein Verhalten, gleichzeitig aber auch ein wenig schmeichelhaft für sie.

Andererseits verbat der gesunde Menschenverstand, ein derartiges Szenario anzunehmen. Nichts war zwischen ihnen beiden vorgefallen, dass ihr Anlass dazu gegeben hätte, dass er in ihr mehr als eine angenehme Bettgenossin und einen nützlichen Vorstand seines zukünftigen Haushaltes sehen würde.

Natürlich, er begehrte sie, das war offensichtlich, doch ihre rationale, französische Erziehung hielt sie davon ab, mehr daraus zu machen. Männer sind im Allgemeinen wahllos, wenn es um die Befriedigung ihrer Bedürfnisse geht. Im vorliegenden Fall war es nun einmal so, dass sie eben zur Verfügung stand, demnächst sogar gesetzlich dazu verpflichtet wurde und zudem nur allzu willig war. Ja, und sie musste zugeben, dass, obwohl seine Verletzung sie einerseits in falscher Sicherheit gewiegt hatte, sie andererseits doch nicht hätte widerstehen können. Da nimmt es nicht Wunder, dass er nicht bis nach der Hochzeit gewartet hatte.

Was für eine Art von ehelicher Verbindung sollte das einmal werden, die schon so einen Anfang nahm? Welche Chance konnte man dieser Ehe überhaupt vernünftigerweise einräumen, wenn sie nur durch Leidenschaft und gegenseitige Verpflichtung zusammengehalten wurde? Galanterie und gute Manieren waren kein Ersatz für Liebe und Respekt.

Diese Aussicht war schon nicht besonders verlockend, aber was wäre, wenn es Christien bei der ganzen Sache nur um Rache ging? Schließlich wusste sie, dass er Mitglied der Bruderschaft war, deren Zielsetzung in der Vergeltung von Verbrechen bestand. Wenn ihr zukünftiger Ehemann prinzipiell bereit war, sein Leben zu riskieren, um die Ehre irgendeines Fremden wiederherzustellen, was würde er erst für jemanden wie Vinot tun, den er bewunderte und dem gegenüber er zu großer Dankbarkeit verpflichtet war?

Als Christien schließlich wieder auf den Beinen war und seine Genesung weitgehend abgeschlossen schien, wurde umgehend ein Datum für die Hochzeit festgelegt, und die Vorbereitungen nahmen ihren Lauf. Es sollte keine große Sache werden, aber ein bisschen musste dennoch alles organisiert werden. Unter anderem war es nötig, die Nachbarn zu benachrichtigen, dass die Hochzeit wie geplant stattfinden würde, und auch die Bewohner von River's Edge wären natürlich enttäuscht gewesen, wenn es keine dazugehörende Feier gegeben hätte.

Dementsprechend wurden in den folgenden Tagen Aufträge an diverse Geschäfte und Läden in New Orleans gesandt, um die nötigen Vorratslieferungen zu veranlassen. Bald darauf legten fast täglich Dampfschiffe am Landungssteg von River's Edge an und löschten ihre Ladung. Die Warenlieferungen umfassten zahlreiche Fässer mit Wein und Spirituosen, Säcke mit Mehl, gepökeltes Fleisch, eingelegte Sardinen, Melasse sowie Kisten voller Trauben, Nüsse und kandierter Früchte. Für die Hochzeitstorte wurde auch noch eine Auswahl von Marzipanblumen bereitgestellt, die das Konditorkunstwerk verzieren sollten. Zur Kühlung der Köstlichkeiten wurde ein großer Vorrat von Eisblöcken in der Scheune aufgeschichtet. Als Unterlage verwendete man dabei Sägespäne, und über das Eis breitete man zum Schutz ein Leinentuch aus. Zur Isolierung wurden dann Strohballen verwendet, die man rundherum hochstapelte, um das Abschmelzen zu verhindern.

Alles, was sonst noch nötig war, um die Hochzeit zu einem gelungenen Fest zu machen, konnte direkt aus den hauseigenen Erträgen und dem reichhaltigen Angebot der Natur auf River's Edge bereitgestellt werden. Zunächst wählte man zwei gut genährte Schweine aus, um sie später am Spieß grillen zu können, dann einige fette Enten und Hühner, und schließlich trug man noch zahlreiche Früchte- und Gemüsesorten zusammen und lagerte sie trocken und kühl ein.

Reine stand schließlich noch die Wahl des Brautkleides bevor. Sie entschied sich für ein blassblaues aus leichtem Baumwollstoff mit Rüschen und einer rosaroten Schleife. Ihren Kopf würde ein Schleier aus feinster Spitze schmücken, ein Erbstück ihrer französischen Großmutter, die diese *dentelle Valencienne* einst an ihrem Hochzeitstag trug. Das dazugehörige Hochzeitssträußchen würde aus einem Bund roter China-Rosen bestehen, die durch ein Seidenband den nötigen festlichen Charakter bekämen. Auch für dieses Accessoire war es nicht nötig, auf fremde Ressourcen zurückzugreifen, denn die Rosen blühten immer noch in voller Pracht in einem Beet an der Nordseite des Herrenhauses.

Die junge Königin von England, Queen Victoria, hatte vor einigen Jahren bei ihrer Hochzeit jungfräuliches Weiß bevorzugt, was die Amerikanerinnen in New Orleans nun nachzuahmen begannen. Reine hatte generell nicht allzu viel Interesse an der aktuellen Mode. Außerdem ließen die französischen Damen, die im Vieux Carré verkehrten, sowieso nur die Trends aus Paris gelten.

Marguerite wurde sehr zu ihrer Freude im Prinzip wie Reine angezogen, nur dass die Rüschen durch ein weißes Band gerafft wurden. Aus New Orleans wurde extra eine Schneiderin mit zwei Gehilfinnen herbeordert, damit der Saum des Brautkleides auf die richtige Länge gebracht wurde und auch bei den Kleidern von Marguerite und Madame Cassard noch Änderungen vorgenommen werden konnten. Letztere hatte für den großen Tag eine Robe aus indigoblauem Musselinstoff mit aufgedruckten Palmenblättern gewählt.

Die meisten der Vorbereitungsaufgaben blieben an Reine hängen. Ihre Mutter war immer viel zu unentschlossen, wenn es galt, sich für etwas zu entscheiden oder eine Arbeit anzuweisen, und ihr Vater sah seine Aufgabe im Wesentlichen damit als erfüllt an, indem er den richtigen Wein zum Essen aussuchte. Paul wiederum war so gut wie verschwunden und verbrachte die meiste Zeit unten am Fluss. Christien schließlich war einfach nur froh, anstehende Entscheidungen an die Braut und Dame des Hauses übertragen zu können, und gab ihr freie Hand für alle Arrangements. Sobald sie nochmal nachhakte, wie es ihm denn wohl recht wäre, so antwortete er stets, dass sie es gerne so machen könnte, wie sie es am liebsten hätte.

Die Tage ihres Bräutigams waren hauptsächlich von der Arbeit auf der Plantage geprägt. Seit der Entlassung von Kingsley war kein neuer Aufseher eingestellt worden, und Christien schien sich mit der neuen Situation gut arrangiert zu haben. Er genoss es geradezu, mit der Hilfe von Samson, dem alten Vorarbeiter, der so breit und groß wie ein Scheunentor war und dessen Grinsen einem Sonnenaufgang gleichkam, alle Arbeiten kennenzulernen und zu überwachen, sodass er sich höchstpersönlich davon überzeugen konnte, wie die Arbeit vonstattenging. Die beiden kamen gut miteinander zurecht, und man sah sie häufig zusammen über die Felder reiten.

Manchmal nahm Christien bei einem seiner Ausritte Marguerite mit und ließ sie vorne quer auf dem Sattel seines schwarzen Hengstes sitzen, was ihr wahnsinnig viel Spaß machte und gleichzeitig ihre Mutter entlastete. Reine nahm auch erleichtert zur Kenntnis, dass er weiterhin mit ihrem Vater Karten spielte und auf diese Weise verhinderte, dass jener zu seinen alten Gewohnheiten zurückkehrte und nicht auf die Idee kam, vor den Hochzeitsvorbereitungen in die Stadt an die Spieltische zu flüchten. Christien schrieb auch Einladungskarten an seine Freunde und trug Sorge, dass diese auch gewissenhaft ausgetragen würden, da die Empfänger über den ganzen Landstrich verteilt wohnten. Er hörte auch aufmerksam zu, als sie ihm erklärte, wie die Zeremonie ablaufen würde und dass er ihre Mutter bis in die Kapelle geleiten müsste, ganz so, wie es Brauch war, und sich danach möglichst genau an die Anweisungen von Pater Damien halten sollte. Ganz pflichtgemäß begleitete er sie auch zu einem Vorbereitungsgespräch, bei dem der Priester noch mal alles erklärte und auch einige Ermahnungen zu den Rechten und Pflichten im Rahmen des heiligen Bundes der Ehe aussprach. Bezüglich eines wichtigen Details blieb er jedoch ausweichend.

Eines späten Nachmittages, als es nur noch drei Tage bis zur Hochzeit waren, versuchte sie, ihn ausfindig zu machen, und entdeckte ihn, wie er in einem Sessel auf der oberen, umlaufenden Galerie saß. »Was deinen Trauzeugen anbelangt«, begann sie, ihm zuzurufen und ging langsam zu ihm hinauf, »hast du ihn schon gefragt?«

»Ja, ich habe ihm geschrieben.«

Während er antwortete, setzte er sich auf und versuchte leicht gequält, sich zu erheben, doch sie kam ihm zuvor und deutete ihm mit einer Geste an, dass er ruhig sitzen bleiben sollte. Seine Verletzung war offensichtlich noch nicht hundertprozentig verheilt. »Aber du hast nichts mehr von ihm gehört. Er hat dir also nicht mitgeteilt, ob er nun möchte oder nicht.«

»Anscheinend ist er etwas unentschlossen.«

»Aber du brauchst unbedingt jemanden«, sagte sie leicht verärgert.

Er lehnte sich wieder in seinen Korbsessel zurück, faltete gemütlich die Hände über seinem Bauch zusammen und legte seine Stiefel lässig auf das Balkongeländer. »Mach dir keine Sorgen, *chérie*«, beruhigte er sie mit einem Lächeln auf den Lippen. »Wenn er nicht kommen kann, dann wird ein anderer meiner Freunde seinen Platz einnehmen.«

Ein anderer Fechtmeister, sollte das wohl heißen. »Du weißt, dass dein Trauzeuge Marguerite am Arm führen und mit ihr zur Kapelle schreiten muss.«

»Ich werde darauf achten, dass es jemand sein wird, der mit Kindern gut umgehen kann.«

Die Tatsache, dass er ihre Sorgen sofort verstand, hinterließ ein warmes Gefühl in ihrem Herzen. Sie war aber nicht nur dankbar und berührt von seiner Aufmerksamkeit, sondern sie hatte auch ihre ganz persönlichen Bedenken.

Zweifellos sah er sehr gut aus, so wie er hier jetzt locker auf der oberen Galerie in seinem Sessel saß, doch es wäre ein Fehler gewesen, ihn deshalb als träge oder unaufmerksam einzuschätzen. Seine neue Arbeit, die er in den letzten Tagen mit Nachdruck verfolgt hatte und die ihn andauernd auf Trab hielt, schien seine Genesung beschleunigt zu haben. Man spürte förmlich die Kraft, die von ihm ausging, auch wenn seine trainierten Muskeln und seine sehnigen Glieder in einem feinen Leinenanzug steckten. Aber auch sein Geist schien nie zu ruhen. Schon seit seiner Ankunft auf River's Edge war er immer unstet, einer gewissen Rastlosigkeit unterworfen. Auch jetzt meinte sie eine Spur von Besorgnis auf dem Grund seiner tiefdunklen Augen erkennen zu können, sodass er ihr plötzlich doch nicht mehr so entspannt vorkam, wie er zunächst den Anschein erweckte.

»Gut, ich denke, das wird dann schon gehen«, antwortete sie und wandte sich zum Gehen.

Mit sanftem Griff hielt er sie jedoch an ihrer Hand fest. Sie blieb stehen und versuchte, ruhig zu bleiben, doch ihr Herz schlug unwillkürlich höher.

»Es wird alles gut werden, *ma chère*«, beruhigte er sie, und seine Stimme wurde etwas weicher.

Sie drehte sich wieder um, blickte ihn an und versuchte, zu lächeln, doch es gelang ihr nicht ganz. »Bist du dir da sicher?«

Seine Augen verdunkelten sich, und sein Lächeln verschwand aus seinem Gesicht. Er wurde ernst und nachdenklich, versuchte, ihre Gesichtszüge zu enträtseln. Nach einem Moment des Innehaltens führte er ihre Hand zu seinem Mund und küsste sanft ihre Knöchel, dann ließ er sie ziehen.

Wenn er damit hatte erreichen wollen, dass sie sich beruhigte, so war das eindeutig nicht gelungen. Ihre innere Unruhe nahm die folgenden Tage eher noch zu, Ängste nagten in ihr und beherrschten ihren Tagesablauf.

Wieder zurück in der Eingangshalle des Herrenhauses, begab sie sich von dort direkt in ihr Schlafzimmer und schloss hinter sich ab. Kaum war sie allein, lehnte sie sich, innerlich völlig aufgewühlt, an die eben zugezogene Tür und machte die Augen zu. Ihre Hand kribbelte noch von der Berührung seiner Lippen, und ihre Knie fühlten sich ganz weich an, sodass sie sich kaum auf den Beinen halten konnte.

In ihren Gedanken tauchten unwillkürlich Szenen des Liebesspiels mit Christien auf. Oh Gott, wie sehr verfolgten sie diese Bilder, wie sie in seinem Bett, in seinen Armen lag.

Sie hatte diese Augenblicke seitdem nun schon so oft durchlebt, sodass die kleinste Erinnerung daran sie in höchste Erregung versetzte. Bis dahin war ihr nicht bewusst gewesen, dass in ihr derartige Gefühle und ein solches Verlangen, bei einem Mann sein zu können, schlummerten. Dabei konnte sie diesbezüglich auf keinerlei Erfahrung aus ihrer ersten Ehe zurückgreifen.

In den letzten Nächten hatte sie oft wach gelegen und sich quälend nach seinen Berührungen und seinem Geruch gesehnt. Der Drang, zu ihm zu gehen, war so unglaublich stark, dass sie bereits zweimal aus ihrem Bett aufgestanden war und erst an der Tür wieder umdrehte und zurück in ihre aufgewühlte Schlafstatt ging. Letztlich wollte sie aber weder als die liebeshungrige Witwe dastehen, die ihre Bedürfnisse nicht unter Kontrolle hätte, noch die Peinlichkeit riskieren, nachts außerhalb ihres Zimmers in eindeutiger Absicht angetroffen zu werden. Vor allem würde sie auch nicht ertragen, dass diese wunderbare Magie, die zwischen ihr und Christien zu spüren war, durch familiäre Missbilligung und Tadelung beschmutzt würde.

Der Tag der Hochzeit rückte sowieso immer näher.

Direkt im Anschluss würde die Hochzeitsnacht folgen und die drei Tage der ehelichen Klausur mit ihrem frischgebackenen Ehemann. In dieser Zeit der Zurückgezogenheit wäre dann sicherlich genug Zeit für Leidenschaft und reine Sinnesfreuden ohne Hindernisse und Hemmungen. Es war schon reichlich seltsam, dass sie sich so nach der Ehe mit diesem Mann sehnte, der immerhin fast ein Fremder war und womöglich auch ganz andere Absichten als sie verfolgte. Das hätte sie vorher nie gedacht, dass es einmal so weit kommen würde. In jedem Fall musste sie jetzt noch ein wenig Geduld haben und abwarten.

Es war schließlich die fünfte Nacht, seit Christien wieder auf den Beinen war und sein Krankenbett verlassen hatte, als Marguerites nächtliche Heimsuchungen wiederkehrten. Reine war an diesem Abend vor Erschöpfung eingeschlafen und wachte nach ein, zwei Stunden völlig gerädert wieder auf. Sie hatte sich auf ihren Kissen gewälzt und in den Laken verheddert, so unruhig war ihr Schlaf gewesen. Schließlich starrte sie mit weit aufgerissenen Augen in die Dunkelheit ihres Zimmers, während ihre Gedanken in endlosen Schleifen um die nicht mehr fassbaren Qualen der Nacht kreisten. Völlig durchgeschwitzt und außer Atem hing sie ihren schrecklichen Albträumen nach, ohne sich präzise an irgendeine Handlung erinnern zu können.

Als sie dann, um sich wieder zu sammeln, aufrecht im Bett saß, hörte sie plötzlich, wie Chalmette zu knurren begann. Es war ein eher leises, aber stetiges Geräusch, ähnlich wie beim Durchsägen eines Baumstammes.

Reine war sofort aufs Höchste alarmiert. Sie schob hektisch die Bettdecke zur Seite und schlich dann durch die Verbindungstür ins angrenzende Kinderzimmer, wobei sie trotz ihrer Besorgnis und Nervosität bemüht war, jedwedes Geräusch zu vermeiden.

Als sie schließlich mitten im Zimmer stand, dachte sie, dass es wohl klüger gewesen wäre, wenn sie sich vorher noch die Zeit genommen hätte, eine Kerze anzuzünden. Der Raum war ziemlich düster, denn die Fensterläden waren ganz geschlossen, sodass das fahle Mondlicht nur durch die Zwischenräume der Lamellen schimmerte. Obwohl alles wie ein Kinderzimmer eingerichtet war, unschwer an dem üblichen Schaukelstuhl, dem Puppenbett und den herumliegenden Spielsachen zu erkennen, schien es doch etwas zu groß geraten zu sein für einen so kleinen Bewohner, zumal das riesige Bett mit Baldachin einen dunklen Schatten gegen die Wand warf und leicht bedrohlich wirkte.

Chalmette hatte inzwischen zu knurren aufgehört und trottete aus seiner Schlafecke am Bettende auf sie zu. Er stupste sie mit seiner feuchten Schnauze am Knie. Beruhigend tätschelte sie seinen großen Kopf und fuhr ihm mit den Fingerspitzen durch sein Fell. Trotzdem blieb sie angespannt und hörte in die Dunkelheit hinein.

Nichts.

»Marguerite, *chérie*?«, rief sie flüsternd.

Erst raschelte die Bettdecke, dann drang eine verschlafene Stimme an ihr Ohr.

»*Maman*?«

Reine war unendlich erleichtert und atmete auf. Sie versuchte, so normal wie möglich zu klingen und ihre Anspannung, die sich nur langsam legte, zu vertuschen. »Habe ich dich aufgeweckt? Das tut mir leid. Ich dachte, ich hätte Chalmette gehört.«

»Ja, aber es ist jetzt alles wieder in Ordnung. Der *loup-garou* war da, doch Chalmette hat ihn vertrieben.«

Diese so leicht dahingesagten Worte jagten Reine einen Schauer über den Rücken. »Hat er das, *chérie*? Einen Moment noch, dann bin ich gleich zurück.«

Zügig schritt sie in die Empfangshalle hinunter und sah, dass die Eingangstür einen Spalt weit offen stand. Leicht verärgert über diese Nachlässigkeit ging sie hin, öffnete die schwere Tür ganz und starrte gedankenverloren in die Dunkelheit.

Nichts bewegte sich, zumindest konnte sie nichts erkennen. Die Schwingtüren, die zur rückseitigen Veranda gingen, waren geschlossen, und durch die doppelten Glasscheiben schien das fahle Mondlicht herein. Mit ein paar Schritten war sie vor der Tür und bemerkte, dass die dünne Eisenstange, die normalerweise diesen Zugang absicherte, nicht eingehakt war, sondern rechts an der Wand herunterhing. Sie presste ihre Lippen zusammen und trat auf die Veranda in die frische Abendluft hinaus.

Alles, was sie in der Dunkelheit wahrnehmen konnte, war ein sich bewegender Schatten unter der großen Eiche, als das Mondlicht durch die im Abendwind rauschenden Blätter schien. Sie presste sich mit dem Rücken an die Hauswand, wartete und versuchte, sich in Geduld zu üben.

Dort. Ein grauer Umriss, wie ein Geist löste er sich von einem Baumstamm. Der Schatten bewegte sich in Richtung Scheune, und zwar trotz der Dunkelheit mit erstaunlicher Sicherheit, so als ob er die Örtlichkeit gut kennen würde. Einen Moment später war der Spuk vorüber, und der Schatten wurde eins mit der Nacht.

Marguerites *loup-garou*. Es war eindeutig kein Werwolf oder irgendein Geist, aber vor allem kein Produkt einer kindlichen Fantasie.

Es war ein Mensch.

Sie wollte unwillkürlich losschreien, das ganze Haus alarmieren, doch trotz des inneren Dranges, ihrer Panik Ausdruck zu verleihen, blieben ihr die Worte im Halse stecken, sie brachte keinen Laut hervor. Ihre Zunge fühlte sich bleiern an, und ihr Herz raste.

Ihr Schrecken war so groß, dass sie sich nicht rühren konnte, und vor allem beschäftigte sie die Frage, wer dieser *loup-garou* wohl sein mochte.

Reine ging zurück ins Haus und zu ihrer Tochter, an deren Bett sie solange wachte, bis diese wieder ganz eingeschlafen war. Sie ließ die Verbindungstür zwischen dem Kinderzimmer und ihrem Schlafgemach einen Spalt weit offen und legte sich wieder hin, doch an Schlaf war nach dieser Aufregung nicht zu denken. Während sie hellwach in ihrem Bett lag, sah sie vor ihrem inneren Auge immer wieder den Schatten dieses Mannes, der sich langsam vom Haus entfernte. Sie fragte sich, welcher teuflische Mensch wohl nachts in ein Kinderzimmer einbrechen würde, ohne Rücksicht darauf zu nehmen, was für einen Schrecken er dadurch verbreitete. Angestrengt suchte sie nach einer passenden Erklärung für ein solches Verhalten, doch ihr fiel kein wirklicher Grund ein, warum jemand so etwas tun sollte, allein eine ungewisse Ahnung stieg in ihr auf. Abgesehen davon quälte sie vor allem die Frage, wie sie nun weiter vorgehen sollte, doch im Moment fand sie darauf auch keine Antwort.

Der Morgen brach an, und sie war noch immer unentschlossen. Als die Sonne schließlich am Himmel stand, hatte Reine das Problem mit den ersten Strahlen aufgehenden Gestirns zunächst einmal ausgeblendet.

Das Dampfschiff J.T. Danson, auf dem Weg nach Natchez, legte am Landungssteg von River's Edge an.

Es wurden, wie vorgesehen, drei große Fässer mit Rum abgeladen, aber auch ein Leichnam, den die Besatzung ein oder zwei Meilen weiter flussabwärts aus dem Wasser gefischt hatte.

Es war Kingsley. Der Aufseher hatte eine durchstoßene Brust. Die klaffende Wunde sah ganz danach aus, als ob sie durch einen Degen verursacht worden war. Die Leiche wurde im gleichen Flussabschnitt gefunden wie einst Theodore und war ebenfalls in einem äußerst unschönen Zustand, da sie womöglich bereits seit mehreren Tagen im Wasser getrieben war.

Mit Bestürzung und Abscheu beobachte Reine von der oberen Galerie aus, wie der Tote in einen Wagen geladen und in die kühle Scheune gebracht wurde. Immerhin wurde ein Teil ihrer so brennenden Fragen von heute Nacht damit beantwortet, dachte sie. Der Aufseher konnte definitiv nicht der *loup-garou* von Marguerite sein.

Der Sheriff kam noch vor der Mittagsstunde auf River's Edge an. Reines Vater hieß ihn auf der Veranda willkommen und bot ihm Kaffee, Wein und Kuchen an. Trotz aller Herzlichkeit kam er selbst gleich zum Kern der Sache und schilderte dem Gesetzesvertreter freimütig wie Monsieur Kingsley vor ungefähr zwei Wochen leider aus seiner Position als Aufseher der Plantage entlassen werden musste. Nach einigem Nachfragen seitens des Ordnungshüters erklärte Monsieur Cassard auch den peinlichen Grund der Kündigung. Vielleicht war der Aufseher auch recht enttäuscht und wütend über seinen Rausschmiss, suggerierte der Sheriff. Oder, wenn man den aufbrausenden Charakter des Herrn in Betracht zog, war er bei einer seiner Auseinandersetzungen dieses Mal womöglich an den Falschen geraten?

Aber ja, ein Sheriff musste selbstverständlich Untersuchungen über den Fall anstellen. Er sollte sich in seiner Arbeit nicht behindert fühlen und hätte selbstredend die Erlaubnis, jeden auf River's Edge nach Belieben zu befragen. Auch Monsieur Lenoir, der Bräutigam seiner Tochter, würde jederzeit zur Verfügung stehen. Ja, es ist wahr, dass er, der berühmte Fechtmeister und neue Eigentümer des Anwesens, den Aufseher persönlich entlassen hatte. Man konnte davon ausgehen, dass Kingsley nicht gerade gut auf Lenoir zu sprechen war, aber was für einen Grund sollte Lenoir denn haben, jenem noch etwas anzutun?

Ach so, der Aufseher starb durch eine Wunde, die höchstwahrscheinlich von einem Degen herrührte, aber was sollte das schon beweisen? Schließlich besaß die halbe Gemeinde eine solche Waffe. Mehr noch, die Kaintucks, die diese Route hier am Fluss mit ihren Kielbooten befuhren, waren alle im Besitz eines sehr langen Messers, mit dem man problemlos eine ähnliche Wunde zufügen konnte. Angesichts dieser Tatsache wäre es mehr als lächerlich, Monsieur Christien Lenoir zu verdächtigen und sein Wort als Ehrenmann anzuzweifeln, dass er in diese Angelegenheit nicht verwickelt war, das geböte schon allein die Höflichkeit. Ja, oder auch die diesbezüglich glaubwürdige Aussage seines Sohnes Paul in Zweifel zu ziehen, war nicht gerade angemessen. Was die Tatsache anbelangte, dass die Leiche dieses Unglücklichen so nahe bei River's Edge gefunden wurde, so war das doch alles andere als überraschend, denn schließlich hatte er hier lange Zeit sein Zuhause gehabt. Monsieur Kingsley sollte sich zwar nach seiner Entlassung nicht mehr auf dem Anwesen blicken lassen, doch ganz aus der Nachbarschaft und Umgebung konnte man ihn ja schließlich nicht verbannen, dazu fehlte einfach die Möglichkeit, dies effektiv durchzusetzen.

Es gab noch mehr Fragen in diese Richtung, doch sie führten im Prinzip alle auf das Gleiche hinaus. Der Sheriff befragte noch Christien und Paul persönlich, sprach mit Alonzo und den anderen Bediensteten und schnüffelte noch ein bisschen um die Baracken der Arbeiter hinter dem Herrenhaus herum. Die Damen des Hauses belästigte er selbstverständlich nicht, da sie sowieso nichts zur Aufklärung beitragen konnten. Nach ein paar Stunden ergebnislosen Fragens und Inspizierens machte er sich auf, River's Edge wieder zu verlassen, ohne jedoch mit seiner Untersuchung wirklich zufrieden zu sein.

Reine, in ihrer Funktion als Gastgeberin, begleitete ihn bis zum Gartentor und verabschiedete sich von ihm äußerst höflich. Sie lächelte und versuchte, so entspannt wie möglich zu wirken, als sie den Staatsdiener und seine Frau noch offiziell zur Hochzeit einlud. Er schien über dieses gastfreundliche Angebot sehr erfreut zu sein, doch er war sich nicht ganz sicher, ob seine bessere Hälfte sich einem so ausgelassenen Treiben gewachsen fühlen würde. Den Leichnam des Aufsehers ließe er bei ihnen, damit er hier, wo er hingehörte, diskret bestattet werden könnte. Schließlich fuhr er in seiner Kutsche davon, eingehüllt in eine große Staubwolke.

Während Reine ihm nachsah, wie er sich langsam entfernte, lief ihr ein Schauer über den Rücken. Wer war bloß der Mann, der Kingsley getötet hatte? Die Vermutungen ihres Vaters schienen plausibel zu sein, und am liebsten würde sie auch glauben wollen, dass er recht hatte und der jähzornige Aufseher irgendwo in eine Messerstecherei geraten war. Das war allemal besser, als sich darüber Gedanken zu machen, wohin wohl Christiens mitternächtliche Ausflüge als rächender Nachtfalke im Auftrag der Bruderschaft führten.

Unabhängig davon, wie Kingsley nun gestorben war, sie würden ihn auf jeden Fall im hiesigen Familiegrab bei seiner Mutter und seinem Vater begraben. Jedem musste zumindest diese Art von Respekt erwiesen werden.

Ein Begräbnis so kurz vor der Hochzeit war jedoch kein gutes Omen für das zukünftige Eheglück.

Neunzehntes Kapitel

Der große Tag brach an und zeigte sich in strahlendem Sonnenschein. Schon am späteren Vormittag war es jedoch drückend heiß, und nicht die leiseste Brise kühlte die Luft ein wenig ab. Die Blätter waren welk und hingen trostlos von den Bäumen. Zikaden zirpten aus ihren Verstecken in den Büschen und Bäumen, aber nur wenigen Vögel schien es nach Singen zumute zu sein. Der Geruch von Holzkohle und gekochtem Schweinefleisch wehte von den offenen Feuerstellen hinter der Außenküche herüber und vermischte sich mit dem Duft von frisch gebackenem Kuchen, karamellisiertem Zucker, gebratenem Hühnchen mit Zwiebeln und frisch geröstetem Kaffee. Von den Hütten der Bediensteten hörte man ein nicht abreißendes Gemurmel unterdrückter Stimmen, denn die Feldarbeiter hatten an diesem Festtag frei bekommen. Über dem ganzen Anwesen lag eine gewisse unruhige Stille, wie die Ruhe vor dem Sturm, sodass jede Bewegung und jeder Atemzug zuviel erschien.

Christiens Gäste kamen zuerst an, die meisten schon vor der Mittagsstunde. Keiner von ihnen, so schien es, war in New Orleans zu Hause, sondern sie lebten auf einer der zahlreichen Plantagen, die im Bereich der klimatisch gesünderen Zonen hier und dort am Fluss entlang verstreut lagen. Ihr rechtzeitiges Eintreffen gab ihnen die Möglichkeit, sich von den Strapazen der Reise ein wenig zu erholen, sich frisch zu machen und die Kleider zu wechseln, bevor die eigentlichen

Feierlichkeiten beginnen würden. Außerdem konnten sie so in aller Ruhe der Braut und dem Bräutigam ihre Aufwartung machen sowie sich auch untereinander ein wenig unterhalten.

Reine war selbstverständlich zur Stelle und begrüßte als Gastgeberin die zahlreichen Fechtmeister und ihre Frauen. Sie war überrascht, wie viele es schließlich wurden, denn sie hatte bisher den Eindruck gehabt, dass Christien nur einige wenige Bekanntschaften pflegte. Als sie ihn so von der Seite anblickte, wie er neben ihr stand und die Ankömmlinge, die aus den anrollenden Equipagen stiegen, vorstellte, fragte sie sich verwundert, was er wohl noch für Überraschungen für sie bereithielt.

Der erste Gast, der eintraf, war Gavin Blackford, seinem Akzent nach zu urteilen ein Engländer. Er war hochgewachsen, blond und, wie sich herausstellte, sehr eloquent, wobei ein typisch britischer Humor zum Vorschein kam. In seiner Begleitung befand sich seine Ehefrau, die auf den ungewöhnlichen Namen Ariadne hörte. Ihre Sprösslinge versuchten, mit noch unsicheren Schrittchen vor ihnen die Treppen hochzugehen, zwei kleine blonde Racker, Arthur und David, wobei der Kleinere von ihnen kaum zwölf Monate alt war und noch ein Kinderkleidchen trug, während der andere vielleicht ein Jahr älter als sein Bruder sein mochte. Beide waren hübsche kleine Kinder, voller Energie, wie zwei Jungtiere.

Kaum waren sie die Stufen hinauf im Haus verschwunden, kam ein Tross von drei Kutschen und einem weiteren Wagen vorgefahren. Im ersten Gefährt saßen Monsieur und Madame Pasquale und mit ihnen zwei kleine Mädchen, Zwillingsschwestern, die sich wie ein Ei dem anderen glichen, sowie ein Junge in Marguerites Alter, der ein Engelsgesicht hatte, wie man es wohl nur in der Sixtinischen Kappelle findet. Die zweite Kutsche war voll von halbwüchsigen Burschen, die alle unterschiedlicher Herkunft schienen und wo keiner dem anderen glich. Begleitet wurden sie von einem jungen Herrn mit ernster Miene, der neben ihnen herritt. Im dritten Gefährt befanden sich ein Dienstmädchen, ein Kindermädchen und noch eine weitere männliche Begleitperson, während im dahinter folgenden Wagen das Gepäck der Großfamilie transportiert wurde. Monsieur Pasquale, Nicholas mit Vornamen, war ein gut aussehender Herr mit gepflegtem italienischem Stil, während Madame Pasquale, die als Juliette vorgestellt wurde, ein nonnenartiges, graues Ensemble trug. Ihr ältester Sohn, der zu Pferd mitkam, hieß Nathaniel und war eigentlich ihr Stiefsohn, der von seinen Geschwistern »Eichhörnchen« gerufen wurde. Die beiden Zwillinge waren Claire und Chloe, der jüngere Bruder hieß Edouard, der Hauslehrer Gaston, das Dienstmädchen Marie-Therese, und die Amme nannte man nur ZaZa.

Reines Kopf brummte schon von den ganzen Namen, die sie sich merken musste, doch es wurden noch mehr. Monsieur Caid O'Neill, ein untersetzter, breitschultriger Ire mit braunem Haar, war der nächste Gast, der mit seiner Familie vorfuhr. Seine Frau Lisette, ganz das Gegenteil ihres Mannes, erwies sich als eine äußerst lebhafte Dame, die ihre französische Abstammung kaum verleugnen konnte. Ihre Kinder Sean und Celeste Amalie waren schon ein wenig älter, während die Nachzüglerin Marie Rose noch in den Armen ihrer Mutter gewiegt wurde.

Die ersten Ankömmlinge stauten sich nach der Begrüßung auf der Treppe des Haupthauses, um ungeduldig auf die Ankunft der nächsten Gäste zu warten, so als ob sie sich schon ein Jahr nicht mehr gesehen hätten, dabei war das Ende der Ballsaison gerade mal ein paar Wochen her. Sie drängten sich alle im Eingangsbereich, begrüßten sich überschwänglich, umarmten sich, redeten, lachten und tauschten die neusten Geschichten aus, ohne die geringsten Anstalten zu machen, sich zurückzuziehen oder in die sonst üblichen Grüppchen aufzulösen. Sie standen alle noch im Portikus, als zwei prunkvolle Karossen in Sichtweite kamen. Die Gefährte hatten beide eine edle Lackierung, burgunderfarben und schwarz, ein Wappenschild an der Wagentür und wurden von je einem livrierten Lakaien gelenkt. Dem ersten entstiegen der Conde und die Condessa de Lérida, Rio und Lina, ein warmherziges Paar voller Esprit. Hinter ihnen, in der zweiten Kutsche, saßen ihre fünf Kinder, alle wie die Orgelpfeifen, vom Baby bis zum achtjährigen Jungen, begleitet von je einem Aufpasser.

Marguerite, die sich nun zu Reine und Christien gesellt hatte, um mit ihnen auf der Eingangstreppe die Gäste zu begrüßen, war ganz außer sich vor Freude, endlich mal so viele Spielgefährten zu haben. Schon lange, bevor der Conde und die Condessa angekommen waren, hatte sie sich mit größter Begeisterung in ein wildes Spiel verwickeln lassen, einer endlosen Jagd, ohne Anfang und Ende, ohne Regeln, an dem wohl bald hundert Kinder beteiligt sein mochten. Die de Lérida Sprösslinge quollen nun aus ihrer Kutsche und rannten sofort schreiend zu dem Haufen der durcheinanderwirbelnden Kinderschar. Ihre Eltern schienen erleichtert und resigniert zugleich. Der Conde dirigierte mit diskreter Geste die männlichen und weiblichen Aufsichtspersonen in die entsprechende Richtung, um das Treiben überwachen zu lassen.

»Ich fürchte, meine Tochter ist der Grund für dieses Chaos«, entschuldigte sich Reine. »Da sie als Einzelkind aufwuchs, ist sie an ein solch buntes Treiben nicht gewöhnt.«

»Es wird ihnen bestimmt nicht schaden, dessen bin ich mir sicher«, erwiderte die Condessa lächelnd.

»Vor allem, nachdem sie während der ganzen Reise im Wagen stillsitzen mussten«, fügte der Conde hinzu und ergänzte die Gedanken seiner Frau, so als ob es das Natürlichste auf der Welt wäre. »Und die Verschnaufpause wird auch den Eltern gut tun. Wir lieben sie abgöttisch, wissen Sie, aber …«

»Ja, *aber*«, Reine stimmte ihm zu und lachte dabei so verständnisvoll mitleidend, wie es nur Eltern können. Anfangs hatte sie Bedenken, dass diese so illustren Gäste aufgrund ihrer noblen Herkunft nicht nach River's Edge passen würden, doch sie fühlten sich offensichtlich außerordentlich wohl hier.

Tatsächlich legten die Fechtmeister mit ihren Frauen und Kindern ein ganz gewöhnliches Verhalten an den Tag und teilten ihre familiären Sorgen und Freuden miteinander. Sie hatte schon viele, scheinbar normale Familien gesehen, die weit weniger miteinander zurechtkamen. Das Schönste dabei war, dass sie alle Christien wie einen lieben Bruder oder Onkel begrüßten, ihn auf beide Wangen küssten oder ihm einen freundschaftlichen Schlag auf die Schulter gaben oder aber die Knie umklammerten und darum bettelten, hochgehoben zu werden. Man erkundigte sich nach seiner Verletzung und dem Stand seiner Genesung, und zwar mit einer Aufrichtigkeit, die deutlich machte, dass ihnen wirklich etwas daran lag, ob er nun lebte oder nicht.

In jedem Fall war er Teil dieses großen warmherzigen Freundeskreises. Reine dagegen fühlte sich als Außenseiterin.

Das machte natürlich nichts, sie konnte schließlich nicht erwarten, nach nur ein paar Minuten des Kennenlernens miteinbezogen zu sein. Warum ihr aber trotzdem daran lag, dazuzugehören, konnte sie so nicht direkt sagen, denn eigentlich hatte sie letztendlich ja auch ihre eigene Familie.

Nichtsdestoweniger schien es da etwas zu geben, das diesen geschlossenen Kreis durch das gemeinsam Erlebte und die Umstände, die die Einzelnen miteinander verbanden, zu einer ganz besonderen Gruppe machte, die so stark schien, fast unverwundbar. Diese Leute standen in gewisser Weise außerhalb der normalen Gesellschaftsordnung von New Orleans, doch keinesfalls am Rande, sondern eher über ihr.

Reines Vater, der als Familienvorstand ebenfalls die Gäste mitbegrüßte, gelang es erst nach einer ganzen Weile, sich endlich Gehör zu verschaffen. Mit großer Gelassenheit und Christiens galanter Erlaubnis lud er die Herren auf die überdachte Veranda ein, wo sie sich an einem Punsch mit Rum und ein paar der kostbaren Eiswürfel laben konnten. Reine begleitete indessen die Damen hoch auf ihre Zimmer und sorgte dafür, dass sie sich wohlfühlten. River's Edge konnte zwar mit sechs Schlafzimmern aufwarten, von denen allerdings fünf bereits belegt waren, sodass man einige Arrangements treffen musste. Reine stellte ihr eigenes Zimmer zur Verfügung, da sie sich für die Hochzeit sowieso im Schlafgemach ihrer Mutter umziehen müsste, ganz so, wie es Brauch war. Später am Abend würde sie dann natürlich in Christiens Zimmer logieren, ein Gedanke, der sie nach wie vor erschauern ließ. Paul musste ebenfalls seine Kammer räumen und würde auf der hinteren überdachten Veranda übernachten. Auch Marguerite war von der allgemeinen Umzugsaktion betroffen und musste in einem Klappbett bei ihren Großeltern schlafen, doch Reine war sich nicht sicher, ob sie da auch bleiben würde. Die Ehepaare unter den Gästen bekamen selbstverständlich jeweils ein eigenes Schlafzimmer zu ihrer freien Verfügung, während der obere Flur zu einem großen Schlafsaal umfunktioniert wurde, in dem zahlreiche Feldbetten und Kinderbetten aufgestellt wurden, sowie einige Matratzen, um die zahlreichen Sprösslinge unterzubringen. Nur die Allerkleinsten schliefen bei ihren Eltern in einer Wiege. Die Jungen durften, wenn sie wollten, bei Paul hinterm Haus unter der schützenden Galerie schlafen, wo Feldbetten mit Moskitonetzen aufgestellt worden waren. Reine ging davon aus, dass Nathaniel, der kaum älter als Paul war, von dieser Gelegenheit Gebrauch machen würde, und der eine oder andere ältere Bursche ebenfalls. Die Ankleidekammern und die Quartiere der Bediensteten auf dem Dachboden wurden natürlich so aufgeteilt und hergerichtet, dass alle Platz hatten, denn es waren auch nicht gerade wenig helfende Hände mitgekommen.

Der arme Chalmette wurde wieder einmal in den Eingangsbereich vor das Haus verbannt, und es war inständig zu hoffen, dass er nicht irgendwann die Gelegenheit nutzen würde, heimlich hineinzuschleichen, wenn eines der Kinder durch die Tür hinaus- oder hineinging.

In Wahrheit, so dachte Reine, spielte es wahrscheinlich gar keine große Rolle, wo die ganzen Menschen und Tiere letztlich ihren Schlafplatz hätten. Die Festlichkeiten würden sowieso bis spät in die Nacht hinein andauern, womöglich sogar bis zum Morgengrauen. Die Gäste hatten letztlich die Wahl, jederzeit und überall ein Nickerchen zu halten, wenn sie die Müdigkeit übermannen würde, und die meisten würden angesichts eines ruhigen Plätzchens von dieser Freiheit sicherlich auch Gebrauch machen.

Die Frauen der Fechtmeister genossen das Zusammentreffen sichtlich, sie lachten und unterhielten sich über alles Mögliche. Sie neckten einander, fragten sich ohne Hemmungen aus, erkundigten sich, wie es den Kindern ginge, was es für Probleme mit dem Ehemann gab und sprachen äußerst freimütig über die verschiedensten Themen. Sie waren auch an allem interessiert, insbesondere wie Reine und Christien sich kennengelernt hatten, wie er ihr den Antrag gemacht hatte und was ihre Pläne für die Zukunft wären. Nicht zuletzt stand natürlich die Frage nach der Wahl des Hochzeitskleides im Raum. Irgendwie ergab es sich dann, ohne dass sich Reine bewusst war, wie das passieren konnte, dass alle sich in dem Schlafzimmer versammelten, wo sie sich für die Hochzeit umkleiden würde, und selbstverständlich wollten alle einen Blick auf das Kleid werfen, welches sie bei der Zeremonie tragen würde.

Reines Hochzeitsensemble wurde einmündig für zauberhaft befunden, wobei der Schleier ihrer Großmutter aus feinster französischer Spitze besonderen Beifall bekam. Christien wurde als Bräutigam hochgelobt, was für ein stattlicher Mann er doch wäre, mit so guten Manieren. Hervorgehoben und bewundert wurde auch seine Abstammung; der letzte Nachkomme der *Großen Sonne* zu sein, war auf jeden Fall etwas

Außergewöhnliches, wobei dies so dargestellt wurde, als ob er Teil einer glanzvollen Adelsfamilie des Ancien Régime gewesen wäre. Man sprach auch zwinkernden Auges von seiner beeindruckenden Größe und seinem muskulösen Körperbau, worauf Reine etwas gezwungen lächelte, denn mit einer solchen Offenheit konnte sie nicht so gut umgehen, das war sie einfach nicht gewöhnt.

»Sie müssen darauf bestehen, dass er die Bruderschaft aufgibt«, sagte plötzlich Lisette, die Frau von Caid O'Neill. »Er wird das ablehnen, weil er sich durch einen Treueeid dazu verpflichtet hat, aber Sie müssen ihn dazu bringen, damit aufzuhören, sonst werden Sie keinen Frieden finden. Sich immer Sorgen zu machen, wenn er nachts verschwindet, um irgendwo in der Dunkelheit Duelle auszufechten, das ist kein Leben …«

»Steht mir denn überhaupt das Recht zu, so etwas von ihm zu verlangen?«, fragte Reine stirnrunzelnd. »Schließlich ist es sein Leben.«

»Aber nicht mehr nur seines. Das Leben zu zweit ist jetzt viel wichtiger. Die eidliche Verpflichtung und Treue ändert sich für einen Mann, wenn er heiratet. Seine Verantwortung sollte er dann vor allem gegenüber seiner Frau und seinen Kinder wahrnehmen und nicht so sehr gegenüber der Bruderschaft und ihren Zielen. Christien wäre sicherlich der Erste, der zustimmen würde, das nichts so hochzuhalten sei, wie die Familie.«

Würde er das tatsächlich? Reine war sich dabei nicht so sicher. »Ist es normal, dass die Fechtmeister die Bruderschaft aufgeben, wenn sie heiraten?«

»Natürlich. Andere kommen und werden den Geist der Bruderschaft am Leben erhalten, da können Sie sich sicher sein. Es wird immer welche geben, die keine Familie oder derartige Verpflichtungen haben und dann die Führung übernehmen werden.«

»Ich wüsste schon gerne, wo Christien hingeht und was er so treibt«, sagte sie eher zu sich selbst.

»Wir alle haben das Bedürfnis, darüber Bescheid zu wissen, denke ich«, pflichtete Lisette ihr bei.

»In der Tat«, ergänzte Juliette mit sanfter Stimme. »Und ich denke, er wird es Ihnen schon rechtzeitig sagen, wenn Sie ihm zu verstehen geben, dass Sie es wirklich wissen wollen und sich Sorgen machen.«

»Sie scheinen sich da so sicher zu sein, ich bin diesbezüglich nicht so zuversichtlich.«

»Oh, *ma chère*. Als Nicholas und ich uns das erste Mal sahen und beschlossen, zu heiraten, waren wir beide uns genauso fremd, wie Sie und Christien jetzt«, sagte Juliette mit einem Lächeln im Gesicht. »Ich dachte, die heilige Jungfrau Maria hätte ihn mir gesandt, als Antwort auf meine Gebete, in denen ich um die Rettung meiner Familie bat, und, na ja, wer sagt, dass sie es nicht war? Aber es gab gewisse Geheimnisse zwischen uns. Er dachte, ich wäre das unschuldigste Lamm auf Erden, und ich hingegen war der Meinung, dass er der reinste Casanova wäre, seinem Ruf nach zu urteilen. Einmal, im Tivoli-Garten, hätte ich mich ihm fast hingegeben. Ich war verkleidet und dachte, er würde es nicht bemerken, doch er erkannte mich und gestand mir später, dass er zu jedem Zeitpunkt wusste, wer ich gewesen sei. Doch bis dahin nahm ich an, er hätte es bewusst in Kauf genommen, mit einer anderen etwas anzufangen, was mich bis zu seinem Geständnis sehr traurig gemacht hatte. Ihm war nie der geringste Zweifel gekommen, welche Frau er da in den Armen hielt, doch ich beschuldigte ihn, insgeheim eine

Vorliebe für lose Frauenzimmer zu haben. Der Punkt ist der, dass ihr euch gegenseitig Vertrauen schenken und euer Herz öffnen müsst. Lasst keine Geheimnisse zwischen euch entstehen.«

Das schien ein guter Ratschlag zu sein, mit dem kleinen Haken, dass man auch den Mut dazu aufbringen musste, dies umzusetzen.

Ja, und natürlich auch die Zeit dazu haben.

Der Tag, der so schleppend begonnen hatte, verflog auf einmal furchtbar schnell, und ehe sie sichs versah, war es schon fast Abend. Reine bemerkte zunächst gar nicht, dass plötzlich ihre Mutter neben ihr stand, die ihr dann mitteilte, dass alles hergerichtet sei, damit sie sich baden und umkleiden könnte.

Die Hochzeit stand bevor.

Zwanzigstes Kapitel

Die verzinkte Badewanne, deren Form an einen offenen Sarg erinnerte und einst mit einem Dampfschiff aus Pennsylvania nach River's Edge geliefert wurde, war der ganze Stolz von Madame Cassard. Als Reine schließlich das Schlafzimmer ihrer Eltern betrat, war ein Bad mit lauwarmem Wasser schon hergerichtet. Die angenehme Kühle des Bades war unglaublich erholsam angesichts der drückenden Hitze des späten Nachmittags, die über dem weiten Land lag. Das Schlafzimmer war recht stickig und warm, aber doch nicht so heiß wie die anderen Zimmer, die sich in der südwestlichen Ecke des Hauses befanden und der Sonneneinstrahlung direkt ausgesetzt waren. Auch der Raum, den Christien zugewiesen bekommen hatte, war eines der Gemächer, die jenseits der Eingangshalle lagen und im Sommer so unangenehm heiß wurden.

Das ehemals elterliche Schlafzimmer würde nun ihr Hochzeitsgemach werden, in dem sie, ganz der Tradition gemäß, drei Tage in Zurückgezogenheit verleben würden. Auch wenn es angenehmere Temperaturen bot, wäre es sicherlich nachts auch noch zu warm, als dass man ein Nachtgewand tragen könnte. Aber auch tagsüber wäre wahrscheinlich nicht allzu viel Kleidung notwendig. Noch ein paar Stunden und man würde von ihr und Christien erwarten, dass sie hier hineingingen und die Tür abschlössen, um alles andere draußen zu lassen. Zusammen würden sie in diesem breiten Bett liegen und was dann unter dem Moskitonetz passierte, würde niemanden etwas angehen.

Ein Hitzeschwall durchflutete ihren Körper, doch lag dies offensichtlich weder am hochsommerlichen Wetter noch an der Tatsache, dass sie sich vor ihrer Mutter und dem Dienstmädchen auszog, um ins kühlende Badewasser zu steigen. Immerhin ließ man sie dann alleine, sodass sie in der Wanne entspannen und ihren Gedanken nachhängen konnte.

Schon gestern hatte sie ihre Haare in weichem Regenwasser gewaschen und sie dann in der aufgehenden Morgensonne auf dem Balkon getrocknet und gebürstet. Jetzt war ihr Körper an der Reihe, einige Wohltaten zu erfahren. Sie wusch sich mit feinster Seife, die nach Lavendel und Rosenblüten duftete, und ließ zur Erquickung Wasser über ihre Arme und Beine laufen. Dann lehnte sie sich zurück, genoss die Kühle des Bades und schloss die Augen. Für sie war es seit Tagen der erste ruhige Moment, in dem sie wirklich in der Lage war, etwas abzuschalten, denn seit Christiens Ankunft auf River's Edge war so viel passiert, dass sie kaum die Zeit hatte, dies zu verarbeiten.

Langsam wurde ihr bewusst, dass direkt vor ihrer Balkontür männliche Stimmen zu hören waren. Christien und seine Freunde hatten sich wohl auf der oberen Galerie getroffen, und zwar genau dort, wo sich das Zimmer befand, in dem sie gerade ein Bad nahm. Das war nicht weiter ungewöhnlich, denn dieser Teil des umlaufenden Balkons lag jetzt in einem angenehmen frühabendlichen Schatten. Sie war glücklich, dass er endlich ein wenig Gesellschaft hatte, denn die letzten Tage waren für ihn nicht gerade leicht gewesen. Ihre Mutter hatte sich standhaft geweigert, mit ihm im gleichen Raum zu verbleiben, ihr Vater war nicht gerade herzlich, und Paul hatte alles unternommen, um ihm möglichst aus dem Weg zu gehen. Ihr Bräutigam schien diese Form der Missbilligung zu ignorieren, doch sie war sich sicher, dass es ihn dennoch traf. Aus diesem Grund gönnte sie es ihm auch aus ganzem Herzen, dass er sich nun mit denen unterhalten konnte, die ihn ohne Vorbehalt akzeptierten.

Während sie versonnen Badewasser über ihr angewinkeltes Knie plätschern ließ, fragte sie sich, ob einer dieser Herren und insbesondere Christien, die leiseste Ahnung hätte, dass sie sich nur ein paar Meter von ihnen entfernt hinter den Balkontüren befand und ein Bad nahm, natürlich völlig unbekleidet.

Nach einer Weile wurden ihre Stimmen ernsthafter. Sie schnappte hier und da einige Gesprächsfetzen auf, in denen es offensichtlich um den Krieg in Mexiko ging. Sie hörte jedoch nicht weiter hin, denn sie verstand nicht, warum es eine Notwendigkeit geben sollte, ein anderes Land anzugreifen. Ihre einzige Sorge war, dass der Krieg womöglich so in die Länge gezogen würde, dass demnächst Paul einberufen werden könnte. Einige seiner Freunde hatten sich während der großen Mobilmachung sogar schon freiwillig in New Orleans gemeldet. Nur einige wenige kamen von der Front am Rio Grande zurück, und diejenigen, die überlebten, trugen dann ihre Verwundungen wie Abzeichen ihrer Männlichkeit zur Schau. Viele blieben jedoch für immer auf dem Schlachtfeld.

Schließlich kam die muntere Unterhaltung der Herren zum Erliegen, und es entstand eine längere Pause. Mitten im allgemeinen Schweigen bemerkte dann der Ire Caid O'Neill ganz beiläufig, »Ich dachte, Vinot sei auch hier. Er ist doch immer noch dein Trauzeuge, oder?«

»Ich erwarte ihn jede Minute«, entgegnete Christien ohne jede Umschweife.

»Ich freue mich schon darauf, ihn wiederzusehen. Es ist nämlich schon eine ganze Weile her, seit ich ihn das letzte Mal getroffen habe. Er geht ja nur sehr selten aus dem Haus.«

»Das ist auch ein besonderer Anlass.«

Vinot sollte also Trauzeuge sein? Reine bekam unwillkürlich Gänsehaut, als ihr diese Neuigkeit zu Ohren kam und sie die Feierlichkeit in Christiens Stimme registrierte, was ihr die Tragweite dieser Angelegenheit vor Augen führte. Sie hatte ja nichts persönlich gegen den alten Fechtmeister, aber trotzdem. Warum ausgerechnet er und nicht jemand anderes, der zu weit weniger Spekulationen Anlass gegeben hätte?

Es war hierzulande Brauch, dass die nächste weibliche Verwandte der Braut vom Trauzeugen des Bräutigams zur Kirche geführt wurde. Normalerweise war das dann eine Schwester oder eine Cousine, doch Reine hatte Marguerite diesen Platz versprochen. Wenn nun Vinot als Christiens Trauzeuge fungierte, dann würde er mit ihrer Tochter im Gefolge der Brautleute zur Kapelle schreiten. Wie unpassend!

Langsam aber sicher stieg Ärger in auf, wenn sie nur daran dachte, wie es dazu kommen konnte. Christien hatte absichtlich diese Tatsache vor ihr geheim gehalten. Er wusste, dass die Wahl dieses Trauzeugen ihr missfallen hätte und auch ihre Eltern Einwände gegen den Mann gehabt hätten, der schließlich der Vater des von Theodore verführten Mädchens war und damit wirklich nicht auch noch direkt in die Hochzeitsfeierlichkeiten miteingebunden werden sollte. Es war wie ein Schlag ins Gesicht und ein eindeutiges Signal dafür, dass sie zusammen nicht glücklich sein könnten.

Ihre Gedanken zerstreuten sich jedoch schnell, als sie gewahr wurde, dass die Männer wieder anfingen, sich zu unterhalten.

»Falls er aus irgendwelchen Umständen doch nicht kommen sollte, dann kannst du natürlich auf uns zählen, das weißt du«, sagte der Conde mit seinem typisch spanischem Akzent.

»Dafür bin ich euch wirklich dankbar, aber ich habe keine Zweifel, dass er bald kommen wird.« Christien klang leicht verärgert. »Viel zu viel wurde in dieses Experiment schon investiert, und es hat auch eine zu große Bedeutung für ihn, als dass er das Ganze platzen lassen würde.«

Experiment? Was für ein Experiment sollte das sein? Könnte es sein, dass Christien womöglich von ihrer Hochzeit sprach? Allein der Gedanken daran ließ Reine trotz der abendlichen Schwüle frösteln.

»Bist du dir sicher, dass du das durchziehen willst?«

Das war sicherlich Nicholas Pasquale, der diese Frage stellte, dachte sie, denn sein italienischer Akzent war deutlich zu hören. Es schien so, als ob die anderen Fechtmeister genau Bescheid wussten, was Christien vorhatte. Sollte dies der Beweis dafür sein, dass seine Anwesenheit auf River's Edge nur mit den Angelegenheiten der Bruderschaft zu tun hatte, ganz so, wie sie es anfangs schon vermutete? War ihre Hochzeit wirklich Teil eines Racheaktes?

»Ich habe nie etwas mehr gewollt als genau dieses«, sagte Christien mit sonorer Stimme.

Reine erhob sich laut aus ihrem Bad und ließ das Wasser an sich herunterplätschern. Sie langte nach dem bereitgelegten Handtuch und trocknete sich ab. Als das schwappende Wasser in ihrer Badewanne sich wieder beruhigte, wurde ihr bewusst, dass die Männer vor ihrer Balkontür plötzlich aufgehört hatten, sich zu unterhalten. Auf der Galerie herrschte auf einmal absolute Stille.

Sie wussten, dass ihnen jemand zugehört hatte, zumindest vermuteten sie es. Was sie allerdings nicht wissen konnten, war, wer in der Badewanne gesessen hatte. Sie blieb bewegungslos stehen und wartete ab, was sie nun tun würden.

»Reine, *ma chère*«, rief ihre Mutter und trat umstandslos in das Schlafzimmer ein, ohne vorher anzuklopfen, »bist du beim Baden eingeschlafen? Ich dachte, du hättest schon längst nach mir geläutet. Wenn du nicht nackt zu deinem Bräutigam gehen willst, dann müssen wir dich so schnell wie möglich anziehen.«

Draußen auf der Galerie hörte man hektisches Stühlerücken und das Knarren von Stiefeln auf dem Holzboden. »Christien, Christien«, rief Gavin Blackford mit unterdrücktem Lachen, während er sich mit den anderen offensichtlich hinter das Haus verzog, »ein notwendiges Opfer zu bringen, mag ja eine Sache sein, aber es sollte doch nicht so weit gehen, dass man schon vor einer badenden Braut Angst hat. Was hast du uns da bloß verschwiegen?«

Ja, was wohl, fragte sich Reine mit zusammengepressten Lippen. Was könnte das nur sein?

Eine Stunde später stand Reine vor dem großen Spiegel im Schlafzimmer ihrer Eltern. Der lange Rock ihres Kleides mit seinen zahllosen Reihen von Rüschen wurde so lange um sie herum drapiert, bis sie sich in einer blaurosa Stoffwolke befand. Ihr Schleier aus französischer Spitze, der ihr Gesicht anschmiegsam umrahmte, wurde in akkuraten Falten über ihren Schultern arrangiert. Die dornigen Stiele der rosaroten Rosen wurden in eine kleine silberne Halterung gesteckt, sodass sie den Hochzeitsstrauß problemlos vor sich hertragen konnte. Außerdem wurde das Ganze mit einem Spitzentaschentuch geschmückt. Diese beiden Kleinigkeiten sowie ein paar goldene Haarnadeln waren Teil des *corbeille de noce*, den Christien ihr geschenkt hatte. Das wertvollste Präsent dieses Hochzeitskorbes war jedoch eine wunderschöne Halskette mit funkelnden Kameen, die sie zu diesem Anlass natürlich gerne trug. Nun war sie bereit oder zumindest so bereit, wie sie es an diesem Abend sein konnte.

»Du bist so blass, *chérie*«, klagte ihre Mutter.

»Eine Braut ist immer blass«, unterbrach die dunkelhaarige Ariadne Blackford gutgelaunt das Gespräch zwischen Mutter und Tochter. »Es ist die Vorfreude – ich werde natürlich nicht sagen, auf was genau!«

»Na also, das hat ihr ein wenig Gesichtsfarbe zurückgebracht« bemerkte Juliette Pasquale warmherzig, während sie sich über Reines Schulter beugte. »Lina, hast du noch ein oder zwei von den spanischen Papieren? Sie könnte noch etwas Farbe auf den Lippen vertragen.«

»Willst du damit etwa andeuten, dass ich solche Mittelchen brauche, um meiner Schönheit nachzuhelfen?«, fragte Lina, die Condessa de Lérida, mit funkelnden Augen.

»Ich weiß, dass du das tust«, ging Lisette O'Neill mit großer Offenheit dazwischen.

»*Naturellement*, wir alle machen das. Ich glaube, ich habe noch ein Päckchen davon in meiner Tasche.« Sie zog an den beiden Schnüren ihres bestickten Handbeutels, holte einen roten Papierstreifen heraus und hielt ihn der Braut lächelnd hin.

Reine murmelte ein Dankeschön und nahm das Papier an sich, befeuchtete die Lippen und führte den gefärbten Streifen an ihren Mund, sodass sie mit Ober- und Unterlippe die Farbpigmente aufnehmen konnte. Das Ergebnis war verblüffend, zumal ihre Lippen zuvor so blutleer gewesen waren, dass sie fast blau erschienen. Die ihr anzusehende Blässe war jedoch keineswegs auf die Nervosität bezüglich der bevorstehenden Hochzeitsnacht zurückzuführen, sondern sie dachte vielmehr an den zweifelhaften Anlass dieser Hochzeit.

Sie könnte auch jederzeit alles absagen. Es lag letztlich in ihrer Hand, und ein paar Worte zu den Gästen würden genügen. Danach könnte sie sich in ihr Zimmer einschließen, bis alle Besucher und Verwandte wieder abgereist wären. Wenn Christien versuchen würde, sie zu sprechen, müsste sie sich nur weigern, ihn zu empfangen. Und falls er dann die ganze Familie hinausschmiss? Na und! Das ist auch schon anderen passiert. Sie würden alle überleben, keine Frage.

Oh, aber konnte sie das ihrer Mutter antun, würde sie die mitleidigen Blicke und das Gerede überleben? Könnte sie je wieder ihre Tochter achten, die so sehr an Haus und Hof hing, dass sie mit einem Fremden vor ihrer Hochzeit ins Bett gestiegen war und sich dann weigerte, ihn zu heiraten?

Was wäre mit dem Getuschel der Gesellschaft, den Blicken der Leute, das öffentliche Anprangern des moralischen Fehlverhaltens, das sich danach mit Sicherheit einstellen würde? Das Lechzen der Leute nach einem weiteren Skandal? Reine selbst würde das wohl verkraften, aber wie könnte sie das ihren Eltern oder gar Marguerite antun?

Ihr Vater war einfach zu alt, um noch einmal neu anfangen zu können, ganz egal, wie mutig er dem entgegensehen würde. Was ihre Mutter anbelangte, so könnte Reine es nicht ertragen, wenn sie aufgrund solcher Ereignisse noch zerbrechlicher und labiler würde. Das könnte sie mit ihrem Gewissen nicht vereinbaren. Sie musste einfach Christien heiraten.

Mit diesem endgültig gefassten Entschluss war Reine nun wirklich bereit, sie schob ihr Kinn vor und setzte ein Lächeln auf. Der Zug setzte sich mit ihr an der Spitze in Bewegung. Sie schritt aus dem Schlafzimmer, und ihre Mutter, Marguerite sowie die Schar der Frauen der Fechtmeister, die noch ihre Toilette verfeinert hatten, folgten ihr zur Treppe. Während die Damen ihr den Vortritt ließen, kam Marguerite an ihre Seite, griff nach ihrer Hand, zog sie ein wenig hinunter und flüsterte ihr ins Ohr.

»Du siehst wunderhübsch aus, *Maman*«, und ergänzte noch, »Monsieur Christien findet das sicherlich auch.«

»Danke, *ma petite*.« Reine spürte den Kloß in ihrem Hals, während sie ihre Tochter umarmte. Dann sah sie ihr zu, wie sie in ihrem langen Kleid, das bis an die Knöchel reichte, und mit ihren langen, glänzenden Haaren die Treppe hinunterstieg. Der Anblick der Kleinen war so allerliebst und reizend, dass sie Reine wie ein Engel erschien.

Nun war es an ihr, die Treppen feierlich herabzuschreiten. Sie hielt den Hochzeitsstrauß vor sich, atmete tief den Rosenduft ein und schickte ein Stoßgebet zum Himmel. Sie wünschte sich, dass sie die Fassung behielte und ihren Mut nicht verlieren würde. Dann setzte sie den rechten Fuß auf die erste Stufe und läutete damit den offiziellen Teil der Hochzeit ein, die Prozession zur Kappelle setzte sich in Gang.

Christien kam ihr unten aus dem Salon entgegen und wartete auf sie am Ende der Treppe. Er war in einen gut geschnittenen grauen Frack gekleidet, hatte eine schwarze Weste an, die mit silberner Umrandung abgenäht war, und trug dazu dunkelgraue Hosen und schwarze, auf Hochglanz polierte Stiefel, sodass sein Anblick ihr glatt den Atem verschlug. Sein neues Leinenhemd war schneeweiß und passte perfekt. Die dazugehörige Krawatte war aus feinster Seide und ganz in Weiß gehalten und nur an den Rändern mit einer silbernen Naht verziert.

Er hatte ihr einst versprochen, dass er ihr mit seinem Hochzeitsgewand keine Schande machen würde. Dieses Versprechen hatte er auf jeden Fall gehalten.

Der eine oder andere Ausflug, den er in den letzten Tagen nach New Orleans gemacht hatte, musste wohl mit dem Besuch bei einem Schneider verknüpft gewesen sein und natürlich mit der Besorgung des *corbeille de noce*. Wenn sie nicht wüsste, dass er nicht andere Gründe hatte, sie so zu beglücken, wäre sie davon sehr berührt gewesen. Aber ihr war ja inzwischen längst klar geworden, dass er andere Pläne hatte, und sie versuchte deshalb, sich nicht von seiner perfekten Erscheinung beeindrucken zu lassen, doch sie fühlte sich trotzdem den Tränen nahe.

Sie hätte wohl auch besser nicht seine unglaubliche Anziehungskraft auf sich wirken lassen sollen. Er sah so gut aus, seine dunkle Hautfarbe kontrastierte mit dem blütenweißen Linnen und ließ ihn erstrahlen. Andererseits sah er in diesem Aufzug auch so fremd aus, sodass sie gar nicht glauben konnte, dass sie erst vor Kurzem in seinen Armen gelegen hatte und mehr noch, ihn in sich aufgenommen und dabei unendliche Lust verspürte hatte. Ja, und dieses Gefühl würde sie bald wieder erleben. Sehr bald.

Als sie unten angekommen war, bot er ihr galant seinen Arm an. Sie legte ihre Finger in seine Hand, und für einen Augenblick trafen sich ihre Blicke, und sie sah in seine tiefdunklen Augen, die so golden schimmerten. Sie war wie gebannt, unfähig ihren Blick von ihm abzuwenden, konnte ihre Gedanken nicht wieder richtig ordnen und wusste auch nicht mehr, was als Nächstes zu tun war. Sein Blick versuchte, den ihrigen zu ergründen, doch was glaubte er, dort zu entdecken? Versuchte er, herauszufinden, ob sie seine perfiden Machenschaften durchschaut hatte und alles platzen lassen würde? Sollte er ruhig nervös werden. Das war als kleine Vergeltung sicherlich nicht zu bösartig.

Er lächelte und küsste ihren Handrücken, ganz weltmännisch galant. Dann legte er ihre Hand auf seinen Arm, und sie schritten gemeinsam durch die Eingangstür hinaus und die Stufen der Veranda hinunter. An dieser Stelle wurde traditionellerweise innegehalten, und der Bräutigam übergab seine Zukünftige ihrem Vater.

Alles verlief genau wie geplant, doch trotzdem schien es ihr wie ein Vorspiel zu seiner Flucht zu sein.

Der Weg zur Kapelle war von zahlreichen Laternen beleuchtet, die an den großen Ästen der alten Eichen befestigt worden waren, in den Boden gerammte Fackeln mit Kiefernpech spendeten ein sanftes, orangeblaues Licht und am Horizont sah man die Blitze eines trockenen Abendgewitters aufleuchten. Reine und ihr Vater führten den Hochzeitszug an. Ihre langen Röcke und Unterröcke rauschten über das staubbedeckte Gras. Direkt hinter ihnen schritt Christien, der ihre Mutter am Arm führte, dann folgte unübersehbar groß Vinot, der von seiner kleinen Begleitung ganz verzaubert war und ununterbrochen zu Marguerite hinunterlächelte. Dahinter gingen einige Cousins, die in der Nähe wohnten und die man nicht hatte ausschließen können. Auf diesen folgte dann die ganze Schar der Fechtmeister mit ihren Frauen und Kindern, den Kindermädchen, Hauslehrern und männlichen Aufsichtspersonen, die versuchten, alle in Schach zu halten. Den Schluss bildeten Alonzo und die Bediensteten des Hauses, zumindest jene, die bei der Vorbereitung des anschließenden Essens abkömmlich waren. Auf diese Weise prozessierte die Hochzeitsgesellschaft durch die Schatten des späten Sommerabends, unter den rauschenden, alten Eichenbäumen, entlang des kleinen Pfades, vorbei an den Laternen und Fackeln, deren beißender Rauch schwer in der Luft hing.

»Geht es dir gut, *ma chère*?«, fragte ihr Vater, als die weißen Außenwände der Kapelle in Sichtweite kamen.

»Alles perfekt, Papa«, antwortete sie und versuchte, so gelassen wie möglich zu klingen. Wenn sie jetzt mit Nein geantwortet hätte und ihm erklären würde, dass sie nicht bereit sei für diese Hochzeit, dann hätte er sicherlich zu ihr gehalten. Doch sie konnte ihn einfach nicht vor diese Wahl stellen.

»Ich wünsche dir wirklich, dass du glücklich bist, weißt du. Aber ich denke, das Glück kommt schon von alleine, wenn du nur auf Christien vertraust.«

Ihm vertrauen. Wieso er ausgerechnet dies erwähnte, schien sonderbar. »Hast du Grund zu der Annahme, dass es Probleme geben könnte?«

»Nein, nein. Ich bin ziemlich zuversichtlich, was ihn anbelangt, nachdem ich ihn die letzten Tage besser kennenlernen konnte. Ich glaube, er hat nur das Beste für dich im Sinn.«

»Da bin ich mir sicher.« Sie lächelte automatisch in die dunklen Gesichter der Landarbeiter, die sich vor der Kapelle versammelt hatten, um den Hochzeitszug zu sehen und ihre guten Wünsche auszudrücken.

»*Chérie* …« Ihr Vater neigte seinen Kopf, so als ob er versuchen würde, um ihren Schleier herum in ihr Gesicht zu schauen, womöglich, weil er aufgrund des leicht resignierten Tonfalls in ihrer Stimme irritiert war.

»Ja, Papa?« Sie blickte ihn offen an.

»Nichts.« Er seufzte und wandte sich wieder ab. »Überhaupt nichts.«

Farne, wie Palmwedel gebündelt, und zahlreiche Sträuße mit den heimischen Rosen verzierten die hauseigene Kapelle, doch bei genauerem Hinsehen fingen sie ob der Hitze bereits an, zu verwelken. In den Kandelabern brannten tropfende Kerzen, deren flackerndes Licht den Innenraum der Kirche nur wenig erleuchtete, der dabei entstehende Rauch machte jedoch die Luft noch drückender. Im Schein der unruhigen Flämmchen zuckte hier und da das Gesicht eines Heiligen in seiner Nische auf, oder man erhaschte einen flüchtigen Blick auf die goldene Krone der Gottesmutter und den sterbenden Heiland am Kreuze. Im hintersten Teil der Kapelle war schließlich Pater Damien zu erkennen, hinter der Abgrenzung des Altarraums schimmerte sein feierliches Priestergewand durch den Kerzenrauch.

Reine gab ihr Blumenbouquet an Marguerite weiter. Ihr Vater küsste sie auf die Wange und gab ihre behandschuhten Finger in Christiens Obhut. Als dieser fest ihre Hand umschloss, zitterte sie ein wenig. Daraufhin beugten beide das Knie und erwiesen dem Herrn ihre Demut. Christien öffnete schließlich die halbhohe Tür der Altarschranken, sodass sie beide in das Heiligste der Kirche eintreten konnten und alle anderen hinter sich ließen, ganz so, wie sie auch nach der Hochzeit für sich sein würden.

Man hörte das Rascheln und Flüstern der Gäste in den ersten Reihen und das Geknarze der hinteren Bänke, als die letzten Ankömmlinge schließlich ihren Platz einnahmen. Der Priester hob die Arme zur feierlichen Eröffnung der Zeremonie, und wieder raschelte und rumpelte es in der kleinen Kapelle, als alle sich hinknieten. Die Segnung von Braut und Bräutigam begann.

Obwohl Reine ihre Augen schloss, war sie sich doch mehr als bewusst, dass dieser Mann so nahe bei ihr stand – sie spürte seine Größe, seine Stärke und nicht zuletzt seinen Hemdsärmel, der sie an ihrem nackten Unterarm berührte. Das Blut pulsierte so heftig durch ihre Adern, dass sie sich ganz benommen fühlte. Dazu kam das eng geschnürte Korsett, welches das Atmen in ihrer Aufregung nicht gerade leichter machte. Sie spürte, wie ihr am Nacken unter dem Schleier kleine Schweißperlen herunterliefen.

In der Ferne grollte der Donner, ganz tief und bedrohlich, sodass Reine unwillkürlich Christiens Hand fester drückte. Er drehte sich zu ihr um und blickte sie von der Seite an, wie sie am Rascheln seiner Kleidung in der Stille der Kapelle erahnte. Sie atmete tief ein, öffnete die Augen und riskierte einen Blick in sein Gesicht.

Sie sah den besorgten Ausdruck in seinen tiefdunklen Augen und das flackernde Licht der Kerzen, das über seine Wangen huschte. Angestrengt versuchte sie, in seinen Zügen irgendetwas zu entdecken, was er mit einem warmen Lächeln erwiderte, was ihr sofort das Herz höher schlagen ließ. Ohne es wirklich beabsichtigt zu haben, lächelte sie zurück. Es war ein sehr langer und intensiver Moment des Blickkontaktes, und ihre flatternden Nerven beruhigten sich allmählich wieder.

Nun gab es kein Zurück mehr. Was auch immer in den folgenden Stunden, Tagen und Jahren passieren würde, sie hatte diesen perfekten Moment der Innigkeit und Vertrautheit, an den sie sich mit tief empfundener Freude erinnern könnte.

Ein Windstoß fegte durch die Kapelle und fuhr über die Köpfe der Knienden hinweg bis in den Altarraum hinein, wo der Priester und die Brautleute feierlich zusammenstanden. Er hatte leichtes Spiel, denn die beiden Türen der kleinen Kirche standen weit offen und wiesen in den schwülen Abendhimmel, der bleiern über dem ausgedörrten Land lag. In der Ferne hörte man erneut das tiefe Grollen des Donners. Pater Damien beendete die Segnung und ließ mit einer Geste die feierliche Gemeinde wieder ihre Plätze einnehmen. Gehorsam folgten sie seiner Anweisung.

Plötzlich wurde der Priester aschfahl im Gesicht und starrte mit weit aufgerissenen Augen in Richtung der offenen Eingangstüren. Seine Lippen bewegten sich unmerklich, und fast schien es so, als ob er einen stillen Fluch von sich gab.

Reine drehte sich um und folgte seinem Blick, Christien tat ihr gleich. Nach und nach wandten auch alle Gäste flüsternd und raschelnd ihre Köpfe und suchten, etwas zu erkennen.

Zwischen den aufgerissenen Doppeltüren sah man den Schatten eines Mannes, der, den Hut in der Hand, breitbeinig im Eingangsbereich stand. Langsam setzte er sich in Bewegung und schlenderte umstandslos ins Innere der Kapelle. Mit einem sardonischen Lachen blickte er über die Köpfe der hier zusammengekommenen Freunde und Familienangehörigen hinweg, verächtlich betrachtete er den Altar, die Blumengebinde und die feierlichen Kerzen. Als er schließlich Reine entdeckte, machte sich in seinem vernarbten Gesicht ein höhnisches Grinsen breit.

»Haltet ein, brecht die Hochzeit ab«, forderte Theodore ärgerlich. »Die Braut braucht keinen Ehemann. Sie hat bereits einen.«

Einundzwanzigstes Kapitel

Theodore Pingre. Endlich.

Schreie und erschrockene Ausrufe hallten durch die Kapelle. Madame Cassard kreischte auf und sank in die Arme ihres Mannes. Paul fluchte leise vor sich hin, während seine Augen vor Schrecken geweitet waren und er sich instinktiv an die Banklehne vor ihm krallte. Reine erstarrte förmlich und wurde kreidebleich. Wie eine antike Statue aus parischem Marmor stand sie bewegungslos und mit weißem, blutleerem Gesicht im Altarraum, unfähig, eine Regung zu zeigen.

Christien achtete kaum auf das entstandene Chaos und die Aufregung der Gäste, sondern konzentrierte sich voll und ganz auf die Drohgebärde von Theodore.

Er hätte ihn sowieso erkannt, trotz seiner Vernarbungen im Gesicht und dem lichten Bart, der die unansehnlichen Verstümmelungen nur spärlich bedeckte. Die Form seines Kopfes, die Art, wie sein Haar wuchs, seine Schultern, das waren alles Merkmale, die sich Christien gut eingeprägt hatte, sein Porträt hing schließlich im Herrensalon von River's Edge. Außerdem war da ganz unübersehbar seine Hochnäsigkeit und Arroganz, die eindeutig zu verstehen gab, dass außer ihm im Prinzip niemand der Anwesenden von Bedeutung war. Sein taxierender Blick verriet, dass er Menschen nur nach deren Nutzen für sich selbst bemaß.

Vinot war sich immer so sicher gewesen, dass der junge Pingre noch lebte, während Christien zumindest zu Beginn durchaus seine Zweifel hatte. In letzter Zeit hingegen häuften sich die Hinweise, und die Vermutung seines alten Mentors schien sich zu bestätigen. Letztlich war es dann nur noch eine Frage der Zeit, bis der Flüchtling aus seinem Versteck herausgelockt werden konnte. Er war nicht gerade stolz auf die dabei angewandte Methode, aber das Ergebnis gab ihm zweifelsohne Recht.

Neben ihm sog Reine hörbar die Luft ein, so als ob sie bis eben die Luft angehalten hätte. Ihr Blick war jedoch nicht auf Theodore gerichtet, sondern auf Vinot und ihre kleine Tochter, die neben ihm stand.

Schreck und Verzweiflung standen ihr ins Gesicht geschrieben, ließen ihr blauen Augen dunkler erscheinen, als sie eigentlich waren.

Marguerite stand zwischen dem alten Fechtmeister und dem Mann, den Vinot mit solcher Leidenschaft hasste, dass es ihn fast verrückt machte. Die Kleine starrte ihren Vater an und war dabei ebenso weiß im Gesicht wie ihr blütenreines Rüschenkleid. Ihre schmalen, blutleeren Lippen öffneten sich, doch sie schaffte es nicht, etwas von sich zu geben, noch nicht einmal einen Schrei.

Papa, oh Papa …

Ein flüchtiger Gedanke streifte Christien, und mit ihm erfasste ihn größte Abscheu vor sich selbst. Reine wusste, was er und Vinot getan hatten. Vielleicht erahnte sie nicht das volle Ausmaß der ganzen Verschwörung, doch sie begriff mit Sicherheit, warum er plötzlich auf River's Edge aufgetaucht war, warum er um ihre Hand angehalten hatte und weshalb er sie vor einigen Tagen auf der Waldeslichtung unbedingt in aller Öffentlichkeit lieben wollte. Sie verstand, was hier passierte, und es machte sie sehr wütend, nicht nur, weil sie hintergangen worden war, sondern weil auch noch ihre geliebte Tochter mit hineingezogen wurde.

Er hatte das Kind als Köder missbraucht. Was für ein Monster war er bloß geworden, dass er anderen Leid antat, um die Schmerzen eines Freundes zu lindern? Er redete immer so viel von Ehre, doch hatte er denn selbst ehrenvoll gehandelt?

Reine drehte ihren Kopf zu ihm hin, hob den Blick und schaute ihm geradewegs in die Augen, mit einer solchen Verzweiflung in ihrem Gesichtsaudruck, dass es ihm einen kalten Stich in sein Herz versetzte. Er flüsterte ihren Namen und machte einen beherzten Schritt auf sie zu, doch sie trat zurück und wich ihm aus.

Jetzt war keine Zeit mehr, Erklärungen abzugeben, selbst wenn es ihm gelänge, die richtigen Worte zu finden. Vinot platzierte Marguerite hinter sich und trat dann aus der Bankreihe in den Gang hinaus. Er reckte seinen Kopf, spannte die Schultern, und in seinem dünnen, ausgemergelten Gesicht erkannte man den Schrei nach schrecklicher Vergeltung. Dann stand er übergroß und drohend vor Theodore.

»Sie leben also noch«, schleuderte er ihm entgegen, wobei jedes Wort wie ein Peitschenhieb klang.

Der junge Pingre blieb abrupt stehen, als ob er gegen eine Wand gelaufen wäre. Sein Gesicht bekam einen ungesunden gelblichen Farbton, sodass seine Narben als feuerrote Brandmale hervorsprangen und das Ausmaß seiner Entstellung deutlich wurde. »Sie!«

»Sie dachten, dass Sie mich nie wieder sehen würden? Aber natürlich, Sie dachten, dass Sie sich wie ein Feigling vor der Rache eines Vaters verstecken könnten. Sie sind eine Schande, Pingre, eine Schande für jeden Mann; sich mit einem Mädchen zu vergnügen, das noch zu jung und unschuldig ist, als dass es den wahren Charakter von Kerlen wie Ihnen hätte erkennen können, sie zu schwängern und dann allein zu lassen, während sie ihren Bastard austrägt, ja, und schließlich daran stirbt. Sie werden dafür bezahlen, was Sie getan haben, Sie werden meinen Degen zu schmecken bekommen. Nennen Sie Ihre Sekundanten!«

»Sie böser alter Mann. Ihre Tochter stand völlig frei in ihrer Entscheidung, wem sie ihre Gunst erweist, eine hübsche junge Dame …«

»Aufhören! Halten Sie ihr verruchtes Maul, oder ich werde Sie hier an Ort und Stelle töten.«

»Meine Herren!«, rief der Priester dazwischen. »Das ist ein Haus Gottes.«

Christien entfernte sich bedächtig, aber zielsicher aus dem Altarraum und stellte sich demonstrativ neben Vinot. Er dachte, Reine würde zurückbleiben, doch am Rauschen ihrer Robe über den Boden hörte er, wie sie im dicht auf den Fersen folgte.

Theodore knirschte mit den Zähnen und schluckte die restlichen Worte hinunter, die er sich zurechtgelegt hatte. Mit glasigen Augen und zusammengepressten Lippen ließ er über die Köpfe von Reine und Christien hinweg seinen Blick über die Gemeinde schweifen, so als ob er nach einem ihm freundlich gesinnten Gesicht Ausschau hielte. Doch da war keines.

»Ich habe schon verstanden, wie das hier alles läuft«, knurrte er und warf seinen Kopf zurück. »Das war von Anfang an eine Falle. Sehr schlau, Vinot, einen jüngeren Fechtmeister als Lockvogel zu benutzen, jemanden, der sich auf River's Edge gut einschmeicheln konnte, um dann meine Frau als Köder zu benutzen. Waren Sie damit einverstanden, Madame? Macht es

Ihnen Freude, mich sterben zu sehen, damit Sie dann endlich eine wirkliche Witwe sein können?«

»Mir wurde gesagt, dass du tot seist«, sagte sie in bleiernem Ton. »Ich habe ganze zwei Jahre lang getrauert, so lange hast du das zugelassen.«

»Was hast du überhaupt gesehen?«

»Deinen Leichnam … Paul hat ihn gesehen.«

»Das war wohl eher mein alter Onkel. Er war ein paar Tage zuvor gestorben, und nach einer Woche im Wasser und mit meinem Ehering am Finger, konnte man seinen aufgeschwemmten und entstellten Körper problemlos für den meinigen halten. Die Idee dazu hatte meine Mutter, bevor sie Bonne Espèrance für immer verließ.«

Ein Raunen ging durch die Menge der Hochzeitsgäste. Mehr als eine der anwesenden Damen sah sich genötigt, ihr Spitzentaschentuch vor den Mund zu pressen, um den unweigerlichen Anflug von Abscheu zu verbergen.

Theodores Stimme war voller Bitterkeit, während er mit versteinerter Miene die Gesellschaft anstarrte. »Ich wollte meiner Mutter, die inzwischen in Paris weilte, nachreisen. Sie zog jedoch ihre Einladung zurück, als sie hörte, wie schrecklich ich nun aussah, und schickte mir auch nicht das versprochene Geld für die Überfahrt. Mit nichts, ganz ohne Geld, musste ich hierbleiben, ohne die Möglichkeit, an Vergnügungen teilzunehmen, und eine armselige Hütte, die ich mit meiner alten Amme teilte, war mein einziger Unterschlupf. Ich wäre aufgrund ihrer Fürsorge vielleicht nicht draufgegangen, aber ich hatte kein Geld, einfach kein Geld, um zu meiner geliebten Mutter zu kommen.«

Er hatte sich vor sich selbst versteckt und natürlich

vor Vinot, dachte Christien, er war untergetaucht und wusste nicht, wohin. Der arme Teufel konnte einem fast leidtun, wenn man nicht wüsste, dass seine Seele genauso schrecklich entstellt war wie sein Gesicht.

»Genug«, sagte Vinot in scharfem Ton, begleitet von einer eindeutigen Geste mit der Hand. »Nehmen Sie meine Herausforderung an?«

»Mit Vergnügen«, antwortete Theodore. »Wenn ich gegen einen so alten Mann nicht ankommen könnte, dann würde ich es nicht besser verdienen.«

»Ich werde allerdings nicht Ihr Gegner sein«, bemerkte Vinot mit zynischer Zufriedenheit. »Wie Sie es schon angedeutet haben, sind meine Tage als Fechtmeister gezählt. Aus diesem Grunde nehme ich das Recht für mich in Anspruch, an meiner Statt einen Champion zu ernennen. Meine Wahl fällt dabei auf den besten Schüler, den ich je auf meiner Planche unterrichtet habe, und den alten Spielkameraden meiner Tochter Sophie, Christien Lenoir.«

Christien hatte natürlich damit gerechnet, wusste mehr oder weniger, was auf ihn zukam, als Theodore durch die Eingangstür der Kapelle schritt. Die anderen Gäste waren darauf jedoch nicht gefasst. Wieder erhob sich ein großes Gemurmel und Getuschel. Man besprach eifrig, ob ein solcher Anspruch auf Vertretung im Einklang mit den traditionellen Duellregeln stand.

Neben sich spürte Christien, wie Reine sich zu ihm umdrehte. Er blickte sie an und sah direkt in ihre fragenden Augen. Es wurde ihm plötzlich bewusst, dass er nun die Macht besaß, sie vor dem Einfluss Theodores zu bewahren, ihre beiden Leben neu zu ordnen, so wie es auch für ihn selbst am Besten war. Er musste nur dieses kleinliche Bestrafungsritual, das Vinot für den Verführer seiner Tochter ausgedacht hatte, vergessen und diesen Menschen einfach töten, um alle zu befreien.

Theodore Pingre schnaubte vor Ärger, begleitet von einem verunglückten Lachen. »Warum nicht?«, fragte er verächtlich. »Ein alter Mann oder ein Krüppel, was macht das schon für einen Unterschied. Abgesehen davon habe ich mit Lenoir noch eine Rechnung zu begleichen, denn schließlich hat er sich an meiner Frau vergriffen.«

Christien richtete seine ganze Aufmerksamkeit wieder auf Theodore. »Und woher wissen Sie, dass ich ein Krüppel bin?«

Er lachte roh und verächtlich. »Ich weiß mehr, als Sie denken. Hoffentlich haben Sie die aufopferungsvolle Pflege meiner Frau genossen, denn es wird das Letzte gewesen sein, was Ihnen an Freuden mit ihr widerfahren ist.«

»Sie wollen wieder den Platz an ihrer Seite einnehmen?«

»Wenn Sie erst einmal aus dem Weg geräumt sind und Vinot sich geschlagen geben muss, dann gibt es keinen Grund, warum ich das nicht tun sollte.« Theodore wandte sich mit seinem verzerrten Gesicht Reine zu. »Oder fällt dir ein Hinderungsgrund ein, geliebtes Weib?«

Christien brannte darauf, zu erleben, wie Reine ihren Ehemann beschimpfen würde, sie schwören würde, dass sie nie wieder zu ihm zurückkehren wollte, in sein verruchtes Heim, in sein Bett. Doch sie tat es nicht. Sie wandte sich von beiden Männern ab und ging zu Marguerite, die sich hinter den Frackschößen von Vinot versteckt hielt. Sie griff nach der Hand ihrer Tochter und zog sie zu sich her, ohne nach rechts oder links zu schauen, drehte sie sich um und schritt durch die offenen Türen der Kapelle in die Nacht hinaus, dem Donnergrollen entgegen.

Christien sah ihr hinterher und wartete darauf, dass sie ihm ein kleines Zeichen gab, ihm einen flüchtigen Blick zuwarf oder dass er anhand ihres Gesichtsausdruckes feststellen könnte, ob ihr irgendetwas an ihm lag, es ihr etwas bedeutete, ob er tot oder lebendig wäre. Aber da war nichts. Obwohl Marguerite sich den Hals verrenkte, um über die Schulter zurückzuschauen, und man Schrecken und Leid am Gesicht der Kleinen ablesen konnte, zeigte ihre Mutter nicht die geringste Regung und schritt geradewegs hinweg. Und warum auch nicht, denn schließlich hatte er seit seiner Ankunft auf River's Edge nichts anderes getan, als sie für seine Zwecke auszunutzen.

Das ungleiche Paar entschwand langsam aus dem Lichtkegel der Kapelle, bis nur noch die hell schimmernden Kleider der beiden in der abendlichen Dunkelheit zu erkennen waren. Christien sah ihnen hinterher, schließlich verblassten sie ganz, wurden eins mit der Nacht.

Seine Enttäuschung war groß, und der Stachel saß tief, doch dann richtete er seine ganze Konzentration auf das bevorstehende Duell und den Mann, der wieder Reines rechtmäßiger Gatte werden wollte. Das war natürlich nur möglich, wenn er ihn nicht vorher töten würde.

Theodore setzte sich langsam in Bewegung und schien die Absicht zu haben, seiner Frau und seiner Tochter hinterherzugehen. Er knirschte mit den Zähnen und blickte äußerst grimmig drein, fest entschlossen, ihnen zu folgen.

»Das würde ich nicht tun«, warnte ihn Christien in

fast sanftem Ton. »Sie sind dort nicht mehr willkommen. Außerdem haben wir hier noch etwas zu regeln.«

Theodore blickte so verzweifelt drein, dass Christien für einen kurzen Augenblick einen Hauch von Mitgefühl für ihn verspürte, der sich jedoch in dem Moment wieder verflüchtigte, als jener wieder zum Sprechen anhob.

»Früher wären sie vor mir nicht davongelaufen, erst seit Sie hier sind, ist alles anders.«

»Sie hätten die Wiederauferstehung etwas eher planen sollen, warum sind sie nicht schon früher erschienen?«

»Ich bin eben jetzt hier«, gab Theodore trotzig zur Antwort, ohne auf die Frage einzugehen. Er musterte Christien von oben bis unten und auch sehr genau seinen Brustkorb, dort, wo er von der Pistolenkugel getroffen worden war. »Meine Sekundanten werden Ihnen Bescheid geben.«

»Ganz, wie Sie wünschen.«, ergänzte Christien in bedrohlich leisem Ton. »Ihr Freund Kingsley wird wohl nicht dazugehören. Wie schade.«

»Er ist kein großer Verlust, schließlich war er ja auch kein Ehrenmann.«

Nur wenige Menschen wären für Theodore Pingre ein Verlust, dachte Christien. »Wenn ich mich recht erinnere, hatten Sie diese Ausrede bereits vor zwei Jahren angeführt, als Sie Vinot zum Duell herausforderte«, sagte er. »In Ihren Augen bin ich ja auch kein Ehrenmann, aber Sie haben doch zugestimmt, sich mit mir zu schlagen.«

Theodores Lippe zuckte, und er deutete ein verächtliches Lächeln an. »Auch ein Ehrenmann muss sich hin und wieder dazu herablassen, eine Schlange zu töten.«

Christien hätte diese Beleidigung vielleicht noch

mehr getroffen, wenn er nicht fühlte, dass sie ein Fünkchen Wahrheit enthielt. Der Punkt war, dass Theodore Pingre die Absicht hatte, ein Duell auf Leben und Tod zu führen und nicht nur, bis einer der Kombattanten verwundet war. Christien deutete eine Verbeugung mit dem Kopf an und erwiderte: »So mag er es denn versuchen.«

In den Augen seines Gegenübers flackerte der blanke Hass auf, gepaart mit einer gewissen Hinterlistigkeit. »Dann bis zum vereinbarten Treffen«, sagte er leichthin, drehte sich um und verschwand durch die geöffnete Doppeltüre der Kapelle in den abendlichen Sommerregen, der nun einsetzte. Er schien voller Selbstbewusstsein, ganz so, als ob all seine heimlich geschmiedeten Pläne voll und ganz aufgingen.

Vielleicht war dem auch so, musste Christien ehrlicherweise zugeben. Theodore hatte zumindest die Hochzeit verhindert, und es war ihm gelungen, jeden Anspruch auf seinen Rang als Ehemann an der Seite von Reine zunichtezumachen. Keines von beidem kam unerwartet, trotzdem spürte Christien förmlich, wie die Wut auf diesen Mann in ihm emporstieg.

Die Sekundanten von Theodore würden wahrscheinlich in den frühen Morgenstunden auf River's Edge erscheinen. Diese müssten dann mit seinen Leuten Ort und Zeit im Detail klären. Man würde sich auf zwei Ärzte einigen und diese bitten, dem Duell beizuwohnen, damit sie rechtzeitig Hilfe leisten könnten. Beiden Teilnehmern räumte man normalerweise genug Zeit ein, damit sie ihre Angelegenheiten regeln und ihren letzten Willen aufsetzen könnten. Alles in allem würde das Treffen dann wohl in ungefähr zwei Tagen anberaumt werden.

Eine bedrückende Stille lag über der Kapelle. Die

Leute sahen sich gegenseitig etwas verloren an, da sie nicht wussten, wie es unter diesen ungewöhnlichen Umständen nun weitergehen würde. Da es unerträglich ruhig blieb, raffte sich Monsieur Cassard schließlich auf und übergab seine ohnmächtige Frau Paul, der neben ihm stand. Mit langsamen Schritten begab er sich in den Gang zwischen den Bankreihen der Kapelle und ließ seinen Blick über die anwesenden Hochzeitsgäste schweifen.

»Meine lieben Freunde, meine Familie«, begann er in feierlichem Ton, »diese Angelegenheit nahm nun einmal nicht den erwarteten Verlauf, und es ist für uns alle ein großes Ärgernis. Nichtsdestotrotz wurde Euch ein großes Fest versprochen, und ich möchte diesbezüglich niemanden enttäuschen. Lasst uns also die Aufregung vergessen und zurück zum Haus gehen. Essen muss man ja schließlich, nicht wahr? Trinken und zu guter Musik tanzen sollte man auch, unabhängig davon, wie schwermütig man gerade ist. Wenn wir uns nun schon nicht an einer Hochzeit erfreuen können, dann sollten wir zumindest die Tatsache feiern, dass wir hier alle in großer Runde zusammengekommen sind.«

Das hatte eine einfache und zwingende Logik. Die Gäste begaben sich nach und nach alle durch den strömenden Regen zurück zum Haupthaus. Es stellte sich unweigerlich ein gewisser Grad an Normalität ein, denn fast jeder war gezwungen, sich darum zu kümmern, dass seine Kleider trockneten, und man war damit beschäftigt, sich wieder einigermaßen herzurichten. Ein gutes Essen und reichlich zu trinken taten ihr Übriges. Bald schon nahm die Feier ihren Lauf.

Während die anderen Gäste sich im Speisesaal versammelten, ein Glas Wein oder Cognac in der Hand,

Horsd'œuvres von kleinen Tellern aßen und von Monsieur Cassard und Paul umsorgt wurden, zogen sich Christien und die anderen Fechtmeister auf die obere Galerie zurück. Dort, vor seinem Schlafzimmer, steckten sie die Köpfe zusammen und redeten leise, aber eindringlich aufeinander ein, übertönt vom prasselnden Regen, der sich in Kaskaden vom Dach herunter ergoss.

Caid und Gavin waren die Glücklichen, die die beiden längsten Strohhalme zogen und denen die Ehre zuteil wurde, als Sekundanten zu dienen. Man setzte auch ein Schreiben an Dr. Laborde auf, um ihn um seine Anwesenheit an dem fraglichen Tag des Duells zu bitten. Man diskutierte über geeignete Orte, an denen der Zweikampf ausgetragen werden könnte, was nicht so einfach war, denn weder sollten die Damen belästigt werden, noch wollte man die Behörden darauf aufmerksam machen. Schließlich wurde die Entscheidung zugunsten der großen Waldeslichtung getroffen, dort, wo Christien auf Reine und Marguerite bei ihrem Picknick traf und wo sie im Unterholz Theodores Schatten sahen, ohne zu wissen, dass er es war.

Als es dann nichts weiter mehr zu besprechen gab, zerstreute sich die Gruppe, und die Fechtmeister suchten ihre Frauen, um sie bezüglich des bevorstehenden Ereignisses in Kenntnis zu setzen. Man mischte sich wieder unter die anderen Gäste und probierte von den bereitgestellten Köstlichkeiten. Nur Christien blieb dort, wo er war, denn angesichts der Tatsache, dass gerade seine Eheschließung misslungen war, hatte er verständlicherweise nicht den mindesten Appetit. Er trat an das Geländer vor, lehnte sich seitlich an einen Stützpfosten der Galerie und blickte versonnen in den regnerischen Abendhimmel.

Er war frustriert und verärgert über das Vorgefallene und natürlich auch über sein eigenes Verhalten. Er wollte unbedingt Reine finden und ihr alles erklären, ihr zu verstehen geben, warum er und Vinot diesen Plan geschmiedet hatten, ihr seine Loyalität gegenüber Vinot und der Bruderschaft nahebringen.

Wenn die Hochzeitszeremonie nur schneller vonstatten gegangen wäre, der Priester nicht so langsam geredet hätte, dann wäre vielleicht alles ganz anders verlaufen. Zumindest hätte eine kleine Chance bestanden, dass er zu Reines rechtmäßigen Ehemann erklärt worden wäre. Ein Mann, der alle Brücken hinter sich abgebrochen hatte und auch die Behörden glauben ließ, dass er tot wäre, und die entsprechenden gesetzlichen Implikationen billigend in Kauf nahm, konnte nicht von heute auf morgen wieder als Lebender auftreten. Genau das tat Theodore aber, er beanspruchte Reine als seine ihm angetraute Frau und Marguerite als seine Tochter, so als ob nie etwas gewesen wäre.

Eine solch dramatische Wiederauferstehung vor großem Publikum konnte man nicht voraussehen. Es schien eher wahrscheinlich, dass er sich Christien unter vier Augen offenbaren würde oder gleich eine Konfrontation mit dem Degen oder der Pistole gesucht hätte. Natürlich, das war ja auch passiert, Christien spürte es nur allzu schmerzlich, seitlich in seiner Brust, dort, wo seine Wunde immer noch nicht ganz ausgeheilt war. Der heutige Auftritt stand wohl in direktem Zusammenhang mit dem Misslingen des nächtlichen Attentats.

Was würde nun geschehen? Glaubte Theodore, dass er einfach sein altes Leben wiederaufnehmen könnte? Würde er sich den öffentlichen Nachforschungen stellen und versuchen, wieder Besitz von Bonne Espèrance zu ergreifen und seine Rechte als Ehemann und Vater durchzusetzen?

Letztlich hing alles vom Ausgang des Duells ab, und keiner konnte wirklich sagen, wie das enden würde, am allerwenigsten Christien.

Er bekam unwillkürlich Gänsehaut, und ein Schauer lief ihm den Rücken hinunter. Die Luft um ihn herum wurde auf einmal angenehm warm und frisch zugleich. Reine. Christien war so an ihre Präsenz gewöhnt, dass er sie hinter sich spürte, noch bevor sie sich aus dem Dunkeln des Ganges löste.

Sie war so blass im Gesicht, dass ihre Gesichtsfarbe dem makellosen Weiß ihres Hochzeitskleides ähnelte, das sie noch immer nicht abgelegt hatte. Den dazugehörigen Schleier trug sie allerdings nicht mehr, und ihr kunstvoll zusammengestecktes Haar türmte sich zu einer Krone auf ihrem Kopf, nur eine neckische Locke hing ihr seitlich ins Gesicht.

»Madame Pingre«, sprach er sie abrupt an.

Sie hielt kurz inne, bevor sie weiter auf ihn zuschritt. »Monsieur«.

Er dachte, es wäre angemessen, unter den gegebenen Umständen eine gewisse Distanz zu wahren. Doch das war schier unmöglich. Nie würde er je vergessen, wie sie vor ein paar Stunden in voller Pracht die Treppe herunterkam, keine Braut war je so faszinierend schön gewesen, wie sie in diesem Augenblick, und nichts hatte ihn in seinem Inneren je so berührt wie ihr Gesichtsausdruck, aus dem er Zustimmung und Freude ablesen konnte. Jetzt stand er da und sah sie auf ihn zukommen, wie ihre Röcke über den Boden glitten, und konnte es kaum ertragen, dass sie nun eine ganz andere sein sollte.

Normalerweise wäre die Feier so abgelaufen, dass sie

beide noch eine Weile bei der Familie geblieben wären, um die Glückwünsche entgegenzunehmen, sich hochleben zu lassen und den Gästen für ihre Freundlichkeit gedankt hätten. Nach ungefähr einer Stunde wäre dann Madame Cassard gekommen und hätte Reine mit nach oben genommen, sie auf ihr Zimmer geführt, ihr beim Entkleiden geholfen und sie anschließend ins Bett gebracht. Wenn alles vorbereitet gewesen wäre, hätte man ihn herbeigerufen und ihm Bescheid gegeben. Dann wäre er in das vorgesehene Hochzeitszimmer eingetreten, hätte die Tür hinter sich abgeriegelt und alle anderen ausgeschlossen, und sie beide wären in trauter Zweisamkeit verblieben.

Es wäre perfekt gewesen, sie hätten sich fest in den Armen gehalten und sich im Rhythmus des niederprasselnden Regens geliebt, dann wären sie eingeschlafen und hätten dem gleichmäßigen Hämmern der einzelnen Tropfen gelauscht. All dies hätte er fast gehabt, auch wenn er es nicht verdient hätte.

»Hast du schon gegessen?«, fragte sie, als sie schließlich vor ihm stand.

Er schüttelte den Kopf. »Später vielleicht.«

»Alonzo hat dir einen Teller zurückgestellt. Er steht auf dem Stövchen vor dem Kamin in deinem Zimmer, und du kannst dich bedienen, wann immer es dir danach sein sollte.«

»Ich werde daran denken, ihm zu danken.« Christien dachte keinen Augenblick daran, dass Alonzo all dies hergerichtet hätte, er wusste durchaus, wem er diese unverdiente Aufmerksamkeit zu verdanken hatte. »Hast du etwas essen können?«

»Ich hatte keinen Hunger. Wie du schon sagtest, vielleicht später.«

Wenn die Hochzeit wie geplant stattgefunden hätte, hätten sie beide jetzt bei einem Glas Champagner zusammengesessen und hätten sich gegenseitig mit kleinen Köstlichkeiten gefüttert. Er versuchte, seine Gedanken auf etwas anderes zu lenken, um seine Emotionen unter Kontrolle zu bringen, und kam schließlich auf Madame Cassard. Aufgrund ihres labilen Zustandes musste sie von der Kapelle ins Haus zurück halb getragen werden, und nur die Kühle des Regens erweckten wieder ein wenig ihre Lebensgeister.

»Wie geht es deiner Mutter?«

»Ich war gerade bei ihr. Sie ruht sich aus und hat ein feuchtes Tuch mit Lavendelwasser auf ihrer Stirn und einen Kräutertee in Reichweite an ihrem Bett. Ich denke, sie wird bis morgen früh wieder auf den Beinen sein.«

»Ich bin froh, das zu hören. Es schien sie richtig mitzunehmen, dass Theodore so plötzlich aufgetaucht ist.«

»Ja, das war ein Schock für sie«, erwiderte Reine einsilbig. Ihr Blick streifte für einen Augenblick seine Augen, doch dann wandte sie ihn wieder zur Seite. »Für dich aber wohl nicht?«, fuhr sie fort.

»Nicht so wirklich.«

»Nein, ich war auch nicht überrascht.«

Er blickte sie scharf von der Seite her an. »Was sagst du da?«

»Ich hätte dir das schon früher sagen sollen«, sie schüttelte versonnen den Kopf. »Ich möchte das wiedergutmachen, jetzt, wo sowieso alles anders gekommen ist.«

Er war sich plötzlich gar nicht mehr so sicher, ob er das überhaupt hören wollte. Es gab einfach zu viele Geheimnisse hier auf River's Edge, auch wenn einige davon ziemlich harmlos waren. Er drehte sich zu ihr um, lehnte sich erneut an den Stützpfosten an und verschränkte die Arme vor der Brust, ganz in Erwartung, was sie nun zu sagen hätte.

Sie trat an die Brüstung neben ihn, legte eine Hand auf das Geländer, die andere darüber und starrte sinnierend in den Regen hinaus.

Ihre fühlbare Nähe warf ihn fast aus dem Gleichgewicht. Ob dieser nicht kontrollierbaren Schwäche, seufzte er still vor sich hin. Der verführerische Duft von Lavendelparfum stieg ihm in die Nase, und der warme Geruch von Weiblichkeit legte sich über seine Sinnesorgane. Es kostete ihn wirklich große Anstrengung, bis er seine Gedanken wieder geordnet hatte und einen vernünftigen Satz von sich geben konnte.

»Um was handelt es sich bei der Sache, die du mir erzählen wolltest? Vielleicht, warum du wusstest, dass dein Ehemann noch lebt?«

»Nun, wissen ist vielleicht ein wenig zu viel gesagt«, antwortete sie stirnrunzelnd. »Seit ungefähr zwei Tagen ahnte ich davon.«

»Wie kam es dazu?«

Sie erzählte ihm, wie sie Chalmette in jener Nacht knurren gehört hatte, daraufhin in Marguerites Zimmer gegangen war, und als sie aus dem Fenster blickte, diese merkwürdig vertraute Gestalt in der Dunkelheit zu erkennen glaubte; wie die Kleine schließlich behauptete, dass der *loup-garou* dagewesen wäre, aber Chalmette ihn vertrieben hätte.

»Glaubst du, Theodore war der *loup-garou*, von dem Marguerite immer Albträume hatte.« Er fühlte, wie sein Herz wieder ruhiger schlug, denn Reines Wissen um Theodores Maskerade als Toter schien sich offensichtlich nicht so weit zu erstrecken, als dass sie darüber Bescheid wüsste, wie alles begann.

Ihre Augen funkelten einen Moment lang im flackernden, blauen Licht, das vom Flur herüberstrahlte, als sie ihm einen kurzen Blick herüberwarf. »Ich habe versucht, ihn zu entschuldigen, mir eingeredet, dass es ihm zusteht, väterliche Gefühle für die Kleine zu hegen. Vielleicht hatte er sie nur sehen wollen, sich nur kurz in ihr Zimmer geschlichen, um einen Blick auf seine schlafende Tochter zu erhaschen.« Sie ballte ihre Finger zu Fäusten und schlug auf das Geländer vor sich. »Aber wie konnte er es nur ertragen, sie weinen zu hören, sobald sie ihn sah? Wie konnte er sie nur so zu Tode erschrecken, sie glauben lassen, dass sie einen Albtraum hätte? Wieso verstand er nicht, was er ihr damit antat? Was für ein Monster, wie konnte er nur davon ausgehen, dass seine väterlichen Gefühle wichtiger seien als das Wohlergehen seines Kindes?«

Diese Fragen waren nicht zu beantworten, und Christien ging nicht weiter darauf ein. »Immerhin hat Chalmette ihn dieses Mal vertrieben.«

Sie nickte, immer noch unglücklich. »Er kennt natürlich Theodore, aber zwischen den beiden hatte noch nie eine gegenseitige Zuneigung bestanden. Wenn Theodore zu Besuch war, hat er ihn meistens getreten, weil er ihm angeblich im Weg stehen würde. Als Paul und Theodore einmal aufeinander losgingen, weil er den Hund immer so schlecht behandelte, da hat Chalmette sogar zugebissen.«

»Hunde haben ein sehr feines Gespür für Menschen«, schob Christien ein, »vor allem, wenn es darum geht, diejenigen zu beschützen, die sie mögen. Aber warum hast du mich nicht gerufen, als du glaubtest, Theodore gesehen zu haben? Oder mir nicht zumindest später davon erzählt?«

Ich dachte, du würdest sowieso nicht glauben, dass

der *loup-garou* wirklich existiert. Mehr noch, ich hatte keine Ahnung, was du tun würdest.«

»Was ich getan hätte?«, fragte er, seinen Ärger nur schwer unter Kontrolle haltend.

»Was wohl, ich hätte dieses Gespenst aus dem Haus gejagt und Marguerite gezeigt, dass sie vor so etwas keine Angst haben müsste.«

»Es wäre wohl keine so zuträgliche Aufklärung gewesen, wenn sich dabei herausgestellt hätte, dass der *loup-garou* jemand war, der eigentlich tot sein müsste.«

»So hätte ich das ja nicht dargestellt.«

»Vielleicht nicht, aber das wollte ich nicht riskieren. Du warst ... du bist ja ... prinzipiell ein Fremder. Du bist schließlich auch der Nachtfalke, der Anführer der Bruderschaft der Fechtmeister, ein Mann, der es sich zur Aufgabe gemacht hat, Frauen und Kinder zu beschützen und diejenigen, die sich gegen die Wehrlosen versündigen, mit Blut bezahlen zu lassen.«

Sie hatte ihn einen Fremden genannt. Einen Fremden, obwohl sie neben ihm in seinem Bett gelegen hatte und noch vieles mehr zwischen ihnen passiert war, viel mehr. Er wandte sich ab und umklammerte fest das Geländer, ganz so, wie sie es auch machte. Er krampfte sich so sehr in das Holz der Brüstung, dass seine Fingerknöchel weiß hervortraten. »Woher weißt du das?«

»Über deine nächtlichen Aktivitäten? Ich bin dir gefolgt.«

»Du hast was gemacht?« Er war perplex, nicht zuletzt deswegen, weil es ihm nicht aufgefallen war, dass ihm in jener Nacht jemand unbemerkt folgte. Wo hatte er nur seine Gedanken gehabt? Eigentlich hätte er sich das auch denken können.

»Ich habe dich gesehen, als du in jener ersten Nacht,

die du auf River's Edge verbracht hast, zu mitternächtlicher Stunde weggeritten bist. Für mich war es wichtig, zu wissen, wohin du unterwegs warst, ob du zu einer anderen Frau gehen würdest.«

»Zu Vinot, ich bin nur zu Vinot gegangen.«

»Aber das konnte ich ja nicht wissen. Immerhin hatte ich einen Ehemann gehabt, der es als sein Vorrecht ansah, in die Betten anderer Frauen zu steigen, wann immer er dazu Lust verspürte. Noch so einen wollte ich auf keinen Fall.«

»Du bist mir in jener Nacht gefolgt, um sicherzugehen, dass ich auch mein Ehegelübde einhalten würde.« Langsam wurde ihm alles klar. Mo, der Stallbursche, hatte ihm erzählt, dass die junge Dame des Hauses ausgeritten war, jetzt wusste er, wieso.

»Ich denke schon.«

»Aber du hattest keine Probleme, ein Ehegelübde abzulegen, während du fürchten musstest, dass dein rechtmäßiger Ehemann noch leben und sich auf dem Anwesen deiner Eltern herumtreiben würde.«

Sie schaute ihn unglücklich an. »Die Hochzeit abzusagen, nur weil ich für einen kurzen Augenblick einen Schatten in der nächtlichen Dunkelheit gesehen hatte, erschien mir verrückt und lächerlich zugleich. Außerdem hoffte ich insgeheim, dass ich mich getäuscht hätte.«

»Du hast gehofft …«, begann er.

Sie fuhr fort, als ob er nichts gesagt hätte. »Sag mir nicht, dass du nicht auch eine Ahnung gehabt hast, dass Theodore noch am Leben ist. Du hast unsere Hochzeit dazu benutzt, um ihn aus der Deckung zu locken. Aber du hättest die Sache wohl auch, ohne mit der Wimper zu zucken, durchgezogen, wenn er nicht erschienen wäre, oder?«

»Oh ja«, erwiderte er trocken und betrachtete ihr vor Wut hochrotes Gesicht. »Das hätte ich.«

»Zweifellos nur, um zu sehen, ob ich am Ende doch noch ablehne, was der Beweis gewesen wäre, dass ich eigentlich keine Witwe bin. Es tut mir furchtbare leid, dass ich dich um diesen Schlussakt gebracht habe. Die Wahrheit ist jedoch, dass niemand auf River's Edge wusste, ob Theodore wirklich noch am Leben ist, bis es dann im Prinzip schon zu spät war.«

»Vergib mir, aber das kann ich kaum glauben, schließlich wurde Marguerite von ihm terrorisiert.«

»Mach dich nicht lächerlich. Für sie war er nur ein Phantom, ein Monster aus einer alten Welt des Aberglaubens.«

»Sie hat ihn für einen kurzen Augenblick gesehen, damals vor dem Theater, darauf würde ich wetten, denn sie war so erschrocken von seinem Anblick, dass sie aus Angst plötzlich auf die Straße gelaufen ist und dort fast überfahren worden wäre. Für sie war er ein Monster, ja, wegen seiner Narben, aber da sie auch sein Porträt vor Augen hatte, muss ihr eine gewisse Ähnlichkeit aufgefallen sein. Als ich sie bei der Rettungsaktion in den Armen hielt und wir alle zu Fall kamen, da sagte sie … ich dachte, sie würde mich Papa nennen, doch sie versuchte, uns deutlich zu machen, dass sie ihn gesehen hatte.«

Reine presste ihre Lippen zusammen und wandte sich von ihm ab. »Zugegeben, nach diesem furchtbaren Ereignis hat sie nach ihm gefragt, aber ich habe ihr immer wieder gesagt, dass ihr Vater im Himmel sei.«

»Deshalb hat sie ihn dann in einen *loup-garou* verwandelt, um sich selbst zu erklären, warum er immer noch da war.«

Reine musste eine Träne verdrücken, die aus ihren Wimpern herauslief und sich ihren Weg über ihre Wange bahnte. »Ich habe sie nicht ernst genommen. Schließlich bin ich ihre Mutter, und trotzdem wollte ich ihr nicht glauben. Ich hätte mich mit ihren Albträumen genauer auseinandersetzen und ihren Ängsten Gehör schenken sollen. Und eigentlich hätte ich es auch wissen müssen, dass es so weit kommt.«

»Dich trifft keine Schuld«, beruhigte er sie, ohne seine Wut auf den Verursacher zu unterdrücken.

Er stütze sich mit den Ellenbogen auf das Geländer der Balkonbrüstung und starrte in die feuchte Nacht hinaus, durch den Vorhang aus Wasserkaskaden, die vom Dach herunterplatschten. Er musste sich sehr zusammenreißen, damit er nicht einfach Reine in die Arme nahm, sie tröstete und dann durch die offene Tür in sein Bett entführte.

Aber es war einfach unmöglich. Sie war eine verheiratete Frau, sie zu berühren, würde einem Ehebruch gleichkommen. In ungefähr vierundzwanzig Stunden würde er ihren Mann treffen, und zwar mit dem Degen in der Hand. Es könnte sein, dass er gezwungen sein würde, ihn umzubringen, nein, er brannte darauf, ihn zu töten, aus Gründen, die tief in ihm nagten. Er wollte Theodore Pingre auslöschen, wegen Sophie, Marguerite und vor allem wegen Reine, sie sollte frei von ihm sein, ein für alle Mal.

Theodore zu töten, könnte man auch als Mord auslegen, wenn man seine Fähigkeiten als Fechter in Betracht zöge. Es wäre allerdings auch ein taktischer Fehler. Die Tatsache, dass er zurück ins Reich der Lebenden fand, war an sich schon ein Wunder, wenn man dann noch das Duell dazu nähme, dann hätten die Leute Gesprächsstoff für die nächsten Jahre. Wenn Reine nun den Mann heiraten würde, der ihren Ehemann wieder ins Jenseits befördert hätte, dann würde man sie sicherlich der Komplizenschaft verdächtigen, und sie wäre wieder auf Jahre hinaus in der feinen Gesellschaft eine Persona non grata.

Das konnte er ihr nicht antun. Theodore Pingres Wiederauferstehung bewies eindeutig, dass sie keine Mörderin war. Damit wurde es ihr endlich ermöglicht, die Rolle als Außenseiterin abzulegen. Wenn er nun ihren Ehemann umbrachte, sie dann wie vorgesehen heiraten würde, wäre das ein äußerst selbstsüchtiges Vorgehen, denn sie könnte nie mehr in die Gesellschaft zurückkehren.

Aber sie einfach Theodore überlassen, konnte er auch nicht.

Zweiundzwanzigstes Kapitel

Christien war heute Nacht irgendwie anders gewesen.

Das war zwar nicht weiter verwunderlich gewesen, wenn man in Betracht zog, was sich alles ereignet hatte, nichtsdestotrotz war Reine irritiert von seinem Verhalten. Er war so formell, ganz so, als ob er in Vorbereitung seiner baldigen Abreise eine gewisse Distanz zwischen ihnen aufbauen wollte. Madame Pingre hatte er sie genannt, mit einem Unterton, der klarmachen sollte, dass er sie als eine verheiratete Frau ansah und dass das in seinem Schlafzimmer vorgefallene auszublenden sei. Er hatte ihr aufmerksam zugehört, ihre Erklärungen höflich aufgenommen, dann sich pflichtgemäß verbeugt und sie mit ihren Zweifeln, Ängsten und verwirrten Gedanken alleine gelassen.

Was für ein seltsames Gefühl, Theodore war am Leben. In den letzten zwei Jahren hatte sie sich eigentlich ganz gut daran gewöhnt, dass er nicht mehr da war. Es war ja nicht so, dass sie direkt darum gebeten hatte, Witwe zu sein, doch letztendlich fand sie sich recht gut in diese Rolle ein.

Nicht, dass sie so hartherzig war, dass sie unbedingt seinen Tod herbeiwünschte und noch weniger, dass Christien dem nachhelfen sollte, allerdings erschien es ihr auch ganz menschlich, die damit verbundenen Chancen für ihr weiteres Leben in Betracht zu ziehen.

Nein, sie wollte wirklich nicht, dass Theodore starb, es war ihr im Prinzip nur daran gelegen, die Situation vor seinem Auftauchen wiederherzustellen, seine erneute Präsenz und die damit verbundenen Konsequenzen rückgängig zu machen. Aber egal, was passieren würde, nichts würde je wieder so sein wie zuvor.

Sie kehrte zu den Feierlichkeiten in den großen Salon zurück, nun, wenn man das jetzt noch Feier nennen konnte, denn Theodores Erscheinen hatte so auf die Stimmung gedrückt, dass die Leute sich wie bei einer Totenwache verhielten. Die Stimmen waren gedämpft, und die Unterhaltung war schleppend, nur in den Ecken wurde eifrig getuschelt. Die Musikkapelle, ein Trio mit Violine, Horn und Pianoforte, spielte eher schwermütige Stücke, worauf kaum einer Lust hatte, zu tanzen. Die meisten zeigten auch keinen Appetit auf die dargereichten Köstlichkeiten, doch es gab einen beachtlichen Ansturm auf Wein und Hochprozentiges mit Eis. Die Kinder, die nach alter Tradition bei französischen Plantagenfesten nie fehlen durften, wurden aufsässig und laut, denn die angespannte Stimmung übertrug sich auch auf den Nachwuchs, sodass unweigerlich die Nerven der Eltern aufs Äußerste strapaziert wurden.

Der Regen ließ schließlich etwas nach und hörte bald ganz auf. Die Gäste, die sowieso nicht vorgehabt hatten, über Nacht zu bleiben, brachen langsam auf. Die engagierten Musiker sammelten ebenfalls ihre Instrumente ein, stiegen in ihren Wagen und fuhren zurück in die Stadt. Um Mitternacht waren nur noch die Fechtmeister, ihre Frauen und Kinder übrig, alle anderen hatten die Feier frühzeitig verlassen.

Nachdem der Abend keine weiteren Zerstreuungen bot, zogen sich nach und nach alle auf ihre Zimmer zurück. Die kleineren Kinder wurden im oberen Flur schlafen gelegt, und die schon älteren Burschen zogen sich auf ihre Lager auf der hinteren Veranda zurück. Auch die Schlafzimmertüren wurden eine nach der anderen geschlossen, und die Ehepaare begaben sich ebenfalls zu Bett. Bald glimmte auch kein Licht mehr unter den Türschlitzen hervor, und das Leben auf River's Edge kam zur Ruhe. Reine kontrollierte noch einmal, ob es Marguerite gut ging, und zog das Moskitonetz, das um ihr provisorisches Bettchen gespannt war, enger zusammen, damit keine Lücke entstand. Danach warf sie noch einen letzten Blick auf ihre Mutter, die wie aufgebahrt schlief, und suchte sich schließlich eine Decke, um sich irgendwo hinlegen zu können.

Im Schlafzimmer herrschte nun völlige Stille, nur eine Kerze flackerte in einer Sturmlaterne auf dem Nachttisch. Ihre Mutter schlief friedlich hinter dem Vorhang des Moskitonetzes. Sie trug die Haare offen und hatte die Hände vor der Brust gefaltet. Die ganze Anspannung der letzten Stunden war von ihren Gesichtszügen gewichen, der Schlaf tat ihr gut, und das Laudanum, das Reine heimlich in ihren Kräutertee gemischt hatte, zeigte seine Wirkung. Friedlich schnarchte sie vor sich hin.

Hinter Reine öffnete sich leise knarzend die Tür. Es war ihr Vater, der zunächst auf der Schwelle innehielt, dann aber doch eintrat. »Sie sieht entspannt aus, nicht wahr? Besser, als sonst oft.«

Ihre Blicke begegneten sich stumm, bevor sie sagte: »Ich habe gerade genau das Gleiche gedacht.«

»Würdest du vielleicht bei ihr bleiben, nur für den Fall, dass sie aufwacht und noch einen ihrer Kräutertees braucht? Du weist doch am besten, wie sie ihn gerne hat.«

»Du meinst, ich soll hier schlafen?« Sie deutete auf den freien Teil des Doppelbettes.

»Ja, ja natürlich, denn in das Hochzeitszimmer kannst du ja jetzt sowieso nicht. Du musst dir keinen Stuhl zum Schlafen suchen oder dich in irgendeine Ecke zusammenkauern, vor allem nach dem, was du heute Abend durchgemacht hast. Ich muss selbst gestehen, dass ich mich ganz schön mitgenommen fühle, wie muss es dir da erst ergehen.«

Jetzt, wo er es ansprach, spürte sie die volle Last der Müdigkeit in den Gliedern, sie war so erschöpft, dass sie kaum noch vernünftig denken konnte. Sie nickte kurz und stimmte dem Vorschlag ihres Vaters zu.

»Wo willst du dann schlafen?«

»Ich werde es mir bei Paul und Nathaniel auf der Veranda bequem machen. Vinot ist auch da, weißt du, er muss ja noch wegen dieser bevorstehenden Zusammenkunft einige Vorbereitungen treffen.«

»Bist du dir sicher?«, fragte sie voller Zweifel.

»Absolut, auch wenn man sagt, dass die Nachtluft schädlich sei, daran glaube ich aber nicht. Früher, als ich noch ein Junge war, haben wie oft draußen geschlafen, wenn es heiß war. Die Abwechslung wird mir sicher gut tun.«

Sie ging spontan auf ihn zu, legte die Arme um ihn und küsste ihn auf die Wange.

»Du bist ein alter Gauner, dein Bett werde ich nicht benutzen, aber trotzdem danke für das Angebot.«

»Bitte *chérie*. Es wäre mir wirklich viel leichter ums Herz, wenn du neben deiner Mutter wachen würdest.«

Nach einigem Hin und Her war Reine schließlich zu erschöpft, um weiter widersprechen zu können. Ihr Vater zog sich im Ankleideraum um, legte sein Nachthemd an und hängte sich noch seinen Morgenmantel über die Schultern. Er nahm ein extra Kissen unter den Arm, wünschte ihr fröhlich eine gute Nacht und entschwand durch den Flur. Reine zog sich aus und schlüpfte in eines der Nachthemden ihrer Mutter, dann pustete sie die Lampe aus und kletterte hinter das Moskitonetz in das monströse Bett ihrer Eltern.

Noch vor ein paar Minuten war sie so müde gewesen, dass sie der Schlaf beinahe im Stehen übermannt hätte, doch nun lag sie hellwach. Ihr geliehenes Nachthemd war am Hals viel zu eng, und jedes Mal, wenn sie sich umdrehte, schnürte es ihr die Luft ab. Ihr wurde ganz heiß, wenn sie nur daran dachte, was eigentlich zu dieser mitternächtlichen Stunde passieren hätte sollen. Sie dachte an Christien, der allein in seinem Bett lag. Sich zu ihm zu begeben, würde allerdings auch bedeuten, dass sie über die zahlreichen Kinder im Flur steigen müsste, die dort ihr Nachtlager hatten, doch das wäre vielleicht noch machbar. Er würde sie auch nicht zurückweisen, dessen war sie sich sicher.

Es war mehr ihr Stolz, als das Bewusstsein, damit eine Sünde zu begehen, der sie zurückhielt. Er dachte, sie wäre dazu fähig, mit einer Lüge zu leben und die Wahrheit über das Verschwinden von Theodore unter Verschluss zu halten, das traf sie tief. Aber auch, dass er sie heiraten wollte, nur damit ihr Ehemann aus seinem Versteck gekrochen kam, sobald er davon erfuhr. Er hatte sich ihr aufgedrängt, ihnen allen, ohne Rücksicht darauf, ob er jemanden dabei verletzten würde oder nicht. Begehrt hatte er sie, geliebt und in ihr die höchsten Gefühle geweckt, doch offensichtlich war in seinem Herzen kein dauerhafter Platz für sie. Würde sie nun zu ihm gehen, in sein Bett, dann käme sie als Bittstellerin, als eine von ihren Leidenschaften beherrschte Frau, die keine Kontrolle mehr über sich hatte, sich selbst so wenig wert erachtete, dass für sie bereits alles gleichgültig war.

Das konnte sie einfach nicht tun, obwohl sich ihr Herz zusammenkrampfte und ihr die Tränen in den Augen standen.

Nein, sie sollte das wirklich nicht tun.

Könnte sie es denn?

Sie starrte in die Dunkelheit, während ihre Gedanken immer wieder um das Gleiche kreisten, doch endlich fasste sie einen unausweichlichen Entschluss. Es sollte nicht sein, und mit dieser einmal getroffenen Entscheidung, die sie jetzt auch für sich selbst akzeptieren konnte, überkam sie auch der überfällige Schlaf und ihre Anspannung löste sich endlich.

Helles Sonnenlicht drang durch die Schlitze in den Fensterläden, als sie schließlich aufwachte. Die Hitze im Zimmer war bereits recht drückend, und die durch den abendlichen Regen entstandene Feuchtigkeit in der Luft verbreitete zusätzlich eine unangenehme Schwüle, sodass es kaum auszuhalten war. Reines Mutter lag bereits wach im Bett und wunderte sich zunächst über die Anwesenheit ihrer Tochter, war dann aber mit dieser am Vorabend getroffenen Regelung durchaus einverstanden.

Als sie sich über brennenden Durst beklagte, schälte Reine sich aus dem Bett und schenkte ihr ein Glas Wasser aus der neben ihr stehenden Karaffe ein. Sie dachte daran, sich anzuziehen, doch alles, was sie im Moment bei sich hatte, war ihr Hochzeitskleid. Deshalb entschloss sie sich, vorläufig ein Kleid ihrer Mutter überzuziehen, bis sie sicher war, dass Christien wach sein würde und Alonzo einige Sachen von ihr holen könnte, die wegen der Hochzeit in den Schrank in Christiens Zimmer verbracht worden waren. Bis dahin war sie hier allerdings gefangen. Inzwischen musste ihr Vater die Rolle des Gastgebers alleine übernehmen, zumindest so lange, bis sie wieder adäquat gekleidet war.

So vieles musste jetzt wieder rückgängig gemacht werden, eigentlich fast alles, einfach alles.

»Läute doch bitte, damit wir einen *café au lait* bekommen. Ja, *chérie*?«, bat ihre Mutter sie. »Ich glaube, ich vertrage auch ein Stück Gebäck, hoffentlich sind noch ein oder zwei von gestern Abend übrig.«

»Bestimmt«, erwiderte Reine und setzte ein Lächeln auf, während sie sich in Bewegung setze, um, wie ihr geheißen, an der Leine neben dem Kamin zu ziehen, an der die Klingel hing.

»Gut, dass du dich besser fühlst.«

»Ja, mir scheint auch, dass es mir besser geht«, antwortete ihre Mutter. Dann wurden ihre Lippen schmal. »Theodore ist wiedergekommen, ja? Oder habe ich das geträumt?«

Reine wurde augenblicklich in die harte Realität zurückgeholt und verlor ihr Lächeln. »Ja, er war da, in der Kapelle.«

»Aber er war so anderes, ganz anders. Oh, Reine …«

»Denk einfach nicht daran.«

»Die Hochzeit hat nicht stattgefunden, oder? Ich meine …«

»Ich weiß, was du meinst. Nein, hat sie nicht.«

»Gott sei Dank, dass du verschont worden bist. Oh, aber das Gerede! Wie werden die Leute sich nur die Mäuler zerreißen, was für ein gefundenes Fressen für sie. Besser, man wäre gar nicht geboren worden!«

»Wenn es das nicht wäre, würden sie sicherlich etwas anderes finden«, antwortete sie schnippisch. »Sie brauchen immer irgendetwas, um ihr langweiliges Leben ein wenig interessanter zu machen.«

»Aber wir alle sind davon betroffen, das musst du zugeben. Die Frage ist nun, was wird als Nächstes geschehen?«

»Nach dem Duell, meinst du?«

»Duell? Was für ein Duell?«

Sie sprach die Worte höchst besorgt aus. Es war klar, dass ihre Mutter fast nichts mehr von den Vorfällen in der Kapelle wusste. Sie versuchte, in ihrer Wortwahl vorsichtig zu sein, und erklärte ihrer Mutter, was für eine Vereinbarung getroffen worden war.

»*Alors*«, hauchte ihre Mutter. »Glaubst du ... gibt es eine Chance, dass Theodore das nicht überleben wird?«

Reine wusste nicht so recht, ob in der Stimme ihrer Mutter mehr Furcht oder mehr Hoffnung mitschwang. »Bei so einer Begegnung ist immer alles möglich.«

»Ich habe nur an dich gedacht, weißt du. Nun, und wie schrecklich es wäre, ihn wieder bei uns zu haben, wieder neben ihm am Tisch sitzen zu müssen, zu wissen, dass er gleich um die Ecke, am Ende des Ganges schlafen würde ... und all das. Er ist ziemlich ... ziemlich Furcht einflößend, *chérie*.«

All das.

Diese zwei Wörter schlossen so viel mit ein, unter anderem, dass Theodore zu ihr ins Bett käme, mit seiner Wut und seiner Verbitterung, sie sein verunstaltetes Gesicht und seinen von Trägheit und Tatenlosigkeit aufgedunsenen Körper ertragen müsste.

»Wie du schon sagtest«, erwiderte Reine, obwohl sie sich eigentlich gar nicht nach Reden fühlte, sondern ihr angesichts dieses Themas nur übel war. »Er hat vielleicht auch ganz andere Pläne. Schließlich war es ja seine Entscheidung gewesen, unterzutauchen.«

»Aber warum bloß? Das verstehe ich nicht.«

»Todesangst vor Monsieur Vinot, so wie es scheint. Doch jetzt, wo er gesehen hat, wie gebrechlich dieser geworden ist, lässt er sich nicht mehr so sehr von dessen Ruf und seinen einstigen Heldentaten beeindrucken. Aber andererseits ist es natürlich Christien, dem er gegenüberstehen wird.«

»Wieso macht er das denn überhaupt? Er ist von seiner Verletzung ja noch gar nicht vollständig genesen«, nörgelte ihre Mutter dazwischen. »Vielleicht werden sie sich auch gegenseitig umbringen.«

»Maman!«

»Es ist zwar furchtbar, so etwas zu sagen, aber das würde für uns am Ende alles viel leichter machen.«

Sie meinte das nicht so, dachte sich Reine, bestimmt nicht. »Auf keinen Fall«, erwiderte Reine nachdrücklich, während sie Alonzo die Tür öffnete, der ein Tablett mit ihrem Frühstück samt Kaffee trug und alles hereinbrachte. »Wir würden Christien alle vermissen, *ma chère maman* – Paul, Marguerite, Papa und ja, sogar du.« Reine nahm Alonzo das Tablett ab und instruierte ihn bezüglich ihrer Garderobe, dann ging sie zurück zu ihrer Mutter. »Nun«, hob sie an und setzte wieder ein Lächeln auf, »möchtest du vielleicht etwas Butter zu deinem Frühstücksgebäck?«

Es war bereits später Vormittag, als Reine endlich das Zimmer ihrer Eltern verließ. Die Feldbetten und provisorischen Lager im oberen Flur waren natürlich alle verwaist, sie hatte ja schon vor mehr als zwei Stunden die Kinder draußen herumrennen gehört, und vom Schlafzimmerfenster aus, das sie geöffnet hatte, um ein wenig von der morgendlichen Kühle hereinzulassen, sah sie die muntere Schar beim unermüdlichen Spiel. Blinde Kuh und Versteckenspielen schienen ihre Lieblingsbeschäftigungen zu sein, doch Gott sei Dank hatten sie es auch nicht versäumt, zumindest ein paar Melonenscheiben zum Frühstück zu verdrücken.

Marguerite schien sich selbst angezogen zu haben, oder vielleicht hatten ihr auch Lisette O'Neill oder Juliette Pasquale dabei geholfen. Sie dachte, es wäre das Beste, erst einmal zu kontrollieren, ob mit ihrer Kleinen auch alles in Ordnung wäre. Sie legte die Hände an den Mund und formte ein Sprachrohr, damit ihre Stimme die der Kinder übertönen könnte, und rief nach Marguerite.

Doch sie kam nicht.

Reine war überrascht, dass sie so gar nicht reagierte, aber vielleicht lag es an der Aufregung und Freude über die neuen Spielgefährten. Noch einmal rief sie ihren Namen mit Nachdruck über die Felder und Bäume hinweg.

Noch immer keine Spur von Marguerite.

In dem Moment kam der kleine Sean O'Neill ums Haus gerannt. »*Mon cher*«, rief sie zu ihm hinunter, als er gerade unter der Galerie vorbeihuschte, »Hast du Marguerite gesehen?«

»Nein, Madame!« Er reckte sein Chorknabengesicht zu ihr hoch. »Schon länger nicht mehr.«

Kaum hatte er das gesagt, war er auch schon wieder weitergerannt und verschwand hinter der nächsten Ecke. Reine hörte das schrille Gelächter der Kinderschar rechts hinterm Haus, von dort, wo der kleine Sean wieder zu seinen Spielkameraden gestoßen war. Die Stimme ihrer Tochter war nicht dabei.

Sie machte sich Sorgen, doch sie schob dieses Gefühl sofort wieder beiseite. Wahrscheinlich spielte Sean mit den Jungs, während Marguerite irgendwo anders mit den Mädchen unterwegs war, oder aber sie schaute einer der Fechtmeisterfrauen zu, wie sie ihr Baby versorgte, oder sie beobachte so ein Kleines beim Schlafen in seiner Wiege oder auch, wie es in einem der Ankleidezimmer gebadet wurde. Es könnte auch sein, dass sie sich in der Küche herumtrieb oder bei ihrem Großvater oder sogar bei Christien. Sie konnte überall sein, also gab es eigentlich keinen Grund zur Panik.

Entschlossen drehte sie sich um und ging zurück ins Haus, durch die Gänge hindurch auf die rückseitige Galerie, von wo aus sie die anderen Kinder beim Spielen sehen konnte, aber auch den Pfad im Auge hatte, der zu den Hütten der Bediensteten und den anderen Außengebäuden führte. Sie nahm jeden Einzelnen der zahlreichen Sprösslinge genau unter die Lupe, doch sie konnte Marguerites blonden Schopf nicht entdecken.

Sie rannte mit fliegenden Röcken die Stiegen hinab, verlangsamte ihren Schritt und ging durch die Eingangstür hinaus, bog um die Ecke und suchte die seitliche Veranda ab. Doch dort hatte es sich nur ihr Vater mit ein paar der männlichen Gäste bequem gemacht. Anscheinend waren die gegnerischen Sekundanten bereits da gewesen, denn sie diskutierten angeregt über die Modalitäten des bevorstehenden Duells. Für solche Sachen hatte sie jetzt keinen Kopf, nur Christien nahm sie sich vor.

»Marguerite«, sie schaute ihm tief in die Augen und keuchte vor Aufregung und Anstrengung. »Weißt du, wo sie ist?«

Er stand, ohne zu zögern, auf und trat stirnrunzelnd auf sie zu. »Ich dachte, sie wäre bei dir.«

»Nein, und ich habe sie auch nicht bei den anderen Kindern gesehen.« Sie blickt an ihm vorbei, hinüber zu ihrem Vater und den anderen Fechtmeistern, die ebenfalls aufgestanden waren. »Hat von Ihnen jemand heute Morgen meine Tochter gesehen?«

»Mach dich nicht verrückt«, erwiderte ihr Vater und legte ihr beruhigend die Hand auf den Arm. »Sie wird schon irgendwo sein.«

Diese einlullenden Plattitüden zerrten an ihren Nerven. Sie fragte sich urplötzlich, ob es wohl ihrer Mutter manchmal ähnlich erging, wenn er so mit ihr redete. »Bitte hilf mir, sie zu suchen«, sagte sie äußerst resolut. »Sieh dich bitte um, ob sie nicht nur irgendwo Verstecken spielt, ich werde inzwischen in der Küche nachschauen.«

Christien sagte keinen Ton, doch ein bedeutsamer Blick zu den anderen Fechtmeistern genügte, dass sie in alle Richtungen davonstoben und zu suchen begannen. Er selbst machte sich auf, um bei den Stallungen nachzusehen.

Christien mutmaßte, dass Marguerite vielleicht ihren neuen Freunden ihr Pony zeigen wollte oder die neugeborenen Kätzchen, die im hinteren Teil des Stalles ein Heim gefunden hatten. Darauf hätte sie auch selbst kommen können, dachte sich Reine, das lag aber sicherlich an ihrer momentanen Aufregung, dass sie nicht mehr klar und nüchtern denken konnte. Die Tatsache, dass Christien all das im Blick hatte, genau wusste, wie Marguerite sich normalerweise verhielt, schnürte ihr die Kehle zu. Sie ergriff die Hand ihres Vaters, die noch immer tröstend auf ihrem Arm ruhte, und drückte sie, bevor sie sich dann eilends aufmachte, um in der Küche nachzusehen.

Der Koch hatte sie nicht mehr gesehen, seit er ihr heute früh ihr *pain perdu* – ein Stück altes Brot in Teig getunkt, frisch ausgebacken und mit Zucker bestreut – gegeben hatte, das sie samt einer Scheibe Melone als Frühstück mitnahm.

Lisette O'Neill hatte sie heute Morgen kurz gesehen, als sie dabei war, ihr Baby zu stillen, aber dann verschwand sie wieder und sagte im Wegrennen noch etwas von den Kätzchen im Stall, die zu dieser Stunde ebenfalls gesäugt wurden.

Eines der Dienstmädchen wusste zu berichten, dass sie ihr irgendwann die Schleife an ihrer Schürze wieder zugebunden hatte, als diese sich löste.

Alonzo wiederum hatte beobachtet, wie sie ein Kätzchen durch die Gegend trug und versuchte, es auf Chalmette zu platzieren.

In den letzten ein oder zwei Stunden hatte sie jedoch niemand mehr gesehen. Das gründliche Absuchen der Bäume, die um River's Edge herumstanden und lange Schatten warfen, brachte genauso wenig wie die systematische Befragung aller Kinder, die man nacheinander holte.

Reine wandte sich von all den kleinen ernsten Gesichtern der Kinder ab, kehrte auch ihren besorgten Eltern den Rücken sowie den Leuten von River's Edge, die aufgrund der schrillenden Alarmglocke herbeigeeilt waren. Sie ließ Paul mit seinem zusammengekniffenen Gesichtsausdruck hinter sich, genauso wie ihre vor Verzweiflung blassen Eltern und den grimmig vor sich hinstarrenden Christien.

Sie wandte ihren Blick zum Fluss hinunter. Dort schien die letzte Möglichkeit zu liegen.

Doch sie wollte am liebsten gar nicht erst daran denken. Allein die Vorstellung rief schreckliche Bilder in ihr hervor, die furchtbar entstellte Leiche, die man vor zwei Jahren für Theodore hielt, das Kind, welches letzten Frühjahr von einem Dampfschiff fiel, und schließlich Kingsleys toter Körper, der erst vor ein paar Tagen gefunden wurde. Trotzdem, auch dies musste in Erwägung gezogen werden.

»Nein«, störte Christien ihre Gedanken und trat eilends neben sie. »Dort ist sie nicht.« Er zögerte. »Zumindest gibt es keine Spur von ihr, weder an dem einen noch an dem anderen Ufer.«

Er hatte immerhin auch an diese Möglichkeit gedacht und war seiner Vermutung sofort nachgegangen. Ob er das aufgrund von reiner Routine, angeborener Gewissenhaftigkeit oder um sie von der womöglich schrecklichen Pflicht einer Identifizierung zu entbinden, tat, spielte letztendlich keine Rolle. Es war alles abgesucht worden, und zwar gründlich, dessen war sie sich sicher.

Reine schloss ihre Augen und fühlte ihr Herz heftig pochen, sie spürte auch den tief sitzenden Schmerz, der typisch für unabwendbaren Liebeskummer ist. Sie wusste einfach, dass sie diesen Mann liebte, ihn immer lieben würde und nicht nur, weil er so gut aussah, so viel Stärke und Kraft ausstrahlte, sich äußerst geschickt mit dem Degen verteidigen konnte oder es trefflich verstand, mit seinen zärtlichen Berührungen bei ihr die höchsten Gefühle zu wecken.

Nein, sie liebte ihn, weil er einfach spürte, wie es ihr gerade ging, ganz gleich, ob sie zu Tode betrübt war, Angst hatte oder größte Freude empfand. Er setzte all seine Kraft, seinen Verstand und sein Streben dafür ein, um sie zu unterstützen, und zwar ohne dafür eine Gegenleistung zu erwarten. Ja, und er nahm sie einfach so, wie sie war, akzeptierte alle ihre Schwächen und Stärken, wandte sich nicht von ihr ab, sondern schätzte sie für das, was sie nun einmal war, ohne jede Einschränkung, und das, obwohl sie einem andere Mann gehörte.

Plötzlich trottete Chalmette um die Ecke, er kam aus der Richtung, wo sich die Stallungen befanden.

Um seinen Hals war ein grobes Stück Tuch geknüpft, und daran hing an einer Schnur ein zusammengerolltes Blatt Papier.

Paul pfiff nach ihm, und der riesige Hund setzte sich in Bewegung, um schnurstracks auf ihn zuzurennen. Er sah allerdings ziemlich müde aus, an der Seite war ein Blutgerinnsel zu erkennen, was sowohl von einem dornigen Zweig herrühren konnte als auch von einem Messerstich.

Er kuschte vor Pauls Füßen, winselnde ein wenig, während er den jungen Cassard herzerweichend anblickte.

Paul löste den Knoten, mit dem die Papierrolle befestigt worden war. Er warf nur einen kurzen Blick darauf und reichte die Nachricht dann an Reine weiter.

Ihre Hände zitterten, als sie die Nachricht in Empfang nahm, und ihre Stimme versagte. Die Handschrift kam ihr ziemlich vertraut vor, auch wenn es schon mehr als zwei Jahre her war, dass sie diese zuletzt gesehen hatte.

Meine geliebte Frau, begann der Brief, *ich habe unsere Tochter.*

»Das Schreiben ist von Theodore«, flüsterte sie und schaute mit von Tränen verschleiertem Blick in die Runde. »Er hat Marguerite entführt.«

»Wohin?«, fragte ihr Vater. »Wie ist er bloß an sie herangekommen?«

Reine antwortete nicht. Sie las zitternd weiter, auch wenn bereits einige Tränen auf das Papier getropft waren und die Buchstaben verschmierten. Hastig versuchte sie, die Tropfen abzuwischen, aus Angst, ihr könnte ein wichtiges Detail des Textes verloren gehen.

Ich habe sie wegen des für morgen früh angesetzten Ehrenhandels als Unterpfand mitgenommen. Wenn Du sie wiedersehen möchtest, dann wirst Du dafür Sorge tragen, dass ich die Angelegenheit unbeschadet überstehe. Arrangiere das entsprechend mit Lenoir. Wie Du dabei vorgehst, überlasse ich ganz und gar Dir.

»Reine?«, fragte Christien eindringlich, während er sie besorgt betrachtete.

Sie reichte ihm wortlos das Schreiben. Dann sah sie, wie sein Gesicht trotz der dunklen Hautfarbe aschfahl wurde und er leise üble Flüche von sich gab, die ihr wie von Ferne im Kopf widerhallten.

Theodore hatte Marguerite. Wenn Christien ihn im Zweikampf verletzen würde, dann hätte Reine ihre Tochter für immer verloren. Er würde sie wahrscheinlich nicht umbringen, doch sie womöglich weit wegschaffen, nur um Reine zu verletzen.

»Vinot muss die Herausforderung zurückziehen«, sagte Christien plötzlich. »Ich werde meine Sekundanten zu Theodore schicken, um alles zu klären.«

In Reines Augen glimmte Hoffnung auf, doch noch im selben Augenblick erlosch sie wieder. »Das kannst du nicht tun, denn du würdest ihm nur in die Hände spielen. Mit größtem Vergnügen würde er dann überall herumerzählen, was für ein Feigling du bist.«

»Das spielt keine Rolle.«

»Doch tut es. Sicherlich wird er es nicht dabei bewenden lassen, sondern dich öffentlich damit aufziehen. Außerdem …«

»Was?« Christien blickte erst sie an, dann ihren Vater und schließlich in die Gesichter der anderen Fechtmeister.

»Er hat nur darauf bestanden, zu überleben«, interpretierte sie freizügig. »Von gewinnen war nicht die Rede.«

»Das wird er natürlich erwarten«, sagte Christien mit fester Überzeugung.

»Dann hätte er das genau so fordern müssen.«

Er schüttelte den Kopf. »Schließlich steht hier Marguerites Sicherheit auf dem Spiel.«

»Er ist doch ihr Vater, und er würde ihr sicherlich nichts antun. Aber wenn er nun glaubte, dass du denkst, er würde …« Sie hielt inne und biss sich auf die Unterlippe, bis sie zu bluten anfing.

Christien, der selbst sehr besorgt dreinblickte, schaute ihr tief in die Augen. Er nickte nur noch. »Du hast recht, er würde sich ein Treffen vorstellen, bei dem mir die Hände gebunden wären.«

»Ja, aber ich kann dich doch nicht bitten …«

Wut und Scham trieben ihr die Röte ins Gesicht, als sie daran dachte, was Theodore in seinem Brief angedeutet hatte. Niemals würde sie sich dazu herablassen, ihren Körper zu verkaufen, um Christien davon zu überzeugen, ihn am Leben zu lassen, da irrte er gewaltig. Außerdem täuschte er sich da auch in Christien, dass dies überhaupt nötig wäre.

»Und musst du auch nicht«, beantwortete er ihre unvollendete Frage und wandte sich seinen Freunden zu. »Er kann Marguerite nicht sehr weit von hier fortgebracht haben, wenn er morgen zum Duell erscheinen will. Wir, meine Freunde, können ihn suchen gehen, ihn aus seinem Versteck treiben und Marguerite sicher zurückbringen.«

»Nein!« Die Antwort kam instinktiv, auch wenn die Versuchung groß war, die Angelegenheit Christien und seinen Freunden zu überlassen. Mit all seiner Intelligenz und Stärke könnte er es bestimmt schaffen. Und was hatte er ihr einmal unmissverständlich zu verstehen gegeben? Ah, ja.

Niemand wird je die meinigen anrühren. Wenn sie es ihm erlaubte, dann würde er sein Versprechen sicherlich halten.

Das würde er bestimmt, aber um welchen Preis?

»Nein«, betonte sie noch einmal und schauderte dabei unwillkürlich. »Wenn Theodore euch kommen hört oder sieht, wie ihr euch ihm nähert, dann verliert er vielleicht die Nerven und macht irgendetwas Schreckliches, was er normalerweise nicht tun würde. Ich fürchte fast, dass er nicht wirklich … verantwortungsbewusst ist.« Was sie eigentlich damit sagen wollte war, dass er völlig verrückt war, und zwar schon seit der Nacht, in der er auf River's Edge angegriffen wurde.

»Wir würden jegliche Vorsicht walten lassen, damit nichts passieren könnte.«

Sie bemerkte in seinen tiefschwarzen Augen eine unverrückbare Entschlossenheit, während sie sich bewusst war, dass sie selbst von Sorge und Angst gezeichnet war. »Ich weiß, und ich würde dir jederzeit vertrauen, wenn etwas anderes im Spiel wäre als das Leben meiner Tochter. Aber ich kann das nicht, wenn auch nur der Hauch einer Möglichkeit besteht, dass ihr etwas zustößt.«

Er erwiderte ihren Blick für einen langen Augenblick, während er seine herabhängenden Hände zu Fäusten ballte. Dann entspannte er sich und nickte. »Sie ist deine Tochter, deshalb werden wir das tun, was du für richtig hältst. Lass Theodore seinen Willen, mit etwas Glück spielt das keine Rolle.«

Christien würde nun Theodore im Duell begegnen und im Hinterkopf dessen Drohung haben, Marguerite etwas anzutun. Er könnte nicht sein ganzes Können ausspielen, aus Angst, Theodore würde durchdrehen und der Kleinen Schaden zufügen. Wenn man dann noch seine Verletzung in Betracht zog, dann hatte er mit einem doppelten Handicap zu kämpfen.

Würde er es trotz dieser Probleme schaffen, die Begegnung glücklich zu überstehen, ohne dass Theodore als der absolute Gewinner dastünde? Oder musste er einfach akzeptieren, dass Vinots Tochter keine Gerechtigkeit widerfahren würde und er selbst der erhöhten Gefahr ausgesetzt wäre, durch Theodores Degen umzukommen?

Wenn Reine wählen musste zwischen der Unversehrtheit ihrer Tochter und der ihres Liebhabers, dann gab es für sie keinen Zweifel. Ohne zu zögern, würde sie von Christien das Opfer annehmen, sich für die Sicherheit ihrer Tochter einzusetzen.

Die Frage war nur, ob sie auch mit den Konsequenzen ihrer so eindeutigen Entscheidung leben könnte.

Dreiundzwanzigstes Kapitel

»Er hat deine Rapiere.«

Es war Gavin Blackford, der Christien darauf aufmerksam machte, während sie alle auf der großen Lichtung des alten Eichenhains standen, in Erwartung, dass Theodore und seine Sekundanten endlich bereit wären. Der englische Fechtmeister würde sie zweifelsfrei wiedererkennen, das wusste Christien. Die kunstvoll verzierten Duellwaffen gehörten einst Ariadne, Gavins Frau. Sie hatte die beiden Prachtexemplare in Paris erworben und dann mit nach New Orleans gebracht, wo Christien sie ihr schon vor langer Zeit abgekauft hatte. Es schien nicht sehr wahrscheinlich, dass es in Louisiana noch zwei Duelldegen der gleichen Sorte geben würde.

»Ich kann nicht gerade sagen, dass ich überrascht wäre«, erwiderte Christien.

»Das ist wohl alles kaum ein Zufall. Der Koffer mit den beiden Waffen kam in der Nacht des Attentats auf dich abhanden, deshalb …«

»Deshalb soll ich nun mit meiner eigenen Klinge ins Jenseits befördert werden, da ich mich geweigert habe, aufgrund der Schussverletzung zu sterben.«

»Nur, wenn du seine Bedingungen akzeptierst. Es gäbe schließlich noch andere Möglichkeiten.«

Das war sicherlich richtig. Jeder ehemalige *maître d'armes*, der zugegen war, hatte seinen Degen mitgebracht, sei es aus Gewohnheit, sei es aus gefühlter Notwendigkeit. Gavin und Caid mussten als Sekundanten natürlich dafür gewappnet sein, falls irgendetwas Regelwidriges während des Duells passierte, sodass sie tatkräftig intervenieren könnten. »Ich sehe keinen Grund dafür, abzulehnen, denn schließlich wären diese Rapiere auch meine erste Wahl gewesen, wenn ich noch in ihrem Besitz gewesen wäre. Außerdem hat es einen gewissen Reiz, wenn ausgerechnet mit ihnen der Gerechtigkeit genüge getan wird.«

»Das dachte er sich wohl auch, könnte ich mir vorstellen.«

»Dann passt es ja.«

»Es sei denn, er hat in irgendeiner Weise die Klingen manipuliert.«

Christien hob die rechte Augenbraue und blickte seinem Freund tief in seine leuchtend blauen Augen.

»Das wird deine Aufgabe sein, zu überprüfen, dass hier kein Betrug vorliegt.«

»Oh ja, natürlich, und ich werde mir alle Mühe geben, alles genauestens zu inspizieren, aber er ist ein hinterlistiger Teufel und will dich töten, koste es, was es wolle.«

»Soll er es nur versuchen.«

»Oh, ich würde natürlich alles auf dich setzen, du hast ja schließlich nur mit ganz kleinen Handicaps zu kämpfen, wie etwa eine klaffende Wunde und ein Kind, für dessen Leben du die Verantwortung trägst. Sag mir, soll ich das riskieren?«

Abgesehen von dem unüberhörbaren ironischen Unterton brachten Gavins Worte die Sache meist auf den Punkt. Christien wusste, dass er in der Regel nicht ganz daneben lag und hatte mit der Zeit gelernt, seine Bemerkungen ernst zu nehmen. »Falls du wissen willst, ob ich mich fit genug fühle, so ist die Antwort eindeutig Ja. Wenn du danach fragst, ob ich das Wohlergehen der Tochter von Madame Pingre ignorieren könnte, so muss ich dir leider erwidern, dass du das eigentlich besser wissen müsstest.«

»Nein, nein, da hast du mich falsch verstanden«, entgegnete der englische Fechtmeister mit der Andeutung eines Lächelns. »Ich frage mich nur, wie du die Unschuldigen schützen möchtest und gleichzeitig die Schuldigen bestrafen.«

»Das habe ich noch nicht entschieden«, antwortete Christien stirnrunzelnd. »Wenn es so weit ist, lasse ich es dich wissen.«

»Ausgezeichnet«, erwiderte Blackford ermutigend, »solange du das Ziel nicht aus den Augen verlierst.«

Christien hatte an nichts anderes mehr gedacht, seit er das Schreiben von Theodore in den Händen hielt. Das Hauptproblem war, wieder einen freien Kopf zu bekommen und die überschäumende Wut nicht die Oberhand gewinnen zu lassen.

Die Tatsache, dass Theodore seine Tochter als Schutzschild missbrauchte, zeigte, wie würdelos er war. Das Gleiche galt auch für die nächtliche Attacke auf den Mann, der es gewagt hatte, seiner Frau einen Heiratsantrag zu machen. Er schien damit zufrieden gewesen zu sein, für tot gehalten zu werden, während sie als trauernde Witwe die volle Verachtung der Gesellschaft zu spüren bekam. Nun mochte er sie vielleicht als Frau wenig achten, doch schließlich trug sie seinen Namen und war die Einzige, die sein Andenken bewahrte. Die Vorstellung, dass sie ein neues Leben anfangen könnte, sah er als Verrat an und als Verletzung seines männlichen Stolzes, obwohl er das Junggesellendasein im Untergrund freiwillig erwählt hatte. Er schien das einfach nicht akzeptieren zu können.

Seine Reaktion kam nicht gerade unerwartet. Mit

was er und Vinot allerdings nicht gerechnet hatten, war, wie weit er gehen würde, um seine Ziele zu erreichen und seinen Rivalen ausschalten zu können. Sie hatten angenommen, dass er sich irgendwann zeigen würde, wieder an die Öffentlichkeit träte, um seine Rechte als Ehemann einzufordern, auch auf die Gefahr hin, mit seinen früheren Schandtaten konfrontiert zu werden. Nicht eingeplant hatten sie hingegen einen hinterlistigen Mordversuch oder gar die Entführung seiner Tochter zum Zwecke der Erpressung und Verschleierung seiner Flucht.

Diese Fehleinschätzung bekam Christien nun zu spüren, doch er übernahm auch die volle Verantwortung für die nicht getroffenen Vorsichtsmaßnahmen. Jetzt blieb ihm noch die Pflicht, dafür zu sorgen, dass der Preis für seine Nachlässigkeit für Reine nicht zu hoch ausfiel.

Gavin und Caid präparierten eine provisorische Planche, räumten Steine aus dem Weg, Äste, Zweige und Weinreben, damit im Eifer des Gefechts keiner darüberstolperte. Dann grenzten sie die Duellbahn ab und markierten die Linien mit pulvrigem Kalk, der aus dem Spundloch eines hölzernen Fasses rieselte. Eigentlich hätte das alles ordnungsgemäß mit Pingres Sekundanten abgesprochen werden müssen, doch diese hatten ihre Aufgabe nicht wahrnehmen wollen. Sie verließen sich darauf, dass die ehemaligen Fechtmeister in solchen Dingen besser Bescheid wussten. Außerdem hielten sie es für klüger, mit solch gefährlichen Herren nicht wegen irgendwelcher Kleinigkeiten in Streit zu geraten, wenn es nicht unbedingt sein musste. Das konnten sie natürlich halten, wie sie wollten.

Alles wurde so fair wie möglich durchgeführt, die Linien wurden so gezogen, dass keiner der Kombattanten durch die aufgehende Morgensonne benachteiligt würde. Theodore wurde zugestanden, per Münzwurf die Seitenwahl entscheiden zu lassen, und Christien durfte als Erster von den beiden Rapieren das für ihn passendere aussuchen. Als die Sonne hinter dem Horizont aufging, nach und nach ihre Strahlen durch die knorrigen Äste der Bäume sandte und lange Schatten auf die Lichtung warf, bezogen die beiden Kontrahenten Stellung.

Eine warme Brise wirbelte die Blätter über ihren Köpfen durcheinander, das Rauschen erinnerte dabei an ein tosendes Publikum, das dem Ereignis beiwohnte. In der Ferne hörte man die Vögel zwitschern, und vor ihnen machte sich laut klickend ein Grashüpfer aus dem Staub. Von irgendwoher drang das Bellen eines Hundes und das Brüllen der noch nicht gemolkenen Kühe zu ihnen herüber. Der Himmel war von durchdringendem Blau, und die Sonne zeigte ihre ganze Kraft.

Christien fiel auf, dass Theodore zu schwitzen begann. Trotz all seiner sorgsamen Vorbereitungen auf dieses Treffen, voller List und Tücke, war er sehr nervös, ob auch alles wie geplant verlaufen würde. Aber das sollte er auch ruhig.

Der entstellte Pingre ließ seinen Blick über die Menge schweifen, über einige der Nachbarn, die zugegen waren, die Fechtmeister und Paul, der ebenfalls dem Zweikampf beiwohnte.

Neben ihm saß Chalmette, der ohne die kleine Marguerite ein wenig verloren wirkte. Schließlich fixierte er Vinot, der durch seine lange, dürre Gestalt ohne Weiteres in der Schar der Zuschauer auszumachen war. Es schien so, als ob Theodore es nötig befand, ein wachsames Auge auf den Mann zu haben, dessen Tochter er auf dem Gewissen hatte. Da lag er auch gar nicht so falsch. Nicht, dass Vinot schon zu diesem Zeitpunkt einschreiten würde, dafür war er in solchen Angelegenheiten viel zu erfahren. Er würde auch nicht die geringste Abweichung von den strengen Regeln des Duells dulden.

Jetzt im gleißenden Sonnenlicht wurde auch klar, wieso Theodore Pingre in den vergangenen Monaten und Jahren die Abgeschiedenheit gewählt hatte und die Augen der Gesellschaft scheute. Für einen Mann mit einem so übermäßigen Stolz, dieser Eitelkeit und dem Bewusstsein aufgrund seines Äußeren in hoher Gunst bei dem weiblichen Geschlecht zu stehen, war der Verlust seiner Schönheit, die Verschandelung seines Gesichts, ein herber Schlag, kaum zu verwinden. Allein die vollständige Heilung würde Monate in Anspruch nehmen, und die Narben blieben trotzdem. Theodores Bart verdeckte einen Teil der Entstellungen, da dieser jedoch ungepflegt und zerzaust war, trug er noch eher zu seinem wilden, unmenschlichen Aussehen bei, als dass er seine Züge abmilderte.

»Gott zum Gruße«, rief Gavin.

Christien streckte seine Klinge in die Höhe und grüßte damit respektvoll seinen Gegner in diesem rituellen Zweikampf. Theodore hingegen hob seine Waffe kaum in die Höhe und demonstrierte damit, wie wenig Achtung er allen anderen außer sich selbst entgegenbrachte.

»*En garde*!«

Die Spitzen ihrer Klingen berührten sich. Jeder war in Habachtstellung und taxierte Kraft und Stärke des jeweils anderen und versuchte, dessen nächsten Schritt vorauszuahnen.

»Es möge beginnen!«

Christien ließ Theodore den ersten Angriff führen und parierte diesen mit einer Quart und einer Riposte, ohne seine Deckung aufzugeben. Jetzt würde er noch keine fulminante Attacke versuchen, noch keinen schweren Schlag führen, sich aber andererseits auch nicht in Bedrängnis bringen lassen. Jeder von ihnen führte eine Reihe von wohlüberlegten Schlägen aus, um zu sehen, wie der andere sie erwidern würde.

Theodore war ein passabler Fechter. Anscheinend hatte er die letzten zwei Jahre über intensiv geübt. Wie er das wohl angestellt hatte, ohne je die Stadt zu betreten?

»Ich gratuliere, Sie parieren nicht schlecht«, sagte Christien beiläufig. »Wer war denn ihr *maître d'armes*?«

»Niemand, den Sie kennen können.«

»Das käme auf einen Versuch an. Sie würden überrascht sein, wen ich so alles kennengelernt habe.«

»Es ist ein Herr aus Paris, den mir meine Mutter geschickt hat, Monsieur Thibault. Er hat mich ein Jahr lang trainiert.«

»Das hat ausgereicht, Sie in die Finessen der Fechtkunst einzuweisen, ja, und einen Trainingspartner anzulernen.«

»So ist es.«

Die Antwort fiel knapp aus, doch nicht so sehr, weil Theodore es nicht recht zugeben wollte, dass die Vermutung seines Feindes ins Schwarze traf, sondern weil er diesem Moment einen Vorstoß einleitete. Christien konterte geschickt. Wind kam auf, was die Angelegenheit für beide erschwerte. Theodore mochte wohl einige Übungsstunden absolviert haben, doch er kämpfte ohne Herz und Verstand, was die Voraussetzung für einen guten und ausdauernden Fechter war.

Christien dämmerte es langsam, wer dieser Trainingspartner gewesen sein konnte, es gab eigentlich nur eine Möglichkeit.

»Ihren Fechtpartner umzubringen, war womöglich etwas unbesonnen, nicht wahr? Was hat Kingsley Ihnen getan, dass er dafür büßen musste? Oh, lassen Sie mich raten. Er hat es nicht geschafft, mich umzubringen und wollte trotzdem die Belohnung dafür kassieren.«

»Der schmierige Bastard hat es nicht anders verdient. Er hat versucht, mich zu erpressen. Mich! Wir haben es ausgefochten, und dabei stürzte er in den Fluss.«

»Ein Unfall, nicht wahr? Ich dachte, es sei ein Duell gewesen.«

Während Theodore einen Hieb parierte, machte er ein verächtliches Geräusch, etwas zwischen einem heiseren Lachen und einem Grunzen. »Oh ja, natürlich.«

»Wie Sie auch Vinot und mich nicht als Ehrenmann ansahen, haben Sie auch Kingsley nicht als einen solchen betrachtet, ich verstehe. Ihre Beurteilungsgrundlage scheint sich ja gehörig verändert zu haben.« Sein Gegner schien offensichtlich zu glauben, mit dieser billigen, zweideutigen Erklärung davonkommen zu können. Was sollte sonst dahinterstecken? Das Recht eines gehörnten Ehemannes, seine Ehre zu verteidigen? Es wäre nicht das erste Mal gewesen, dass eine solche Ausrede gebraucht wurde.

»Ein Mann sucht sich seine Feinde nicht aus.« Theodore setzte zu einem weiteren Angriff an, der jedoch mehr von roher Gewalt als von Fechtkunst geprägt war, so als ob er seine grobschlächtige Rhetorik unterstreichen wollte.

Christien, der sich bis jetzt relativ mühelos verteidigen konnte, spürte nun den immer heftiger werdenden Schmerz in seiner Seite. Die Bandage schien nicht mehr zu halten, denn er spürte, wie sich ein warmes, feuchtes Rinnsal seinen Weg in seinen Hosenbund bahnte. »Und es gibt keine Feinde, die einem näherstehen als die Familie, ist es nicht so? Ich meine nur, ich habe so ein Gerücht gehört, dass Kingsley ihr Onkel war.«

»Dieser ungehobelte Kerl gehörte nicht zu meiner Familie.«

»Nein? Ihr ehrenwerter Großvater mochte darüber wohl anders gedacht haben. Aber mal angenommen, er gehörte nicht zu Ihrer Blutsverwandtschaft, dann war es auch nicht nötig, sich an all die üblichen Konventionen unter Ehrenmännern zu halten, oder? Welche List haben Sie angewandt, um ihn zu besiegen?«

Verachtung spielte um seine Mundwinkel. »Er war nur ein grobschlächtiger Bauer, der sich einbildete, ein Fechtmeister zu sein. Ich hatte keine List nötig.«

»Da bin ich wohl ein anderer Fall.«

»Sind Sie.«

»Allerdings ein Kind mit in diese Angelegenheit hineinzuziehen, ist wirklich kein ehrenhaftes Verhalten, sogar für Sie.«

»Nun, ich war mir nicht ganz sicher, wie gut Sie sind, deshalb habe ich es mir als eine kleine Rückversicherung ausbedungen. Aber ich denke, das wäre gar nicht nötig gewesen.«

Das war genau das, was Christien erreichen wollte, nämlich, dass Theodore seine Fähigkeiten nicht sehr hoch einschätzte. Gegen Ende hatte er versucht, das Gefecht auf ein Geplänkel zu reduzieren, er wehrte die gegnerischen Ausfälle nur noch ab und behielt seine guten Finten zunächst noch für sich. »Tatsächlich?«, fragte er mit gespielter Freundlichkeit. »Oder haben

Sie schon an ein paar weitere Vorkehrungsmaßnahmen gedacht, wie zum Beispiel ein Schuss aus dem Hinterhalt oder ein Schlag in den Rücken? Ich sollte Sie warnen, die Bruderschaft ist mehr als nur ein Name oder eine Handvoll Männer, die nachts gegen diejenigen kämpfen, die sich unehrenhaft und unmenschlich benehmen. Es ist ein Freundeskreis, der sich der Kühnheit, der Tapferkeit und der Ehre verschrieben hat, und falls einer von ihnen beleidigt wird, so stehen alle anderen bereit, um die erlittene Schmach zu vergelten, und zwar bis zum letzten Tropfen ihres Blutes.« Er lächelte seinen Kontrahenten todernst an. »Sehen Sie, wir wählen unsere Feinde.«

Auf der einen Seite, wo Dr. Laborde, der heute früh aus der Stadt angereist war, stand, sahen sich seine Sekundanten Gavin und Cain bedeutungsvoll an. Hinter ihnen gerieten Pasquale und der Conde de Lérida ebenfalls in Bewegung. Obwohl Christien ihnen nur wenig Aufmerksamkeit zukommen lassen konnte, da er gerade einen Ausfall seines Opponenten mit einer Terz parierte, schien es ihm, als ob sie alle aufs Höchste alarmiert wären, wie Soldaten kurz vor dem Gefecht, eine tödliche Phalanx von Freunden. Dann hörte er das unverkennbare Rasseln, als sie ihre Degen zogen.

»Es ist auf jeden Fall eine gute Tat, Sie zu töten«, lachte Theodore höhnisch.

»Oh, aber ich habe Ihnen noch nicht alles erzählt«, antwortete Christien, ohne dabei laut zu werden. »Jeder von ihnen liebt seine Frau und hängt an seinen Kindern, deshalb würde es auch keiner von ihnen ertragen, sie leiden zu sehen. Diese Feinfühligkeit zeigen sie auch gegenüber jedem anderen Kind, das in Not gerät und einsam im Dunkeln weint. Wenn sie davon erfahren, dass so jemand Schutzbedürftigem Leid angetan wird, dann werden sie, ohne zu zögern, ihre Degen ziehen und gegen den Verursacher vorgehen. Sie würden nicht eher ruhen, bis jede vergossene Träne gerächt wäre.«

Theodore ebenfalls zu drohen, um ihn zu verunsichern, war das Einzige, was Christien in dieser Situation tun konnte. Doch er ließ seinen Worten auch Taten folgen und machte einen gekonnten Ausfall, in den er seine gesamte Erfahrung und Willensstärke legte. Der Vorstoß erfolgte mit größter Raffinesse, nun offenbarte er sein wahres Können und ließ Finte auf Finte folgen. Seine Klinge traf scheppernd auf Theodores Degen, sodass die Funken stoben, drückte diesen geschickt zur Seite, bis dieser ohne Deckung dastand und bohrte sich tief in das warme Fleisch seines Kontrahenten.

Theodore schrie vor Wut und Schmerz auf. Während er nach hinten umfiel, hielt er sich mit seiner freien Hand seitlich seinen Hals. Christien zog sein Rapier mit einem Ruck zurück und trat einen Schritt beiseite, um sich wieder in Verteidigungsposition zu bringen.

Gavin trat mit gezogenem Degen in der Hand nach vorne und stellte sich wie ein Bollwerk zwischen Christien und seinen am Boden liegenden Gegner, auf den er mit strenger Miene herabblickte. »Sind Sie nun zufrieden, Monsieur Pingre?«

Seine Augen funkelnden vor Mordlust, und obwohl sein blütenweißer Kragen sich bereits rot verfärbte, sich vollsaugte und das Blut den Hemdsärmel hinunterlief, die Hand entlang auf seinen Degen tropfte, den er immer noch fest umklammert hielt, wollte er diese Frage nicht bejahen, so viel war klar. Er konnte es weder verwinden, dass er einfach nicht gut genug war, diesen Zweikampf siegreich zu beenden, aber auch die

Größe, sich ehrenvoll geschlagen zu geben, hatte er beileibe nicht.

»Ich bin zufrieden«, presste er zähneknirschend hervor.

Christien wartete darauf, dass er sich wieder entspannen würde, doch seine Muskeln blieben verkrampft. Sein Rücken war steif und seine Bewegungen ungelenk, als er sich langsam umdrehte und den Kampfplatz verließ.

Theodore röchelte vor sich hin, doch plötzlich wurde daraus ein Aufbrüllen, und er sprang hoch, um sich erneut auf seinen Gegner zu stürzen. Christien wirbelte herum und blickte in das vor Wut verzerrte Gesicht des jungen Pingre, der blutbesudelt mit erhobenem Degen auf ihn zustürzte. Sich über alle ungeschriebenen Gesetze des Zweikampfes hinwegsetzend, unternahm er einen letzten verzweifelten Versuch, seinen Todfeind niederzumachen, auch wenn ihm eigentlich klar sein musste, dass er Christien nicht mehr erwischen würde.

Dieser hatte zwar seine Klinge rechtzeitig wieder in Position gebracht, doch das war gar nicht nötig gewesen.

Der regelwidrige Angriff wurde von einer Wand aus Stahl abgefangen. Die Klingen von Caid, Gavin, Nicholas und Rio klirrten, als sie ihre Degen zum Schutze ihres Freundes kreuzten und Theodores Schlag mühelos abwehrten. Das Echo des aufeinanderprallenden Eisens erfüllte die Luft. Die Waffe des ruchlosen Angreifers wurde zwischen den sich überschneidenden Klingen der Verteidiger eingekeilt. Auf diese Weise drängten sie ihn zurück, weg von Christien.

Als Theodore schließlich rückwärtsstolperte, entriss ihm Gavin, kurz bevor er fiel mit einer geschickten

Drehung das kostbare Rapier. Der Gedemütigte krabbelte hinfort und brachte sich vor den ihn bedrohenden Mitgliedern der Bruderschaft in Sicherheit. Gavin nutzte die Gelegenheit und warf das gerettete Rapier in Richtung Christien, damit sein Gegner es nicht wieder zu fassen bekam. Es landete im feuchten Gras, direkt vor Christiens Füßen, rollte noch kurz hin und her und blieb dann liegen. Die Strahlen der Morgensonne reflektierend, erstrahlte es in seiner tödlichen Schönheit.

Christien blickte es eine Weile an und sah dann in die Richtung, in der Reines Ehemann eben noch fluchend und blutend am Boden gelegen hatte.

Theodore war jedoch schon auf und davon.

Er rannte, so schnell er konnte, durch den Wald, zurück zur Hütte seiner Kindheit, dort, wo seine alte Amme Demeter auf ihn wartete, wo sein Land und sein Familiensitz lagen. Nicht nur das, er entschwand auch in die Richtung, in der er vermutlich ein kleines Kind in seinen Fängen hielt, es weggesperrt hatte.

Er rannte zu Marguerite.

Vierundzwanzigstes Kapitel

Auf River's Edge herrschte Totenstille. Die Männer hatten die Plantage noch vor Morgengrauen verlassen, ohne Frühstück und ohne einen Abschiedsgruß. Ein Duell war normalerweise keine Sache auf Leben und Tod, wenn man es aber nun unbedingt darauf anlegte, war das eigentlich so, als ob man das Schicksal herausforderte. Diese demonstrativ an den Tag gelegte Sorglosigkeit und Gelassenheit schien hingegen jeder Vernunft zu widersprechen. Aber vielleicht war Reine auch nur verletzt, weil Christien sie zum Abschied nicht mehr geküsst hatte.

Sie konnte es nicht ertragen, daran zu denken, wohin er nun ging, was ihm dabei alles zustoßen konnte. Sie war ganz aufgelöst, verstört über sein Verhalten und gleichzeitig voller Sorge. Dabei fühlte sie sich hin- und hergerissen zwischen schrecklichen Visionen von Marguerite, die irgendwo gefesselt vor Angst und Schrecken weinte, und Theodore, der auf Christien mit einer Waffe eindrosch, während dieser sich kaum verteidigen konnte.

Oh, aber was würde sich davon bewahrheiten? Christien hatte nie versprochen, dass er auf alles verzichten würde, nur dass er sich ein wenig zurückhielt. Er hatte sich schon reichlich in Geduld geübt, was die von ihm angestrebte Vergeltung anbelangte. Aber vielleicht hatte das für ihn auch gar keinen Vorrang. Womöglich dachte er, dass es günstiger wäre, Theodore eine tödliche oder fast tödliche Verletzung zuzufügen, um die Gefahr von Marguerite abzuwenden, damit er nicht mehr die Kraft hätte, zu ihr zurückzukehren und sie zu bedrohen.

Aber wo war Marguerite nur während des Duells? Wer konnte sie wohl gefangen halten? Wem hatte Theodore die Aufgabe übertragen, sie zu verletzen oder gar zu töten, wenn er besiegt würde? Diese Fragen schwirrten Reine im Kopf herum, und sie ließen ihr keine Ruhe, seit sie Theodores Nachricht gelesen hatte.

Soweit sie sehen konnte, gab es darauf nur eine Antwort. Es musste dieselbe Person sein, die ihn bei sich aufgenommen hatte. Der fragliche Ort konnte auch nur jener sein, der ihm selbst die ganze Zeit über die Möglichkeit bot, sich vor der Welt zu verstecken. Und wer war dieser Mensch, der Einzige, dem Theodore etwas bedeutete und der sich immer um ihn gekümmert hatte, als ob er sein eigen Fleisch und Blut gewesen wäre?

Wer, wenn nicht Demeter?

Er konnte ja wohl kaum davon ausgehen, dass sie im Zweifelsfall Marguerite etwas antun würde. Nein, noch nicht einmal auf seinen eindeutigen Befehl hin. Wenn Marguerite dafür bezahlen sollte, dass man ihm Unrecht zugefügt hatte, dann musste er schon selbst Hand anlegen.

Aber würde er seiner eigenen Tochter wehtun? Sie war so zart und unschuldig, so vertrauensselig. Allerdings hatte sie große Angst vor ihm und bezeichnete ihn als *loup-garou*, als ein Monster der Nacht.

Reine schwang sich aus ihrem Bett und zog sich hastig an. Mit zusammengekniffenen Lippen schnürte sie sich in ihre Reitkleidung. Sie wollte nicht einfach nur mit den Händen im Schoß dasitzen und auf den Ausgang des Duells warten, es war ihr unerträglich, dass andere über das Schicksal ihres Kindes entschieden, während sie zu Hause saß. Es sollte Zeit genug sein, solange die Männer noch dabei waren, sich zu duellieren, zu Demeters Hütte zu gelangen und wieder zurück. Zwar war es nicht möglich, den direkten Weg dorthin zu nehmen, da dieser am Ort des Zweikampfes vorbeiführte, doch es gab einen etwas längeren, der hinten herumführte. Wenn es ihr nicht gelänge, Marguerite einem so alten und schwachen Wächter zu entreißen, dann hätte sie das Recht verwirkt, sich eine Mutter zu nennen.

Schon einige Minuten später hing sie nach vorne gebeugt, den Kopf an den Hals ihrer Stute gedrückt, im Sattel und galoppierte die Auffahrt hinunter. Am Ende des Weges bog sie nach rechts ab und folgte der Straße am Fluss, die zur Plantage der Pingres und nach New Orleans führte.

Bonne Espèrance war zugenagelt, gespenstisch erhob es sich über dem zugewucherten Zufahrtsweg. Die einst weiß gekalkten Außenwände waren nun schmutzig grau. Überall breitete sich Schimmel und Moder aus, die Veranda war heruntergekommen und bereits brüchig, vor der Tür lag das Laub. Reine ließ ihr Pferd in den Schritt fallen und ritt langsam vorbei, duckte sich unter einem vom Sturm angebrochenen Ast und betrachtete mit Schauder das dem Zerfall preisgegebene Anwesen. Hinter dem Haus sah alles etwas aufgeräumter aus, da das Land immer noch bewirtschaftet wurde, doch die Drainagegräben waren mit Unkraut zugewachsen, und die Tore der Stallungen hingen schief in den Scharnieren. Es lag ein bestialischer Gestank in der Luft, der von den zahlreichen provisorisch zusammengezimmerten Aborten der Arbeiter und den mit Mücken geschwängerten Wasserlachen herüberwehte. In der morgendlichen Schwüle war dieser faulige Geruch schier unerträglich.

Hinter dem Haupthaus gab es einen Gemüsegarten, der jedoch zu einem Dschungel verkommen war, in dem wilde Rosen und Nutzsträucher von kniehohem Gras überwuchert wurden. Von dort aus führte ein verschlungener Pfad in das bewaldete Niemandsland zwischen Bonne Espèrance und River's Edge. Reine saß ab und schlang die Zügel ihrer Stute um den Arm einer mit Flechten bewachsenen Marmorstatue in der hinteren Ecke des Gartens. Dann rannte sie den Pfad entlang in die Wildnis.

Die Hütte, die ehemals für die Kinder von Bonne Espèrance zum Spielen erbaut worden war, lag versteckt hinter einem Zaun aus Sträuchern und wurde von wild wuchernden Glyzinien umrankt. Die Fensterscheiben waren fast blind und reflektierten nur die um die Hütte emporragenden Bäume. Auf der Türschwelle saß zusammengekauert eine getigerte Katze, die sich mit Würde davonschlich, als Reine durch die offene Tür eintrat und sich vorsichtig umsah.

Nichts rührte sich. Im einzigen Raum der kleinen Hütte roch es nach kaltem Rauch, Gebratenem und altem Bettzeug. Über der erloschenen Feuerstelle hing ein alter eisernen Kessel. An der Wand stand ein provisorisch zusammengenageltes Feldbett, bestehend aus einem hölzernen Rahmen, über den ein Tuch gespannt war. Das Möbelstück diente offensichtlich auch als einzige Sitzgelegenheit. Die rückseitige Tür war ebenfalls offen, und man sah zu einem umzäunten Garten hinaus. Neben dem Gartentor stand eine Bank, auf der sich ein Waschbassin befand. Gleich nebenan war eine

Leiter postiert, die zu einem kleinen Verschlag führte, der offensichtlich als Schlafplatz benutzt wurde. Am Zaunpfosten hing ein alter Mantel und darunter standen ein Paar zerschlissene Stiefel.

Die Stille war bedrückend, nur unterbrochen vom rhythmischen Summen einer Fliege, die an einer Fensterscheibe Einlass begehrte.

Hier war ganz offensichtlich niemand zu Hause. Die Hütte war schon seit Stunden oder sogar seit gestern nicht mehr betreten worden.

Reine drehte sich mit herumwirbelnden Röcken um und rannte zum Haupthaus zurück. Diesmal näherte sie sich jedoch von hinten. Vorsichtig stieg sie die Verandatreppen hinauf, die zum rückwärtigen Eingang führten. Die Flügeltüren waren nicht von innen verriegelt worden. Behutsam drehte sie am Türknauf, hielt den Atem an und versuchte, nicht daran zu denken, was es bedeutete, hier einzubrechen.

Bonne Espèrance war nach französischem Vorbild errichtet worden, sodass alle Räume miteinander verbunden waren. Die einzige Möglichkeit, von einem Ende des Hauses zum anderen zu gelangen, ohne durch die zahlreichen Zimmer und Salons gehen zu müssen, war, dass man die zweigeschossige, umlaufende Galerie benutzte. Die große Tür, durch die Reine nun hineinschlich, führte zum Sommerspeisesaal, der sich auf beiden Seiten öffnen ließ, sodass während der größten Hitze die Luft ein wenig zirkulieren konnte.

Auch hier empfing sie wieder absolute Stille. Die Ecken waren von Spinnweben übersät, und auf den Tüchern, mit denen die Möbel abgedeckt waren, lag eine dicke Staubschicht. Der lang gestreckte Raum war so gottverlassen, dass es Reine schwerfiel, zu glauben, dass Theodores Mutter es je wirklich vorhatte, aus ihrer Sommerfrische in Frankreich noch einmal zurückzukommen.

Sie hatte ihren verletzten Sohn zurückgelassen, allein, nur von seiner alten Amme versorgt. Ob sie wirklich daran gedacht hatte, ihren Sohn nachkommen zu lassen, sobald ein wenig Zeit verstrichen wäre, so wie Theodore es darstellte, oder sie ihn sich nur vom Leibe halten wollte, damit sie nicht länger von ihm und seinen Skandalen behelligt würde? Reine wusste es nicht, obwohl sie als seine Frau es eigentlich hätte wissen sollen, dachte sie. Doch das war nur ein weiterer Baustein in der ganzen Tragödie ihrer Ehe.

Sie schüttelte diese unliebsamen Gedanken ab, machte einen Bogen um den verhüllten Esstisch und stakste über den zusammengerollten Teppich. Überall lagen getrocknete Tabaksblätter umher, die man gegen Insektenbefall ausgestreut hatte. Als sie mit ihren Rocksäumen darüberstreifte, entfalteten die Blätter einen staubig süßen Geruch. Sie unterdrückte ein Niesen und schritt zügig auf den Treppenaufgang zu, der sich zwischen dem Speisesaal und der Kammer des Butlers, im nördlichen Trakt des Hauses, befand. Sie nahm die Stufen, so schnell es ihr ratsam erschien und so leise es möglich war.

Die Treppe endete oben in einem Salon, wo sich noch mehr von Laken überdeckte Möbelstücke befanden. In diesem Hauptzimmer des ersten Stockwerks gab es ebenfalls Flügeltüren auf beiden Seiten, die auf die Galerie führten, ganz so wie im Erdgeschoss. Von dort konnte man vier Schlafzimmer erreichen, auf der Nordseite war das eheliche Schlafgemach, das sie sich einst mit Theodore teilte. In einer anderen Ecke des Hauses stand Marguerites Kinderbettchen, und ihre alten Spielsachen lagen auch herum, ganz so wie sie alles vor zwei Jahren verlassen hatte. Mütterlicher Instinkt und alte Gewohnheit ließen sie unwillkürlich darauf zugehen.

»Madame, warum sind Sie hier?«

Bei diesen Worten hielt sie abrupt inne. Plötzlich tauchte Demeter aus der Dunkelheit auf und stand wie eine Erscheinung in der offenen Zimmertür. »Du weißt, warum«, antwortete sie nach einer Schrecksekunde.

»M'sieur Theodore wird das nicht gefallen.«

Reine reckte selbstbewusst ihren Kopf und sah sie streng an. »Es ist mir egal, was ihm gefällt oder nicht. Ich bin wegen meiner Tochter hier. Du kannst mich jetzt zu ihr bringen, oder ich hole sie mir selbst.«

»Sie ist aber die Tochter von M'sieur Theodore.«

»Und er war ein so hingebungsvoller Vater in den letzten zwei Jahren, nicht wahr? Du weißt, dass er sich nicht im Mindesten um sie gekümmert hat. Hat er dir befohlen, sie zu töten, falls er vom Duell nicht zurückkäme?«

»So etwas würde er nie tun!«

»Ich kann dir den Brief zeigen, in dem er genau das androht. Tritt zur Seite, Demeter. Marguerite kommt jetzt mit mir nach Hause.«

Irgendwo im verlassen geglaubten Zimmer hörte man das Knarzen eines Bettgestells und das Klackern von hölzernen Gitterstäben. Marguerite rief verzweifelt nach ihrer Mutter.

»*Maman*!«

Reine dachte, sie würde nun hergelaufen kommen, doch einige Sekunden verstrichen, und sie erschien immer noch nicht. Nach und nach verstand sie, wieso. Sie konnte nicht kommen. Wahrscheinlich war sie irgendwo angebunden. In diesem Moment packte Reine unendliche Wut, so wie sie es noch nie verspürt hatte.

Sie schritt energisch auf Demeter zu und wusste, dass sie diese auch wegstoßen würde, wenn sie nicht zur Seite wich.

Im letzten Moment gab Demeter den Weg frei, und Reine lief die verbleibenden Stufen hoch, die in ihr Zimmer führten.

Alles war ein einziges Chaos, ganz so, als ob hier jemand mutwillig die Sachen durcheinandergeworfen hätte, um so viel Schaden wie möglich anzurichten. Die Schranktüren hingen nur noch halb in ihren Angeln und standen offen. Die Kleider, die sie zurückgelassen hatte, Nachthemden, Umhänge und Röcke, die für die Zeit der Trauer unpassend waren, lagen herausgerissen und zerfetzt überall herum. Ihre Kosmetik- und Toilettenartikel, die einst auf ihrem Frisiertisch standen, waren alle zerbrochen, der Puder zerstäubt und das Parfüm ausgeschüttet. Vom Bett waren die Laken weggerissen worden, und das Moskitonetz hing in Fetzen von seinen metallenen Rahmen, aus den Kissen quollen die Federn, und aus der aufgeschlitzten Matratze kam die Baumwollfütterung heraus. Auf dem Fußboden lag die Waffe, mit der dieses Werk vollbracht worden war, ein Kavalleriesäbel, der einst über dem Kamin hing, direkt unter dem Porträt von Theodores Urgroßvater, der als Musketier, noch zu Zeiten des Ancien Régime, diente und stolzer Besitzer dieser Klinge war.

Reine bemerkte den Grad der Zerstörung nur am Rande, denn ihr Blick richtete sich auf das Kinderbettchen, das in der Ecke des Zimmers stand. Sie trat hastig darauf zu.

»*Maman*«, schrie Marguerite mit Tränen in den Augen, während sie ihre kleinen Arme flehentlich durch die Gitterstäbe des Bettchens streckte. Da sie für das Bett schon zu groß war, musste sie mit angewinkelten Beinen darin liegen. Als Reine die Tuchstreifen sah, mit denen Marguerites zarte Gelenke an die Gitterstäbe gefesselt worden waren, fluchte sie leise vor sich hin, ganz so wie Christien neulich. Auch ihre Taille war mittels einer Fessel fixiert. Reines Hände mutierten zu Klauen, als sie mit größter Empörung versuchte, ihre Tochter zu befreien. Jedoch war alles mehrfach verknotet und gab nicht nach, sodass letztendlich nur eine scharfe Klinge helfen konnte.

»Bring mir eine Schere, ein Messer, irgendetwas«, wies sie über die Schulter hinweg das Kindermädchen an. Währenddessen versuchte sie, die Fesselung an der Hüfte von Marguerite zu lockern und ihr das improvisierte Seil über die schmalen Hüften zu ziehen.

»M'sieur Theodore wird das gar nicht mögen«, nörgelte Demeter erneut. »Warten Sie doch auf ihn, Madame. Er kommt bald, ganz bald. Fragen Sie ihn zuerst. Wenn Sie ihn fragen, wird er Ihnen Marguerite schon geben.«

Sie bettelte, als ob Theodore ein Recht darauf hätte, seine Tochter von ihr fernzuhalten. Vielleicht hatte er das sogar, rein rechtlich gesehen, wer weiß. Aber kein Recht der Welt erlaubte es ihm, sie wie ein Tier an ihr Bett zu fesseln und sie gefangen zu halten. Reine drehte sich zu dem Kindermädchen um und zeigte mit dem Finger auf den am Boden liegenden Säbel. »Gib mir das da herüber, sofort!«

»Überlegen Sie doch, Madame«, insistierte Demeter, bückte sich aber trotzdem nach der Waffe, um sie ihr zu reichen. »Sie werden ihn nur verärgern.«

»Der weiß doch gar nicht, was Ärger bedeutet«, erwiderte sie grimmig, während sie sich über das Bettchen beugte. Mit ein paar präzise geführten Schnitten säbelte sie die Fesseln ihres Kindes auf. Sie war so aufgebracht, dass sie die Kraft verspürte, mit bloßen Händen das ganze Bettgestell auseinanderreißen zu können.

Nach getaner Arbeit lehnte sie den schweren Kavalleriesäbel an die Gitterstäbe des Bettes und befreite Marguerite von den herunterhängenden Tuchfetzen, die ihre Fesseln bildeten. Dann schnappte sie sich die Kleine an der Hüfte, hob sie hoch und nahm sie ganz fest in die Arme. Tröstend wiegte sie das völlig verängstigte Kind hin und her, wobei sie sich nicht sicher war, ob sie diese mütterliche Bewegung nur machte, um ihre Tochter zu beruhigen oder auch, um ihre eigene Aufgewühltheit in den Griff zu bekommen.

»Oh, Madame«, fing Demeter in einem weinerlichen Ton wieder an. »Sie wissen ja gar nicht, was Sie da getan haben.«

Reine reagierte nicht darauf. Mit Marguerite, die ihre Arme um den Hals ihrer Mutter geschlungen hatte und ihre Beine um deren Hüfte, schritt Reine schnurstracks durch den heruntergekommenen Raum auf die Tür zu. Von dort aus durchquerte sie den angrenzenden Salon mit den gespenstisch anmutenden Leintüchern, die über die Möbel ausgebreitet waren und der aufgrund der geschlossenen Fensterläden unheimlich düster wirkte. Während sie geradewegs auf den dunklen Treppenaufgang zuging, legte sie sich die klammernde Marguerite seitlich auf ihre Hüfte, sodass sie besser gehen konnte.

Wie ein Dämon aus der Hölle tauchte Theodore plötzlich aus der Dunkelheit von unten über der Treppe auf. Ein grimmig böses Lächeln spielte um seinen Mund. »Wohin des Weges, *ma chère*?«

Sie blieb wie angewurzelt stehen. Er jedoch schritt, ohne innezuhalten, auf sie zu. Reine schaute angsterfüllt und Hilfe suchend umher, ob es einen Ausweg gäbe. Von dem Salon, wo sie nun in der Falle saß, ging noch eine weitere Treppe wieder hinunter, jedoch befand sich der Zugang draußen auf der Galerie und die Flügeltüren, die dort hinausführten, waren von innen mit Läden verschlossen. Sie hätte keine Chance gehabt, diese zu öffnen, ohne dass er ihrer nicht habhaft würde.

»Ich habe Ihnen gesagt, dass er es nicht mögen würde«, murmelte Demeter vor sich hin und zog sich vorsichtig entlang der Wand in eine Ecke des Raumes zurück.

Reine nahm sie nur aus den Augenwinkeln wahr, richtete dann aber wieder ihre Aufmerksamkeit ganz auf Theodore und schritt energisch auf ihn zu. »Geh mir bitte aus dem Weg«, sagte sie mit Nachdruck. »Ich nehme Marguerite mit zu mir nach Hause.«

Er lachte nur. »Warum solltest du das tun, wo ihr beide doch dort seid, wo ihr hingehört?«

Seine Haare hingen ihm in klebrig feuchten Strähnen ins Gesicht, sein Hemd war durchgeschwitzt und seine Hosen voller Dreck. Aus einem tiefen Schnitt seitlich am Hals tropfte Blut. Sein ehemals weißer Kragen war rot verfärbt, und der Ärmel seines Hemdes wies eine rote Linie auf, die bis zum Handgelenk verlief. Sie befeuchtete ihre trockenen Lippen und drückte ihre leise vor sich hinwimmernde Tochter enger an ihre Brust. »Es scheint so, als ob du das Duell überlebt hast. Christien, ich meine Monsieur Lenoir, hat offensichtlich sein Wort gehalten und dich verschont. Es ist vorbei. Du kannst uns jetzt gehen lassen.«

»Was redest du da?« Er hob seine Schulter und drückte sie an die blutende Wunde am Hals. »Ich habe nichts davon gesagt, dass ich verletzt werden wollte. Das war nicht gemäß unserer Vereinbarung.«

»Dachtest du wirklich, dass er es zulassen würde, sich absichtlich erstechen zu lassen? So dumm kannst du ja wohl nicht sein.«

»Bist du sicher, dass er es nicht doch zugelassen hat?« Er lachte sie höhnisch grinsend an und versuchte, wieder sein Kinn gegen seine schmerzende Verletzung zu drücken. »Natürlich mit Ausnahme dieses kläglichen Verteidigungsversuches.«

Die Vorstellung, Christien wäre von Theodore erstochen worden, ließ ihr das Blut in den Adern gefrieren. Konnte es sein, dass er es nicht geschafft hatte, sich selbst zu verteidigen? Wo war er jetzt? Und wo waren die anderen, die Sekundanten, die Ärzte, die Theodores Wunde hätten behandeln müssen? Hatten sie sich alle um Christien versammelt, als er zu Boden ging und Theodore sich selbst überlassen?

»Er ... er würde das nie tun«, flüsterte sie geschockt. »Marguerite ist doch auch sein Kind.«

»Nein, sie ist meins.« Sein Blick wurde nachdenklich. »Das sollten wir zumindest annehmen, nicht wahr, *ma chère*? Du warst ja in deiner Leidenschaft immer recht hemmungslos, sodass es vielleicht nicht abwegig ist, davon auszugehen, dass du dich auch einmal einem anderen Mann hingegeben hast. Vielleicht ist sie ja auch die Tochter von King, oder was meinst du? Während wir unseren Erfolg feierten, Lenoir aus dem Sattel geschossen zu haben, gestand er freimütig, dass er sich durchaus ein Stelldichein mit dir vorstellen könnte. Nicht, dass es mich überrascht hätte, denn ich habe ihn schon oft dabei beobachtet, wie er dich lüstern anstarrte. Aber vielleicht hat er ja nicht nur an dich gedacht.«

»Das ist abscheulich, so etwas zu sagen.« Entsetzlich, aber sie konnte so etwas wie eine entfernte Ähnlichkeit zwischen den beiden Männern erkennen, die ihr vorher nie bewusst gewesen war, irgendetwas in den boshaft funkelnden Augen und an dem eklig feuchten Mund.

Diese Entdeckung machte sie sozusagen nur nebenbei, denn tatsächlich war sie voller Schrecken und Verzweiflung und hätte am liebsten lauthals nach Christien gerufen, damit er ihr gegen dieses Monster beistünde.

»Ja, es ist abscheulich, an so etwas zu denken, aber so ist das nun einmal. Man kommt auf solche Fantastereien, wenn man mit einem eingeschlagenen Schädel auf dem Boden liegt und nur ein Stück Fleisch hat, um seine Wunde zu kühlen.«

»Nicht!«, flüsterte sie und wünschte sich, sie könnte Marguerites Ohren zuhalten. Es drängte sie danach, einfach wegzulaufen. Das hätte ihr auch gelingen können, sie wäre womöglich in ihrer Wut imstande gewesen, sich an Theodore vorbeizukämpfen, doch mit Marguerite auf ihrem Arm, die zudem mit jeder Minute schwerer wurde, schien es aussichtslos zu sein.

»Wie du willst«, sagte er scheinbar versöhnlich.

»Du hast Kingsley umgebracht, weil er so unvorsichtig war zuzugeben, dass … dass …«

»Dass er hinter dir her war? Oh, nein, es ging um etwas viel Wichtigeres, um Geld.«

Wenn er dachte, dass er sie damit traf und sie auf ihre eigentliche Stellung als unmündige Ehefrau zurückwerfen könnte, dann irrte er. Sie hatte durchaus das Selbstbewusstsein, aufzubegehren. »Da bin ich ja erleichtert, denn es wäre mir nicht Recht gewesen, der Grund für den Tod dieses Mannes zu sein.«

»Natürlich, da ist ja immer noch Lenoir. Wir müssen nicht groß über ihn nachdenken, oder? Jeder weiß doch, was ihr miteinander hattet.«

Sie zuckte noch nicht einmal mit der Wimper, ob seiner rohen Worte. »Was geht dich das an?«, fragte sie dann doch, als die Wut wieder in ihr hochstieg und sie die unterschwellige Furcht besiegte. »Es war dir doch völlig egal, wie es mir oder Marguerite eigentlich ging, bis ein anderer Mann in unser Leben trat.«

»Hättest du denn gewollt, dass ich mich um dich kümmere? Hättest du mich mit der gleichen Hingabe wie Lenoir gepflegt, meine Wunden versorgt?«

»Du … du warst mein Ehemann. Es wäre meine Pflicht gewesen, deine Wunden zu verarzten.«

»Ich bin immer noch dein Ehemann«, erwiderte er selbstzufrieden. »Und nun, wo mir wieder bewusst wurde, dass es jenseits dieses Hauses, das für mich wie ein Grab war, noch ein Leben gibt, wo ich weiß, dass Vinot viel zu schwach ist, um mir gefährlich zu werden, kann ich wieder unbeschwert dieses Anwesen betreten und alle meine Rechte zurückfordern. Es war alles nur eine Frage der Zeit.«

»Glaubst du wirklich, Vinot wird dich nicht mehr verfolgen? Er hat so lange darauf gewartet, seine Rache vollstrecken zu können.«

»Es könnte gut sein, dass er nicht mehr lange leben wird.«

»Das ist wohl deine Antwort auf alle Probleme, diejenigen zu töten, die dir im Wege stehen?«

Er machte eine abfällige Handbewegung. »Das hat den Vorteil, dass es eine dauerhafte Lösung ist.«

»Du bist ein Monster! Dir ist alles egal, und du scherst dich um niemanden, nur um dich selbst. Du hast all die letzten Wochen deine Tochter terrorisiert, du hast Christien im Dunkeln aus dem Hinterhalt vom Pferd geschossen, wie ein Feigling, und du hast Kingsley umgebracht. Und jetzt …«

»Jetzt habe ich dich da, wo du hingehörst und bleiben wirst.«

»Du erwartest von mir, wieder mit dir hier zu leben? Niemals, das ist unmöglich.«

»Du ziehst also den Fechtmeister vor? Zu schade. Er wird dich nie bekommen.«

»Du meinst …«

»Eher werde ich dich umbringen, als dich einem anderen Mann überlassen. Du gehörst mir.«

Damit schien er doch indirekt auszudrücken, dass Christien noch am Leben war, denn sonst müsste er sich ja keine Sorgen mehr um ihn als Nebenbuhler machen. Plötzlich glimmte Hoffnung in ihr auf. Das gab ihr Mut, Theodore Kontra zu geben, auch wenn er Furcht einflößend aussah, ihm vor Wut die Adern auf der Stirn hervortraten und seine Augen vor Hass sprühten.

Jemand schien etwas zu rufen, dort, draußen auf der Galerie vor den geschlossenen Läden. Dann wurde an ihnen gerüttelt und mit der Faust auf sie eingeschlagen, dass es krachte. »Reine! Mach die Tür auf! Reine!«

Paul.

Er kam nicht hinein. Diese Tür- und Fensterläden waren so robust gebaut, dass sie auch einem Hurrikan widerstehen konnten, und der rostige Riegel gab nicht nach.

Egal. Die unversehene Ankunft ihres Bruders gab

ihr die nötige Kraft, um durchzuhalten. Als Theodore sich in Richtung der Klopfgeräusche wandte, duckte sie sich und rannte an ihm vorbei in Richtung Treppe.

Sie lief direkt einer Schar von Männern in die Arme, die gerade heraufgehastet kamen, finster dreinblickend und die blanken Klingen in den Fäusten. Gott sei Dank, es war Gavin Blackford und an seiner Seite der edle Nicholas Pasquale. Hinter ihnen stürmten Vinot und Caid O'Neill, während der Conde de Lérida das Schlusslicht bildete, jedoch kräftig nach vorne drückte. Der rettende Engel aus der Finsternis des unteren Stockwerkes, der in Anmut und Kraft allen voranstrahlte, war kein geringerer als Christien. Oder vielleicht war es auch nur sein Geist, denn sein Blick war tödlich und furchterregend.

Sie hielt in ihrem Lauf abrupt inne und kam taumelnd zum Stehen, während sie sich vor Freude kaum fassen konnte. Kein Wort brachte sie heraus, keinen Laut konnte sie von sich geben, so überwältigt war sie. Marguerite war es dann, die ihn schließlich lauthals begrüßte und ihre Arme nach ihm ausstreckte.

Doch jetzt war nicht der geeignete Zeitpunkt für eine traute Wiedervereinigung.

Hastig stolperte Reine wieder in den großen Salon zurück. Die Fechtmeister strömten an ihr vorbei und füllten den Raum mit ihrer kraftvollen Präsenz. Polternd bezogen sie um Reine herum Stellung, ihre Stiefelabsätze hallten durch die Fluchten des Hauses, der Boden schwankte, und der große Kandelaber unter dem Abdecktuch wackelte bedenklich hin und her. Von draußen hörte man weiterhin Paul, wie er unermüdlich gegen die geschlossenen Läden schlug.

Theodore war zu diesem Zeitpunkt längst nicht mehr im Raum, sondern floh, sobald er ihrer angesichtig wurde, in das vordere Schlafzimmer. Seine hastigen Schritte hallten dumpf von den alten Dielen wider.

Christien setzte ihm sofort nach. In diesem Moment schoss Reine der Gedanke an die angerichtete Verwüstung in diesem Teil des Hauses durch den Kopf und wie sie bewerkstelligt worden war.

»Der Säbel«, rief sie ihm hinterher. »Er sucht den Säbel!«

Doch es war bereits zu spät. Ein pfeifendes Geräusch durchschnitt die Luft, als Theodore aus dem vorderen Schlafzimmer wieder heraussprang und den ererbten Kavalleriesäbel über seinem Kopf kreisen lies. Er kam näher und näher, zähnefletschend und mit vor Wut verzerrtem Gesicht säbelte er links und rechts durch die Luft auf seiner wilden Suche nach einem Gegner.

Christien wich schnell wieder zurück, um sich zu sammeln und dem blinden Hauen zu entkommen. Doch dann ging er mit gezücktem Rapier gegen ihn vor, fing seine Hiebe ab. Metall krachte auf Metall, und Funken stoben davon. Doch gegen den schweren Säbel war es kaum möglich, sich zu verteidigen.

Gavin kam Christien zu Hilfe und fing Theodores Angriffe ab, und mehr noch, es gelang ihm, ihn ein Stück weit wieder zurückzudrängen. Reines Ehemann war jedoch so in Rage, dass er über sich hinauswuchs, dem Fechtmeister mit einer Drehung geschickt auswich und ihn dann erneut attackierte. Gavin schaffte es dank seiner Erfahrung gerade noch, diesen erneuten Angriff von der Seite abzuwenden.

»*Mon ami*«, rief Vinot dazwischen und warf Christien einen bedeutsamen Blick zu.

»Behalte ihn im Auge«, warnte ihn Caid O'Neill.

»*Le diable*«, entfuhr es dem Conde voller Schrecken.

Zu spät. Theodores Hauen und Stechen, sein taktiertes Vor- und Zurückweichen und seine schnellen Drehungen, die sich wie ein choreografierter Tanz zu Pauls beständigem Klopfen und Hämmern ausnahmen, führten ihn geradewegs zu Reine, die ungeschützt in der Mitte des Raumes stand. Er packte sie, legte seinen Arm um ihren Hals und presste sie an sich. Vor Reines Augen blitze plötzlich die stählerne Klinge des breiten Säbels auf, und keine Sekunde später spürte sie das scharfe, kalte Eisen an ihrer Kehle.

»Nein, nein, nein«, jammerte Marguerite und griff nach der Waffe, die ihre Mutter bedrohte. Doch sobald sie damit in Berührung kam, schnitt sie sich ihre kleinen Hände auf und fing hysterisch zu schreien an, vor Schmerz genauso wie vor Angst. Reine kochte vor Wut, ihre mütterlichen Instinkte ließen sie alle verfügbare Kraft aufbringen und verzweifelt kämpfte sie gegen Theodores tödliche Umklammerung an. Mit aller Macht wehrte sie sich gegen seinen eisernen Griff und versuchte, seinen Arm am Knauf des Säbels wegzuschieben, immer der Gefahr ausgesetzt, selbst getroffen zu werden.

Plötzlich sprangen krachend die Balkontüren auf, und gleißendes Licht flutete herein. Glas splitterte, und Paul krachte von der Galerie in den großen Salon, an seiner Seite ein zähnefletschender Chalmette.

Alle drehten sich nach ihm um. Zunächst kauerte sich der riesige Hund neben dem zum Stehen gekommenen Paul auf den Boden, doch er war sprungbereit und hörte nicht auf, ein tiefes, bedrohliches Knurren über die erstarrte Szenerie ertönen zu lassen. Dann fixierte er mit seinen blutunterlaufenen Augen die verzweifelte Marguerite. Christiens Gesichtsaudruck zeigte keine Spur von Erbarmen oder Reue, als er den

Blick zwischen Theodore und Chalmette hin- und herschweifen ließ.

Dann trat er einen Schritt zur Seite.

Wilde Entschlossenheit blitzte in Chalmettes Augen auf, er spannte seine Muskeln und begann, loszurennen. In höchstem Tempo und fast lautlos durchquerte er den Raum, dann schnellte sein schwerer Körper mühelos in die Höhe, zähnefletschend und mit vorangestreckten Pranken. Theodore versuchte, ihn mit dem Säbel abzuwehren, doch Reine hing sich mit ihrem vollen Gewicht an den Griff der Waffe und hinderte ihn daran, von ihr Gebrauch zu machen. Theodore schrie auf, die Augen vor Panik geweitet.

Der massige Hund schleuderte ihn bei seinem Aufprall rückwärts zu Boden und ging ihm sofort an die Gurgel. Reine wurde mit umgerissen, und noch im Fallen hörte sie, wie der Säbel krachend zu Boden schlug und wegrollte, dann war nur noch das Brechen von Knochen zu hören.

Marguerite landete schreiend auf ihrer Mutter und klammerte sich an ihr fest. Reine rollte sich geschwind zur Seite, um dem tödlichen Gemenge zu entkommen. Schützend legte sie die Hand auf die Augen ihrer Tochter, fluchte keuchend vor sich hin und schickte Stoßgebete zum Himmel, während sie ihr Gesicht in dem süßlich duftenden Haarschopf ihrer Tochter vergrub.

Theodore hörte schließlich auf, zu schreien. Chalmette knurrte noch einmal, dann war auch er still.

»Papa«, flüsterte Marguerite. »Oh, Papa.«

Fünfundzwanzigstes Kapitel

»Alonzo hat gesagt, dass Sie aufbrechen.«

Es war Paul, der dies fragend konstatierte, während er an der Türschwelle des Schlafzimmers stand, die Hand noch am Knauf, sodass er sich, falls verlangt, sofort wieder zurückziehen könnte. Christien hielt seinen Blick gesenkt und konzentrierte sich auf das akkurate Falten seines handgenähten, weißen Leinenhemdes. Behutsam brachte er den Kragen in Form, legte die Ärmel zusammen und platzierte das gute Stück in seinem Handkoffer. Dabei ging er so behutsam vor, als ob es sich um ein Neugeborenes handelte.

»Es ist einfach Zeit«, antwortete er.

»Warum? Alles ist wieder wie vorher. Ich meine, Theodore ist tot, Reine ist Witwe, und Sie sind immer noch der Besitzer von River's Edge.«

»Ich habe die Plantage wieder deinem Vater überschrieben.«

Paul starrte ihn völlig ungläubig an. »Warum sollten Sie so etwas tun?«

»Ich hatte meine Gründe.« Christien verzog das Gesicht zu einem gequälten Lächeln, während er die Riemen seines Koffers festzurrte. »Aber wenn dir ein Trainingspartner fehlt, ich meine, falls es das ist, worüber du dir Sorgen machst, dann bist du jederzeit in meinem Salon auf der Passage de la Bourse willkommen, versprochen.«

»Nein, das ist es nicht«, erwiderte der Junge. »Sie werden hier gebraucht.«

»Nicht im Geringsten, je eher ich weg bin, desto schneller wird das Gerede der Leute verebben und wieder Ruhe einkehren.« Während er sprach, vermied er jeden Blickkontakt mit Paul, denn dieser junge Mann war seinem Alter weit voraus, und er verstand es, ganz wie seine Schwester, seine innersten Beweggründe zu erahnen und sie zu seinem Vorteil auszulegen.

»Wenn Sie das glauben, dann sind Sie ein Dummkopf. Die wollen doch nur alle wissen, was Sie hier Schreckliches herausgefunden haben, das Sie dazu veranlasst, überstürzt abzureisen.«

Christiens Lächeln wurde leicht ironisch. »Das wäre ein ausgezeichnetes Argument gewesen, wenn ich nicht zu genau wüsste, wie das hier alles funktioniert und was Monsieur Pingre für Gerüchte in die Welt gesetzt hatte.«

»Also wollen Sie sich aus dem Staub machen und Reine ihrem Schicksal überlassen.«

»Sie hat ja dich.«

»Das ist nicht dasselbe.«

Das, was Paul hier vorbrachte, war für Christien nicht neu. Während des ganzen langen Weges zurück nach River's Edge hatte er sich sein Hirn zermartert, alles immer wieder genau durchdacht, doch es war nichts dabei herausgekommen. Letztendlich musste er sich eingestehen, dass er es nicht verdiente, hierzubleiben, er konnte einfach keinen vernünftigen Grund dafür finden, der es ihm erlaubte, die Plantage nicht zu verlassen. Jegliche Entschuldigung für sein bisheriges Verhalten wäre unehrenhaft und selbstsüchtig. Das spiegelte nicht nur seine eigene Meinung wieder, denn er hatte alles auch mit Vinot besprochen sowie mit den anderen Fechtmeistern, als diese mit ihren

Familien zum Aufbruch versammelt waren. Er hatte sich ihre Ratschläge angehört und dann seine eigenen Schlüsse daraus gezogen. Nun musste er sich zusammenreißen und auch nach seinen einmal gefassten Vorsätzen handeln.

»Sieh mal«, sagte er geduldig. »Ich bin unter falschem Vorwand hierhergekommen, ich hatte ein Ziel, das ich wie ein Berserker konsequent verfolgt habe und dabei alles, was mir im Weg stand, einfach beiseite geschoben habe. Ich könnte jetzt alle meine guten Absichten vorschützen, aber wofür? Schließlich lasse ich zwei frische Gräber zurück. Da sollte ich nichts mehr hinzufügen.«

»Sie haben aber diejenigen gerettet, die es wert sind.«

Christien lächelte gezwungen, als er seinen Handkoffer vom Bett hochhob. »Ich werde mir das für meinen Grabstein merken. Weißt du, wo ich deine Schwester finde?«

»Sie ist draußen und geht unter den alten Eichen spazieren. Ohne Verabschiedung wollte sie Sie nicht gehen lassen.«

Das war eine eindeutige Bestätigung dafür, dass er das Richtige tat, denn es war auch ganz und gar das, was sie von ihm erwartet hatte. Er erwiderte nichts mehr, sondern nickte nur noch grimmig, allerdings auch, weil er vor Beklemmung einen Kloß im Hals verspürte. Mit seinem Koffer in der Hand verließ er schließlich das Schlafzimmer und ging an Paul vorbei, hinunter durch den großen Salon aus dem Haus.

Sein schwarzer Hengst wartete vor der hölzernen Aufstiegshilfe. Er befestigte seine Reisetasche hinter dem Sattel und darüber schnürte er den länglichen Koffer mit seinen wertvollen Rapieren. Nachdenklich tätschelte er den Hals seines treuen Reittieres, gab ihm aus seiner Tasche einen verschrumpelten Apfel und begab sich anschließend auf die Suche nach Reine.

Sie wandte ihm gerade den Rücken zu, als er unter den Eichen ankam. Dort stand sie, eine einsame Silhouette in einem schwarzen Kleid mit grauen Verzierungen, die fast ganz mit den düsteren Schatten des hereinbrechenden Abends verschwamm. Der Trauerflor war natürlich für Theodore Pingre, was sonst? Der Gedanke daran versetzte ihn sofort wieder in Aufruhr. Er hielt ein Moment lang inne, damit seine Wut verfliegen und all die furchtbaren Bilder von ihm weichen konnten, bis er sich wieder beruhigte. Dann trat er auf sie zu.

Sie drehte sich herum, der Saum ihres Rockes fegte über den auf dem Gras liegenden Staub und wirbelte ihn auf. Ihre Augen waren tiefblau, klar und ruhig, ihre Hände stütze sie an ihrer Hüfte auf, sie schien voller Willenskraft und doch so ausgeglichen. Sie reckte ihr Kinn und blickte ihm für den Bruchteil einer Sekunde tief in seine Augen.

»Du gehst also wirklich«, sagte sie so eiskalt, dass es ihn unwillkürlich schauderte.

Er nickte. »Das scheint das Beste zu sein. Die Aufregung um die ganze Sache wird sich schneller legen, wenn ich nicht mehr da bin.«

»Es ist also zu meinem Wohle.«

»Und dem meinigen.« Er deutete auf ihr schwarzes Kleid. »Ich denke nicht, dass ich es aushalte, von dir Abstand zu halten und dir zwei Jahre lang zuzusehen, wie du um Theodore trauerst. Außerdem habe ich kein Recht mehr, hier zu sein.«

»Nur weil Theodore gestorben ist? Das war nicht deine Schuld.«

Er lächelte trocken. »War es nicht? Ich habe versucht, ihm seinen Platz streitig zu machen, und ich habe alles daran gesetzt, um ihn im Namen der Gerechtigkeit aus seinem Versteck zu locken. Auch wenn ich ihm den Todesstoß nicht persönlich gegeben habe, so war ich doch das Instrument des Todes.«

»Man könnte das auch so interpretieren, dass er seinen Tod selbst verschuldet hat. Wenn ich diesbezüglich anderer Meinung gewesen wäre, hätte ich mich sicherlich auch anders verhalten …«

»Das ist ja noch nicht das Schlimmste an der Sache.«

Sie blickte ihm fragend in die Augen, mit einem Gesichtsausdruck, der gleichsam Schrecken und innere Stärke signalisierte. »Was … was willst du damit sagen?«

Er schaute zur Seite, unfähig, ihren Blick auszuhalten. »Ich habe kein Recht auf River's Edge. Ich habe deinen Vater regelrecht betrogen. Damals, als ich mit ihm bis tief in die Nacht hinein Karten gespielt habe, da habe ich zwar gewonnen, doch er hätte niemals so viel riskiert, wenn ich ihn nicht dazu angestachelt hätte. Als ich ihn endlich so weit hatte und er sein ganzes Hab und Gut setzte, da habe ich ein Ass aus dem Ärmel gezogen, und alles war mein.«

»Aber … warum?«

»Es war eine besondere Mission der Bruderschaft, wenn man so will. Vinot war sich fast hundertprozentig sicher, dass Theodore am Leben ist. Er hörte Gerüchte und glaubte, ihn auch einmal in der Gallatin Straße gesehen zu haben, obwohl er völlig entstellt war und man ihn kaum erkennen konnte. Vinot bat mich daraufhin um Hilfe, ihn aus seinem Versteck zu locken.«

»Und du hast eingewilligt.«

Irgendetwas in ihrer Stimme störte ihn. Er blickte

in ihr Gesicht und versuchte, sie zu verstehen, doch sie gab ihre Gefühle nicht preis, sie blieb verschlossen und stolz. »Ich habe ihm so viel zu verdanken«, sagte er nach einer Weile. »Er hat mich einst freundschaftlich aufgenommen, mich alles gelehrt, was ich heute weiß. Sophie, seine Tochter, war wie eine Schwester für mich. Wie konnte ich da ablehnen?«

»Ja, sicher.«

»Wenn du denkst ...«, begann er und runzelte die Stirn.

»Anscheinend hatte ich dem nichts entgegenzusetzen«, erwiderte sie. »Mir ist auch noch nie ein Mann begegnet, der so weit gehen würde, nur um eine alte Schuld zu begleichen.«

Sie schien anzunehmen, dass er sie ins Bett gelockt hatte, nur um ihren Ehemann aus der Reserve zu locken, dass es Teil seiner Strategie gewesen wäre. Einen Moment lang konnte er vor Ärger gar nichts sagen, denn er wollte es einfach nicht glauben, dass sie ihn so wenig verstand. Als er schließlich wieder Worte fand, klang seine Stimme hart und gefühllos. »Nein, das hatte damit nichts zu tun. Der Betrug beim Kartenspiel, der Heiratsantrag und das alles waren Teil des Planes, aber das andere, das nicht.«

»Du hattest aber nie wirklich vor, mich zu heiraten.«

»Es schien von Anfang an zweifelhaft, dass die Hochzeit überhaupt stattfinden würde. Dass Theodore vorher noch auftauchen würde, war so gut wie sicher.« Das beantwortete allerdings nicht die Frage, was er getan hätte, wenn ihr Ehemann nicht rechtzeitig erschienen wäre. Nicht im Geringsten.

»Dann ist ja für dich gerade noch einmal alles gut gegangen.«

»Da bin ich mir nicht so sicher ...«, fing er an.

»Das hat nun keine Bedeutung mehr. Jetzt, wo alles vorbei ist, sind wir jedenfalls besser dran als zuvor«, unterbrach sie ihn, redete aber sofort weiter, bevor er darauf eingehen konnte. »Du hast schließlich Marguerite vor dem *loup-garou* gerettet, und dafür müssen wir dir sehr dankbar sein.«

»Ich würde eher sagen, dass du sie gerettet hast. Wenn du nicht gewesen wärst …«

»Bitte nicht!« Sie drehte sich schaudernd zur Seite. »Ich kann es nicht ertragen, auch nur im Entferntesten daran zu denken. Wenn ich mich nicht so gegen den Säbel gestemmt hätte …«

»Dann hätte Theodore dir vielleicht die Kehle durchgeschnitten oder Marguerite noch schlimmer verletzt, als Chalmette euch umgerissen hat. Aber bitte denke einfach nicht daran. Verdränge den Schmerz und alles, was damit zusammenhängt, bis es nicht mehr so wehtut.«

»Machst du das so?« Sie warf ihm einen kurzen Blick über die abgewandte Schulter zu.

War dem so? Er wusste es nicht genau. Christien schüttelte nur den Kopf. »Wie geht es Marguerite? Ihre armen kleinen Hände – wird sie wieder gesund werden?« Noch nachträglich würde er diesen Pingre am liebsten erschlagen, dafür, was er der Kleinen angetan hatte. Als Chalmette zum Sprung angesetzt hatte, war er eigentlich schon bereit gewesen, für all das erlittene Unrecht blutige Rache zu nehmen, doch dann trat er beiseite und ließ dem Hund den Vortritt. Es schien klüger zu sein, auch wenn er sich einredete, dass es ihm nichts ausgemacht hätte, wenn Marguerite ihn als den Mann in Erinnerung behielt, der ihren Vater umgebracht hatte. Er fürchtete aber auch, dass er in gewisser Weise enttäuscht und innerlich leer gewesen wäre, wenn er selbst dem Verfolgten ein Ende bereitet hätte. Andererseits gab es auch wieder Momente wie diesen, wenn er an das Leid der Opfer dachte, dann bereute er es mitunter, nicht selbst den Todesstoß geführt zu haben.

»Kinder sind sehr gut darin, schreckliche Erlebnisse in der hintersten Ecke ihres Gedächtnisses abzulegen und alles erst einmal zu verdrängen«, bemerkte Reine sanft, »auch wenn ich damit nicht sagen will, dass sie jetzt keine besondere Zuwendung bräuchte und keine Albträume mehr hätte. Zumindest werden sie die bisherigen Monster nicht mehr heimsuchen. Wie dem auch sei, im Moment ist sie jedenfalls in der Küche und zeigt jedem ganz stolz ihren Verband und wird mit Keksen und Milch versorgt. Nun ja, und sie teilt sie mit Chalmette, der jetzt natürlich erst recht ihr treuester Begleiter ist, in den sie uneingeschränktes Vertrauen hat.«

»Die Schnitte waren demnach nicht so schlimm?«

»Ein oder zwei gingen schon ziemlich tief, aber sie kann noch alle Finger bewegen.«

»Und deine Mutter?«

Reines Lippen formten sich zu einem ernsten Lächeln. »Sie schläft immer noch, das erste Mal, dass sie seit … ja, seit jener Nacht vor zwei Jahren wirklich ruhen kann. Sie ist jetzt richtig erleichtert, denke ich, denn sie war immer der Ansicht gewesen, dass sie damals Theodore umgebracht hätte. In jener schrecklichen Nacht war sie es nämlich gewesen, die sein Gesicht so furchtbar zugerichtet hat.«

Während der ganzen Zeit hielt sich Madame Cassard im Hintergrund, wenn nicht gar versteckt, denn sie glaubte sich des Mordes schuldig. Das erklärt einiges, dachte Christien. Das war mehr als bedauerlich, dass diese ganzen Selbstvorwürfe, Zweifel und Qualen völlig umsonst waren. Vor allem war es auch ein weiterer schwarzer Fleck in Theodore Pingres Leben, denn er hatte es zugelassen, dass seine Schwiegermutter so litt. Die falschen Gerüchte der feinen Gesellschaft nutzte er schamlos zu seinem Vorteil aus, ohne die Wahrheit ans Licht zu bringen.

»Was genau ist denn eigentlich in jener Nach passiert?«, fragte er schließlich. »Als ich hier ankam, hat dein Vater mir ein wenig davon erzählt, und du hast ebenfalls noch ein paar Andeutungen zu den Ereignissen gemacht, die sich damals hier abspielten, aber so ganz im Detail habe ich das alles noch nicht begriffen.«

»Es gibt da nicht mehr viel zu erzählen, zumindest weniger, als wir zunächst angenommen hatten.« Eine Locke baumelte seitlich an ihrer Wange, als sie den Kopf schüttelte. »Du weißt ja, dass Marguerite krank das Bett hütete. Theodore war von ihrem dauernden Weinen völlig entnervt und floh in die Stadt. Jeder auf Bonne Espèrance war furchtbar aufgeregt, denn sein Onkel kämpfte schon seit einiger Zeit mit dem Leben. Er litt unter Auszehrung in fortgeschrittenem Stadium. Demeter pflegte ihn und braute einen Heiltrunk nach dem anderen, um seine Schmerzen zu lindern, sodass sie kaum Zeit für die Klagen der kleinen Patientin hatte. Marguerites Magenverstimmung mit Übelkeit und Durchfall übertrug sich schließlich auf den sowieso schon dahinsiechenden, alten Mann, der bald darauf das Zeitliche segnete. Die Familie gab Marguerite die Schuld am Tod des Onkels, sodass die Stimmung in der Folge mehr als angespannt war, weshalb ich mich entschloss, die Kleine nach Hause, nach River's Edge, zu bringen.«

Es war bemerkenswert, dass Reine von River's Edge

als ihrem Zuhause sprach, obwohl sie bereits seit einigen Jahren auf Bonne Espèrance verheiratet war, fiel Christien auf, aber er nickte nur zustimmend in Bezug auf das eben von ihr Geschilderte.

»Ihr Fieber stieg immer höher, bedenklich hoch, aber dann, in der zweiten Nacht, hier bei ihren Großeltern, sank die Temperatur wieder. Sie konnte wieder ruhig schlafen, und das Schlimmste schien überstanden. Ich habe sie in meinem alten Schlafzimmer zurückgelassen und bin in die Küche hinunter, denn ich war plötzlich sehr hungrig. Die letzten Tage hatte ich kaum geschlafen, immer nur an ihrer Seite gewacht und bin höchstens mal kurz eingenickt. Nun war ich völlig erschöpft von den Strapazen, und auch der Hunger machte sich deutlich bemerkbar, weshalb ich einen Imbiss und etwas zu trinken holen wollte, um danach gleich wieder zu Marguerite hochzugehen. Doch offensichtlich bin ich dort eingeschlafen, denn plötzlich wachte ich am Küchentisch auf und hörte laute Schreie durchs Haus gellen.«

»Marguerites Rufe?« Seine Stimme klang streng.

»Die meiner Mutter«, verbesserte sie ihn. »Später haben wir allen erzählt, dass sie so geschrien hätte, weil sie Marguerite in einer Blutlache in ihrem Bettchen gefunden hätte. Tatsächlich war es aber so, dass sie Marguerite schreien hörte und erst einmal aufstand, um nach ihr zu sehen und Theodore bei ihr im Zimmer vorfand. Er war aus New Orleans nach Bonne Espèrance zurückgekommen und entdeckte, dass Marguerite und ich fort waren und alle anderen in großer Aufregung wegen seines verstorbenen Onkels. Er hatte sich offensichtlich sofort nach River's Edge aufgemacht und bahnte sich seinen Weg zu meinem Schlafzimmer. Ich glaube, er war ein bisschen betrunken, stolperte herum und weckte Marguerite auf, sodass sie zu weinen anfing. Als meine Mutter hereinkam, hatte er sie gerade hochgehoben und heftig geschüttelt, damit sie zu schreien aufhören würde. *Maman* hat … sie hat nie …«

Sie hielt inne und rang nach Worten. Christien half ihr weiter. »Sie hat sicherlich eine schwierige Kindheit gehabt, nicht wahr?«

»Ihr Vater, mein amerikanischer Großvater, war ein strenger Calvinist, der nichts davon hielt, sich mit körperlicher Züchtigung zurückzuhalten und egal ob bei Frau, Kind oder Tier gerne seinen Stock einsetzte. Ich glaube, meine Mutter hatte die Befürchtung, dass Theodore aus dem gleichen Holz geschnitzt sei. Sie griff nach dem silbernen Kerzenständer und schlug ihn diesen über den Schädel, drosch immer weiter auf ihn ein, bis …«

Es gab keinen Grund, diese Szene weiter auszuschmücken. »Ich verstehe. Und dann?«

»Da bin ich mir nicht ganz sicher. Theodore schien sich offensichtlich wieder aufgerappelt zu haben und schaffte es irgendwie, aus dem Haus zu flüchten. Als ich dann schließlich ankam, war er schon weg, doch es war noch eine Blutspur zu erkennen, die aus dem Zimmer, die Treppe hinunter bis zur Eingangstür hinaus führte. Ich nehme mal an, dass er sich zu Kingsleys Hütte geschleppt hat und man ihn dann weiter zu Demeter brachte, tief in den Wald hinein.«

»Und die hat ihn dann aufgenommen.«

»Er war ja ›ihr Kleiner‹«, konstatierte Reine nüchtern.

Christien nickte nur. Nie würde er die schreckliche Trauer der alten Amme vergessen, als sie neben ihrem einstigen Schützling auf die Knie fiel und ihr nie enden wollende Tränen über die faltigen, tabakfarbigen Wangen liefen. Später verschwand sie in den angrenzenden Wäldern. Man ließ Gnade vor Recht ergehen und setzte ihr nicht nach, zumal es fraglich schien, wie lange sie in ihrem hohen Alter mit diesem Schmerz noch leben würde. Alonzo besorgte einen Korb voll von Süßigkeiten, die sie so sehr liebte, und brachte ihn ihr vorbei. Der Vorarbeiter, Samson, wurde beauftragt, ein paar Männer auszuschicken, wenn sie nicht bald wieder auftauchte. Das war wohl alles, was man in dieser Situation für sie tun konnte.

»Innerhalb der dann folgenden ein oder zwei Tage musste Theodore mitbekommen haben, dass er für tot gehalten wurde und dass es Gerüchte gab, er wäre das Opfer eines Einbrechers oder Herumtreibers gewesen. Gerüchte, die meine Mutter und ich in die Welt gesetzt hatten«, fuhr Reine in einem düsteren Tonfall fort. »Zweifellos war es für uns zunächst ganz gut, dass jeder glaubte, er sei tot, doch wir wussten nicht recht, warum er das selbst so stehen ließ. Später vermutete ich, dass er nicht wollte, dass jemand sein zertrümmertes Gesicht sah.«

»Oder ihm war bewusst, dass Vinot es noch nicht aufgegeben hatte, nach ihm zu suchen und es auch nie tun würde.«

»Vielleicht.«

»Deshalb womöglich auch das Täuschungsmanöver mit seinem toten Onkel, den er ausgrub und in den Fluss warf, wohl wissend, dass er nicht mehr identifizierbar sein würde, wenn man ihn nach einigen Tagen entdeckte.«

»Was er auch nicht war, wenn er nicht Theodores Ehering an seinem Finger gehabt hätte, den dieser ihm wohlweislich vorher angesteckt hatte, sodass ich ihn anhand dieses Merkmals erkennen musste.« Sie wurde bitter. »Ein netter Hinweis.«

»Die Arbeit mit der Leiche, ich meine das Ausgraben, Präparieren und Entsorgen war Kingsleys Aufgabe, könnte ich mir vorstellen«, sagte Christien nachdenklich.

»Wofür er gut bezahlt wurde, da kannst du dir sicher sein, und zwar im Voraus und hinterher. Kingsley hatte mir immer wieder versichert, dass bei der Suche nach Theodore nichts herausgekommen sei, bis zu dem Zeitpunkt, als man seine Leiche aus dem Fluss zog oder vielmehr, was man dafür hielt. Es sieht jetzt vielleicht so aus, als ob Kingsley dachte, dass ich die Wahrheit wüsste, aber meine ganz eigenen Gründe dafür hatte, sie für mich zu behalten. Bitte glaube mir, dass ich nicht die leiseste Ahnung davon hatte, dass Theodore die ganze Zeit über gerade mal drei Meilen von River's Edge entfernt hauste.«

»Ein von Narben entstellter Ehemann wäre allemal besser gewesen als ein toter, da hätte es weit weniger böses Gerede gegeben«, nickte Christien verständnisvoll. »Aber dein Ehemann hat nichts dagegen unternommen, dass man dich als Mörderin hinstellte und dass du zu einer Ausgestoßenen der Gesellschaft wurdest. Er trieb sein Versteckspiel auf deine Kosten.«

»Ich bin sicher, er dachte, dass ich eine solche Behandlung verdiente und eigentlich alles meine Schuld gewesen sei, da ich unser gemeinsames Heim verlassen hatte, ihn im Stich ließ, ja, so hätte er das höchstwahrscheinlich dargestellt. Wenn er von der Gesellschaft isoliert leben musste, dann war es seiner Ansicht nach nur gerecht, wenn mir das Gleiche widerfuhr.«

»Bis ich dann kam.«

»Ja, genau.« Sie hielt inne. »Wohin willst du jetzt eigentlich gehen? Was wirst du tun?«

Das war eine gute Frage. Er fühlte sich nicht wirklich im Reinen mit sich selbst, konnte nicht unbeschwert in die Zukunft schauen. Zurück zur Passage de la Bourse wollte er auch nicht, denn die Aussicht, dort tagein, tagaus jungen ungestümen Kerlen das Fechten beizubringen, schien ihm auch nicht mehr passend. »Vielleicht lasse ich mich für Mexiko anwerben. So ein richtiges Schlachtengetümmel scheint mir eine schöne Abwechslung zu sein.«

Sie blickte ihm tief in die Augen, und es schien ihm so, als ob ihre Fingerknöchel weiß hervorträten, als sie ihre Hände zu Fäusten ballte. »Du ziehst in den Krieg?«, fragte sie scheinbar gleichgültig.

»Kämpfen ist schließlich das, was ich am Besten kann.«

Sie öffnete ihren Mund, bewegte ihre Lippen, schien ihm widersprechen oder eine Alternative geben zu wollen, ihm zu sagen, dass er nicht gehen solle. Aber vielleicht war das auch nur ein Wunschgedanke seinerseits. Wenn er sie so ansah, überwältigte ihn die Erinnerung an den Geschmack ihrer Lippen, an das Gefühl, ihre Haut auf der seinigen zu spüren, an die empfundene Lust, als er tief in ihr war, umgeben von ihrer feuchten, heißen Weiblichkeit. Ja, er wollte sie, sie und ihre Tochter, die ganze Familie und River's Edge, einfach alles, was schon fast ihm gehört hatte. Er sehnte sich so danach, dass es schmerzte, in seinem Herzen und in seinem Kopf. Mit aller Leidenschaft und Hingabe verlangte es ihn nach all dem, was er nicht mehr haben konnte.

Also nahm er das Wenige, was er sich nehmen durfte, legte seinen Arm um sie, zog sie an sich heran und küsste sie auf den Mund, ein letzter intensiver und warmer Kuss. Dann ließ er sie los und ging von dannen.

Es tat verdammt gut, als sein schwarzes Pferd ihn freudig wiehernd begrüßte, sobald es ihn erblickte. Immerhin war er nicht allein auf seinem Weg nach New Orleans.

Sechsundzwanzigstes Kapitel

Er war weg.

Christien war die Auffahrt hinunter in Richtung Fluss weggeritten. Er hatte sie so plötzlich verlassen, wie er zuvor in ihr Leben getreten war. Sie sollte sich glücklich schätzen, sollte überaus froh sein, dass sie sich nicht gegen ihren Willen verheiraten lassen musste, sagte sie sich immer wieder. Nichts als Erleichterung sollte sie empfinden, angesichts der Tatsache, dass River's Edge wieder ihrem Vater gehörte und auch alles andere wieder war wie zuvor. Ja, und natürlich auch, dass sie wieder als Witwe dastand, nur war sie diesmal eine wirkliche Witwe.

Christien hatte sie benutzt. Er hatte ihr in verabscheuungswürdige Weise einen Heiratsantrag gemacht, und zwar nur aus dem einen Grund, damit es ihm dadurch gelänge, Theodore aus seinem Versteck zu locken und ihn dazu zu bringen, sich als rechtmäßiger Ehemann zu offenbaren. Was sie dabei fühlte, ihre Ängste und Sorgen, in einer erzwungenen Ehe zu enden, das alles hatte ihn nicht im Mindesten gekümmert. Alles, was zählte, war, dass Theodore für sein Verbrechen an der noch minderjährigen Tochter Vinots bezahlen sollte.

Der heimtückische Plan ging auf. Die Gerechtigkeit hatte scheinbar gesiegt, und alles war vollbracht.

Christien zog in den Krieg. In diesem rein männlichen Umfeld würde er ganz und gar in seinem Element sein, wo es nur darum ging, andere umzubringen und selbst dem Tod ins Auge zu blicken. So oder so, es war nicht sehr wahrscheinlich, dass er je wiederkehrte.

Warum sollte sie nicht froh darüber sein? Warum aber fühlte sie trotzdem eine solch schmerzhafte Leere in sich, so als ob man mit ihm einen Teil von ihr weggerissen hätte?

Christien war weg.

Schon von Anfang an war sie in Bezug auf die Geschichte, wie er River's Edge gewonnen hatte, misstrauisch gewesen. Mit der Zeit jedoch hatte sie sich einlullen lassen, sich in falscher Sicherheit gewiegt und angenommen, dass ihn ganz persönliche Gründe hierher gebracht hätten. Sie war so dumm gewesen, zu glauben, dass er sich in sie verliebt hätte, damals in jener Nacht vor dem Theater, wo sie sich so unglaublich nahe gekommen waren. Irgendwie dachte sie, dass sie und Marguerite in ihm etwas ausgelöst hätten, tief in seinem Inneren, sodass er sich dessen nicht wirklich bewusst gewesen wäre und dies ihn dazu veranlasst hätte, sie als so etwas wie seine Familie anzusehen. Doch anscheinend lag sie damit falsch.

Außerdem hatte er sie geliebt, mit ihr eine leidenschaftliche Nacht verbracht. Nun ja, vielleicht war sie es auch gewesen, die sich ihm hingegeben hatte. Die Zärtlichkeiten, die unbeschreiblichen Gefühle, die sanften Worte der gegenseitigen Zuneigung, bedeuteten sie nichts? Was in ihrem Gedächtnis als ein unvergessliches Erlebnis fortlebte, war für ihn womöglich nur ein kurzes Vergnügen. Wie merkwürdig, dass er alle Gefühle aus diesem Akt der Liebe heraushalten konnte, es anscheinend nur als eine rein körperliche Vereinigung begriff, eine Tätigkeit, die nicht bedeutsamer war, als ein Glas Wasser zu trinken, wenn man Durst hatte.

Für sie war das alles ganz anders.

Sie hatte sich nach und nach daran gewöhnt, dass er bei ihr im Haus war, es gab ihr auch eine gewisse Sicherheit, ihn nachts im Zimmer am Ende des Flurs, abends im Salon und tagsüber auf den Feldern der Plantage zu wissen. Auch gewöhnte sie sich immer mehr daran, ihn als ihren zukünftigen Ehemann anzusehen, und es stellte sich eine gewisse Vorfreude bei ihr ein, wenn sie an die kommenden Tage dachte, an denen sie sich unbekümmert lieben könnten, ohne eine Störung oder gesellschaftliche Sanktionen befürchten zu müssen. Vor allem daran dachte sie öfter, als sie vielleicht sollte, an all die leidenschaftlichen Zärtlichkeiten, die sie austauschen würden, bis es ein schier unerträgliches Verlangen und Sehnen wurde, das sie kaum mehr kontrollieren konnte.

Aber all dies passierte ja nicht, denn Christien war nicht mehr da.

Sie war eine Witwe, diesmal eine echte, mit dem nachweislichen und unzweifelhaften Tod ihres Mannes. Es gab eine Beerdigung mit Totenmesse und Begräbniszeremonie, alles so unaufgeregt wie möglich. Beim anschließenden Leichenschmaus war die Stimmung genauso gedrückt wie bei der abgebrochenen Hochzeitsfeier, man verhielt sich distanziert, und jeder brach möglichst bald wieder auf. Schließlich blieb Reine nur noch mit ihrer engsten Familie zurück. Sie war jetzt wieder alleine.

Sie würde all die kommenden Tage und Jahre ihres Lebens eine einsame Witwe bleiben, denn sie hatte keine Idee, wie sie diese Leere ausfüllen sollte.

Natürlich würde sie das überleben, kein Zweifel. Viele Frauen vor ihr mussten bereits damit zurechtkommen, und es würden wohl auch noch viele mit einem ähnlichen Schicksal folgen. Es musste also gehen.

Christien hatte falschgespielt, um ihr Heim in seinen Besitz zu bringen. In gewisser Weise hatte sie das von Anfang an vermutet. River's Edge schien ihm so viel zu bedeuten und er setzte alles daran, sich hier häuslich niederzulassen. Für sie deutete all das darauf hin, dass eine gewisse Absicht dahintersteckte und das Ganze kein Zufall war, sondern Teil eines Planes. Diesbezüglich hatte sie ja auch recht, allerdings war es im Einzelnen dann doch anders, als sie ursprünglich vermutete. Dabei fügte er sich doch so gut hier ein, in das Leben ihrer Familie, in Marguerites, Pauls, ihres Vaters und sogar in das ihrer Mutter, ja, und natürlich in ihr eigenes. Oh Gott im Himmel, wie perfekt hatte er doch zu ihr gepasst, zu ihrem Leben, zu ihrer Zukunft, ihrem Bett und ihrem Körper.

Jetzt war er weg, für immer weg.

Als sie aus der Richtung des Haupthauses Geräusche hörte, drehte sie sich erschrocken um, denn ihre Nerven waren nach dem Erlebten immer noch ein wenig angespannt. Doch es war nur ihre Mutter, die mithilfe ihres Vaters auf die Veranda hinaustrat. Er setzte sie in einen der Korbstühle, was sie mit einem dankbaren Lächeln quittierte. Während er sich den nächstbesten Stuhl griff, um sich neben sie zu setzen, ließ sie ihren Blick über die Landschaft schweifen, mit einem entspannten und interessierten Gesichtsaudruck, ganz so, als ob sie die Gegend zum ersten Mal wahrnehmen würde.

Es war, soweit sich Reine erinnern konnte, das erste Mal seit jener Nacht, in der sie Theodore attackiert hatte, dass sie vor das Haus trat. Ansonsten hatte sie nur kurze, zweckgebundene Ausflüge nach New Orleans unternommen und eben jenen Gang zur heimischen Kapelle im Zuge der Hochzeitsfeierlichkeiten. Reine brachte dieses Verhalten immer in Zusammenhang mit einer schleichenden Krankheit, sie glaubte, es würde ihr an Kraft und Energie fehlen. Nie wäre ihr in den Sinn gekommen, dass ihre Mutter bestimmte Sachen nicht mehr unternahm, weil sie einfach Angst hatte. Jetzt, wo Theodore tot war, siehe da, da traute sie sich wieder.

»Nun«, rief sie ihren Eltern zu, als sie auf sie zuging. »das ist ja mal etwas!«

Ihre Mutter zuckte äußerst gelassen mit den Schultern und lächelte sie an. »Ich hatte es plötzlich so satt, dauernd weggesperrt zu sein.«

»Oh *Maman*, dachtest du wirklich, Theodore würde hier draußen irgendwo lauern?«

»Ich konnte einfach nicht glauben, dass er tot sei. Er torkelte zwar wie ein Betrunkener, als er das Schlafzimmer verließ, doch er konnte noch gehen und auch schreien, denn im Hinauslaufen verfluchte er mich unentwegt, deshalb verstand ich es auch nicht, wieso er das nicht hätte überleben sollen. Was konnte ihm noch zugestoßen sein?«

»Du hattest ja recht, dich das zu fragen«, erwiderte Reine, während sie sich vorbeugte und die alte, weiche Wange ihrer Mutter mit einem Kuss bedachte. »Man hätte von ihm erwartet, dass er uns benachrichtigt oder dass er zurückkäme, sobald seine Wunden verheilt wären. Aber er hatte schreckliche Angst vor Vinot.«

»Ja, ich glaube, er zitterte wohl regelrecht vor ihm«, sagte ihr Vater zustimmend. »Schon bevor das arme Ding im Kindbett starb, war er fasziniert von den Heldentaten der Bruderschaft, sammelte immer die Geschichten der nächtlichen Abenteuer der Fechtmeister, vor allem jene des Nachtfalken.«

»Aber wo ist eigentlich Monsieur Lenoir?«, fragte ihre Mutter und blickte sich verwundert um, als ob sie ihn hinter einer Ecke des Hauses vermuten würde. »Ich dachte, ich hätte ihn gerade noch mit dir zusammen gesehen.«

»Er hat sich von mir verabschiedet. Nun wird er aufbrechen und uns verlassen.«

»Ich hoffe doch, nicht für immer.«

Reine tauschte einen kurzen Blick mit ihrem Vater aus, der rätselhaft die Stirn in Falten legte. »Ich fürchte doch«, antwortete sie. »Es scheint so, dass er sich die Rechte an River's Edge mit unlauteren Mittel erschlichen hat, und nun schien er sich dazu veranlasst zu fühlen, das begangene Unrecht wiedergutzumachen.«

»Unsinn«, schnaubte ihr Vater dazwischen. »Ich habe alles darangesetzt, dass er das Anwesen bekommt, zumindest, was in meiner Macht stand.«

»Papa!«, rief sie aus. »Willst du damit sagen, dass er dich beim Kartenspiel nicht betrogen hat?«

»Aber ja doch, allerdings hat er es äußerst ungeschickt angestellt, *ma chére*. Ich hätte ihn jederzeit aufhalten können, ohne einen Skandal zu riskieren. Eine kleine Handbewegung hätte genügt, ein kleiner Taschenspielertrick meinerseits, und niemandem wäre etwas aufgefallen.«

»Aber alles einfach wegzugeben, Maurice«, protestierte seine Frau.

»Nichts dergleichen. Ich habe doch gesehen, wie er in jener Nacht vor der Oper Reine angeschaut hat. Du warst ja nicht da, meine Liebe, und ich war zu weit weg, als dass ich von Nutzen hätte sein können, aber noch nie habe ich so einen sehnsuchtsvollen Blick bei einem Mann gesehen. Außerdem wurde er auf River's Edge gebraucht, denn ich war die Betrügereien und Tricks von Kingsley leid, habe aber selbst noch nie das Talent dafür gehabt, mich um Zuckerrohrplantagen zu kümmern, und die richtige Einstellung fehlte mir auch. Lenoir musste nur in die richtige Richtung geleitet werden, was eine kleine List vonnöten machte, was mir ja nicht so schlecht gelungen war, oder?«

»Es steckte also wirklich dein Vorschlag dahinter, dass er mir einen Heiratsantrag machte«, fragte Reine, immer noch verstört.

»Nein, nein, ich habe ihm nur ganz diskret die Vorteile einer solchen Verbindung vor Augen geführt, sodass er von selbst darauf kam. Letztlich war es ein Kinderspiel, da es ihm einen Herzenswunsch erfüllte.«

»Ich glaube, da liegst du falsch, Papa. Christien – Monsieur Lenoir – hat nur einen Weg gesucht, um Theodore aus seinem Versteck zu locken.«

»Ich will damit ja nicht sagen, dass das keine Rolle gespielt hätte, aber es wäre für diesen Zweck völlig ausreichend gewesen, wenn er dir nur den Hof gemacht hätte. Oh, nein, *chérie*, er wollte dich unbedingt.«

Jetzt war nicht der richtige Zeitpunkt, ein Blatt vor den Mund zu nehmen, außerdem hatte sie keine Geduld mehr und wollte es genau wissen. »Was hat ihn davon abgehalten?«

Ihr Vater warf ihrer Mutter einen spitzbübischen Blick zu, was diese zu einem verschwörerischen Grinsen veranlasste. Reine tönten ihre eigenen Worte im Ohr, und sie wurde augenblicklich rot bis unter den Haaransatz, vor allem auch, weil sie unwillkürlich an

Christien denken musste, der ihr einmal zu verstehen gab, dass sie trotz ihrer liebenswerten Direktheit gelegentlich ihre Zunge hüten müsste. Doch zurücknehmen wollte sie jetzt auch nichts mehr.

»Ich denke«, erwiderte ihre Mutter mit dünner Stimme, »dass es womöglich mit seiner Auffassung von Anstand und Ehre zusammenhängt. Er hatte Angst davor, so kurz nach der verunglückten Hochzeit noch einmal um deine Hand anzuhalten, und fürchtete wohl auch um deinen guten Ruf, nachdem Theodore gerade erst verstorben war. Andererseits konnte er ja nicht auf immer und ewig hierbleiben, ohne dich zu heiraten.«

»Aber du und Papa, ihr wäret doch hier gewesen, um den nötigen Anstand zu gewährleisten, und somit würde er nicht weiter auffallen, wäre also offiziell nicht anders gestellt, als alle anderen Gäste bei uns.«

»Bis auf die Kleinigkeit, dass praktisch jeder in der Gegend bereits Kenntnis davon hat, dass er die Plantage beim Kartenspiel gewonnen und dir einen Heiratsantrag gemacht hat, den du auch angenommen hast. Denk nur mal daran, was das für ein Gerede gegeben hätte, wenn er einfach weiter bei uns geblieben wäre. Man würde davon ausgehen, dass ihr in Sünde leben würdet, und … tja.«

Was sie womöglich auch täten, dachte sich ihre Mutter im Stillen. Damit lag sie höchstwahrscheinlich auch nicht ganz falsch.

»Du glaubst also nicht, dass er einfach nur froh war, River's Edge verlassen zu können, ich meine nach dem, was alles passiert war?« Reine musste das fragen, denn zuviel hing von der Beantwortung dieser Frage ab, als dass sie im Ungewissen bleiben könnte.

»Ich glaube, die ganze Angelegenheit verstörte ihn zutiefst. Er ist schließlich kein gefühlsloser Unhold, ganz im Gegensatz zu manch einem anderen, den ich an dieser Stelle nennen könnte. Aber er schien mir auch kein Mensch zu sein, der sich einfach davonstiehlt, sobald die Situation ein wenig heikel ist, zumindest nicht, ohne dafür wohlfeile Gründe zu haben.«

»Ja, ja, ich denke auch, dass du recht hast«, sagte sie zerstreut. Er war nun einmal äußerst galant und edelmütig, und zwar auch in letzter Konsequenz, dachte sie. Sie selbst hatte allerdings keinen Sinn für die üblichen Galanterien, diese überholte Ritterlichkeit, das hatte sie ihm mehr als einmal zu verstehen gegeben. Sie würde diese Art von Anstandsritualen auch nie in den Vordergrund stellen und akzeptieren, dass deshalb wahre Gefühle das Nachsehen hätten.

»*Maman*, da du dich jetzt ja weitgehend erholt hast, wärst du denn damit einverstanden, wenn Christien dauerhaft hierbliebe?«

»Wieso sollte ich das nicht sein, *ma chère*?«

»Nun ja, du hast ihn einmal Todesengel geschimpft und schienst ihn recht zu fürchten.«

»Ah ja, manchmal sind mir die genauen Zusammenhänge eben nicht so klar. Wenn Monsieur Lenoir ein Todesengel wäre, dann würde er nicht hinter mir her sein, sondern hinter Theodore. Du wirst mir verzeihen, wenn ich sage, dass dies durchaus annehmbar gewesen wäre. Aber jetzt, jetzt ist ja alles vorbei.«

»*Ma chére maman*«, rief Reine aus, beugte sich zu ihr hinunter und gab ihr einen weiteren, sanften Kuss auf die Wange, »du bist eine weise Frau.«

»Ganz so wie du, meine geliebte Tochter.«

Reine hörte diese letzten Worte schon nicht mehr, denn sie war bereits wie ein Wirbelwind in Richtung Haupthaus unterwegs und rief nach dem Stallburschen, der ihre Stute satteln sollte.

Sie ritt wie der Teufel, der Schleier ihres Hutes flatterte wie eine Fahne im Wind, und der lange Rock ihres Reitkleides umwehte die Flanke ihres Pferdes. Ihr Herz schlug im gleichen, schnellen Rhythmus wie die Hufe ihrer Stute auf dem harten Untergrund. Angestrengt versuchte sie, zu überlegen, was sie tun sollte, wenn Christien vor ihr die Stadt erreichen würde, wo sie ihn dann überhaupt suchen müsste, doch sie war zu aufgeregt, um vernünftig nachzudenken. Sie würde dann am besten vor Ort eine Entscheidung treffen. In der Zwischenzeit galoppierte sie weiter und schob den Gedanken beiseite, dass ihre Eltern vielleicht doch nicht recht hätten und sie sich irrte, was Christiens Pläne und Gefühle anging.

Als New Orleans schon fast in Sichtweite war, sah sie in der Ferne plötzlich einen ihr sehr bekannten Reiter auftauchen. Ohne bereits sicher zu sein, ob er es denn wirklich war, spürte sie eine gewisse Erleichterung. Sie zügelte ihre Stute in den Schritt und wartete, bis Christien langsam näher kam. Schließlich trafen sie direkt unter den schattenspendenden, weit ausladenden Ästen einer alten Eiche, die am Wegesrand stand, zusammen.

»Was ist?«, fragte er schroff, aber dennoch besorgt und zügelte seinen schwarzen Hengst, sodass sie Seite an Seite zu stehen kamen. »Ist irgendetwas passiert auf River's Edge?«

»Du meinst noch etwas?« Sie lächelte, nicht ohne eine leichte Ironie durchblicken zu lassen. »Diesmal nicht. Ich wollte dich eigentlich einholen, bevor du die Stadt erreichen würdest, doch jetzt kommst du mir ja entgegen. Hast du irgendetwas vergessen?«

Seine Gesichtszüge entspannten sich, doch seine auf Reine gerichteten, tiefdunklen Augen versuchten nervös, ihre wahren Absichten zu erkunden. »Das könnte man so sagen. Oder aber ich müsste zugeben, dass ich nicht weiß, wohin ich mich nun wenden soll, denn ich habe kein Ziel mehr. Der Krieg in Mexiko ist vorbei.«

»Du meinst, er wurde beendet?«, fragte sie aufgeregt und bemühte sich, diese beiläufige Information richtig zu verarbeiten. »Einfach so, nach all den Jahren?«

»Das wurde mir jedenfalls von einem Mann mitgeteilt, den ich unterwegs getroffen habe. Mexiko City musste sich General Scott und seiner Armee ergeben. Die dortige Regierung hat offiziell kapituliert. Es ist nur noch eine Frage der Zeit, bis der Friedensvertrag unterzeichnet wird.«

»Dein Degen wird also nicht mehr gebraucht.«

Er schüttelte den Kopf. »Ich bin noch nicht dazu bereit, ihn in eine Pflugschar umzuschmieden, denn ich dachte …« Er hielt inne und blickte in die Ferne.

»Was?«

Er machte eine resignierende Handbewegung und gab sich geschlagen. »Ich dachte, Paul bräuchte vielleicht einen Fechtpartner.«

»Zweifellos«, erwiderte sie. »Er brennt ja geradezu darauf, eines Tages so gut zu sein wie du.«

»Ich habe Marguerite versprochen, dass ich sie immer vor dem *loup-garou* beschützen würde. Nun, der ist eigentlich in die ewigen Jagdgründe eingegangen, aber wer weiß? Vielleicht gibt es noch andere irgendwo?«

»Das könnte sein«, presste Reine hervor und spürte den Knoten in ihrem Hals, die Tränen der Freude, die sie nur mühsam unterdrücken konnte.

Er schaute sie einen kurzen Moment lang an, und

sie glaubte, so etwas wie aufglimmende Hoffnung in seinem Blick zu erkennen.

»Deine Mutter hat mich einst einen dunklen Todesengel genannt, und es schien mir irgendwie nötig, dass ich ihr beweise, dass ich ihr nichts Böses will.«

»Ganz zufällig kam sie gerade heute Abend zu genau demselben Schluss.« Er konnte so wunderbar sein, so kräftig und männlich, wenn er mit seinem Degen dem Tod ins Auge blickte, und andererseits war es so rührend, wie er sich um ihre Familie Sorgen machte und ihm soviel daran lag, von ihr anerkannt zu werden.

»Mir fiel auch ein, dass dein Vater womöglich wieder seiner alten Spielsucht verfällt, wenn ich nicht mehr da bin.« Er hielt inne und holte tief Luft. »Und es wäre mir auch nicht recht, wenn er dann River's Edge an einen anderen verlieren würde, der dann die Freude hätte, dich mitzunehmen.«

»Nun, diesbezüglich musst du dir keine Sorgen machen«, sagte sie fröhlich. »So einer Sache würde ich nie wieder zustimmen.«

Er nickte kurz, nahm seine Zügel auf und blickte zur Seite. »Das habe ich schon vermutet, doch ich musste ganz sichergehen.«

»Da kannst du sicher sein. Ich möchte nicht mehr als Objekt gehandelt werden und mich nur aus Schuldgefühlen oder Bequemlichkeit heraus verheiraten lassen. Oh ja, oder mich als Köder benutzen lassen, um einen Toten wieder ins Reich der Lebenden zu locken.«

»Bitte nicht«, sagte er mit heiserer Stimme, der man anhörte, wie peinlich er davon berührt war. »So war es ja nicht. Ich wollte dich wirklich, mehr als alles andere in meinem Leben. Als ich dich in jener Nacht in New Orleans in den Armen hielt, dachte ich, dass ich alles gefunden hätte, was ich je verloren hatte – ein Heim, eine Familie und eine Liebe, die so stark war, dass sie nichts erschüttern könnte. Ich schwor mir, dass ich alles in meiner Macht Stehende tun würde, um dich und Marguerite vor den Plänen Vinots zu beschützen, aber auch alles daran setzten würde, um dich zu bekommen und für immer bei dir zu sein, und wenn ich für diese Chance meines Lebens dem Teufel meine Seele verkaufen müsste. Das hätte ich auch fast getan. Ich habe betrogen, gelogen, die Grundsätze der Bruderschaft für meine eigenen Zwecke missbraucht, den Kummer eines alten Mannes ausgenutzt und wurde zu diesem Zwecke ein Racheengel. Ich habe meine Chance verspielt, weil ich nicht verstanden habe, dass ich genau die Eigenschaften angenommen hatte, die du so verachtest.«

»Nicht ganz«, sagte sie sanft. »Du hättest zum Beispiel Theodore umbringen können, um ihn endlich aus dem Weg zu räumen, aber das hast du nicht getan.«

Er lachte krampfhaft und blickte an ihr vorbei, die Straße hinunter. »Ich wollte es aber, Gott weiß, wie sehr. Und ich wünschte mir wirklich, dass ich es getan hätte, als er vom Duellplatz weglief und auf dem Weg zu Marguerite war. Ich wusste, dass es dich zerstören würde, wenn er Marguerite etwas angetan hätte, und ich wäre dann Schuld gewesen, weil ich ihn falsch eingeschätzt hatte und ihn am Leben gelassen hatte, um eine solche Tat zu vollbringen.«

»Du hast es getan, weil du ein Fechtmeister bist, ein Ehrenmann, galant und edelmütig.«

»Und was hat es mir gebracht, oder dir?«

»Oh, aber ich habe eine Schwäche für Männer, die einen Degen zu führen wissen, dabei aber auch ihre

Grenzen kennen«, erwiderte sie, die aufsteigende Freude kaum mehr im Zaum haltend. »Tatsächlich würde ich nie einen Mann heiraten, nur zum Wohle von River's Edge. Da ich selbst so etwas wie ein Mischling bin, halb Französin, halb Amerikanerin, muss ich natürlich auch einen solchen Ehemann haben, am besten einen *maître d'armes*, ein Halbblut, der auch der letzte Nachfahre des Volkes der Natchez ist. Er wäre der Einzige, der mich je glücklich machen würde.«

Er zuckte und wandte sich ihr wieder zu. »Reine …«

»War das nicht deutlich genug?«, fragte sie forschend, ihren verführerischen Blick auf ihn geheftet. »Ich kann auch noch präziser werden. Nur ein Mann könnte mich je davon überzeugen, noch einmal meine Trauer abzulegen, nur ein Einziger. Er ist derjenige, der sicherstellte, dass ich meinen Witwenschleier zu Recht trage. Du hast Theodore vielleicht nicht das Leben genommen, um Marguerite zu retten, doch du hast dafür gesorgt, dass Chalmette das Notwendige vollenden konnte.«

Er schwang sich geschickt und elegant aus seinem Sattel, trat zu ihrer Stute und breitete die Arme aus, um ihr herunterzuhelfen. Reine hatte schon ihr Knie aus dem Haltebügel ihres Damensattels befreit und stütze sich dann mit beiden Händen auf seiner Schulter ab. Er hielt sie fest, während sie langsam herunter in seine starken Arme rutschte. Sein Gesicht war voller Freude und Glück, als er sie nun endlich wieder an sich spürte, es war fast mehr, als er ertragen konnte.

»Reine«, flüsterte er mit rauer Stimme und küsste sie leidenschaftlich, mitten auf der Straße. Mit seinen starken Händen streichelte er ihr liebevoll den Rücken entlang, spielte mit den Locken ihres vollen Haares und presste sehnsuchtsvoll seinen warmen Mund auf den ihren. Er wollte sie, ganz und gar.

»Nicht hier«, sie schnappte nach Luft und entzog sich ihm sanft, als sie seine Hand auf ihren Brüsten spürte, ganz benommen und voller Glückseligkeit. Sie nahm ihn am Arm und zog ihn von der Straße weg, hinter den schützenden, großen Stamm der alten Eiche, die ihre dicht belaubten Äste über ihnen ausbreitete.

Er kam widerstandslos mit und ließ sich gerne von ihr entführen. Im Gehen griff er nur noch nach den Zügeln der beiden Pferde und zog diese hinter sich her. An einem Ast machte er die beiden Reittiere fest und konzentrierte sich dann ganz auf seine große Liebe, die er erneut in seine Arme nahm.

»Madame Pingre«, begann er drohend mit einem breiten Grinsen im Gesicht, »erinnern Sie sich noch daran, wie ich Sie davor warnte, ihre Zunge in Zaum zu halten?«

Was hatte sie denn eben bloß gesagt? Sie konnte sich nicht mehr richtig erinnern, erst recht nicht, solange seine Hände ihren Körper mit Streicheleinheiten bedachten, und um sie herum langsam alles in einer intimen Dämmerung versank. Sie brachte kaum noch ein Wort hervor und flüsterte fast unhörbar. »Was war es denn?«

»Ich bin der einzige Mann, der dich glücklich machen kann, hast du gesagt. Das war wohl in mehrerlei Hinsicht wahr. Sollen wir mal schauen, ob du noch einmal glücklich wirst?«

Sie musste wirklich aufpassen, was sie so von sich gab. Sie sollte sich ganz genau überlegen, was das Richtige wäre, welche Bemerkung, die zugleich unschuldig und anzüglich genug war, ihn dazu zu bringen, wieder über sie herzufallen, sie in seine Arme zu nehmen und in sein Herz zu schließen, dachte sie und lächelte dabei glücklich.

»Warum nicht?«, erwiderte sie und holte sehnsuchtsvoll Luft, als er näher kam und sich zwischen ihre Schenkel schob.

»Oh ja, warum nicht?«

Anmerkungen der Autorin

Historische Details haben mich schon immer fasziniert. Besonderes Interesse galt diesmal den alten Zeitungen aus New Orleans, die oft nur ein oder zwei Seiten umfassten. Die Notizen und Randbemerkungen, die ich dort entdeckt habe, ließen eine längst vergessene Welt bildreich wiederauferstehen, mit den Ankunfts- und Abfahrtszeiten der Dampfschiffe, den saisonbedingten Handelsgütern, den Opernaufführungen, den Bällen und Tanzveranstaltungen, den Unterrichtsstunden im Zeichnen und Fechten und tausend anderen Dingen. All diese interessanten Details ergaben eine Momentaufnahme der Vergangenheit, und so konnte ich das bunte Leben des Vieux Carré für meine Leser der Fechtmeisterromane in all ihrer Vielfalt wiederaufleben lassen.

Einige der *maître d'armes*, die dabei vorkommen, einschließlich Gilbert »Titi« Rosière, Bastile Croquere, Jean »Pepe« Lulla und Marcel Dauphin lebten tatsächlich. Sie und ihre Freunde waren bis zum Beginn des Bürgerkrieges ein Teil der Gesellschaft von New Orleans. Nach dem Ende des Krieges war das Leben ein anderes, und ihre Dienste wurden nicht mehr länger gebraucht, sodass sie langsam von der Bildfläche verschwanden. Es war mir jedoch ein Vergnügen, sie wieder zum Leben zu erwecken.

Meine Liebe zu Männern mit einer scharfen Klinge in der Hand ist noch nicht erkaltet. Im Moment recherchiere ich eine Geschichte über die letzten Tage der Ritter, der Helden in glänzender Rüstung, über die Zeit, wenn das dunkle Mittelalter dem Licht der Renaissance weicht, was ungefähr die Jahre 1485–1495 umfassen wird. Meine nächsten drei Bücher werden am Hof des englischen Königs Heinrich VII. angesiedelt sein, des ersten Tudors. In jener skandalträchtigen Zeit, die ebenso farbenprächtig wie gefährlich war, wird es um die drei Grazien von Graydon gehen, drei Schwestern, die jedem Mann Unglück bringen, der es wagt, sie besitzen zu wollen, ohne sie wirklich zu lieben. Jetzt, da ich an diesem Thema sitze und darüber schreibe, ist mein Kopf voll von Samt und Seide, Perlen, Flaggen und Wimpel, königlichen Vorrechten, Burgen, Schlachten und mittelalterlichen Umgangsformen. Ich bin gespannt darauf, diese Zeit zum Leben zu erwecken, und hoffe, dass meine Leser diese großartige Epoche ebenfalls mögen werden.

Jennifer Blake
Caney Lake
19. April 2009

Danksagungen

»Louisiana, a state of mind« besagt die Werbetafel, und so ist es auch. Es umfasst die enorme Ausdehnung dieses heutigen Bundesstaates im 17. Jahrhundert unter Ludwig XIV., dem Sonnenkönig, über die zahlreichen bunten und schrägen Gestalten der Folgezeit bis hin zu den heutigen Ereignissen, die man aus den Zeitungen kennt. Viele Autoren haben versucht, die Vielfalt dieser langen und wechselvollen Geschichte darzustellen, sich mehr auf dieses oder jenes gestürzt, und ich stehe bei allen in der Schuld, jedem Einzelnen. Besonders dankbar bin ich für Herbert Ashburys *The French Quarter*, in dem ich das erste Mal über die berühmten *maître d'armes* gelesen habe und ihre Sonderstellung in der Gesellschaft von New Orleans; für *Gumbo Ya-Ya, A collection of Louisiana Falk Tales* von Lyle Saxon, Robert Tallant und Edward Dreyer mit seiner ausgezeichneten Beschreibung von Sitten und Gebräuchen der adligen Franzosen des Vieux Carré, ihrer Sprache und ihrem mannigfaltigem Aberglauben; für *Gentlemen, Swords and Pistols*, Harnett T. Kanes Abhandlung über das Duell im Süden der Vereinigten Staaten vor dem Bürgerkrieg, und für *Louisiana, a Narrative History* von Edwin Adams Davis, voll von zahlreichen Beschreibungen verschiedener wichtiger und nebensächlicher Ereignisse jener Zeit. Unschätzbar wertvoll waren auch Eliza Ripleys *Social Life in Old New Orleans*, Grace Kings *New Orleans, the Place and the People*, Stanley Arthurs *Old New Orleans*, Albert E. Fossiers *New Orleans, the Glamour Period, 1800–1840,* und vor allem Benjamin Moore Normans berühmter Reiseführer von 1845, *Norman's New Orleans and Environs.*

Einige wichtige und großartige Werke über das Fechten waren während des Schreibens an den Fechtmeisterromanen immer in meiner Reichweite. Dazu gehörten *The Duel* von François Billacois, *Harnessing Anger* von Peter Westbrook, *The Art and Science of Fencing* von Nick Evangelista und wegen seiner technischen Details am Nützlichsten, *On Fencing* von Aldo Nadi. Sehr dankbar bin ich auch für die vielen Internetseiten über die Fechtkunst und historische Waffenarten, nicht zu vergessen, auch deren Erstellern und fachkundigen Besuchern, die ihr Wissen mit mir teilten und mir halfen, mich in einen Bereich einzuarbeiten, von dem ich wenig Ahnung hatte, als ich vor sechs Jahren anfing, mich damit zu beschäftigen und die Fechtmeisterromane in Angriff nahm. Ich möchte auch die Gelegenheit ergreifen, noch einmal den Angestellten des *Historic New Orleans Collection and Williams Research Center,* Chartres Street, New Orleans, für ihre Geduld zu danken, Bücher, Zeitungen und zahlreiche Rollen Mikrofilm herauszusuchen, um meinen Wissensdurst zu befriedigen. Die Bibliothekarin Robin Toms und ihre Mitarbeiter der *Jackson Parish Library,* Jonesboro, Louisiana, verdienen ebenfalls aufrichtigen Dank dafür, dass sie mich mit umfangreichem Lesematerial versorgten, auch wenn ich beim Zurückgeben nicht immer zuverlässig war.

Großer Dank gebührt schließlich noch dem ehrenwertesten Agent im Buchgeschäft, Richard Curtis, für seinen unerschütterlichen Glauben an dieses Projekt, meiner wunderbaren Lektorin Susan Swinwood, für ihre rückhaltslose Unterstützung und ihre umsichtige

Redigierung, sowie dem Art Director und dem Produktionsteam von MIRA Books dafür, dass sie meine Ideen haben Wirklichkeit werden lassen. Sie alle sind die Besten.

Jennifer Blake

»Wenn man Jennifer Blake liest, fühlt man die Schwüle einer stillen Julinacht in den Sümpfen New Orleans und hat die überwältigende Würze der Südstaatenküche auf der Zunge.« **Chicago Tribune**

978-3-453-49006-2

978-3-453-49007-9

978-3-453-49008-6

HEYNE